网络文学的发展与评判

二十世纪中国文学主流·学术新探书系

魏建 主编

周志雄 著

人民出版社

新发现　新探索

　　"二十世纪中国文学主流"是山东师范大学中国现当代文学学科申请并完成的特色国家重点学科重大科研项目，其学术参照首先是来自丹麦文学批评家、文学史家格奥尔格·勃兰兑斯所著《十九世纪文学主流》一书。

一

　　一百多年来，勃兰兑斯的《十九世纪文学主流》一直是中国文学研究界公认的文学史经典之作。中国学人为什么推崇这部著作？为什么能推崇一个多世纪？究竟是书中的什么东西构成为中国学人的集体性认同呢？

　　就中国现当代文学研究界来说，给大家留下深刻印象的是，1907年鲁迅先生写《摩罗诗力说》的时候就向中国人介绍这位"丹麦评骘家"[①]。此后鲁迅多次提及勃兰兑斯和他的《十九世纪文学主潮》。[②]鲁迅先生不仅是伟大的文学家、思想家，还是一位优秀的文学史家。他对文学史有很高的鉴赏水平，但很少向人推荐文学史著作。勃兰兑斯的这部书却是鲁迅向人推荐的为数极少的文学史著作之一。《十九世纪文学主流》的学术生命力主要

[①]《鲁迅全集》第一卷，人民文学出版社2005年版，第91页。

[②] 这是当时的译名。现在通译为《十九世纪文学主流》。

来自它作为文学史叙述方式的独标一格。直至今日，第一次阅读这套书的中国学人依然大为惊叹：文学史原来也可以这样写！这种惊叹包括很多内容：文学史原来也可以这样抒情！文学史原来也可以写那么多的故事！文学史的行文原来可以这样自由地表达！文学史的结构原来可以这样地随意组合……当然，惊叹之余，读者大都少不了对这种文学史写法的将信将疑。"将信"是因为被书中的观点和引人入胜的文字打动，"将疑"是因为书中有太多名不副实的东西，如：该书取名为十九世纪文学主流，实为十九世纪初至二三十年代的文学现象，最晚的才到1848年；书名没有地域范围，说是十九世纪世界文学主流，而实际上只是欧洲，又仅仅限于英、法、德三国；名为"主流"，有些分册论述的倒像是"支流"，如"流亡文学"、"青年德意志"等。

虽然中国学界不断有人对此书提出一些异议和保留，但《十九世纪文学主流》作为文学史著作的经典地位始终没有动摇。究其原因，很大程度上是因为，但凡是经典著作都有可供不断阐释的丰富内涵。起初中国学者首先看重此书的，大约是认同其革命主题（如"把文学运动看作一场进步与反动的斗争"①）和适合中国人的文学价值观（为人生、为社会、为时代），还有对欧洲文学浪漫主义和现实主义（当时多称之为"自然主义"）文学潮流的描述。二十世纪八十年代是《十九世纪文学主流》在中国最走红的时期，书中"文学史，就其最深刻的意义来说，是一种心理学，研究人的灵魂，是灵魂的历史"②的论述成为中国大陆文学史研究界引用最多的名言之一；其贯穿始终的"处处把文学归结为生活"③的"思想原则"亦成为当时

---

① ［丹麦］勃兰兑斯：《十九世纪文学主流》第一分册，张道真译，人民文学出版社1980年版，出版前言第1页。

② ［丹麦］勃兰兑斯：《十九世纪文学主流》第一分册，张道真译，人民文学出版社1980年版，引言第1页。

③ ［丹麦］勃兰兑斯：《十九世纪文学主流》第二分册，刘半九译，人民文学出版社1981年版，第1页。

中国文学研究者人所共知的文学理念。后来，书中标榜的精神追求（"无拘无束、淋漓尽致的表现""独立而卓越的人类灵魂"①）和比较文学的研究视角及方法更为中国的学术新生代所接受。近年来，中国学界对《十九世纪文学主流》的关注热情虽然有所减弱，但对它的解读却更为多元，少了一些盲目的崇拜，多了一些客观的认知。正是在这种相对客观的解读和对话中，《十九世纪文学主流》给我们的启示逐渐增多。

综上，勃兰兑斯的《十九世纪文学主流》总是能够不断地进入不同时期中国学者的期待视野。也正是因此，这部著作内涵的丰富性完全是由阅读建构起来的，换句话说，这是一部读出来的文学史巨著。本课题组编写"二十世纪中国文学主流"的学术起点是以对勃兰兑斯《十九世纪文学主流》一书的高度认同为基础的，其学术目标意在撰写一部像《十九世纪文学主流》那样的文学史著作。

二

当然，《十九世纪文学主流》也不是尽善尽美的。中国人对这部巨著的认识还有很多误读，所得观点有很多属于望文生义的想当然，还有很多重要的东西被忽略。例如，对其中独具特色的文学史研究方法就缺乏足够的重视，有鉴于此，我们"二十世纪中国文学主流"课题组在文学史研究方法上就从《十九世纪文学主流》中获得了诸多启示。

首先，我们在文学史研究方法上所获得的第一个启示是思辨与实证的结合。《十九世纪文学主流》是将抽象思辨与具体实证结合在一起的一部著作，并且结合得比较成功。可是，迄今为止中国学人论及《十九世纪文

---

① ［丹麦］勃兰兑斯：《十九世纪文学主流》第五分册，李宗杰译，人民文学出版社1982年版，第36页。

学主流》，更多地看取了其思辨的一面，而忽视了其实证的一面：过于渲染《十九世纪文学主流》如何"哲学化"地"进行分馏"①，如何高屋建瓴般将文学"主流"提炼出来，却大都忽视了这是一部实证主义倾向非常显明的文学史著作。

读过《十九世纪文学主流》的人一定不会忘记，在第二分册的目录之前，整整一页只印着这样几个字：

敬 献

伊波利特·泰纳先生

作者

除了伊波利特·泰纳，没有第二个人在书中获此殊荣。而伊波利特·泰纳是主张用纯客观的观点和实证的方法解说文学艺术问题的最有影响的美学家、文艺理论家之一。勃兰兑斯在相当长的时间里师法伊波利特·泰纳"科学的实证"的批评方法。在《十九世纪文学主流》中，他将思辨与实证相结合，所以才能把高远的学术目标落实到脚踏实地的具体研究工作中，才能做到既有理，又有据。这是勃兰兑斯的做法，也是前人成功经验的总结，尤其在当下中国学术界依然充斥"假、大、空"学风的浮躁氛围里，思辨与实证的结合更应成为我们在研究方法上的首选。

其次，我们在文学史的叙述方法上所获得的启示是宏观概括要渗透到微观描述中。这方面，《十九世纪文学主流》在宏观历史叙述与微观历史叙述结合上开创了成功的先例，做得相当成功。然而，多年来中国学者更多地看取其宏观历史叙述一面，而忽视了它微观历史叙述的另一面。对此，勃兰兑斯在书中讲得很清楚，"有许多作品需要评论，有许多人物需要描述，

---

① [丹麦]勃兰兑斯：《十九世纪文学主流》第二分册，刘半九译，人民文学出版社1981年版，扉页1。

面面俱到是不可能的。只从一个方面来照明整体，使主要特征突现出来，引人注目，乃是我的原则"①。在《十九世纪文学主流》中，勃兰兑斯的宏观历史叙述就是概括"主要特征"，其微观历史叙述就是凸显历史细节，包括许许多多的逸闻趣事。这二者如何结合呢？勃兰兑斯的做法是："始终将原则体现在趣闻轶事之中。"②的确，《十九世纪文学主流》中的大多数章节都是从小处入手的，流露出对"趣闻轶事"的浓厚兴趣。然而，无论勃兰兑斯叙述的笔调怎样细致，其叙述的眼光可不是就事论事，而是从时代、民族、宗教、政治、地理等大处着眼。让读者从这些琐细的事件中洞见到人物的心灵，再从人物的心灵中折射出一个社会、一个时代、一个种族，乃至整个人类的某些东西。这就是《十九世纪文学主流》中一个个小事件里所蕴含的大气度。

再者，在文学史的结构方法上，我们所获得的启示是以个案透视整体。从著作结构上来看，《十九世纪文学主流》好像没有任何外在的叙述线索，全书呈现给读者的是把英、法、德三个国家的六个文学思潮划分为六个分册。每一分册之间没有任何明显的逻辑关系。对此，勃兰兑斯做过两个形象的比喻解说他的各分册与全书之间的关系。第一个比喻是："我准备描绘的是一个带有戏剧的形式与特征的历史运动。我打算分作六个不同的文学集团来讲，可以把它们看作是构成一部大戏的六个场景。"③第二个比喻是："在本世纪诞生之初，我们发现一种美学运动的萌芽，这种美学运动后来从一个国家蔓延到另一个国家，在长达五十年之久的一段时期内……如果以植物学家的方式来解剖这种萌芽，我们就能了解这种植物符合自然规律的

---

① [丹麦] 勃兰兑斯：《十九世纪文学主流》第二分册，刘半九译，人民文学出版社 1981 年版，第 1 页。

② [丹麦] 勃兰兑斯：《十九世纪文学主流》第二分册，刘半九译，人民文学出版社 1981 年版，第 1 页。

③ [丹麦] 勃兰兑斯：《十九世纪文学主流》第一分册，张道真译，人民文学出版社 1980 年版，引言第 3 页。

全部发育史。"① 第一个比喻是强调这六个分册之间独立、平等、连续的并联关系；第二个比喻揭示了这六个分册之间发育、蔓延、生成的串联关系。这两个形象的比喻从不同的侧面说明，《十九世纪文学主流》的各分册与全书存在着深层的有机关联，看似孤立的每一个个案都具有透视整体文学运动的效用。

三

开诚布公、实事求是而言，我们课题组编写的"二十世纪中国文学主流"，显然受到了《十九世纪文学主流》的种种启发，但启发不能只是简单的模仿。如果"二十世纪中国文学主流"变成对《十九世纪文学主流》的照搬或套用，那就只能陷入东施效颦式的尴尬。"二十世纪中国文学主流"之于《十九世纪文学主流》有继承，也有创造。

"创造"之一，是通过"地标性建筑"来展现二十世纪中国文学地图。

我们的"二十世纪中国文学主流"不仅效仿和追求《十九世纪文学主流》那种在实证的基础上思辨、在微观叙述中显现宏观、通过个案透视发育的整体的研究思路方法，还从"实证基础"、"微观叙述"和"个案透视"中找到了一些合适的"载体"。这些"载体"好比是二十世纪中国文学地图中的一个个"地标性建筑"。将这些"地标性建筑"作为历史叙述的基本单元，我们对二十世纪中国文学发展的重新阐释，才能落实到操作层面。这些构成"二十世纪中国文学主流"基本叙述单元的"地标性建筑"，就是二十世纪中国文学发展史上那些重要的文学板块，如：言情文学、白话文学、青春文学、乡土文学、左翼文学、京派文学、海派文学、武侠小说、话剧文学、延安文学、红色经典、散文小品、港台文学、新诗潮、女性文学、

---

① ［丹麦］勃兰兑斯：《十九世纪文学主流》第四分册，徐世谷等译，人民文学出版社 1984 年版，第 71 页。

少数民族文学、历史叙事、文学史著述、影视文学、网络小说等。这些不同的文学板块分别构成了我们这套《二十世纪中国文学主流》丛书的不同分册的学术研究问题。各分册与整个丛书的关系是分中有合、似断实连。所谓"分"与"断"，是要做好对每一个"地标性建筑"（文学板块）的研究。这样，通过个案的透视，既能使实证研究获得具体的依傍，又能把微观描述落到实处；所谓"合"与"连"，是要在对一个个"地标性建筑"（文学板块）聚焦中借以观测整个二十世纪中国文学的历史嬗变。

"创造"之二，是通过"历史档案"和"学术新探"两套书系深化二十世纪中国文学史的研究。

勃兰兑斯的《十九世纪文学主流》的确给予我们许多有价值的东西，但这只能说明我们从中获得了西方学术的有效营养。然而，西方的学术资源无论具有多少普适性，对于解读中国的文学艺术、中国人的心灵，毕竟是有限度的。在超越株守传统观念的保守主义而走向全面开放的今天，在超越盲目崇洋的虚无主义、畅想民族复兴的今天，中国本土的学术资源更应得到应有的重视并加以现代转化。

"我注六经"与"六经注我"一直是中国人文学术的两大传统。我们的"二十世纪中国文学主流"力求"我注六经"与"六经注我"的结合。这既是本课题学术目标和学术规范的要求，也是其特色所在，更是其学术质量的保证。由于目前学界相对忽视"我注六经"的研究，因此本课题提倡在做好"我注六经"的基础上，做好"六经注我"。为此，本课题成果分为两套书系："二十世纪中国文学主流·历史档案书系"和"二十世纪中国文学主流·学术新探书系"（以下分别简称"历史档案书系"、"学术新探书系"）。"历史档案书系"可称为"二十世纪中国文学主流"的"一期工程"，"学术新探书系"可称为"二期工程"，出版这两套书系将有助于深化二十世纪中国文学史的研究。

首先，出版"历史档案书系"无疑体现了对文学史文献史料的高度重视。这种重视既强化了文献史料对于文学史研究的基础作用，又传达出一种重要的文学史理念——文献史料是文学史"本体"的重要组成部分。通过对每一个文学板块的文献史料进行多方面、多形式的搜集和整理，展现这一文学"地标性建筑"的原始风貌，直接、形象、立体地保存了这一文学板块的历史记忆。这岂能不是文学史的"本体"呢？如傅斯年宣扬过"史学便是史料学"①。再如，勃兰兑斯《十九世纪文学主流》中的文献史料大都不是以论据的形式出现，而常常构成叙述对象本身。当今天的读者同时看到"二十世纪中国文学主流"这两套书系平分秋色的时候，这种理念应是一望便知。

其次，"二十世纪中国文学主流"的每一个文学板块都有"历史档案"和"学术新探"两部著作。二者的学术生长关系将会推动这一板块的研究甚至整个二十世纪中国文学史研究的深化。两套书系中的所有文学板块完全相同，即每一个文学板块是同一个子课题，如朱德发教授负责"五四白话文学"子课题。他既要为"历史档案书系"编著"五四白话文学"卷的文献史料辑，还要在"五四白话文学文献史料辑"的基础上撰写"学术新探书系"中刷新"五四白话文学"问题的学术专著。显然，这样的两部著作之间具有学术生长关系。前者既重建了这一文学板块活生生的历史现场，又为后者的学术创新做好了独立的文献史料准备；后者的"学术新探"由于是建立在"历史档案"的基础上，不仅能避免轻率使用二手材料所造成的史实错误和观点错误，而且以往不为人所知的文献史料会帮助研究者不断走进未知世界，不断获得全新的学术发现。所以，"历史档案"会成为"学术新探"不竭的推动力。

四

"二十世纪中国文学主流"还有几个需要说明的具体问题：

---

① 傅斯年：《史学方法导论》第四讲《史学论略》，湖南教育出版社 2003 年版，第 309 页。

1. 关于"主流"

本课题组将"二十世纪中国文学主流"中的"主流"界定为："以常态形式随着社会变化而变化的文学。"也就是说，所谓文学"主流"，不是先锋文学，而是常态的文学。常态文学的发展，总是与读者紧紧结合在一起的。例如，五四时期的启蒙文学是属于少数读者的文学，也就是"先锋"文学，所以不是当时的"主流"文学；而这一时期的白话文学适应了多数读者的要求，成为晚清以来不断转化成的常态文学。

2. 关于"历史档案书系"

如前所说，"历史档案书系"主要是对二十世纪中国文学史上一些重要文学板块的原始文献和基本史料进行专业化的搜集和整理，重建各个重要文学板块的历史档案，利用来自历史现场的文献、史料或调研成果，尽可能直接、形象、立体地保存各文学板块的历史记忆，进而展现现代中国文学史的原生态风貌。因此，"历史档案书系"追求文献和史料的"原始"性，其各卷的主要内容以"原始史料"和"经典文献"为主，以"回忆与自述"和"历史图片"为辅。所有文献和史料凡是能找到初版本的，我们尽量选用初版本；有些实在找不到初版本的，会选尽可能早的版本。

3. 关于"学术新探书系"

"学术新探书系"是在"历史档案书系"所提供的来自历史现场的文献、史料及其直接、形象、立体地保存的原生态风貌的基础上，对这些二十世纪中国文学史上的"地标性建筑"，逐一进行全新的学术开掘。因此，"学术新探书系"追求学理性和创新性。其各卷的主要内容，从各卷实际出发，不求体例的划一，只求比前人的研究至少提供一些新的学术发现。

4. 总课题与子课题

"二十世纪中国文学主流"是山东师范大学中国现当代文学学科承担的

集体项目。总课题的选题及其初步编写方案由主编设计，在课题组成员认真讨论的基础上形成实施方案。子课题的作者均为山东师范大学中国现当代文学学科的团队成员，亦大都是不同分卷所研究的某一文学板块的研究专家。主编和课题组成员充分尊重各子课题作者的学术个性，以保证各卷作者学术优长的发挥和各子课题学术质量的提升。各卷作者拥有独立的著作权，文责自负。

"二十世纪中国文学主流"这两套书系是一种全新的文学史实践，难免存在尝试之作的稚嫩和偏差。我们渴望得到专家们的批评和帮助。我们最忐忑的是，不知学界的同行们能否认同——文学史的这样一种做法。

魏建

2015 年 8 月

目录

上篇

网络文学的生成机制与文化转型

第一章　网络小说与文化转型

2012 年岁末，网络作家富豪榜问世，"起点中文网"旗下作家唐家三少、我吃西红柿、天蚕土豆等以数千万的稿费收入引起热议。这是历史发展的必然结果——二十世纪末至今，网络小说开始受到了读者的追捧，《第一次的亲密接触》（蔡智恒）、《悟空传》（今何在）、《成都，今夜请将我遗忘》（慕容雪村）、《告别薇安》（安妮宝贝）、《诛仙》（萧鼎）、《此间的少年》（江南）、《间客》（猫腻）、《明朝那些事儿》（当年明月）、《遍地狼烟》（李晓敏）、《亮剑》（都梁）、《藏地密码》（何马）、《草样年华》（孙睿）、《蜗居》（六六）、《后宫·甄嬛传》（流潋紫）、《杜拉拉升职记》（李可）、《失恋三十三天》（鲍鲸鲸）、《盗墓笔记》（南派三叔）等作品在网络上获得的人气效应不亚于茅盾文学奖的获奖作品。以中国现代文学创立以来的"纯文学"的标准来看，这些网络小说缺乏深刻的思想，缺乏厚重的内容，缺乏艺术上的创造性。显然这样的评判对这些网络小说是无力的，它无法说明网络小说为什么流行，网络小说为什么有这么多的读者，读者们都从网络小说中读出了什么？网络小说吸引读者的内容是什么？这里拟从网络小说的内容、价值取向与当代文化转型的关系上来论说这个问题。

一、小说的实用功能

为什么要读小说？读网络小说能得到什么？这样的提问让我们走近网络小说的内容层面。网络小说是"流行"的，它及时、敏感地捕捉了生活的时代变化，读者能从网络小说中读出当下感，读出一些"实用"的东西。这是文学的基本功能，即小说的认识功能。人气高的网络小说在给读者提供娱乐的时候，常有这样的"实用"功能，可以在某个方面给读者提供"生活指南"。

网络小说的阅读者与写作者相似，多是二三十岁的年轻人，他们正处于人生观、世界观形成的时期，生活在一个激烈竞争的时代，获得了受高等教育的机会，也面临着感情、就业、个人发展等方面的压力。互联网发展的 20 年是中国经济高速发展的时代，GDP 的快速增长，城市化进程的快速加剧，经济实利主义挤占文学自由主义的空间，文学日渐边缘化，网络小说以其"实用性"赢得了读者。

《第一次的亲密接触》是对网络恋爱方式的经验呈现，让读者了解恋爱可以以网络的方式来进行。该书的作者是男性，其小说内在的驱动力在于男性对女性感情的猎取，男主人公的网名是"痞子蔡"，但实际上这个人并不痞，痞的人是他的室友阿泰。阿泰向痞子蔡传授各种"爱情兵法"，诸如："女人是被爱的，不是被了解的"；"'狗腿为谈恋爱之本'。而且女孩子是种非常奇怪的动物，她相信她的耳朵远超过相信她的眼睛，所以与其做十件体贴的事让她欣慰，倒不如说一句好听的话让她感动"；"女人可以不介意你不够高……可以不在乎你不够帅……可以忍受你不够温柔体贴……可以接纳你不够细心呵护……可以宽恕你不够聪明有趣……但绝不能原谅你不够浪漫……"；"对女人而言……一年有五大节庆……即西洋情人节、中国情人节、她的生日、三八妇女节、耶诞节。……我阿泰纵横情场近十载……大小数百战……我敢骂女人三八……我敢放女人鸽子……我敢说女人脸蛋不够好看……我敢嫌女人身材不够纤细……但我绝不敢在这五大节庆里……

不上贡一些礼品与花朵以表示忠贞不渝、绝无贰心……"阿泰是痞子蔡的另一面,阿泰的这些爱情兵法是符合爱情心理学的,有实用意义。痞子蔡和轻舞飞扬的爱恋经过展示了一种网络恋情的新的生活方式,对年轻人也有生活"教科书"般的借鉴意义。

《蜗居》《裸婚》《双面胶》等家庭生活伦理小说,给读者提供了反观自己生活的经验。《双面胶》的推荐语为:"男人是双面胶,一面粘着世界上最疼最爱他的老妈,一面粘着世界上他最疼最爱的老婆。六六家庭伦理小说三部曲,《王贵与安娜》《双面胶》《蜗居》,最具争议的家庭伦理小说触目惊心的婆媳大战,TO:所有做过媳妇、做过婆婆的女人,以及受着夹板气的男人。"将《双面胶》与五十年代萧也牧的《我们夫妇之间》进行比较,发现基本的冲突类型是相似的,后者中夫妻矛盾是城乡两种生活趣味的矛盾,经过一番碰撞,经过相互的反思、磨合,最后家庭复归平静。《双面胶》的矛盾是来自农村的婆婆与城市出身的媳妇之间的生活观念的冲突,"凤凰男"儿子成为矛盾中的"双面胶"。两个故事都有其鲜明的时代性,是特定时代突出问题的反映,让特定的读者联想到他们的生活,学会如何处理他们面对的家庭关系问题。

《失恋三十三天》与读者分享失恋的经验,读者和作者在线的交流是有意义的,小说意在帮助读者走出失恋的阴影。写作这篇小说时,作者当时正在失恋之中,在豆瓣上发直播帖,与读者共同走出失恋的痛苦,在写作过程中,受到了来自读者的跟帖、鼓励,最终完成了这篇小说。小说的基本结构是主人公失恋了,最终和男同事(男性闺蜜)一起度过了痛苦的失恋期。小说被改编成电影后,更加突出了作品的现实题材效应。一篇新闻的标题是:《〈失恋33天〉为剩男剩女打造"情感指南"》[①],小说、电影在这里充当了爱情读物的功能。看看那些豆瓣上的"花粉"们参与的讨论就知道,这些读者基本没有谈论小说的艺术性问题,而是就小说的内容谈论如

---

① 刘潇:《〈失恋33天〉为剩男剩女打造"情感指南"》,《人民日报海外版》2011年6月1日。

何对待失恋，读者变成了"爱情专家"，参与表达他们对"失恋"的看法。

《后宫·甄嬛传》写中国式的人物关系，钩心斗角的宫廷斗争，心计、智慧、权谋之争很复杂，很耐看。"宫斗剧"《步步惊心》承接《武则天》《雍正王朝》等历史剧以重墨描写人际关系的纠缠，以女性的视角写"历史"中女人的故事，人物命运沉浮、是非得失之间，故事情节紧张、险象环生，可读性很强。小说以充满心计的应对之策让读者学会在各种矛盾中生存的技巧。

《杜拉拉升职记》《浮沉》是职场故事，定位为写给职场中的人看的，小说的实用功能非常明确。李可在《杜拉拉升职记》的"自序"中说："您可以消遣地来看看这本纯属虚构的小说，也可以把它当经验分享之类的职场实用手册来使用。书应该提供怎样的帮助呢？我以为，好书应该做到集中地提供逻辑的、生动的、有效的信息。所谓逻辑、生动而有效，光是经验分享还不够，这些经验是要容易理解和记忆的，实用的，并且是有意思的，还要周到而通用，能上升到常识甚至原则的境界，以便于人们达观地遵从及现实地获益。我希望拉拉的故事，就是这样一本好书。"[①]《浮沉》小说封面的宣传词为："最激励人心的都市生存小说，写给在职场中历练，商海中沉浮，不抛弃、不放弃的人们。"[②] 可以看出，这些小说"卖"得好，"卖"的不是艺术，而是实用策略，小说充当了职场"职业指南"手册的功能。

实用文化处于文学的底层境界，它以文学的方式教给读者去认识生活，将读者带入到生活的轨道之中，这与当代文学的题材效应有相似之处，十七年时期的革命历史小说，农业合作化题材小说，新时期初的"伤痕文学"、"反思文学"、"改革文学"、"知青文学"等，无不是以其题材效应引起读者的热烈关注。说到根本，文学的基本功能是以文学"为人生"、"为社会"。这与现代以来的启蒙文学传统有相通之处，这里的启蒙面向的不

----

① 李可：《杜拉拉升职记·自序》，陕西师范大学出版社 2008 年版。

② 崔曼莉：《浮沉：最激动人心的职场生存小说》，陕西师范大学出版社 2011 年版。

是五四时代的封建思想；而是现实生活的"难题"，作品提供的是应对现实生活问题的"智慧"。它是另一层意义上的启蒙，是《红楼梦》中"世事洞明皆学问，人情练达即文章"式的启蒙，是中国式人情和事理意义上的人生教科书。在这个意义上，网络小说恢复了文学和生活的关系，恢复了文学对时代生活的切入和捕捉。它是由同龄人写给同龄人看的文学，因为写作者就是这个群体中的一员，因而作品写出了他们所共同面对的现实困境，很容易引起同类读者的情感共鸣。如果说现代文学启蒙是知识者对愚昧者的启蒙，网络小说则是"过来者"对"经历者"的启蒙，其启蒙的姿态多是平视的，而非俯视的。因为网络写作的交互性，写作者和读者一起营构故事，写作者甚至采纳读者的意见改变写作的构思，启蒙与被启蒙是双向的。

网络小说的实用化是大文化环境的产物，在市场经济环境下，实用主义文化的书籍成为畅销书，并以一种现代变体的形式出现。如《三国演义》中的权谋术、用人术被突出放大；《孙子兵法》演变成现代的商场兵法、爱情兵法；《厚黑学》中的"厚黑"之道演变成当代经商、求官之道；《卡耐基成功之道全书》成为"成功人生"行为指南。在一个以"成功"为价值取向的经济飞速发展的时代，实用功利之心压倒了审美之维。央视《百家讲坛》偏离了早期文化艺术大师讲座的精英路线，注重收视率，以实用化的眼光讲历史，历史人物分析偏重"为人"之道，缺乏更高的人文情怀。在这种实用主义文化的影响下，网络小说着眼的是一时一事的应对之策，难免有几分俗气，缺乏对一个时代的总体性文化思考，缺乏更高的精神境界，缺乏更饱满的哲学文化之思。

自康德（Immanuel Kant）以来，文学以超功利的审美性对抗世俗的功利之心，开拓了文学广阔的精神世界。文学存在的理由，不是与生活现实功利的一致，而是坚守精神价值。在资本主义兴起的阶段，马克思（Karl Heinrich Marx）说，资本来到世间，每一个毛孔都流着血和肮脏的东西。批判现实主义作家一面描写新兴资本家在现实中节节胜利的历史现实，另一面是对他们的唯利是图、尔虞我诈进行毫不留情的批判和否定。实用主义所面临的困境是古老的"义利之争"，是韦伯（Max Weber）所说的"责任伦理"和"价值伦理"的矛盾。因网络小说多是平民视角，其价值观是大众普遍认可的道德伦理观，在价值取向上，网络小说多是舍利取义的，这一点下文再详论。

二、青春成长的见证

玛格丽特（Margaret Mead）的《代沟》中认为文化有三种类型：一种是"未来重复过去"的青年人向老年人学习的后象征文化（postfigurative）；一种是"现在是未来的指导"的青年人和老年人相互学习的互象征文化（cofigurative）；一种是年长者向孩子学习他们未曾有过的经验的前象征文化（prefigurative）。原始社会是后象征文化，接受过去的权威；一些技术发展变化的时代是互象征文化，向游戏伙伴、同学和一起学艺的人学习；现在，由于世界上的所有人突然都成了电子通讯网络中的一部分，因而各地的青年人都共享着一种经验，这是老年人未曾有过的或将不会再有的经验，现代世界的特点是承认各代之间的断裂，承认每一代新人都将经历技术不同的世界，因此进入了这样一个崭新的历史时期：由于年轻人对依然未知的将来具有前象征性的理解，因而他们有了新的权威。[①] 玛格丽特关于代沟的分析颇有启发性，它启示我们，在网络时代，年轻人正在经历他们父辈所没有经历过的事，他们对世界的认知和探索具有时代的特点。网络文学写作者多是二三十岁的年轻人，他们在网络小说中书写他们的青春成长经验，有其独特的价值。

安妮宝贝的《告别薇安》是一篇人气很高的网络小说，这是一篇写网恋的小说，文字凄冷，对这个世界很决绝，很孤立，弥漫着一种青春的衰

---

① [美] 玛格丽特·米德：《代沟》，曾胡译，光明日报出版社 1988 年版，第 20、63、65、66 页。

败情绪。爱恋中没有温暖，只有忧伤和逃离。如作者所言："我写的都是比较阴沉的文字，里面有许多黑暗颓废的东西。同性恋，谋杀，同居，艳舞，离家出走，漂泊，伤害，脆弱的爱情。用混乱的意识流和平淡的口吻描述。我有时候想，我要表达的那些东西，死亡和别离，叛逆和绝望。也是人们最容易反感和疼痛的东西。所以他们给我评论常有误解或者很多读者就是阅读而不跟任何回帖。我都能接受。我是个自恋的人。"① 无疑，安妮宝贝的这种阴沉、冷艳是很个性化的，主人公是病态的，有一种危险的味道，这种价值观也难以为多数人所接受。但这篇小说却获得了很高的评价，不是因为艺术性上有多么高，而在于这种网恋的体验是个性化的，那种期待、叛逆、孤独、失望的情感体验是网络时代很多年轻人心中所存在的，小说把关于网恋的那种矛盾的心情、内心的挣扎与平淡的结局呈现了出来。看看安妮宝贝后来的作品，文字的忧伤感、感觉化，生命的无常感、飘忽感，延续着《告别薇安》的风格，带有浓郁的"安妮宝贝"味道。

《悟空传》是一部人气很高的网络小说，曾获第二届榕树下原创文学奖。《悟空传》思考的起点是作者阅读《西游记》时的感受：孙悟空是有反抗精神的，最终却归顺到体制之中，做了奴隶。这是一个有独立个体意识的年轻人的思考，他将对名著的阅读与自己的成长经验结合在一起发问。《西游记》是一个历经磨难、取得真经的故事，不论是勇敢的孙悟空、坚定的唐僧，还是庸俗的猪八戒、淡泊的沙僧，经历九九八十一磨难，他们最终都修得成佛。这是一个佛法笼罩的故事，人物没有生活的迷茫，只有勇往直前的执着。《悟空传》是青春文化的产物，在成长的过程中，有对生命个体的尊重和成长的蜕变，还有青春少年面对生活的迷茫和困惑。《悟空传》将佛性、神性的人物降到了凡间，追问取经的意义，追问生存的意义，他们的取经之途不再是降妖除魔，而是内心的搏斗，以及师徒之间互不买账的磨擦。这是一个年轻人对文学名著的个人化改写，他以戏谑的方式写下了

---

① 吴过：《桀骜不驯的美丽——网路访安妮宝贝》，《Internet 信息世界》2000 年第 1 期。

严肃的青春成长之思。

身体的成熟，知识、阅历的增加，年轻一代的成长总是难免与以家长、老师所代表的秩序、制度构成一定层面的冲突，叛逆是成长的必经之路，叛逆是野草般生长的自由和不羁的青春生命的喷发口。2001 年，宁肯的小说《蒙面之城》获得好评，这是一篇关于个人青春成长的小说，小说的主人公背叛了自己的家庭，背离了平常的人生道路，独自漂泊，坚持以审美式的人生体验"行走在路上"。这是一篇具有"网络精神"的小说，因作者有很好的文学功底，这篇小说被视为在艺术上能和纯文学比肩的网络小说的代表。《草样年华》《粉红四年》等小说中，师道尊严被嘲讽，老师的高大形象被瓦解，个人成长的道路上充满了迷茫和愤怒。与五四时代青年人冲出封建家庭束缚的主题相承，从巴金的《家》到王蒙的《组织部新来的青年人》，再到八十年代刘索拉的《你别无选择》，这些小说都表现了个体成长与现实体制的冲突。然而在网络小说中，写作者没有前辈作家那么重的历史责任感，他们在网络上写作、发表的自由空间今非昔比，网络提供给他们丰富的思想文化资源，多元化的文化现实给他们空前的自由度，对体制的质疑、反抗，要无所顾忌得多，其叛逆也要"大胆"、"出格"得多，其袒露、直陈自身的勇气也大得多。

叛逆是文学自由精神的一个侧面，好的文学作品，其思想常常是越过社会意识平面的，叛逆包含着文化批判和理想情怀。当代郑渊洁的小说、杨红缨的小说很受青少年读者的喜欢，小说中的人物故事都有一定程度的反现存体制意识。在传统文学名著中，《水浒传》是反体制的，其电视剧主题曲以"路见不平一声吼，风风火火闯九州"将作品中那种自由的江湖草莽英雄气魄表现了出来。《红楼梦》是反体制的，主人公贾宝玉所反的是僵化的封建家长制，是一条传统的读书做官的"仕途经济"的道路。《西游记》是反体制的，反的是天上地下的人间秩序，道出的是"皇帝轮流做，明年到我家"的现代民主思想。当然这些古典小说反体制都有历史局限性，《水浒传》只反贪官，不反皇帝，导致了梁山英雄的悲剧结局；《红楼梦》反封

建社会体制，但以佛教思想解释人生，主人公逃出了家庭，但无力逃脱宿定的命运；《西游记》前半部分反体制，后半部分又归顺体制，主人公无力越过"佛法无边"的边界。网络小说的文化叛逆，来自年轻人对世界改造的愿望，以一种想象的方式展开，因而自我要强大得多。《间客》中的主人公与政府为敌，穿行于帝国、联邦、西林之间，最终以个人的能力化解所有的不平与不公，这种"童话"故事式的叛逆追求一种无边的自由，读来让人热血沸腾。

青春期意味着生命的活力，对于少年人来说，没有翻越不了的山，没有踏不平的路。《此间的少年》《我的美女老板》《和空姐同居的日子》《大四了，我可以牵你的手吗》等作品写出了一种青春乐观心态，有一种喜剧气息，这些小说并没有过多的繁复和曲折的情节，但带给了读者一种娱乐性的阅读效果。青春文化的另一面是个人的成长，年轻人经受生活的磨练，心智慢慢变得成熟，个人生存能力不断提升，在这种成长中，主人公慢慢变得坚强而勇敢。在玄幻小说《诛仙》《小兵传奇》《间客》以及唐家三少的诸多作品中，人物一步步地成长，个体内心越来越强大，它满足了青年人"慢慢长大"的阅读心态，这些小说在一定的程度上都是可以作为励志小说来阅读的。

作为青春文学的网络小说写出了网络一代青年人的成长经验，网络文学成为他们青春的见证，他们写的是他们自己以及他们的同龄人。《间客》的作者猫腻说："间客就是一个愤怒青年的故事。"[1] 安妮宝贝说："我知道我的读者很特殊。他们存在于网络上，也许有着更自由和另类的心态。同样，也更容易感觉到孤独。这种孤独感有时候驱逐着我们无处可逃。"[2] 孙睿说："想上大学，但至于上大学为什么、学什么，毕业以后干什么，他们都没想好。报志愿时，看哪个志愿名字好听就去报哪个志愿。进来之后，又不喜

---

① 猫腻：《间客·后记》，http://www.qidian.com/BookReader/1223147.aspx。
② 安妮宝贝：《告别薇安·自序》，南海出版公司 2002 年版。

欢所学的专业。包括毕业以后，他们虽然拿了这个专业的学位证书，但他们不知道究竟是凭着自己的专业证书找一个对口的工作呢，还是凭着自己的大本学历去找其他的工作。……事实上，我们为什么会愤怒迷惘，就是因为我们依然是理想主义者。其实，我们这代人比较独立，可看的书比上一代人多得多，了解生活的途径也多得多，一定程度上比一代人早熟。"① 江南说："想起学生时代的自己，确实是轻狂和稚嫩的，许多朋友也是如此，包括我们的'乔峰'。……《此间》只是一个少年时代的轻狂舞蹈。"② 这些作者的话道出了他们共同的写作秘密：他们是为自己的青春而写作的，不论是轻狂，还是愤怒，是迷茫还是孤独，他们的写作中留下的是这个时代的青年心灵成长印记，这也是他们的作品在同龄人中更容易引起共鸣的原因。

中国现代文学是一种青春文学，有研究者统计五四前后对中国现代新文学做出开拓贡献的 81 位作者的平均年龄为 26.32 岁，其中 30 岁（含 30 岁）以下的有 69 位，占开拓者总数的 85.2%。30 岁以上的仅有 12 人，其中 40 岁以上的更少，只有刘大白和沈玄庐。新文学的干将们多是在校学生，胡适发表《文学改良刍议》正留学美国，创造社的四名主将郭沫若、张资平、郁达夫、成仿吾组建该社时，都是留学日本的青年学生，新潮社的组织者几乎都是大学高年级学生，湖畔诗社的成员主体是中学生。郭沫若的《女神》、郁达夫的《沉沦》、闻一多的《红烛》、蒋光慈的《新梦》、李金发的《微雨》、许地山的《缀网劳蛛》、汪静之的《蕙的风》都是大学读书期间的作品。王统照、朱自清、徐志摩、庐隐、冯文炳、徐玉诺、洪深、瞿秋白等发表和出版重要的文学作品，都是离开学校一两年的事。鲁迅发表《狂人日记》时 37 岁，算是年长的了。③ 五四新文学是一群年轻学子参与实践的文学运动，五四文学因而带有青春文学的特点，现代精神是现代文学的核

---

① 陈香：《孙睿：我的青春愤怒迷惘》，《中华读书报》2004 年 3 月 31 日。
② 江南：《此间的少年·后记》，西北大学出版社 2002 年版。
③ 张国栋：《新文学开拓者年龄论析》，《内蒙古社会科学》1991 年第 3 期。

心，它承载的自由、民主、独立的精神理念与年轻人寻找精神出路的气质相契合，使现代文学充满了青春的朝气。网络小说的成就也许还无法与现代文学史上这些名作家的创作相提并论，时代变化了，文学在生活中的位置变化了，文学对时代的历史影响力也有根本的不同，但不容否认，他们无疑都以一种玛格丽特所说的后象征性的写作发出了属于他们自己的声音。他们的意义在于打破文学板结的现实状况，以反抗性的、自由创造性的青春活力书写了他们的精神成长。正如我们不能因为歌德（Johann Wolfgang von Goethe）的《浮士德》而否定《少年维特的烦恼》的价值，前者的厚重、宗教气质与对人类历史的总体性隐喻不能代替后者活泼、游离的青春气息，我们也不应否定网络小说青春书写的价值。

三、人文价值的维护

文学作品不是单纯的文字材料，而总是带有各种内在的文化观念，故事的讲述、意象的描摹、人物的刻画，都是有文化价值内涵的。这也是文学作品所具有永恒魅力的地方，在屈原的《离骚》中可以感受强烈的"爱国主义"情怀，在《论语》中有"温、良、恭、俭、让"的君子之风，在《红楼梦》中可以读出佛教思想对人生的解释，在中国古代的通俗小说中，也不难读出"劝人"的道德规训。对于现代的思想者来说，通俗小说是浅显的，它不书写现代主义的孤独、焦虑、荒诞体验，缺乏思想的原创，常止于对一种道德理念的维护和继承，如公平、正义、民主、自由、人性，已成为一种普世的价值观念。在通俗小说中常见的是除暴安良、善恶有报、重义轻利、有情人成眷属等思想。网络小说的写作者缺乏50后作家那样饱满的历史感，缺乏60后作家那样的艺术先锋意识，他们在网络上从业余写作起步，他们缺乏思想家的深度，故事中没有曲折繁复的技艺，他们将一个故事讲得好看，有意思，没有对现实生活深刻的发现和精神哲思，但他们的网络小说中有着"是非分明"的判断，有普泛道德意识的人文情怀。

《成都，今夜请将我遗忘》是一个放纵情欲的故事，但这个故事的价值理念是传统的，放纵情欲的人最后的结果是毁灭性的。小说的价值观念与《金瓶梅》是类似的，小说的基调是伤感性的，是建立在对青春纯情理想的怀念上的。小说吸引读者的地方在于写出了非常鲜活的现实，写出了70后一群都市青年梦想失落的青春人生，主人公陈重为何如此"沉重"，原因是在一个经济发展的时代，情欲的放纵毁弃了个人道德的底线，毁灭了爱情，毁灭了婚姻，产生了严重的个人信仰危机，这是一代青年理想主义破灭的现实，很真实，很有现实冲击力，小说将这群迷失理想的青年人写成不配有更好命运的人。这是批判现实主义式的人文情怀，它在思想上谈不上深刻，但足以让同代人反观自身，引起读者对一代青年人命运的思考。

《第一次的亲密接触》是一个痞性的爱情故事，小说作者名字是"痞子蔡"，而实际上，他除了有些木讷，有些理科生的刻板和风趣，有些小聪明，却没有痞性。真正"痞"的是他的室友阿泰，阿泰作为一个"lady killer"是痞子蔡的对立面。痞子蔡不仅不"痞"，还很纯情，他和轻舞飞扬的网络恋情故事，是《泰坦尼克号》式故事的翻版，大体的情节和结局也和《泰坦尼克号》相似：两人偶遇，发生恋情，一人因不可抗拒的原因死去，活着的人一直在怀念恋人。其基本的价值观是歌颂真情的可贵，爱超越了生死，超越了外在的界限，真爱是可遇不可求的，人生也将因拥有真正的爱情而变得有价值。这样的故事并不高明，情节也很"狗血"。在故事背后，我们看到的是与数千年爱情故事中相通的层面，如《梁山伯与祝英台》《孔雀东南飞》《西厢记》《罗密欧与朱丽叶》等作品所写的那样，时代发生了很大的变化，但坚贞不渝的爱情总是让人感动的，这种内在的价值尺度具有超时代、超民族的永恒性。

文雨2007年在晋江文学网上发表的《网逝》入围第五届鲁迅文学奖，这篇小说被陈凯歌拍成电影《搜索》，2012年7月上映，颇受好评。小说很好看，故事时代感很强，透过波澜起伏的故事，我们看到，这篇小说的价值取向是传统的伦理。小说中人物的名字就标明了作品的价值倾向，小

说对人物的介绍很有意思：1. 杨守诚，守住诚实，是生活最基本的底线。2. 叶蓝秋，是一种美好，秋天的蓝天，是最美丽的风景。3. 陈若兮，这个名字是一种奇怪的情绪，陈若兮这样的人，生活中比比皆是。4. 杨佳琪，她走了一步好棋。5. 莫小渝是个讽刺，生死不渝的渝。6. 沈流舒，流于世俗，流氓的流，也是这个流。7. 路天明，明天就是新的一天。8. 沈惠琳，智慧的慧，女人要活得有智慧，不强求，但有生活的原则和底线。9. 刘义，就是一个守着警察身份也要讨生活的义字。看看这些介绍就会明白，小说的基本价值层面是诚实、智慧、坚贞、崇高、正义。

以上分析的只是网络小说中的几个个例，就网络小说的整体情况来看，多是通俗小说。2004 年的玄幻小说热，出现了《小兵传奇》《飘缈之旅》《诛仙》《天魔神谭》《魔法学徒》《升龙道》《起点》《紫川》等人气作品；2005 年的"悬疑小说"热，出现了蔡骏、成刚、莲蓬、嫣青、七根胡、一枚糖果、麦洁等悬疑小说作者群；2005 年的"第三届新浪原创文学大赛"的奖项设置为：奇幻类、悬疑类、言情类、百姓故事类、军事历史类、青春校园类六大门类，反映了网络小说的通俗类型化发展趋势。2006 年盗墓小说《鬼吹灯》、历史小说《明朝那些事儿》、武侠小说《沧海》、玄幻小说《诛仙》的销量都达到了几十万册，甚至百万册。网络类型小说的出现，与读者的细化和网站有针对性地区分读者有直接的关系。红袖添香是女性文学网站，以女性读者为主，作品主要类型是后宫、穿越、婚恋题材的小说。2010 年红袖添香进行的年度盘点显示，《宫心计：冷宫皇后》《宫杀：凤帷春醉》《碧霄九重春意妩》等后宫小说平均点击超过 3000 万，深受女性读者喜爱。①而铁血军事、17K 等文学网站以军事题材为主，是面向男性读者的。在这些通俗类型化小说中，就其价值取向来说，多是社会认可的道德准则。《和空姐同居的日子》其基本的理念是传统的，才子佳人的故事，加了新时代同居的料，加上青春言情的喜剧性情调，绕了几道弯，最终的结局是有情

---

① 陈香：《2010 年网络文学：类型小说仍是主流》，《中华读书报》2011 年 2 月 16 日第 2 版。

人终成眷属。《诛仙》的价值系统是正义与邪恶的决斗，外加上现代武侠小说的成长因素，在英雄人物的成长中，诚实、勤勉、耐力比天赋更重要。以唐家三少的作品为代表的网络玄幻小说，其基本的价值观念都是无比正确的"正能量"。

通常来说，人们对通俗文学评价不高是因为通俗文学与当代的社会现实缺乏联系。理查德·凯勒·西蒙（Simon，Kichard Keller）在美国的大学从事西方文学的教学工作，因为对学生们畏惧古典文学热衷通俗文化感到有趣，西蒙通过将通俗文化的重要作品与古典作品进行比较：如电影《星球大战》与文艺复兴时代的史诗《仙女王》，脱口秀节目与路易吉·皮兰德娄（Luigi Pirandello）的《六个寻找作者的剧中人》，肥皂剧《朋友们》《桑费尔德》《我们生活的日子》与维多利亚小说、雅各宾时代的复仇文学或莎士比亚（William Shakespeare）的戏剧进行对比，发现所谓的垃圾文化，无一不是伟大文化故事模式和主题在当代新现实中的翻版。在他看来，通俗文学与文学名著的不同，是我们以不同的方式看待这些故事的结果。[1] 理查德·凯勒·西蒙的看法或许有些简单、绝对，但他告诉我们，通俗故事与经典名著之间在内容上有着紧密的内在联系，网络小说不是无源之水，其思想内容是对传统文学主题的继承，能为更普遍的读者所接受。

现代文学启蒙思想者对"大团圆"结局的批判，正是希望文学能洞察现实，能告诉人真正的社会现实，文学是求真的，这是启蒙文学的责任，也是一个严肃的作家所应该告诉读者的，而通俗文学是教人做梦的，金庸的小说被人称为"成人的童话"。那些超长篇的网络连载故事，写作者日写作万字，他们选择的是如何获得读者的理解，是"轻阅读"的快感，而不是深度地认识现实，因而选择了难度较小的写法，这也决定了网络小说的价值取向是大众化的，而非深层的精神探索。

---

[1]　［美］理查德·凯勒·西蒙：《垃圾文化：通俗文化与伟大传统》，关山译，社会科学文献出版社2001年版，第1—39页。

四、文化的转型

以上所谈的是网络小说中比较突出的价值倾向，这三种价值取向的出现不是偶然的，而是与现实社会生活的变化有着紧密的联系。自二十世纪九十年代以来，纯文学的空间越来越萎缩，文学期刊的发行量日趋下降，纯文学作品的影响力日趋减弱。与此同时，人们对文学的消费需求并未减弱，通俗文学繁荣，消费文化兴盛，文人下海经商发财，中国社会处于"人文精神"失落的震荡之中。文化面临着总体的转型。在八十年代初，金庸的小说伴随着港台影视剧一起在大陆掀起了阅读热潮，金庸、琼瑶、三毛、梁羽生、温瑞安、古龙等人的作品摆满了大街小巷的租书店，供大众阶层读者娱乐消遣。与此同时，雅俗文学对峙的局面打破了，金庸成为大学教授们的研究对象，1994 年北京大学授予金庸名誉教授称号，严家炎称金庸的小说是"悄悄的革命"，1994 年王一川将金庸列为二十世纪中国文学的大师，2005 年金庸的作品进入了中学语文教材。文学史中对张恨水、鸳鸯蝴蝶派小说的历史地位也开始重新评价，夏志清在《现代中国文学史》中对现代通俗文学的评价获得学界的认可。他在这本书中写道："这里所指的'现代文学'，并不是民国以来所产生的惟一的文学。……当代人写的章回体小说仍受广大读者欢迎。这些逃避现实的小说——题材包括才子佳人式的艳史到无奇不有的武侠小说——是与历代的白话小说传统一脉相承的。除了文字用白话外，可说与当时的新小说无相同之处。这些新派的章回小说作者，虽然一直不为正统的新文艺工作者瞧得起（因为他们对社会问题不关心，对西方的传统也所知甚少），但纯以小说技巧来讲，所谓'鸳鸯蝴蝶派'作家中，有几个人实在是很高明的，这一派的小说家是值得我们好好去研究的。"[1] 夏志清的看法能在大陆学界产生影响，主要原因是中国社会发生了相应的文化转型。

---

① 夏志清:《中国现代小说史》，复旦大学出版社 2005 年版，第 19 页。

美国学者詹姆逊（F.R.Jameson）认为西方社会在二十世纪五十和六十年代出现文化转向。詹姆逊所说的是西方社会的文化转向，在这场转向中，现代主义文化被后现代主义文化所取代，文学商品化了，现代主义的个性化、艺术创造性隐退了，而替之为平面化的大众后现代文化，艺术的内涵由自律的美转为快感和满足，崇高转变为消费和放纵，私人化的现代语言转为通用的、套话式的、非个人化的媒体语言，后现代艺术是对高级现代主义的刻意反动。詹姆逊以一种历史总体性的方法来认识一个时代艺术变化的文化逻辑，虽说不无简单之处（当然詹姆逊也谈到在第三世界国家后现代和现代是同时并存的），也不一定适合中国文学的发展现状，但这种历史总体性的认识路径及其文化转向的看法对于认识中国文学的发展走向有可借鉴之处。

二十世纪九十年代网络媒介的出现为文学提供了一种新的传播方式，中国社会与西方社会在文化转向上有相似性，以网络媒体提供的技术平台促进了文学的通俗化、娱乐化、商品化和普及化。文学作品的价值观念也出现了一些新的变化：文学注重世俗的现实生活，文学的认识功能在强化。在八十年代引进西方文学热中，是存在主义热，是弗洛伊德（Sigmund Frend）热，是文化热；而在九十年代，是好莱坞大片热，是四大名著的影视改编热，是历史小说热。网络通俗小说的兴起及兴盛，与整体的文化转向密不可分。不难看出，网络小说受到国外玄幻小说的影响，港台温、梁、金、古、黄等通俗小说名家的影响，中国古典通俗小说的影响，国外恐怖小说、推理小说的影响，等等。

在一种整体的文化环境的改变下，文学的多元化现实已是无需争论的事实，中国作协对网络作家也采取了相应的吸纳、扶持态度，相应的评奖制度也发生了变化。2008年麦家的小说《暗算》获得茅盾文学奖，引起评论家们的热议，很多人认为《暗算》属于类型化的通俗小说，与茅盾文学奖获奖作品注重作品内容的厚重感有些不相称。《暗算》的获奖意味着通俗类型文学获得了认可，意味着滚滚而来的通俗文学态势让茅盾文学奖的评奖标准做

出"与时俱进"的调整。网络类型小说家与已有文学体制之间的交流、融合也在不断增强。蔡骏、当年明月、唐家三少等作者先后加入中国作协，各地作家协会向"网络写手"敞开了大门，广东、陕西、浙江等地作协成立网络文学委员会，中国作协参与主办蔡骏、血红、跳舞、我吃西红柿、唐家三少等网络类型小说作者的作品研讨会，开办多期"网络作家培训班"。2010 年第五届鲁迅文学奖准予网络类型小说参赛，2011 年第八届茅盾文学奖修改了评奖条例，将网络类型小说纳入评奖范围，2012 年中国作协组织网络文学作家与名作家结对子，对网络小说创作进行重点扶持。

在中国古代，小说原本是娱乐人的闲书，只有诗文才是文人博取功名的正途。那些科举落榜生、落魄文人是小说创作者的主体，曹雪芹、吴敬梓、吴承恩、蒲松龄等人所创作的小说在后世广为流传，但他们在当时大多是郁郁不得志的。说书、写小说是封建落魄文人的一种生存方式，他们多是名不见经传的。根据鲁湘元对《中国大百科全书》中记载的作家进行的分析统计，从秦代至鸦片战争期间的有名有姓的作家共 916 位。其中的 841 位，即占总数的 91.8％的作家，都与"官"有着千丝万缕的联系。这些作家大致有五类：一是封建帝王或王侯，如曹操、曹丕、李世民、李隆基、李煜等；二是皇亲国戚，如曹植、萧统、上官婉儿等；三是历代被封的朝廷命官，如韩愈、欧阳修等，这部分是作家中的最大多数；四是虽不为朝廷工作，但却在王侯将相门下充当宾客幕僚，这类作家常常与第三类作家换位，时而为宾时而为官，如李白；五是有的作家虽不曾为官作宾，但在生活和出版作品上，受到过官府和官员经济上、政治上的大力资助和支持，如唐女诗人薛涛。[1] 这些有名有姓的作家都不是小说的作者。在中国传统社会里，广大的市民阶层需要娱乐、休闲，这是"小说"得以存在的民间基础，古代没有现代的出版发行制度，没有可供栖身的现代职业体系，那些落魄文人以文学娱人，得以糊口养家，在故事中演绎人生的梦想。

---

[1] 鲁湘元：《稿酬怎样搅动文坛：市场经济与中国近现代文学》，红旗出版社 1998 年版，第 17 页。

网络时代的网络小说继承了传统小说的娱乐功能和通俗写法，但因时代不同，二者不可同日而语。当代网络小说写作者多是非职业性的，在身份上要芜杂得多。最根本的，网络小说在价值取向上是开放的，这来自网络自身的特性。美国人约翰·P. 巴洛（John P. Barlow）1996 年 2 月 8 日在瑞士达沃斯发表的《赛博空间独立宣言》宣称："我们正在创造一个新世界，人人都可以进入这个世界，而不必考虑由种族、经济力、武力、出生地而来的特权或偏见。我们正在创造一个新世界，人人、处处可以表达他或她的信仰，无论这种信仰是多么古怪，而不再害怕被强制沉默或强制一律。我们将在网络中创造一种心灵的文明。但愿她将比你们的政府此前所创造的世界更加人道和公正。"互联网打破了知识的禁锢和信息的特权，赋予自由思想、自由表达、自由创造的权利，可以容纳多重声音，容纳不同政见者，网络小说的作者是来自不同阶层的民众，在他们的写作中通过对传统的继承而创造一种心中的文明，也会以自己的自由思想冲破观念的禁锢，从而实现精神的创造。

五、新的文化潜能

网络小说的文化价值体系不是无源之水，而是脱胎于各种传统文化资源。说到根本，网络媒介是一种技术手段，它为民众的创造力提供了舞台和空间。马克思说被统治阶级是没有自己的思想体系的，当今的中国阶级问题已经淡化，阶层的分化却正在形成。民众来自不同的阶层，他们或许没有创造文化价值的能力，但他们可以在对文化的接受中发挥自己的能动性，将各种文化兼收并蓄，并对之进行合乎自己想象的改造。传统文化中的忠孝节义、诚实守信，以人道主义为价值体系的"现代、自由、民主、博爱"思想体系，关于生存意义的"焦虑"、"虚无"、"孤独"思想，关于各种宗教的思想体系，关于"为我"、"贵生"、"功利"的实用主义思想体系，在网络小说中结成一张网。一种文化的价值在于其时代性，在于其对

新的文化的衍生性，在于对未来的价值。"信息超级高速公路和虚拟现实的技术特性已经够清楚的了，足以引起人们注意到它们促成新的文化形成的潜能。"[1] 这种新的文化潜能不是凭空而来的，而是体现在对传统文化的发展变化上。

网络写作者的优势是他们自身的经历，自身的生活体验，自身的价值立场。他们没有自己的思想体系，但他们对传统文化的接受采取了个人化的解释，以自己的生活经验为基础，以网络的娱乐精神调侃、改写传统，发挥民间的智慧，发挥汉语言的文字魅力，制造出新的文学景观。

网络文学是亲民的，正在于它自身的价值体系是亲民的，不说空话、套话，不虚伪、不做作，没有陈腐的匠气。《明朝那些事儿》在天涯论坛上连载，有很高的人气，被书商沈浩波看中，实体书出版时的宣传语为："草根写史第一人"，"历史应该可以写得更好看"。这部小说的价值取向并没有高出现有历史阶段的价值系统，而是以当代的理念重写了历史。"要么不做，要么做绝"，是小说中反复出现的一句话，明朝的故事被写成了一个实用主义的故事，历史白话化了，俗化了，当代化了，历史成为一群野心家争斗的故事，因而也变得"好看"了。

"同人小说"《此间的少年》借用了金庸小说中人物的名字及其性格，将这些人物的故事放在当代校园里，因为人物名字的类型角色已决定了人物的性格内涵，故事的戏剧性有了前提，所以同人小说是借助"脚手架"写作的当代故事，那些读者熟悉的金庸小说中的人物变成了身边的人物，他们的所为给读者带来一种喜剧化的阅读效果。蔡骏在写悬疑小说时，常花大量的时间去泡图书馆，充实小说中的各种知识，增强小说的可读性，形成了他小说中"知识悬疑"的特点。写奇幻武侠小说的沧月说："正因为金古温梁黄几位前辈大师的存在，也迫使了新武侠必须融入更多元素。对于伫立在武侠小说平原尽头的这座山，两种办法，一是爬上去超越，一是

---

① ［美］马克·波斯特：《第二媒介时代》，范静哗译，南京大学出版社 2001 年版，第 44 页。

绕开，我比较取巧，是从五个手指缝里绕过去的。我们这一代很多人的学养积累没办法和金庸比，但我们拥有时代的优势，有 Google，有百度，可以把图书馆摆在自己的周围，拥有什么触手可及——但金庸的丰厚无法比及，这往往令我觉得沮丧，也是我绕开那座高峰的原因。"①沧月的话道出了网络小说写作者的"秘笈"，就是在网络小说中容纳多重元素，增加小说的"看点"，不能在写作的艺术力度上超越前人，但可以在内容的广度上超越前人。作家阿来更是一语道破《藏地密码》的写作秘诀："《藏地密码》中至少关涉了三个似是而非的知识系统：藏传佛教的历史与传说；藏獒的知识与传说；最后一个是青藏地理及探险。"②正是这些组合的元素成为小说吸引读者的"看点"。

应该看到，借用"脚手架"写出来的网络小说也是有原创性的，是有其时代特色和个人精神投射的新作品。《亮剑》《遍地狼烟》等抗战题材的小说，借用通俗小说的外形，写出了勇猛、粗犷，不墨守陈规，有血性的抗日军人形象，这种人物似乎是古典小说中程咬金、牛皋、李逵等人物的当代版，但又有鲜明的时代内涵，他们身上有一种时代需要的创造性、个性化的精神活力。《与空姐同居的日子》貌似一个有情人终成眷属的套路故事，但小说有着当代生活的影子，小说以喜剧化的笔法将当代都市青年异性合租进行了想象化处理，人物关系是干净的，令人读来颇有趣味。在《裸婚》《蜗居》《双面胶》等都市题材的小说中，小说的矛盾冲突是戏剧性的，带有明显的"编剧"痕迹，其中价值伦理是传统的，但故事有浓郁的时代气息，内容涵盖了城市化进程引发的社会矛盾，现代新型人际关系的变化，等等。前面讨论过《网逝》有传统伦理特色，又带有鲜明的现代黑色幽默小说特点，小说批判了新时代媒体的负面之处：新闻对小事的极大炒作，无限放大鸡毛蒜皮的琐事，网络论坛是最大的垃圾桶，网站后台控制着网站

---

① 舒晋瑜：《沧月：写武侠的女建筑师》，《中华读书报》2007 年 2 月 14 日第 17 版。
② 阿来：《〈藏地密码〉有"神秘配方"》，《扬子晚报》2008 年 5 月 6 日。

的舆论导向。《网逝》写出了网络时代缺乏人和人之间的关怀，人和人之间不信任，沟通越来越艰难的现实。在各种穿越小说中，多是现代人穿越到古代，利用现代知识去和古人拼智慧，在想象的空间中营构的其实是现代观念的故事。

美国人类学家罗伯特·雷德菲尔德（Robert Redfield）在《农民社会与文化》中提出大传统与小传统的区分，大传统是指少数知识分子所代表的文化，小传统是多数农民所代表的文化。后来欧洲的学者将这两种文化替换为精英文化和大众文化，认为前者对后者有很大影响，而后者对前者的影响微乎其微。这种文化的区分方法是简单的，没有看到二者之间的关联，大传统和小传统并不是完全对立的，大传统和小传统有时候是很难区分的，如孝道、守信、诚实、勇敢、质朴、勤劳，这是大传统，还是小传统？在网络时代，知识分子精英和普通人之间的差别渐渐缩小，网络媒体将信息向全体社会成员开放，尼葛洛庞帝（Nicholas Negroponte）在《数字化生存》中认为，数字化生存时代人类必将出现四种变化：分散权力、全球化、追求和谐与赋予权力。① 网络时代是一个专家遍地的时代，也是一个专家消失的时代，网络上到处是自以为是的、似是而非的观点，文化的权威被分解了。专家也会以普通人的身份在网上发言，学术文章掺杂在普通的口水短篇之中。专家的话语权是通过知识兑换成权威，用能力去替换权威，权威与"知识的滥用"是不可分离的。网络写作宣告了一种权威的消失，也宣告了绝对真理的消失。中国网络小说发展的历史尚短，其作者群体在思维力上还无法与纯文学作家抗衡，但他们穿行于"权威缝隙"中，或借用、或拼贴、或戏拟、或质疑，以通俗娱乐性的故事形式填补了"精英文学"留下的空域，与大众一起"狂欢"，其中蕴藏着新的文化潜能，发出了属于他们自己的声音。

①　［美］尼葛洛庞帝：《数字化生存》，胡泳等译，海南出版社1997年版，第269页。

第二章　网络叙事与文化建构

　　互联网在中国的日渐普及对中国当代文学造成了不容忽视的影响，在线写作、阅读的人越来越多，网络作品下线占领图书市场的份额越来越大，网络文学不是一个简单"好不好"的如何评价的问题，而是一个我们必须面对的文学生活现实：上千万人通过网络写作、阅读，受读者热烈追捧的网络文学作品下线进入图书市场，有的成为热门影视剧的文学底本，有的衍生为网络游戏、网络视频、文化产品。网络文学的繁盛时时受到学界质疑，常见的批评是，文化快餐与"文化垃圾"能热闹一时，但其价值总是有限，然而事实并不是这么简单。在线说故事，即时互动，借用网络多媒体手段书写自己的经验或想象，借助商业网站的力推，在众多粉丝的追捧下激发写作者的潜能，网络极大地解放了民间创作的力比多，写作语境和写作方式的变化必然带来文学叙事的变化。网络叙事的主体是多职业的自由身份者，他们借助网络获得叙事的权利，他们的个人经验和对文学传统的民间式理解蕴含了新的文化内涵，有当代文化发展逻辑的合理性，网络叙事参与时代的文化建构，为当代文化的发展提供了新的契机。

一、网络语汇与叙述文体

　　这里所言的叙事是一种广泛意义上的文学表达，即通过讲述，通过语言乃至声音、图像叙述真实或虚构的事件。在网络空间中，叙事是普遍的，在线的博客、微博、BBS论坛、文学网站，随处可见不同主体的叙事。限于篇幅，本文所论及的主要是网络叙事的主要形式——网络小说。独特的网络场域和叙事主体带来了网络叙事与传统叙事的不同，从叙事的语言层面到叙事的话语风格、话语立场、叙述文体，网络叙事都有新的变化，网络写作主体以广泛的写作实践进行着当今最大众化的写作。

　　传统的写作理论认为，写作者要锤炼语言，要有自己的语汇系统，不外乎是从书本中学，从生活中学，如老舍先生所言，学习写作语言的途径是："多念有名的文艺作品，多练习多种形式的文艺的写作，和多体验生活。"[①] 对于在线的写作者来说，语言还可以从网络中学。网络提供了一种新的生活方式，网络语境生产了一套表情达意的符号系统，网络上诞生的语言被广泛地应用到网络写作中，网络语言丰富了艺术的表现力，扩大了语言的边界，发挥了民众的语言创造力。

　　网络语言是在网络环境中产生的，带有简洁、时尚、调侃的意味，多用谐音、曲解、组合、借用等修辞方式，或用符号、数字、英文字母代替汉字表达，如：斑竹（版主）、东东（东西）、MM（美眉，女性网民）、GG（哥哥，男性网民）、BF（男朋友）、CU（see you!）、TNND（他奶奶的）、88（拜拜）、520（我爱你）、521（我愿意）、^-^（笑脸）、=^-^=（脸红什么？）、:-((悲伤或生气）、|-P（捧腹大笑），等等。这些多是网络聊天产生的网络语言，还有些语言新词，经过网络的广泛使用，已经获得了大众的认可，如"给力"、"屌丝"、"高帅富"、"白瘦美"等词有很强的时代感，也渐渐为读者所熟知。2001年于根源教授编写的《网络词典》，收录网络

---

① 老舍：《我怎样学习语言》，《老舍论创作》，上海文艺出版社1982年版，第223页。

词汇 4000 多条，2012 年 7 月出版的《现代汉语词典》第六版，收入了"给力"、"雷人"、"宅男"、"宅女"等网络词汇。

网络语言的使用给文学叙事带来时代气息，《第一次的亲密接触》的成功无疑与网络词汇的使用分不开，小说中用了很多的网络词汇，诸如"当机"、"狗腿"、"恐龙"、"见光死"、"吐槽"、"菌男"（俊男）、"霉女"（美女），这些词汇的使用使小说有一股清新的网络文风，给人以"陌生化"的阅读效果。小说中还化用传统语言，将网络改造的流行语言写进小说，诸如："给我一杯壮阳水……换我一夜不下垂"（篡改《忘情水》的歌词）；"余岂好色乎……余不得已也"（套用《孟子》中的句式）；"弟本布衣，就读于水利……全成绩于系上，不求闻达于网路……"（模仿《出师表》的句子）；"痞子……这次你请我……下次我让你请……"（聊天的生活化语言，有生活情趣）。"呵：）……痞子……那你想我吗？……""A. 想 B. 当然想 C. 不想才怪 D. 想死了 E. 以上皆是……The answer is E……""如何想法呢？……""A. 望穿秋水不见伊人来 B. 长相思，摧心肝 C. 相思泪，成水灾 D. 牛骨骰子镶红豆——刻骨相思 E. 以上皆是……The answer is still E……""呵呵……：）……"（这段痞子蔡和轻舞飞扬的对话模仿选择题的方式展开，给人一种新鲜感）。其他如痞子蔡在聊天室里的 plan，谈不上语言的精致，他与轻舞飞扬的聊天之词也谈不上有文采，但却是有个性的，读来颇为吸引人，颇有开网络小说新风之意味。

语言是建构文学作品的材料，是思维的外壳，语言关系到作品的写作面貌，一套语言系统代表着一类文学作品的风格。语言的更迭，渗透了文学的时代气息，构成了文学的发展历程。中国现代文学以白话文代替文言文，促进了文学的现代转型，使现代文学的面貌发生了根本性的变化。语言背后是文化系统的支撑，文学语言有阳春白雪和下里巴人之分，高雅的语言婉转、含蓄、蕴藉，民间的语言通俗、明朗、机智、活泼。很多当代作家都意识到语言对一个作家的重要性，王蒙的语言有气势，如同排炮般有冲击力，汪曾祺的语言淡雅、清丽、水净沙明，莫言的语言绚丽夸张，

有张扬的感性风格。当代文学前三十年，形成了一套政治语言系统，对文学的渗透十分明显，在"伤痕小说"中有明显的政治语言的痕迹。先锋小说作家对政治语言进行了必要的更迭，语言实验化倾向突出，开启了一个文学的新时代。网络语言制造的一种调侃式的幽默的写作风格，改变了二十世纪中国文学过于沉重的面貌，戏谑的网络叙事语言以一种娱乐化的形式开创了一种新的叙事范型。作家徐坤认为："网络在线书写越是简洁越好，越出其不意越好，写出来的话，越不像个话的样子越好。一段时间网上聊天游玩之后，我发现自己忽然之间对传统写作发生了憎恨，恨那些约定俗成的、僵死呆板的语法，恨那些苦心经营出来的词和句子，恨它们的冗长、无趣、中规中矩。"① 如徐坤所言，网络在线写作语言的"出其不意"打破了传统写作的沉闷和无趣，这其中意味着汉语文字表现力的突破。

网络语言是一种调料，一种氛围，一种叙事的语调。汉语网络语言的母体是有深厚传统的中国文学语言库，网络语言常用戏谑、借用、化用的方式模仿经典语言，从而实现一种亦庄亦谐的表达。《鬼吹灯》的开篇是："盗墓不是游览观光，不是吟诗作对，不是描画绣花，不能那样文雅，那样闲庭信步，含情脉脉，那样天地君亲师。盗墓是一门技术，一门进行破坏的技术。"这段话让人想起一段毛主席语录："革命不是请客吃饭，不是做文章，不是绘画绣花，不能那样雅致，那样从容不迫，文质彬彬，那样温良恭俭让。革命是暴动，是一个阶级推翻另一个阶级的暴烈的行动。"②《鬼吹灯》的叙事策略是化用革命伟人对革命事业的表述来叙述盗墓，将"盗墓大业"合法化，使故事得以展开。"时间就像乳沟——是挤出来的！"这是三十的小说《下班抓紧谈恋爱》中的一句话，这句话让人想起鲁迅先生的名言："时间就像海绵里的水，只要愿意挤，总还是有的。"比起鲁迅的名言，三十的说法读来有"低俗"意味，但三十的话是有时代气息的，戏谑了当

---

① 徐坤：《网络是个什么东西》，《作家》2000 年第 5 期。
② 毛泽东：《湖南农民运动考察报告》，人民出版社 1976 年版，第 7 页。

今的一种社会现象。

对网络小说的语言，学术界常见的是批评的声音，南帆在《游荡网络的文学》中认为在《第一次的亲密接触》中"网络聊天室的交往将立体的现实简化为一些不无风趣的对话"，"网络语言之为网络语言的旨趣隐含了导致文学干涸的危险"。① 南帆的分析不无道理，但我们应看到，网络小说的价值在于它增加了小说的可能性，为汉语的表现力增加了新的空间。而事实上，那些成功的网络小说，并不只是靠网络语言来支撑的，而在于在语言的运用中体现出的对时代生活的捕捉和把握。作家汪曾祺认为："语言是小说的本体，不是附加的，可有可无的。从这个意义上说，写小说就是写语言。小说使读者受到感染，小说的魅力之所在，首先是小说的语言。小说的语言是浸透了内容的，浸透了作者的思想的。"② 诺曼·费尔克拉夫（Norman Fairclough）的《话语与社会变迁》认为："语言使用中的变化方式是与广泛的社会文化过程联系在一起的。"③ 因此小说的语言价值不单纯是语言的问题，而在于语言本身所表现的内容，以及内容中所体现出的时代文化内涵与社会生活变化。《失恋三十三天》在网络和读者的互动中产生，小说的语言颇有时代感，吸收了很多生动的网络语言。如"制服诱惑"、"秒杀"、"WII"、"直男"、"咸湿"、"MSN"、"拉风"、"土豆款的男孩"等网络词汇都有其特定的文化内涵。

马克·波斯特（Mark Poster）将印刷媒体时代称为第一媒介时代，将互联网时代称为第二媒体时代，第一媒介时代是信息制造者高高在上的时代，是知识分子启蒙者的时代；第二媒介时代是民间精神盛行的时代，知识分子权威受到挑战。"在信息制作者极少而信息消费者众多的播放型模式占主导地位的那个时期，亦即我所称的第一媒介时期，存在着某种触犯知识分子

---

① 南帆：《游荡网络的文学》，《福建论坛》2000 年第 4 期。

② 汪曾祺：《中国文学的语言问题——在耶鲁和哈佛的演讲》，陆建华主编：《汪曾祺文集（文论卷）》，江苏文艺出版社 1993 年版。

③ ［英］诺曼·费尔克拉夫：《话语与社会变迁》，殷晓蓉译，华夏出版社 2003 年版，第 1 页。

作者权威感（sense of authorship）的东西，而无论所论及的文化客体具有怎样的质量，这种冒犯总是存在。"① 在第二媒介时期，信息制造者和消费者集为一体，马克·波斯特所言的这种对知识分子话语权威的冒犯变得更普遍了。网络写作者多是二三十岁的年轻人，他们没有丰富的人生阅历，他们是非职业写作，他们的在线写作不追求高深的哲学思想，不追求艺术上有突破性的创造，他们的阅读也是接受种种传统书面文学的影响，冒犯知识分子权威，对传统经典的解构和戏仿成为一种叙事的策略。颠覆宏大叙事，放弃知识者的启蒙立场，并不是放弃立场，只不过是以民间的立场来取代启蒙的立场。周星驰主演的电影《大话西游》在九十年代末受到一代大学生朋友的追捧，大话之风在网上蔓延。"曾经有一份真挚的感情放在我面前，我没有珍惜，等我失去的时候我才后悔莫及，人世间最痛苦的事情莫过于此。如果上天能够给我一个再来一次的机会，我会对那个女孩说三个字'我爱你'，如果非要在这份爱上加一个期限，我希望—— 一万年。"这段人物对白被网友们反复篡改演绎成多种版本。这种似假亦真的夸大其词的言说风格，在价值观上似乎并没有离经叛道，但其将神圣的感情娱乐化了，当这种言说句式被网络写作者们反复复制的时候，其戏谑的意味更强烈了。今何在的小说《悟空传》就是一部明显受到《大话西游》影响的小说，承续《大话西游》对经典小说的解构叙述，《悟空传》将《西游记》神圣的取经之旅转化为一场备受怀疑的人生闹剧，唐僧、沙僧的坚定佛家弟子形象被颠覆，孙悟空英雄的形象也被改写，佛家弟子被写成了几个俗人，历经艰险的漫漫取经之途演变成为人物各自打着内心小九九的情欲故事，师道尊严的师徒关系被庸俗化，令人充满敬意的取经之行的合法性受到了怀疑和诘问。在这种戏谑的方式下，经典小说《西游记》以一种新的方式得到了当代的"复活"，《悟空传》是对《西游记》的当代改写，其畅销的背后反映出当代社会文化心理的变革需求。

---

① ［美］马克·波斯特：《第二媒介时代》，范静哗译，南京大学出版社 2001 年版，第 6 页。

网络叙事打破了传统叙事的束缚，"正是由于脱离传统形式和假想情境，小说才获得生命。因此，免于形式约束的自由可被视为小说的规定性特征。"① 从篇幅上，网络小说可长可短，短的手机小说只有几个字，而《诛仙》《间客》《鬼吹灯》等网络小说都是数百万字。从小说的写法上，《风中玫瑰》是多位网友网络聊天组成的小说，李臻的小说《哈哈，大学》是由文字、DV 短剧、FLASH、原创音乐和电脑小游戏合成的多媒体小说。2010 年 8 月由盛大文学主办的"双城记——京沪小说接龙 PK"由知名作家孙睿、徐则臣、丁天、金子、邱华栋组成"新京派作家团"，陈丹燕、李西闽、任晓雯、小白、朱文颖组成"新海派作家团"，进行小说接龙，以展现出城市新移民的生存状态和命运。从小说的风格上看，穿越题材的小说细腻，盗墓题材的小说险绝，历史题材的小说诙谐，玄幻题材的小说飘逸，青春校园题材的小说活泼，现实题材的小说亲切。在文学先锋精神式微的年代，小说的文体创新已成为当代文学的暗流，那种跳动的创新的思维火光在很多作品幽暗处流动。就目前的网络小说而言，整体上缺乏文体创新，但网络小说在语言的融合、叙述方式的变化、媒体手段的多样化等方面蕴含了新的文体的可能性，而这一切，都是来自民间文学创造力的解放。

二、网络叙事的审美表达

网络小说中最有代表性的是那些玄幻、悬疑、历史、盗墓、穿越、耽美、校园等类型化题材的小说，从各大网站的作品类型分类到占据各大畅销书榜的下线实体网络小说，主要都是网络类型化小说。这些小说多借用通俗小说的写法抓住读者，网络读者将网络小说的审美特征概括为"爽"的机制，南派三叔创办《超好看》，其宗旨是："以故事本身为卖点，重要的是，读者可以从故事的精彩情景中获得单纯的阅读快感。事实上，凡不以好看

---

① ［美］华莱士·马丁：《当代叙事学》，伍晓明译，北京大学出版社 1990 年版，第 5 页。

为目的写小说都是耍流氓。"[1]网络小说遵循"故事为王"的硬道理，如何将故事讲得吸引读者，是网络小说作者重点考虑的。慕容雪村在接受记者采访时说："取悦读者是我的本性。"[2]要很好地吸引读者，悬念是网络小说基本的手法，在故事结构上，主要是以线性结构来叙述故事，来龙去脉一点点地呈现，让读者被人物的命运、故事的发展所吸引。

网络小说常用顺序的写法，网上连载的上百万字的超长篇网络小说采取的是每天更新的方式与读者见面，采用顺序的写法是为了便于阅读，不至于让读者将写作的内容弄混，一般是按照人物成长经历的发展为序。《间客》《诛仙》《小兵传奇》《遍地狼烟》都是采取这种顺序，人物的个人成长历程就是小说的结构，读故事就是读人物的命运。这种写法与中国古代通俗小说又有些不同，带有很鲜明的现代小说的意味，主人公的人生历程是艰难曲折的，其成熟及其成功之途是建立在挫折和一步步历练的基础上，在主人公之外，再设计其他的陪衬人物，进行对比，以突出主要人物。

传统小说中的悬念、巧合、无中生有、一波三折等叙事技巧在网络小说中被广泛运用，这些技巧的运用增加了网络小说的可读性。《蜗居》是一个写实的故事，小说中那种盘根错节的矛盾纠纷，一波未平一波又起的故事结构，展现了作者"编故事"的才能。网络连载是用"中断讲述"的方式来延宕信息从而造成悬念，叙述中写作者也常有意地设置悬念，让阅读的过程变成读者与作者之间"猜谜"的智力游戏。蔡骏的小说自称是"心理悬疑"小说，所有的小说叙述都是围绕"设谜——解谜"的过程来展开，他办的一本杂志取名为《谜小说》。网络上把伏笔的设置称作"挖坑"，揭示展开伏笔的过程称作是"埋坑"，"坑"被填平以后又开始设下新的伏笔，不断如此往复，形成叙事的推进。应该看到，蔡骏的"心理悬疑"小说吸

---

① 王科、黄葆青、丁燕、刘晶：《写小说不以好看为目的是耍流氓》，《钱江晚报》2011 年 9 月 15 日。

② 钟刚：《取悦读者是我的本性》，《南方都市报》2008 年 11 月 23 日。

收了现代小说心理分析的特点，在故事布疑、解疑的过程中，展开人物的精神心理分析，使故事既有很强的可读性，也有现代小说的细腻感。

与经典现实主义小说相比，网络小说中少有冗繁的景物描写和场景描写，小说的开头一般是直接进入故事的核心层面，设置悬念，调动起读者"追根溯源"的好奇心。当然，那些有"文气"的小说，也常以简短的景物描写开篇。如《遍地狼烟》的开篇："初秋的雪峰山已经颇有些寒意了，尤其是山上长年积雪，站在这茂密的大山深处里更显出几分阴冷。一道清澈的山泉在林子中央悄无声息地流淌着，脚下齐腰的灌丛林如同海上翻卷着的那些无边无际的波澜，随时准备把一切尽数吞噬而不落痕迹。天空中偶尔有一只鹰滑翔而过，叫声一直抵达云霄，回音在绕着层峦叠嶂颤动久久不绝止，让这座因长年积雪而得名的湘西大山也随之轻轻颤抖了一下。"这段描写颇有经典现实主义小说的影子，为故事的展开定下了"严肃沉稳"的基调。"50年前，长沙镖子岭。四个土夫子正蹲在一个土丘上，所有人都不说话，直勾勾盯着地上的洛阳铲。铲子里还带着刚从地下带出的土，奇怪的是，这一抔土正不停的向外渗着鲜红的液体，就像刚刚在鲜血里蘸过一样。"这是盗墓笔记的开篇，迅即、简洁，毫不拖泥带水，用场面描写迅速将读者带入故事之中。

网络小说作者也受到西方小说的影响，在设置情节悬念的时候，其故事深层中也有对生存悖论的呈现。《间客》的结构是一个俄狄浦斯式的结构，许乐与之作战的帝国竟然是自己的祖国，一个联邦的英雄最后被证实为有帝国的血统，许乐所陷入的悖论是俄狄浦斯式的：个人无力选择自己的出身，一个人在抗争命运的时候，又受到命运的无情嘲弄。但《间客》又是一个现代的故事，主人公许乐超越了民族，作为一个"间客"，站在了正义与公理之上，以追求普世的公平为人类做出了自己的贡献。

从小说的开篇来看，截取横断面的写法常被网络小说采用，这种写法的好处是入题快，直接将读者带入到人物故事的矛盾之中。《成都，今夜请将我遗忘》以主人公陈重打牌输钱后勾引叶梅开篇，陈重与妻子赵悦的矛

盾此时开始展开，叶梅后来成为陈重的朋友李良的妻子，陈重与叶梅的身体游戏又注定了他与好友李良之间的悲剧性冲突无可避免。这种结构方式类似于曹禺《雷雨》式的开篇，人物间的恩怨情仇已经注定，读者进入的是故事的中场，故事冲突集中、紧张，让读者的心随着人物的命运变化而动。陈重与赵悦大学时代的经历成为故事的背景，小说一面是人物在现实中的堕落，一面是对大学时代的缅怀，两相对照，人物历经"尘世"，精神面貌已经发生了根本性的变化，小说的内涵因两重维度而更加丰富。

网络叙事中，还可以借助图片、视频来和读者互动。胡戈的《一个馒头引发的血案》对陈凯歌的电影进行解构，以一种戏谑的方式对电影《无极》进行"恶搞"。胡戈把一个严肃的电影，通过剪辑的方式，实现了自己的"再创造"，让广大的网民看到了《无极》主题的日常经验化，这是以民间的方式对影视文化进行的批评，显示了民众的幽默才能和文化眼光。

网络小说的叙事速度比较慢，枝节旁生，因为是网上连载，可以事无巨细地进行细节铺张。《间客》中的场面描写都是直面的，人物的对话都是写实的，长篇大论，宏论滔滔，大有诸葛亮舌战群儒的气势，不虚晃一枪，不设空白、暗喻，读来也颇有趣味。因为不担心篇幅的限制，网络叙事也会极力营造情节的曲折性，险象环生，盘根错节，故事性既强，也给读者节奏慢，故事冗繁之感。网络小说可以在电脑上看，可以通过移动屏媒如手机、ipad 等阅读器直接阅读，在公交车站等场所，在人们的茶余饭后等休闲时刻，读者都可以进行有效地阅读，因而网络叙事是为"轻阅读"而写作的，叙事中通常没有高深的哲学思考，没有需要反复回味的微言大义。

网络叙事有多种形式，如博客、微博、留言板、直播贴、文学网站上的专栏等等，所刊载的形式不同，其风格也会有所差别。微博上的文字一次不能超过 140 字，用语必须特别简洁，适合用手机来发送，还可以用图片的形式来及时呈现生活中发生的事。2011 年"7·23"温州动车追尾事件，很多在场的目击者及时地以手机记录了这一时刻，通过微博发出了自己的声音，这种新闻现场式的叙事不是由专业记者来完成的，而是由普通的民众来完成的，它以民众的拍摄角度和叙事立场将事件的真相告诉了世人。博客是一个自由的书写空间，博客文字没有特别的格式，没有文体的限制，只要自己高兴，博客就是自己给自己办的杂志，就是自己留给自己的一片自留地。博客提供了博友留言、博文评论、博友动态等多重链接，以及图片、声音、视频等多重技术手段，博客写作有很强的表现功能。博客内容往往包罗万象，可以是个人的观感叙事，也可以是大众关心的话题，可以是剪贴的，也可以是自己的心情记录；博客是私人公开的日记，又是公开的会客厅和同仁论坛。

网络叙事的特点还在于所写的文本是和读者互动的，互动性增加了文本的流动性、不确定性，写作者可以一边写，一边和读者进行交流，读者的鼓励也会成为写作者写作的动力。由于读者的差别很大，读者与作者之间的互动使网络文学的阅读接受过程是一种霍尔（Edward T.Hall）所说的"生产性文本"产生的过程，因而也往往创造出与那种标准化的、齐一化的文化产品不同的作品来。通过在线交流，写作者直接面对读者的意识会大大地增强，其写作的兴味也会极大地提高。没有人会甘心自己辛辛苦苦写出来的文字被读者忽视，写作者注重吸引读者的关注力，将作品尽量地拉近自己的感性生存状态，以生活感受性见长，以便在网上寻得更多的知音。

网络叙事的总体风格是娱乐性的，其面对的是大众网友读者，而不是少数有文学修养的阅读者，这种情形有些类似于古代说书场。对于中国文学来说，五四以来的现代小说的传统不过是近百年的事，而自隋唐以来的通俗小说的传统则有上千年的历史，网络小说在叙事手法上更接近古典通俗小说。当然网络叙事的作者主体也接受现代西方小说的影响，那些受金庸、古龙、琼瑶等港台通俗小说影响的写作者，也在不知不觉间吸收了现代小说注重"情调"和"风格"（茅盾语）的写法。根据严家炎的研究，金庸的小说跳出了传统武侠小说编故事的创作路数，突出人物性格的刻画，作品不仅塑造了一系列的扁平人物形象，还有突出的圆形人物形象。其小说的内在结构是西方近代式的，采用有多重矛盾、多条线索的网状结构，

其情节悬念是积累了大仲马（Alexandre Dumas）的浪漫主义小说和近代侦探小说、推理小说的艺术经验而发展起来的。金庸小说借鉴和吸取了五四新文学和西方文学结构模式，大大拓展了生活容量。[①]网络小说作者和读者多是通俗小说的爱好者：蔡智恒最喜欢的作品是《三国演义》；蔡骏写"悬疑小说"受日本电影《午夜凶铃》和通俗作家斯蒂芬·金（Stephen King）的启发；桐华写穿越小说最初受到漫画《尼罗河的女儿》和好莱坞电影《时光倒流七十年》的影响；对沧月写作影响最大的作品是《笑傲江湖》《七剑下天山》《基督山伯爵》；流潋紫喜欢的书是《红楼梦》《二十五史》《聊斋志异》、张爱玲作品、苏童作品、林清玄作品、亦舒作品；猫腻的写作受金庸、古龙等作家及《阿甘正传》《教父》《007》等电影的影响；江南的小说《此间的少年》以十五部金庸小说中的人物作为"同人"展开想象……可以看出，相对五四以来的现代文学传统，网络叙事主体更多受到中外娱乐化的通俗文学的影响，重视故事的趣味更甚于思想的启蒙和艺术的创新，应该看到，他们与古代的说书人是不同的，他们的故事有现代文学的艺术视野，其叙事内容渗透了现代精神，不是古代英雄、神魔、儿女故事的简单重复，其叙事手法如同上文所分析的，不乏对现代小说技巧的借鉴，这种超越雅俗叙事的综合借鉴蕴含着新的创造性。

三、感性解放与叙事的个体经验

网络媒体的普及及其民间化，让更多的写作者有了自主写作、自由发表的机会，话语权力完全下放，写作、发表不再是神秘的事情，不需要经过出版编辑的审核，甚至不需要反复构思、精心锤炼，可以随心所欲地"我手写我口"。网络叙事不需要一本正经的面孔，不需要温良恭俭让地恪守写作规范，也不必对主流价值和知识分子顶礼膜拜，一切都可以从"我"说起，

① 严家炎：《金庸小说论稿》，北京大学出版社2007年版，第117—119页。

对一切宏大的、神圣的、主流的叙事传统进行解构。亵圣不是网络文学的独创，是对当代作家王朔和王小波写作的继承，王朔反的是知识分子的体制，包含着一种民间机智在其中，王小波以身体叙事反抗社会体制的压迫，以自我的身体快感反抗"文革"时代历史专制的压迫。亵圣思维是对崇高、神圣等宏大价值观念的解构，从叙事的策略上是以人物的"低化"与"俗化"来呈现世界的"本来面目"，以身体、感官的张扬来释放写作者的力比多冲动。网络是一个最能容纳多重声音的地方，一切民间的感性的乃至不无粗俗的个体体验都能在网络中找到宣泄的出口，写作者身份的广泛性和匿名性也决定了他们写作体验的多样性。

网络叙事能贴近读者，也是把日常生活经验审美化的结果，网络是一个能充分放纵感官欲望的空间，青春期的苦闷，生活的压抑转化为创作的力比多。在互联网上，各种性爱的图片，身体的暴露，是很普遍的。"在经历了一千年的清教传统之后，对它作为身体和性解放符号的'重新发现'，它在广告、时尚、大众文化中的完全出场，今天的一切都证明身体变成了救赎物品。在这一心理和意识形态功能中它彻底取代了灵魂。"①文艺复兴以来，人的解放是从身体的解放开始的，很多革命家发现了身体解放中隐藏的革命力量。马尔库塞（Herbert Marcuse）、萨特（Jean-Paul Sartre）、梅洛·庞帝（Merleau-Ponty）、罗兰·巴尔特（Roland Barthes）、福柯（Michel Foucault）、弗·詹姆逊、伊格尔顿（Terry Eagleton）等，以身体的革命展开形而上的哲学革命。摄影是对视觉无意识的解放，影像对应的是对隐秘的内心渴望的呼应。互联网打破了身体的禁忌，网络叙事对身体感官欲望的描写也无所顾忌得多。

文学是想象虚构的艺术，文学的想象力是写作者重要的素质，没有想象力就不能很好地写作。文学世界是一个充满各种可能性的世界，文学的想象力表达着人性中尚未被格式化的潜能，想象力的解放，在于解放了人

---

① ［法］波德里亚：《消费社会》，刘成富、全志钢译，南京大学出版社 2000 年版，第 139 页。

的感觉的丰富性，常以对快感和潜在本能的释放为先导。网络写作自由发表、匿名（网名）写作，写作者意随心动，自由地发挥，随意地编造故事，可以将想象能力最大限度地发挥出来。网络小说很多作品都是上百万言，故事的构架、语言的运用，一个"异托邦"世界的构筑，都是需要想象力的。在网络小说中，悬疑、玄幻、穿越、架空、寻宝打怪都是充满想象力的。章学诚认为中国小说经历三变，即汉魏之事杂鬼神、唐人之情钟男女、宋元之广为演义，借助想象力，这些古典小说形式在网络中重新复活。小说所构筑的世界与现实生活是有距离的，穿越小说中，现代人与古人相遇，现代人的思维与古人相互碰撞，产生出无数的盘根错节的偶然性，发生种种啼笑皆非的故事，是通过想象力完成的。代表"清穿三座大山"的《步步惊心》《恍然如梦》《梦回大清》等穿越小说构筑了一个想象的世界，那种争权夺利之下女人的心计被想象性地放大，错综复杂的恩怨纠葛展示了写作者的艺术才华。猫腻的《间客》是一部想象的小说，主人公上天入地，在帝国、联邦、西林三界之间自由穿行。它所讲述的是一个坚强的主人公不断成长的故事，主人公的个人经历非常曲折，个性很坚强，从来不畏惧强权，甚至以个人之力去挑战国家，让读者读起来特别"爽"，这种白日梦式的完美人物，是通过想象力完成的。网络放大了小说中的想象因素，风歌、沧月、王晴川、我吃西红柿等作者以武侠小说加动漫、悬疑等天马行空的想象力赢得了读者的喜欢。对于网络小说的作者来说，并没有丰富的人生经验，也没有更多的创作经验，但他们有的是一种自由自在的不受拘束的想象力。《与空姐同居的日子》这篇小说看似是写实的，实则是一个想象的故事，故事有明显的编造的意味，有太多的不可能性，小说涉世也不深，作者编造了两个同居男女在一起的种种故事，最终以喜剧性的结局收尾，小说读起来很轻松，有青春文化"乐感"趣味。

网络叙事的主体是千千万万的民众，他们多是写作的练习者，很多处于文学的学徒期。写作者的身份芜杂，来自各种行业，很少有中文专业出身的，写作的起步阶段多是以业余写作者的身份出现在网络上。台湾网络作家九把刀在他的硕士学位论文中谈道:"红色出版社总编辑叶资麟在访谈中提出她观察到的有趣现象,她说网路小说作者书写的第一个故事,都是将自己套进主角里,用日常生活作为故事的蓝本,大量套用真实存在的人际关系,甚至只是单纯地书写曾经发生在自己身上的故事。"[①] 因为网络写作的机缘,网络写作者将自身的个体生活经验写成了小说,这种自发成长的方式,比由作家协会来培养作家更合乎文学的规律。文学不是无源之水,而是以切实的现实经验为基础。在各种媒体立体化地提供信息的时代,打开电视机,摄像机镜头会把各地发生的事及时地告诉给读者,每个城市都会有多种报纸存在,有大量的新闻从业人员给读者提供世界各地的消息。文学叙事与这些媒体叙事不同的是,文学叙事不只是讲故事,而是在叙事中蕴涵作者的切身感受和情感想象,有个体的精神体温。叙事题材的开拓,对于网络写作者几乎是不用刻意而为之的,网络叙事解放了创作的想象和冲动,容许更多的离经叛道的写作者书写自己的另类人生。

在大学阶段的写作者,可以校园故事为写作题材,他们的作品是写给同龄人看的。《我在大学闯荡江湖》《此间的少年》《大四了,我可以牵你的手吗》,这些作品的写作者都是在校的大学生,他们对大学校园的认识是直接的,他们以自己的经验写出了大学时代的情感历程,写出了青春期的迷茫与梦想,以及大学里各种有趣的人和事,等等。特别的经历也可造就一个写作者,《我的老千生涯》是一部网上热门小说,在网络上有很高的点击率,这部小说叙述的事件基本是真实的,这是一部由个人在赌场上的特殊经历写就的小说。张海录的《边缘》是一部深受《平凡的世界》影响的作品,在这部小说中,显然也注入了作者自己的个人经历,小说的主人公在一定的程度上就是自己。当然,作为基本的文学常识,小说和个人的经历是不同的,即便是作者自称的自传体小说,小说也毕竟是小说,而

---

① 柯景腾(九把刀):《网络虚拟自我的集体建构——台湾BBS网路小说社群与其迷文化》,东海大学社会学研究所硕士学位论文,2005。

不是真正的自传，但毫无疑问，题材中的真切感受和丰富的生活经验，是网络小说创作的基础。六六的《双面胶》《蜗居》写出了多重现实矛盾：婆媳之间的矛盾，高房价对工薪阶层的压迫，城乡文化的差别，政府官员与开发商勾结，年轻的职场女孩沦为政府官员的小三，等等。小说的现实感让众多的读者找到了共鸣点，小说被拍成电视剧有很高的收视率也证实了这一点。

生活是艺术的老师，车尔尼雪夫斯基（Николай Гаврилович Чернышевский）说，美在生活。在中国当代文学史上的一个特定时期，强调作家对生活的体验，写作者常常带着一定的任务去体验生活，这无疑是必要的。但如胡风所说，处处有生活，不是缺少生活，而是缺少对生活的熔炼和发现。网络小说写作者的身份各不相同，他们来自各行各业，他们的写作为读者提供了丰富的生活经验，网络写作为多样个体经验的呈现提供了可能。

作为职场小说，《杜拉拉升职记》《我的美女老板》《浮沉》等为读者打开了一扇职场的窗子。小说表现了职场的现实规则，让读者把小说当作生活教科书来读，不过这已经和革命时代的教科书有很大的不同，写作者总结的是个体性的职场经验，阅读者从中可以学到很多的实用技巧。还有很多的小说写作者并没有特别丰富的生活经历，但只要一个人有所爱好，有所特长，就可以写作，并且写出让读者喜欢的文字。蔡智恒的小说内容比较单一，但其独特的个性，理工科学生对语言的奇妙感觉，让他写出了一些具有独特个性的语言。天下霸唱喜欢看探索性的电视节目，这为他写作《鬼吹灯》提供了经验基础。所谓一代人有一代人的文学，网络小说的写作者多是 70 后、80 后、90 后，他们成长的经验与上一代人有很大的不同：这一代人多为独生子女，有更好的家庭物质条件，父母对孩子抚养的方式是放养而不是圈养，孩子有更好的才艺修养，家长对孩子个性的发展更为尊重，他们从小在网络语境中长大，遇到问题喜欢"百度"，而不喜欢问人；他们的知识面更宽，个性发展更为充分，在写作中，也更能不拘陈规。网络时代，通过信息传媒，真正能做到"秀才不出门，能知天下事"。动漫、游戏、国外电影、课外知识，都成为他们写作的资源而被充分利用。失恋的经历也可通过网络被文学性地"叙述"倾诉，鲍鲸鲸写作《失恋三十三天》的时候，当时正在失恋之中，她把自己失恋的事通过直播贴的方式在网络上写出来，获得了大批网友的及时支持，在与网友的经验交流中度过了失恋的痛苦，也创作了一部被读者追捧的失恋题材的小说，并被成功改编成热门电影。

美国学者詹姆逊认为，西方社会在战后出现了"文化转向"的倾向，对应消费时代的来临，先锋文学导向的现代主义文化被后现代倾向的消费文化所取代。"一种新型的社会开始出现于二次大战后的某个时期（被冠以后工业社会、跨国资本主义、消费社会、媒体社会等种种名称）。新的消费类型：人为的商品废弃；时尚和风格的急速变化；广告、电视和媒体以迄今为止无与伦比的方式对社会的全面渗透；城市与乡村、中央与地方的旧有的紧张关系被市郊和普遍的标准化所取代；超级公路庞大网络的发展和驾驶文化的来临——这些特征似乎都可以标志着一个与战前社会的根本断裂，而在战前，高级现代主义还是一种反现存体制的力量。"[①] 詹姆逊的判断是针对西方社会近半个多世纪以来社会发展演变的，中国自二十世纪九十年代以来经济超速发展，已跻身世界经济大国之列，詹姆逊所说的由现代主义向后现代主义转变的"文化转向"趋势在中国也开始出现，网络媒体的普及适逢文化的转型，文学的大众化倾向越来越突出，民众的创造力在网络叙事中得到了发挥。

网络叙事发扬的是文学所具有的自由精神，文学审美一直是民间反抗思想禁锢的方式，在历代优秀文学作品中浸透的是一种民间的自由思想精神。"立身先须谨重，为文且须放荡"，感性的反抗，感性的自由在

[①] [美] 弗雷德里克·詹姆逊：《文化转向》，胡亚敏等译，中国社会科学出版社2000年版，第19页。

网络叙事中得到张扬。文学革命常是以感性的解放为起点，文艺复兴是对人感性的重新发现，身体欲望、世俗欲望在弗洛伊德那里找到了理论的合理性，文学是潜在压抑的释放和升华。巴赫金（Бах тинг，Мих аил Мих айлович）的"狂欢化"理论将快感的解放看作对抗秩序和权威的重要方式。法国思想家罗兰·巴尔特认为，身体是自然的，而非意识形态的，因而身体是抵抗文化控制的最后一个据点。马尔库塞认为，西方的理性启蒙思想对西方社会的影响很大，但也造成了对个体的压抑，马尔库塞把感性的解放当作资本主义体系下单维人解放的途径。"个体感官的解放也许是普遍解放的起点，甚至是基础。自由社会必须植根于崭新的本能需求之中。"① 因此他从对资本主义社会的政治批判出发，提出人的解放在于个体感官的解放，将人的解放和审美艺术的解放结合在一起，将艺术之维作为反抗压制的重要方式。在他看来，感性的解放"表现着生命本能对攻击性和罪恶的超升，它将在社会的范围内，孕育出充满生命的需求，以消除不公正和苦难；它将构织'生活标准'向更高水平的进化"② 。马尔库塞的新感性崇尚人的自由，认为只有以游戏和审美的方式才能充分实现人的本质的健康发展。文学叙事的感性解放不单单只是文学的事情，而是社会经济发展、价值日趋多元化的结果。"'感性'在理论上被理解为当代日常生活中人的现实情感、生活动机以及具体生活满足的自主实现，亦即人的日常生活行动本身。"③ 在科技文明不断进步的今天，社会为个人的发展提供了更多样的可能性，在文化层面上，还原人的感觉的丰富性，解放人内在的内心冲动，让个体的精神追求得到肯定，这是文学对时代的馈赠。文学历来也承担着这样的功能。然而在文学体制制约着出版自由的时候，在文学的传播媒介决定着文学的效应的时候，审美领域的感性解放是受约束的。网络媒介的

---

① ［美］赫尔伯特·马尔库塞：《审美之维》，李小兵译，三联书店1989年版，第143页。
② ［美］赫尔伯特·马尔库塞：《审美之维》，李小兵译，三联书店1989年版，第106页。
③ 王德胜：《回归感性意义——日常生活美学论纲之一》，《文艺争鸣》2010年第5期。

出现在一定程度上改变了这一点，自由地写作，自由地开放自己的心灵感觉，和众多的"同道人"一起思索，网络媒体使艺术的感性解放有了更大的空间。

马尔库塞建立的感性解放，以少数精英知识分子的先锋艺术和一些流浪汉、青年学生等非生产性阶层的反社会行动来对抗现实。中国的网络文学写作不是马尔库塞所倡导的精英分子的突围，而是民众普遍性的觉醒。从那种网名写作、匿名发表的文学叙事中，可以看到民众巨大的批判力和创造力，他们以"民意"的方式书写着他们的反抗和想象。"美学的根基在其感性中。美的东西，首先是感性的，它诉诸于感官，它是具有快感的东西，是尚未升华的冲动的对象。"①网络叙事中个体自身的爱欲、感受、想象、个性得以复活，个人与世界的丰富联系得以复活，表达世界的语言方式和思维方式都有了新的更新。在猫腻的《间客》中，我们可以看到那种对专制体制的反抗，对世袭制度的反抗，来自平民的声音呼唤一种真正的自由和民主。在阅读那些戏谑经典的作品和那些在历史中自由穿越的故事时，我们无不感知到来自民间的"毛茸茸"的智慧的活力。与五四文学革命那种有理论依据、有组织的活动方式不一样，当代网络文学对感性的解放和叙事艺术的变革是悄悄的，甚至是不自觉的，但其影响力慢慢显示了出来。

网络文学的创作者身份是多样的：一些是自由的写作者，他们用的是匿名，神龙见首不见尾，他们的身份有时都难以考证；一些是在体制中的作家，自由地思考，在网络上发表一些文字，扩大了影响；还有一些自由写作的"写手"，获得了名气，慢慢成为文学网站的 VIP 作家，写作是为了钱，码字兼有谋生与艺术创作的双重功能。人生为自由，但也很可能会为了钱而卖掉自由，网络写作者也不是完全的自由，但他们无疑处于历史上最自由写作的时代。布尔迪厄（Pierre Bourdieu）的文学场域理论认为，个体如何创作，是由写作者所面对的历史场域和文化语境决定的，个体的思

---

① ［美］赫尔伯特·马尔库塞：《审美之维》，李小兵译，三联书店 1989 年版，第 123 页。

想、趣味上的差别是由场域的不同带来的。中国当代网络叙事缺乏先锋文学的探索性，它继承的是传统文学手法，兼及对时尚文化元素的吸收。网络小说的写作者在写作艺术上并不圆熟，但他们粗糙、凌厉的文字之中有独特的个性，往往能冲破主流叙事的束缚。网络叙事的意义不是确立一种价值标准，更不是一种真理或本质标准，而是一种新的趋向，是人的总体经验的构成之一部分，网络叙事也相应地成为一种美学形式。欧美的网络文学作品主要以实验性的超文本作品为主，而中国网络文学的主流在艺术上并未有根本的革新，网络叙事复活了讲故事的传统，是对当代文学感性解放内在脉络的赓续。就目前网络文学的实绩来看，其主要功绩不在于奉献经典作家、作品，而是促进文学阅读、写作活动的大众化，促进文学形态的丰富性，通过影视、游戏改编等途径衍生出更多、更丰富的文化产品。作为一种审美的艺术形式，文学对生活感受的处理毕竟是需要艺术修养的，是需要技巧的，也是需要智慧的，在这个层面上，感性的丰富只有在走向理性的深思中，才是有意义的，这也是网络文学在参与当代文化建构中读者们所期待的。

第三章　网络小说的类型化

网络小说自问世以来，以其快捷、互动、大众化趣味形成了繁荣的态势。从早期的痞子蔡、安妮宝贝、宁财神到后来的树下野狐、天下霸唱、当年明月、南派三叔，其作品的通俗类型化倾向日益明朗，文学网站普遍采用以职场、军事、言情、架空、盗墓、穿越等类型为作品分类，网络文学大赛的参赛作品也明确分成校园类、奇侠类、悬疑类、军事类、言情类、都市社会类等板块。在网站、书商、读者的多重合力之下，畅销书市上引起读者关注而被影视所青睐的，多是穿越、历史、玄幻等类型小说。据评论家白烨统计，"2011 年小说出版总量达到了 4300 多部，除去少数中短篇小说集之外，长篇小说应在 4000 部以上。其中传统的严肃文学类小说约在 1000 多部，近 3000 部的长篇小说应为类型化的网络小说"[1]。这些类型化网络小说占据了三分之二的图书市场，其中的一些畅销作品通过影视剧、游戏改编广为传播，成为一条文学阅读、消费的产业链。

面对网络通俗类型化小说的兴起，写作群体越来越大，读者也越来越

---

[1] 宋庄：《2012 的网络文学初探》，《工人日报》2012 年 2 月 20 日第 7 版。

多，作为一种时代的文化现象，已经引起了作协管理部门的重视。相关的作者被纳入中国作协的体制内，鲁迅文学院通过基层选拔，对这些优秀的网络类型化小说写作者和网站的文学编辑进行培训，中国作协以修改评奖条例的方式将他们的作品纳入评奖机制和轨道中。到目前为止鲁迅文学奖和茅盾文学奖没有评出一部网络文学作品来，这固然与网络小说还不够成熟有关，但也不容否认，网络小说多的是类型化的通俗小说，与纯文学追求思想的深度、艺术的创新性的评价标准难免会有冲突。一方面网络类型化小说已引起人们的日益重视，另一方面如何评价网络类型化小说，如何看待网络类型化小说与传统小说之间的关系，学术界对此并没有深入的理论思考，面对网络小说膨胀式的扩张挤压纯文学的阅读市场，学术界并未做出有效的回应。

一、类型化网络小说的兴起

小说类型化是小说发展成熟的一个历史阶段，类型化小说在理论上是与非类型化小说（现代小说）相对的概念。在中国古代，小说的兴起是市民社会形成后带来的结果，小说的基本功能是"补史之阙"，在人们的业余时间供人一乐，唐以前小说的基本观念是"琐言"，是"稗官"的记述。类型化小说主要是针对以娱乐为目的的通俗小说而言，小说的类型化是在小说的发展历史中自然形成的，研究者将题材相同、旨趣相近的小说归为一类，形成小说的类型。如鲁迅的《中国小说史略》比较系统地对中国古代小说的类型进行了分类，将小说分为志怪小说（六朝）、传奇小说（唐）、话本小说（宋）、讲史小说（元、明）、神魔小说（明）、人情小说（明、清）、讽刺小说（清）、狭邪小说（清）、侠义公案（清）、谴责小说（清）等类型。《红楼梦》为人情小说，《水浒传》《三国演义》为讲史小说，《西游记》为神魔小说。小说类型规定着叙事的题材内容，包含着基本的叙事方法，对题材的处理形成一种大体上的规约。比如，志怪小说是以奇人、怪事为题材；讲史小说是以历史上的英雄人物为叙述对象；谴责小说是以社会黑暗面为表现对象；神魔小说幻想存在着天上、地上、地下三界，借助艺术想象建构一个神、人、鬼共舞的世界。类型化小说在价值观念上没有先锋性，不是激进的，而是持中的，是对传统价值的维护和发扬，如除暴安良、为朋友两肋插刀、重义轻利、舍己为人、锄强扶弱、信守诺言等等。类型化的小说在人物的塑造上常常是类型化的，福斯特（E.M.Forster）所说的扁形人物多，圆形人物少。在写法上，讲究故事性，情节的戏剧性强，线索连贯，有头有尾。小说的类型化有助于读者对小说的选择，不同的类型对应着不同趣味的读者。

中国近代社会以来，梁启超提倡小说革命，小说大兴，小说的类型化空前繁荣，"在中国文学史上，大概没有哪一代作家像'新小说'家那样热衷于对小说进行分类，并借助于类型理论来推动整个创作发展"[①]。五四以后的小说提倡思想启蒙和艺术创新，注重个性、审美价值，现代小说对古典小说进行改良，在"人的文学"、"活的文学"、"真的文学"、"写实文学"、"平民文学"等旗号下，确立现代文学的写作标准，写作注重对现实生活的描绘，强调真实的情感，写法上"选材要严，开掘要深"[②]，对通俗化的类型小说极端排斥。五四文学革命对旧小说的批判，如对"诲淫"、"诲盗"的小说的批判，功不可没，但他们对通俗小说评价过低，如同严家炎所言："他们重写实而轻想象，重科学而轻幻想，重思想功利而轻审美特质，对神话、童话、武侠、志怪类作品很不理解。他们把《西游记》《封神榜》《聊斋志异》均看作为'非人的'文学，把《聂隐娘》《红线》乃至《三国演义》《水浒传》中某些情节指斥为'迷信'而对整个作品不予肯定。"[③]五四新文学的传统成为 20 世纪中国文学的主流，中国现代文学史上有张恨水、还珠楼主、王度

---

① 陈平原：《论"新小说"类型理论》，《中国现代文学研究丛刊》1991 年第 2 期。

② 沙汀、艾芜、鲁迅：《关于小说题材的通信》，计红芳编：《中国现代小说理论经典》，苏州大学出版社 2008 年版，第 229 页。

③ 严家炎：《金庸小说论稿》，北京大学出版社 2001 年版，第 18 页。

庐、朱贞木、郑证因、白羽等通俗小说名家，有"社会反讽派"、"帮会技击派"、"奇情推理派"、"悲剧侠情派"等通俗小说类型，但通俗小说在新中国成立后的大陆文学史中一直是一块空白，幻想类、神话类、武侠类小说被一扫而空，只有在港台等地区，才产生了金庸、梁羽生、倪匡、梁凤仪、琼瑶等有影响的通俗小说作家。

小说类型化在纯文学领域也有某些回响，比如新中国成立后十七年文学中，通俗类型化的笔法也运用在革命小说中，《红旗谱》《林海雪原》《三家巷》《新儿女英雄传》《野火春风斗古城》《铁道游击队》等在人物塑造、故事叙述、作品结构等方面，都带有很鲜明的通俗类型小说的特点。再如新时期以来，小说分为伤痕小说、改革小说、寻根小说、新写实小说等，既是文学思潮，又是小说类型，这些小说当然不是通俗类型化小说，但这种题材类型化的小说演进模式，反映了文学与现实文化语境之间的对应关系，类型化只是对小说题材的一种简要概括，而没有审美上的高下评价。

网络类型化小说接续了传统通俗类型化小说的传统，又有了新的发展。评论家白烨将网络类型小说分成十大类："1.官场\职场（如《杜拉拉升职记》《浮沉》）。2.架空\穿越（如历史题材、皇帝戏）。3.武侠\仙侠（如大量模仿金庸之作）。4.玄幻\科幻（如宇宙文学）。5.神秘\灵异（如《新西游记》之类）。6.惊悚\悬疑（如侦探文学、盗墓文学）。7.游戏\竞技（如保健文学、药膳小说之类）。8.军事\谍战（如打仗、间谍、武器系列）。9.都市\情爱（如打工文学、爱情肥皂剧）。10.青春成长（如中学生文学）。"[1]这是对近些年网络小说类型的一种归纳，基本反映了网络小说的总体现实状况。所谓官场、职场、武侠、侦探、军事、都市小说等类型，也不是网络出现之后才有的，只是这些题材的小说通过网络媒介出现了繁荣的景象，并有了一些新的发展。比如玄幻小说，是对传统神魔小说的发展，也兼收了修真、科幻小说的元素。穿越小说，既有时空穿梭的想象性继承，也吸收了历史小

---

[1] 韩小蕙：《文学类型化意味着什么？》，《光明日报》2010年9月7日第5版。

说、言情小说的元素，融进了现代的精神理念。

一种网络类型化小说出现后，被众多写作者"跟风"，才能形成类型化的推进与发展。如痞子蔡的《第一次的亲密接触》出现后，引发了《再一次的亲密接触》（蔡智恒）、《无数次亲密接触》（宁财神）等"网络恋情"小说的出现；《悟空传》（今何在）的走红，引发了《悟空前传》（路飞的小猪）、《情癫大圣》（唐三藏）、《唐僧前史》（慕容雪村）、《沙僧日记》（林长治）等"重话西游"系列作品的产生。其他如《诛仙》（萧鼎）掀起玄幻小说热，《明朝那些事儿》（当年明月）引领历史小说热潮，《盗墓笔记》（南派三叔）、《鬼吹灯》（天下霸唱）刮起盗墓风，《双面胶》（六六）、《蜗居》（六六）引发现实伦理小说热等。2006 年穿越小说成为网络热潮，代表性的穿越小说如波波的《绾青丝》、桐华的《步步惊心》、晓月听风的《清宫、晴空、净空》、金子的《梦回大清》等，这股热潮影响了图书市场的走向，2007 年作家出版社宣布，该社以 12% 的版税，各 10 万册的首印量签下《木槿花西月锦绣》《鸾》《迷途》《末世朱颜》，它们是被百万网民评选出的"四大穿越奇书"。[①] 网络类型化小说的出现是文学市场与网络媒介结合的产物，2003 年网络 VIP 阅读收费成功实行，对于网络写作者来说，通过网络连载，赚取读者的眼泪，获得收入，必须要紧紧地抓住读者，必然要走小说大众化的路子，写作类型化通俗小说成为写作者的首选，这些小说通过紧张的情节，戏剧化的故事，以"悦读"的快感机制来赢得读者的点击率。网络连载的方式与传统武侠小说在报刊上的连载极为相似，由此出现网络通俗类型化小说的写作热潮。

需要追问的是，网络类型化小说的意义是否仅仅停留在文学市场的意义上呢？

---

① 路艳霞：《四大"穿越"书签下高版税》，《北京日报》2007 年 7 月 13 日第 13 版。

二、类型化网络小说的生活空间

网络小说的作者大多是非职业作家，他们可能没有专业作家那么高的文学修养，没有那么成熟的写作经验，在网上写作的文字也没有纯文学刊物发表的作品那般精致，但网络小说作者来自生活的底层，他们在写作中会不自觉地将自己的生活写进作品，在表现生活的广度和呈现生活的鲜活性上，往往超越了纯文学作家。网络文学写作群体多为青年写作者，他们大多或处于大学教育阶段，或处于工作、人生、情感的迷茫期和焦虑期，他们的业余写作，往往记录了他们最鲜活的生活感受，表现了原生态的时代现实。

这里首先需要纠正这样一种观念：认为通俗类型化的网络小说靠幻想写作，而远离生活的现实，这种看法无疑是片面的。网络类型化小说并不只是穿越、玄幻的代名词，还有贴近生活现实的作品，就是那些穿越、玄幻类作品，也是以作者的生活经验为基础展开的想象。网络小说凡是写得好的，无不是融入自身生命体验，对世态人心洞察入微的作品。其实在现代通俗小说中，《老残游记》《海上花列传》以及张恨水的小说等都是很贴近现实的，这些作品表现了当时的社会生活情状，小说中人物的个性、命运无不打上了时代的烙印。

网络小说与当代现实生活的联系是紧密的。职场小说《杜拉拉升职记》为读者打开了职场的生活面：职场有职场的规则，机遇、磨练、智慧、才情、汗水在职场中都不可缺少，职场如战场，优胜劣汰的机制很残酷。这篇小说在网上受到读者的追捧，成为年轻人的职场入门书。《第一次的亲密接触》的文学性并不高，但提供了一种网络恋情的生活现实，让人们知道恋爱可以通过网络来进行，为人们普及了网络恋爱的基本知识。小说中带有"痞"性的实用的恋爱技法，也为网友读者所喜欢，有生活实用教科书的功能。《亮剑》《遍地狼烟》以新的视角重写革命史，塑造了"泥腿子"出身的老大粗型的、不按常理出牌的、个性粗犷的、有缺点的革命英雄李云龙、牧良逢形象。他们粗中有细，有勇有谋，擅长发挥主动性，敢于"亮剑"，个性中蕴含着一种新的时代精神，有鲜明的时代气息。小说对抗战中国民党正面战场的作用重新认识，对国民党高级将领的塑造也比以往更丰满，改写了以往被意识形态所固化的人物形象内涵。《亮剑》所蕴含的"铁血精神"也是我国经济发展、国力增强，中国军人的价值观念调整后的产物，应对新的国际形式，粗糙、凌厉，有血性，有智谋，敢于承担，敢于"亮剑"的"铁血精神"应得到尊重和发扬。《草样年华》《粉红四年》《大四了，我可以牵你的手吗》等校园题材的网络小说，艺术上很粗糙，涉世也不深，没有很深的思想含量，但这些小说写出了青春成长的迷茫和当代大学生的精神生活侧面，以亲历者的叙述揭示了当代大学生所面对的生活问题，以喜剧化的方式呈现了一种青春化的审美情趣。拓跋鼠的《从噩梦到天堂：离婚四年的成长史（性、爱、事业及其他）》是天涯论坛上一篇人气很高的帖子，流水账般地记录了生活的点点滴滴，这是一个男人经历婚姻、爱恋与精神成长的日记，有生活的迷茫与困惑，也有步步成熟的精神历程。如作者开篇所说："静下心来写写自己的经历，不仅能够审视自己所走过的路，还能从中总结经验和教训，让自己获得提升。"这些生活总结是贴近生活的，让无数经历相似的读者从中找到了共鸣点。以六六的《蜗居》《双面胶》等作品为代表的写实小说，从女性视角和女性立场，对城市化进程中国当代城市家庭所面对的问题展开细致的叙述：零零碎碎的生活琐事，城市女与农村男结婚后的价值分歧，农村老人与城市老人因为年轻人的联姻成为亲家所带来的价值冲突，高房价对青年人生活的挤压，政府与开发商勾结强行拆迁所引发的问题，政府公务人员的腐败问题，"小三"所带来的新的情感伦理问题，等等。小说中扑面而来的生活气息，让读者看到了生活在自己周围的人，也看到了当代社会生活的变化。

那些穿越、架空的历史小说，并不是完全的胡编乱造，而是有着一代人的精神印迹在其中。《新宋》《步步惊心》《梦回大清》等穿越故事让现代人穿越时空进入古代，因为他（她）们有现代人的先知先觉，他们利用现

代人的知识和现代人的精神理念，在一个充满斗争的古代社会中获得了步步成功，编造的故事和天马行空的想象中寄托的是一个人渴望成功的愿望，在一个钩心斗角的政治斗争社会中，他们以智慧化解矛盾，在想象的世界中实现个人的精神价值。穿越小说往往和宫斗、恋爱等题材缠绕在一起，它与近些年来历史小说的流行相互呼应，特别是与秦始皇、武则天、雍正皇帝等帝王系列故事一脉相承，它在中国式的人事关系中，书写人世的纷争。很明显，网络小说写作者在历史史料的研究方面不如凌力、二月河等历史小说作家，他们借助想象，通过生活经验、历史知识、科技知识重返古代，书写个人的精神梦想，其中的看点是人情世故和世道人心。还有些作者的个人经历非常独特，给读者打开了生活的另一扇窗子。如在《我的老千生涯》中，作者写到自己在赌场上的生活经历，让读者了解到赌徒的心理，赌场的潜规则，赌场给人带来的毁灭性的打击。看过这篇小说的人，会对赌徒以及赌场的惊人黑幕故事有深入的了解。

网络类型化小说的兴起，是广大民众自身创造力的解放，它使文学活动以新的方式展开，广泛的多职业化的生活经验成为他们书写的源泉，年轻人的生活梦想是他们书写的内动力。所谓一代人有一代人的文学，在一定意义上是因为一代人有一代人的生活题材。在五四时代，个性解放的时代要求形成文学反封建的主题，革命文学的兴起也是时代的必然要求所致。新中国成立后，政治抒情诗、革命历史斗争题材的小说是时代要求的产物，有很强烈的时代特色。二十世纪八十年代的伤痕文学、反思文学、改革文学，是当时社会思潮的反映，文学是与生活同步的。表现时代是文学的重要功能，文学是一种在新闻之外对时代发展带有情感体温的文字记录。在参与社会的发展进程、书写时代经验的意义上，网络文学是不可忽视的，网络小说能引起读者的共鸣，很大程度上是由小说中的生活经验带来的。我们常说文学是表现现实的，在思想深度上，网络类型化小说无法与纯文学相比，但在广度上，网络小说比纯文学领域要宽得多。

三、艺术手法的融合与超越

　　对网络类型化小说的批评很多，但有些研究者并未深入地研读网络小说，仅凭印象得出一些批评性的结论，诸如："许多悬疑小说为悬疑而悬疑，只求感官刺激，抽空思想内涵，缺少艺术含量；许多恐怖小说充斥大量的虚幻、荒诞、暴力和凶杀描写，对于青少年读者精神世界的消极影响也是实实在在的；盗墓小说的文化价值观念、架空小说的人类文明价值观念和穿越小说的历史价值观念，普遍都有待矫正。"① 实际上，这样的结论是经不起推敲的。这样的批评让人想起1994年鄢烈山在《南方周末》撰文《拒绝金庸》，说自己没读过金庸小说，却知道武侠小说"有如鸦片，使人在兴奋中滑向孱弱"②。说到根本，这样的看法是偏见在前，得出的结论自然也难以令人信服。

　　网络类型化小说最遭人诟病的是故事的类型化，据说网络类型小说可以根据需要进行自行配置，相关情节分为"未婚怀孕"、"别后重逢"、"青梅竹马"、"婚后相处"、"办公室恋情"、"青春校园"、"姐弟恋"、"暗恋成真"、"日久生情"、"斗智斗勇"等10大类。③ 有写作经验的人都知道，类型模式只是一个大体上的框架设计，类型的重要性在于，它和读者的阅读期待与已有的心理接受模式是对应的，类型化小说很容易吸引读者的原因也在于此，但一部有创造性的类型化小说，真正能打动读者的，还是其语言功力，其作品本身的内容，其生活经验的提炼，其对人生、人世的洞察力，其布局谋篇、结构作品的能力，其情节想象的"意料之外，情理之中"。优秀的网络类型化小说写作者是有基本"写作功力"的，又是能发挥自己精神个性的写作者。读者也是有鉴赏力的，并不会只是沉浸在俗套的故事中。网络给通俗故事提供了艺术发展的空间，通俗艺术如何发展，网络小说做

---

① 马相武：《把握类型文学的发生脉络与发展趋势》，《中国艺术报》2008年10月7日第3版。

② 鄢烈山：《拒绝金庸》，《南方周末》1994年12月12日。

③ 范昕：《网络文学催生海量文字垃圾》，《文汇报》2012年7月17日第9版。

出了一些有益的探索。

这里以猫腻的《间客》来说明这个问题。小说故事曲折饱满，人物个性生动，小说对人情世故的表现很生动细致，江湖义气，生死之交，很有传奇性，也很感人。这部小说综合了通俗小说的多重因素：1. 政治黑幕。对现代政治黑幕的揭露有现实意义，今天的社会依然需要"间客"的理想，社会正义、公平是否得以实现，依然需要不断地重建和拷问。2. 玄幻小说。八稻真气，星际战场，联邦、帝国、西林三个不同的星球空间，上天入地，高科技战争，关于机甲的战斗故事，充满了想象力。3. 言情小说。一个男子和多个女子的故事。主人公许乐是卡里斯玛（Charisma）式的人物，小说采用传统的英雄传奇的路子，让一个人改变一个时代。许乐也是典型的"种马"式的人物，小说以众星捧月式的人物关系烘托了男性的光辉。4. 战争小说。这是一个人对抗联邦政府的战争，个人英雄主义的强大无以复加，是好莱坞影片《第一滴血》式的对抗。

《间客》又是一部现代的小说，一部梦想的小说，一部青春热血的小说，一部朝气蓬勃的小说。小说中所有的英雄人物都是年轻人，英雄出少年，那个帕布尔总统当年也有青春理想。这是一部英雄传奇成长小说，小说表现了关于青春成长的叛逆主题，林半山、李封、邰之源等有作为的青年人都背叛了自己的家庭。这部小说歌颂了青年人追求自由的乐观精神，许乐代表永不屈服的精神个性，永远忠于自己内心的激情，让人读来热血沸腾。人物的对话很精彩，人物的辩论很有激情，正面直接，不绕弯子。对人物的内心世界，表现得很细致。人物个性鲜明，许乐、李封、邰夫人、邰之源、怀草诗、钟瘦虎、杜少卿，都很有个性，各各不同，又都有发展和变化。小说带有通俗小说的外形，故事波澜起伏，总是将难度放在前面，不断地设置障碍，让主人公克服障碍。结构很完整，布局完美，线索埋伏，起承转合得当。在叙事上有网络小说的特点：不受篇幅限制，可以无限地正面展开一个人的故事，可以直面每一个细节，每一个场面，每一场战斗的详细过程。人物对话可以无限展开，充分发挥想象力，不搞情节隐喻，这是以作者的生活经验为基础的。

在网络时代，网络读者对类型化小说的阅读要求提出了新的要求，这是对写作者的挑战。陈平原在谈到当代武侠小说的时候认为："后起的武侠小说，有能力博采众长，将言情、社会、历史、侦探等纳入其间，这一点，其他小说类型均望尘莫及。"[①] 金庸、梁羽生的新武侠小说之所以能产生广泛的影响，就在于他们的小说发展了传统的武侠小说，为武侠小说注入了现代的思想和新的内容，他们小说中的侠义建立在独立、自由、正义、爱民的基础上，而不是旧武侠小说中那样一味的仇杀与好斗。新武侠小说吸收了中国传统文化的内容，儒家、道家、墨家、佛家的思想，琴棋书画、诗词歌赋、民俗风物、历史传说、武术斗技、风水星相，人物的气质，情节的波澜曲折，都带有浓郁的民俗风情意味。梁羽生对中国古典诗文的吸收，白羽接受五四新文学传统，金庸重视西方现代文艺，古龙对日本小说的借鉴，是他们的武侠小说获得成功的原因。新武侠小说还广泛吸收了现代电影、戏剧的手法，丰富了小说的表现力。这种广泛吸收的融合与创造的趋势在网络小说中初见端倪。如蔡骏的小说将心理推理和悬疑、知识介绍结合起来，形成了综合的阅读效应。何马的小说《藏地密码》有"神秘配方"，"至少关涉了三个似是而非的知识系统：藏传佛教的历史与传说；藏獒的知识与传说；最后一个是青藏地理及探险"，"呈现出了各种不同的叙述可能，正是这种可能性，给读者的阅读带来了未知的阅读快感和兴奋，也更加增强了西藏文化的神秘之感"[②]。

"类型体现了所有的美学技巧，对作家来说随手可用，而对读者来说也是已经明白易懂的了。优秀的作家在一定程度上遵守已有的类型，而在一定程度上又扩张它。而总的说来，伟大的作家很少是类型的发明者，比如莎士比亚和拉辛（Jean Racine），莫里哀（Moliere）和本·琼生（Ben

---

① 陈平原：《超越"雅俗"：金庸的成功及武侠小说的出路》，《当代作家评论》1998 年第 5 期。
② 阿来：《〈藏地密码〉有"神秘配方"》，《扬子晚报》2008 年 5 月 6 日。

Jonson），狄更斯和陀思妥耶夫斯基（Фёдор Мих айлович Достоевский）等，他们都是在别人创立的类型里创作出自己的作品。"① 在纯文学领域尚且如此，对于网络写作者而言，借助一定的类型模式，是必然的选择，借助网络资源，借助网络传播平台，综合借用已有的文学传统资源，发展网络类型化小说是摆在网络写作者面前的任务。古龙曾说："武侠小说既然也有自己悠久的传统和独特的趣味，若能再尽量吸收其他文学作品的精华，岂非也同样能创造出一种新的风格，独立的风格，让武侠小说也能在文学的领域中占一席之地，让别人不能否认它的价值，让不看武侠小说的人也来看武侠小说！"② 古龙是就武侠小说来说的，这其实是所有通俗类型小说所面对的未来，也是网络类型化小说的未来。

---

① ［美］雷·韦勒克、奥·沃伦：《文学理论》，刘象愚、邢培明、陈圣生、李哲明译，三联书店 1984 年版，第 268 页。

② 古龙：《多情剑客无情剑·代序》，中州古籍出版社 1994 年版，第 8 页。

第四章　网络小说的商业化

文学的商业化不是一个新鲜的话题，文学自作为文学产品在市场流通，就有其商业化的问题。但似乎没有哪个时代的文学如今天这样受媒体影响这么大，网络媒体在搅动文化市场方面发挥了巨大的作用，它触动了文学的发表机制，影响了文学畅销书的运营，带来了文学写作和阅读的商业化、大众化。二十世纪八十年代末"文学失去了轰动效应"，遭遇网络媒体，文学的通俗化和娱乐化趋向加剧，由文学网站、书商等商业力量所推动，文学的商品属性在强化，网络作家作为一种写作职业，其影响力日盛。新世纪以来，商业文学网站在不断地发展和成熟，其所搭建的网络平台对文学写作活动的影响愈来愈大。文学创作是一种个人化的精神生产方式，现代文学强调文学的精神质地和艺术审美追求，商业化被视为文学的敌人，有审美追求和启蒙情怀的作家的地位总是高于那些娱乐大众的通俗作家。这种情况也反映在对网络作家的评价上，一方面是文学界对网络文学的批评和低评价，一方面是作协机构、影视媒体、读者大众对网络写作的关注和青睐。今天比任何时代都需要正视这种矛盾的交织，网络文学的商业化不应简单否定，它是一种文学现实，是我们时代文化转型的一部分，有其复

杂的内因，关系到未来文学的发展方向。

一、网络小说商业化的表征

　　1998 年 3 月 22 日到 5 月 29 日，台湾成功大学水利研究所的博士生蔡智恒（网名痞子蔡）课余时间在成功大学 BBS 论坛上发表了一篇 5 万多字的小说，讲述了一个"泰坦尼克号"式的网络情缘故事，被一群网友追捧，形成很高的人气。精明的商家很快从中嗅到了商业气息，大陆的知识出版社很快联系上了蔡智恒，在大陆出版《第一次的亲密接触》，经过一系列的包装策划，《第一次的亲密接触》连续 22 个月位居大陆畅销书销量排行榜，发行量达 50 多万册，盗版超过 80 余种，产生了广泛的影响。蔡智恒从中获得数百万的稿酬收入，大大超过了他后来做大学教师的职业收入。其后蔡智恒乘势而上相继出版了《雨衣》《亦恕与珂雪》《懈寄生》等一系列作品，成为一个畅销书作家。《第一次的亲密接触》先后被改编成越剧、电影、电视剧。时隔十余年，蔡智恒已渐渐淡出了人们的视野，但《第一次的亲密接触》形成了网络文学的商业模式，"终南捷径痞子蔡，网上出名网下卖"，为后来的写作者所仿效。在网络巨大的覆盖力和影响力面前，传统文学的号召力黯然失色，人们惊奇地发现网络是造就文学人才的新空间。很多网络作家在出名时都不约而同地谈到，之所以选择网络发表，是因为写作的文字在文学期刊难以发表，没想到发表在网上能引起读者的关注。令人尴尬的是，网络人气作品的文学含量在专业的文学读者看来是稀薄的，有些文字上还很粗陋，经过商业化的炒作和包装，竟然能卖到几十万乃至上百万册的实体书销量。比如蔡智恒作品的艺术性并不高，他在接受《南方人物周刊》记者采访时声称自己就是个三流作家，只是个业余"玩票"写作者，却通过网络赚得了文名和财富。

　　印刷术的普及应用推动了《圣经》的普及化，使神圣的经义阐释个人化，成为西方宗教改革的基础，从而形成了西方的文艺复兴运动。五四以来的中国现代文学是依托文学期刊媒体发展起来的，在西方，现代小说的兴起也源自报刊媒体的出现，印刷技术的提高，使得商人可以像卖白菜一样卖文学产品。伊恩·P.瓦特（Lan Watt）在谈到十八世纪英国小说的兴起时说："小说被广泛地认为是一种降低格调的写作方式的典型例证，书商借此迎合读者大众的口味。""一旦作家的基本目的不再是庇护人和文学精英的标准，其它一些考虑便具有了新的重要性。其中至少有两种考虑很可能对作家作长篇累牍的描写具有鼓励作用：首先，很清楚，重复的写法可以有助于他的没受过什么教育的读者易于理解他的意思；其次，因为付给他报酬的已不是庇护人而是书商，因此，迅速和丰富便成为最大的经济长处。"[①] 在谈到笛福（Daniel Defoe）的小说时，作者说，笛福采用了一种"浅易的、冗长的、未加考虑的"散文写法，"他的笔耕应得的最大限度的经济报酬极相符合"[②]，笛福的小说无疑是粗糙的，失却优雅的，但却是能获得读者认可的，写作的粗糙，不加修饰的文辞，并不影响其作品的畅销，这与当今网络小说的现状极其相似。"凭借与印刷业、出版业和新闻的千丝万缕的联系这一优势，笛福和理查逊与读者大众新的兴趣和能力发生了更直接的联系……这不仅因为笛福和理查逊响应了他们的读者的新的需要，而且还因为他们能从其内部更为自由地表现了那些需要；而先前却不大具备这种可能性。"[③] 网络文学在网上有人看，有人谈论，人跟着起哄，只要有人关注，就意味着商机。如伊恩·P.瓦特所言，商业化写作更注重与读者直接的联系，降低写作的难度，因"响应了他们的读者的新的需要"，从而产生市场效应。大众粉丝的追捧，书商、出版人的网上淘金，商业网站的商业运作，影视

---

① ［美］伊恩·P.瓦特：《小说的兴起——笛福、理查逊、菲尔丁研究》，高原、董红钧译，三联书店1992年版，第53—54页。

② ［美］伊恩·P.瓦特：《小说的兴起——笛福、理查逊、菲尔丁研究》，高原、董红钧译，三联书店1992年版，第55页。

③ ［美］伊恩·P.瓦特：《小说的兴起——笛福、理查逊、菲尔丁研究》，高原、董红钧译，三联书店1992年版，第57页。

产业的改编与跟进，共同形成了网络文学的商业化现状。

在中国，文学网站是民营的，是体制之外的，是属于国有经济之外的其他所有制经济形式。国内第一家大型的文学网站"榕树下"是朱威廉自己个人投资的，起点中文、幻剑书盟起初都是个人投资的网站。在商言商，商业网站若不能做好商业运营问题，最终生存下去都会成为问题。榕树下通过举办网络文学大赛而聚集人气，与出版社、电台合作，出版书籍，出售作品的影视改编权，以此获得收入。2001 年，据有的学者统计，"仅'榕树下'文学网站就已签约出版社 37 家，签约电台 46 家，出版图书 117 本，发行图书 235 万册，签约媒体 521 家"①。但"榕树下"因未能很好地解决盈利问题，于 2002 年因资金问题被迫转手卖给贝塔斯曼，2006 年榕树下再度被转手至欢乐传媒，后被盛大收购。

2003 年起点中文的 VIP 收费模式的成功，大大加速网络写作商业化的趋向，网站通过与作家签约，在线写作可以使作家直接获得收入，网站为培育写作者，还通过一系列的举措让作家增加收入。针对不同的读者，起点制定出一系列的写作保障计划，为写作者提供最低收入保障，提供医疗保险等保障服务。为提升作家的写作水平，起点中文与体制联姻，与作协部门共同举办网络作家研讨会及网络作家培训班，推荐网络作家加入中国作协。2004 年 12 月 18 日，"起点中文网"以年薪的方式买断网络上最有人气的写手们一年所写的作品版权，并与他们正式签订了百万元稿酬的协议，血红（《神魔》）、烟雨江南（《亵渎》）、蓝晶（《魔盗》）、赤虎（《商业三国》）、流浪的蛤蟆（《天地战魂》）、碧落黄泉（《逆天》）等人将获得最高超过百万元的稿酬。②2006 年起点中文推出"天道酬勤作者保障计划"、"天行健作者支持计划"，累计投入近百万元资金，推出了"天位行——起点

---

① 欧阳友权：《互联网上的文学风景——我国网络文学现状调查与走势分析》，《三峡大学学报》2001 年第 6 期。

② 吴婷：《一个文学网站的传奇写手也能成为百万富翁》，《中国图书商报》2005 年 12 月 2 日第 B01 版。

中文网白金作家签约计划"①。2007 年,"起点中文网"与上海社会科学院和上海作协达成协议,开办"网络文学创作高级研修班",40 天课程学费为 2.1 万元,学员主要从"起点中文网"2000 多名签约写手中选出,网站将承担全部费用,开设课程涉及文学评论、历史、法律等领域。陈思和、花建等上海学界知名教授应邀讲课。②2007 年 11 月,"起点中文网"与韩国、越南的出版社达成协议,将网站旗下大量的小说输出至韩国、越南。通过"千万亿计划",举办了"千人培训"、"万元保障"、"亿元基金"等活动,为文学写作者提供扶持。③对于"起点中文网"来说,文学的生意做得风生水起,他们不仅培训网络作家,还做上了国内畅销书作家的生意,2008 年"起点中文网"启动与国内最具商业价值作家合作的计划,将其新作品通过网络首发,首批签约作家包括海岩、都梁、周梅森、兰晓龙、郭敬明、天下霸唱、宁财神、饶雪漫、慕容雪村、当年明月、沧月、陈彤、赵玫、艾米、虹影、春树、陈凯歌、严歌苓。同日,该网站宣布获得第 7 届茅盾文学奖的 21 部入围作品的网络传播授权。④这种占有优质文学资源的做法,也不是什么新的尝试,早在 2000 年前后,就有网站与知名作家签约,将作品搬到网上,王朔、余秋雨、王蒙、苏童、余华、贾平凹、金庸、三毛、琼瑶等人的作品在网络上进入排行榜,大致与图书市场一致。"起点中文网"的人气小说《鬼吹灯》《星辰变》都已开发了游戏,《星辰变》的游戏改编版权是 100 万元,《盘龙》的游戏改编版权卖出了 300 万元。⑤2008 年,"起点中文网"的作家我吃西红柿的年收入超过 200 万元,这家网站 2007 年年收入过百万的作者多达 10 人,稿费过万元的作家突破了 1400 位。起点

---

① 杨驰原:《寻求与传统出版业携手共赢——访起点中文网总经理吴文辉》,《出版参考》2006 年第 34 期。

② 郦亮:《天价网络作家班开进社科院 40 天学费 2.1 万元》,《上海青年报》2007 年 2 月 26 日。

③ 姜小玲:《起点中文网依托互联网平台开创文学创作和阅读新大地》,《解放日报》2008 年 5 月 7 日第 11 版。

④ 刘蓓蓓:《起点中文签 18 位畅销书作家》,《中国新闻出版报》2008 年 10 月 24 日第 4 版。

⑤ 《中国网络文学发展迅猛 写手年收入高达数百万》,《人民日报海外版》2009 年 6 月 2 日。

"希望做中国的好莱坞"。①2010 年 11 月，"起点中文网"总编辑林庭锋说，2010 年"起点中文网"年收入过 10 万作者超过百人，其中年收入达百万作者超过两位数。在 2012 年岁末的网络作家富豪榜之中，"起点中文网"的作家占据了大多数。通过网络写作，作家们获得了多重写作收入，有网络 VIP 收入，有手机阅读收入，有实体书版权收入，有游戏改编权收入，还有影视改编权收入，通过这些途径唐家三少每天的收入可达到 2 万元。正如一位记者所考察的，网络写作正变成一种"生意"。越来越多的写手，除了做文学梦，还在做"出售"故事的生意；满足了网友的阅读欲，随之满足自己的口袋。②

　　文学商业网站的人气效应和影响力，使得一批有商业头脑的人看到了其中巨大的文学商机。文学网站相继获得风险投资，TOM 在线以 2000 万元收购"幻剑书盟"80％的股权，大众书局收购逐浪网，中文在线投资 17K 网文学网站。2008 年盛大公司是一个以游戏产业为主的公司，盛大相继斥资收购了起点中文、红袖添香、榕树下、晋江、小说阅读网、言情小说吧、潇湘书院等文学网站，成为一家独大的网络文学公司，占据了中国网络文学的大部分份额。网络文学已经由个人的无功利写作而演变成了商业运作和市场化的一部分。

二、网络小说商业化的境遇

　　网络文学商业化机制的出现，催生了玄幻、悬疑、武侠、校园、职场等类型小说的兴盛，这些娱乐性色彩浓郁的文学的繁荣，是文学发展的内在流脉与当代文化转型交融的产物。

　　文学自古以来就有其实用功能，孔子所讲的诗有"兴、观、群、怨"

---

① 《中国网络文学发展迅猛　写手年收入高达数百万》，《人民日报海外版》2009 年 6 月 2 日。
② 陈振凯：《"网络写手"是什么人》，《人民日报海外版》2009 年 6 月 4 日。

几种作用，柏拉图要把诗人驱逐出理想国，是因为文学在人心教化方面的不利作用。中国历史上的文官制度，以文取才，文学是文人安身立命的看家本领，文章是文人晋升的敲门砖。在没有成熟的市场机制下，文学是一种文化象征资本，是一种身份资本，是一个人获得社会地位的凭借。一个有文学之名的人，可以通过科举考试出仕为官，可以做达官贵人的幕僚，最落魄的还可以教书为生。文学从来都不只是一个人修身养性、怡悦性情、吟弄风月的文字游戏，文学总是带着一定的社会功用。中国从来就是一个文史不分的国度，历朝历代的统治者都不忘文学是一种重要的教化工具，征战者借文人之手写战斗的檄文，封建帝王借文学之修辞为自己树碑立传。在20世纪的中国革命中，文学和革命事业之间被比作齿轮、螺丝钉与革命机器的关系。新中国成立后很长一段时间，文学依然被当作一种重要的教育工具，所有的作家都是由国家养起来的"文化干部"，这种方式与古代养仕制度是相似的。文学从来就是与体制、国家密切相关的，当然，文学从来不是主流文化可以完全覆盖的，文学思维的触角向四方延伸，文学的主体是不同身份的写作者。在庙堂之外，有广大的文人群体，他们或者并未取得功名，或者经过了曲折的宦海沉浮，他们以文学的方式抒发他们的人生感受，描写他们看到的丰富的底层现实。这是文学总是能逃逸体制的层面。

自魏晋时代以来，随着中国城市的兴起和广大市民社会群体的壮大，文学成为娱乐人的重要工具，中国传统小说是由说唱文学演变过来的。小说，所谓街谈巷尾之所说也，是不入流的，是与民间词曲同类的一种通俗文艺形式。这种文艺形式经过大批文人的加工和创作，给我们留下了中国历史上颇有影响的四大才子书，这些书是民间智慧和文人才情的结晶，蕴含了丰富的文化信息。说唱文学经过书商的商业运作，成为文化商品在市场流通。在现代报刊出现后，传统的润笔变成了稿酬，文学作品变成了商品。中国现代文学正是借助现代期刊媒体完成了现代转换，鲁迅等一批现代作家正是以其高稿酬获得了自由创作的空间，保持了精神的独立。

二十世纪以来的文学历史是文学精英化与主流化的历史，文学承担启蒙和救亡的重任，鸳鸯蝴蝶派作家受到新文学作家的严厉批判。然而，新文学作家从来都不是完全与商业无关的。沈从文 1928 年离开北京到上海，"作为职业作家流着鼻血，像现代机器一样以疯狂的速度生产着小说、诗歌、戏剧、随笔等各种类型的文学产品，以每本书 100 元的价格尽快地出卖给上海街头新兴的小书店。……他自己则自我解嘲地把自己称为'文丐'"[①]。延安文学所倡导的"中国作风"和"中国气派"的写作范式着眼于文学的普及问题，但在客观上，"为工农兵写作"带来了作品良好的市场效应。新中国成立后，"三红一创，保林青山"（《红旗谱》《红岩》《红日》《创业史》《保卫延安》《林海雪原》《青春之歌》《山乡巨变》）等作品的畅销为作家带来了丰厚的收入和很高的政治地位，文学作品的市场成功与主流意识形态是合拍的。二十世纪八十年代是一个文学的时代，《收获》《人民文学》等文学刊物发行量曾达几十万份甚至百万份，伤痕文学、反思文学、改革文学所引起的社会反响与文学作为商品的畅销是一体的。在主流意识的庇护下，"纯文学"的市场效应通常被掩盖。

在二十世纪八十年代，国家逐步放开出版"二渠道"，单一的出版体制逐步被打破。金庸、梁羽生、温瑞安、古龙、黄易等作家的武侠小说，琼瑶、三毛、岑凯伦等人的言情小说成为畅销书，摆满了大小的租书店。经历社会经济体制的转型，经由港台通俗文学的影响，中国当代作家的市场意识开始觉醒，出现了走市场的作家。著名的"雪米莉"就是一个很突出的例子。二十世纪八九十年代四川作家田雁宁和谭力用香港女作家雪米莉的名字，与书商联手，通过"二渠道"发售，炮制了百余部"雪米莉"畅销小说，这些作品中还有一部分是临时加入的作者所写。小说多以香港黑社会为背景，融合凶杀、暴力、情色、悬疑等多种元素，有很好的市场效应，田雁宁也因此成为较早富起来的作家之一。王朔是较早有明确市场意识的

---

① 旷新年：《1928：革命文学》，山东教育出版社 1998 年版，第 22 页。

作家，在九十年代人文精神大讨论之中，王朔的写作被视为"人文精神迷失"的征兆，预示着文化的转型。书商在图书市场经营方面，商业意识强，常借助商业手段将文学作品推向市场，华艺出版社在《王朔文集》出版上市之时，将150万张王朔画像贴遍京城的图书销售点。贾平凹的《废都》从作品的内在品质来说无疑是严肃的，但其外在的形式，故事的架构，以及引起争议的"此处删去多少字"的噱头，无疑都是商业化策略。这部作品在未上市之前就被媒体炒作，盛传版税达到了200万。陈忠实的《白鹿原》被人誉为九十年代"最好的"小说，陈忠实在写作前是充分地研究过畅销书策略的。以韩寒、郭敬明为代表的80后写作者，比起他们的前辈作家，有更直接的市场意识，他们借助自己的人气效应，直接办刊物：郭敬明主编的《小时代》《最小说》，韩寒主编的《独唱团》，蔡骏主编的《谜小说》，南派三叔主编的《超好看》都有很好的市场效应。

从以上分析可以看出，在中国现代文学以来的发展历史中，文学与商业化是不可分割的。社会的现代化程度愈高，文学的商业化气氛可能就会越浓。网络文学的出现使这种文学市场化的倾向更突出了，文学不是单纯的精神活动，而是有着商品意识的行为。以"起点中文网"为代表的文学网站，通过VIP收费为广大的写作者搭建了一个文学市场化的平台，读者的点击率与作者的收入直接挂钩，在这里，勤奋地写作可以致富，只要你有足够的文学才华。

在感叹网络化腐朽为神奇的力量的时候，我们也不能不看到，网络文学的影响力有商家的运作和操纵的因素。出版社通过策划蔡智恒的作品，找到了商机。知识出版社在出版《第一次的亲密接触》时，做过认真的市场分析，对读者对象有清晰的定位，在包装、营销与宣传上有清晰的思路，在书的定价、装帧设计、出版时机的选择等方面都下足了工夫，从而获得了成功："出版社借蔡智恒的系列作品树立了品牌，成功地开创了网络文学出版的新局面；而且，出版社团结一大批作者队伍、销售队伍，培养了一批人才，激发了出版社人员工作的积极性，所以，知识出版社在不到3年的

时间里，图书销售码洋翻了三番，达到5000多万码洋。"① 通过积极的商业运作，借助一个网络作家的人气效应，竟然盘活了一个出版社。网络书商沈浩波，这位当年的"下半身"诗人成功地从网络中淘到了《诛仙》《明朝那些事儿》等作品，成功经营了国内民营图书品牌"磨铁图书"。"畅销书与其说是由读者大众选择的，不如说是由出版商通过对趣味的商业性操纵而强加给他们的。"② 书商们在策划网络文学作品的市场效应时，是经过充分分析的，他们看到了特定读者群对网络文学作品消费的需要。编辑闫超谈道：《藏地密码》的销售成功，是引进商业领域的营销手段的结果。如经过分析，这本书的读者应该是对西藏感兴趣的人，出版社与国内著名的三大户外用品专卖店合作，在北京、上海最繁华的地段的15个终端店面贴《藏地密码》的精美海报一年，保守估计将有500万人会看到《藏地密码》的海报，这些人应是《藏地密码》一书最精确的读者群。还与国内户外门户网站中华户外网合作，让国内所有的户外运动爱好者可以通过该网站看到有关《藏地密码》的新闻以及消息；在著名悬疑杂志《胆小鬼》上刊登了图书广告；邀请众多国内著名悬疑小说作者撰写《藏地密码》的书评；请名作家阿来为小说作序。在小说出版前、出版后，都进行过有力的宣传推举。光小说的名字就考虑了半年。③ 在积极的策划和精心的商业推广下，《藏地密码》获得了在图书市场上的成功。

网络巨大的媒体覆盖力，加之商业机构的积极运作，形成了网络文学良好的市场效应。2006年中国出版的各种网络作品不下300种，盗墓小说《鬼吹灯》、历史小说《明朝那些事儿》、武侠小说《沧海》、玄幻小说《诛仙》的销量都达到了几十万册，甚至百万册。人气网络作家被商业机构看好，2010年北京新华先锋文化传媒有限公司以1000万元版税与天下霸唱（本

---

① 谢刚：《与网络文学亲密接触：蔡智恒系列作品营销策略》，《出版广角》2002年第9期。

② [美]马泰·卡林内斯库：《现代性的五副面孔：现代主义、先锋派、颓废、媚俗艺术、后现代主义》，顾爱彬、李瑞华译，商务印书馆2002年版，第142页。

③ 闫超：《〈藏地密码〉背后的故事》，《出版广角》2009年第2期。

名张牧野）签约其中包括两部书稿和 3 年写作期作品。即将出版的《鬼吹灯》系列新作版税高达 16%，在这本书上作者拿到近 500 万元的版税。同时，天下霸唱将担任悬疑 MOOK《谜中迷》主编。新华先锋已经支付 100 万元左右预付金。[①] 商业机构与网络人气作家相互借势，经营文学的生意，分享文学商业化带来的好处。

三、网络小说商业化的策略

诸多作家站在"纯文学"的立场对网络文学商业化的批评是切中要害的：作家赵德发认为网络文学格调不高；麦家认为网络文学 99.9% 是垃圾，言语夸张了一些，但说出的是对网络文学的基本阅读感受；刘震云认为网络文学从文字到文学还差 23 公里，这是对网络文学品质方面提出的批评。自文学商业化以来，一直有关于商业化与反商业化写作的争议。"现代社会把一切都尽量变为商品、货物，因而限制了人类对自然和艺术的感应。然而在马克思看来，艺术的一个伟大效能，恰恰是它通过自己的存在方式对这种'拜物教'进行了抵抗，将文学艺术看作是人类能够进行自由创作和审美享受的能力的一种象征，把人的解放和审美本身作为它的目的。这样，一个真正的艺术家，即使在现代条件下，也仍能抗拒把自己变成社会支配集团的雇佣劳动者。"[②] 正如资本主义兴起给世界带来发展进步的同时，也带来了破坏性的因素，资本带来了人对自然的掠夺，带来了环境的污染，带来了道德的滑坡，然而，我们从来没有否认资本、自由竞争对世界的进步意义。文学的商业化也是一把双刃剑，是商业化制造了文学的繁荣，是商业化让更多的人参与文学之中，商业化的文学解决了人最起码的生存的问题。当写作成为一项能谋生的艺术，写作者才能坚持下去。这对众多的

---

① 杨雅莲：《新华先锋千万元版税签约天下霸唱》，《中国新闻出版报》2010 年 10 月 15 日第 3 版。

② ［英］希·萨·伯拉威尔：《马克思和世界文学》，梅绍武等译，三联书店 1980 年版，第 422—423 页。

网络写作者来说是非常重要的。奥地利作家斯蒂芬·茨威格（Zweig, S.）在《巴尔扎克传》中写道："巴尔扎克，他所处时代的最伟大的小说家，居然早年是个被卑鄙下流者收买的写手，这一切的根源——缺乏自信，对命运的茫然不知所措。"①伟大如巴尔扎克者，曾经也会因为不了解自己的写作才华，为现实所迫，盲目地为商业化写作还债。

商业化的文学策略往往体现在这些方面：第一，感官的欲望化，性爱、爱情故事总是能够吸引读者的。第二，时尚的生活话题。如网恋、拆迁、异性闺蜜、异性合租、小三、失恋等带有时代气息的生活话题，其中体现出一种生活方式的追求。路金波在策划畅销书时说："我们卖的是一个故事，但最终卖的是一种生活方式。"②第三，梦想的激励和制造。通过小说的YY机制，写人物的成长和强大，有励志书的意味，让读者看得"爽"。第四，混搭的知识美学，在小说中加进多重元素，增加作品的看点，如悬疑中增加知识性，玄幻小说中增加现实元素。第五，小说在形式上的变化。注重小说的阅读情趣，读来轻松、有趣，如轻快活泼的语言，丰富的想象力，快速的情节推进，悬念、推理的广泛运用等。作家周大新谈到，网络作家在张扬想象力上做得很充分，玄幻、穿越类的作品情节精彩，出人意料，网络作家善于分析读者心理。③

在网络制造的商业化写作中，我们看到确实有大量低俗的作品。但那些畅销的好作品，通常都是有其看点的，这些作品在艺术形式上或许并不高明，但其敏锐的个人感悟，丰富而奇妙的文学想象力，对当下时代的发现和思考总是有其独特之处。《第一次的亲密接触》读来轻松、愉快，有鲜明的网络风格，读后让读者有不一样的感觉；《悟空传》中作者以对《西游记》充满个体的追问，颠覆了经典，使经典作品获得了新的意义；《蒙面之

---

① ［奥］斯蒂芬·茨威格：《巴尔扎克传》，攸然译，团结出版社2004年版，第44页。

② 刘悠扬：《路金波：我是出版界的"行业公敌"》，《全国新书目》2011年第8期。

③ 刘婷：《麦家周大新等著名作家与网络当红作家"互帮互助"传统作家网络作家"结对交友"》，《北京晨报》2011年8月5日。

城》写出了一代人的精神叛逆和一个人自由不羁的精神生活，重新唤起了读者内心的渴望；《成都，今夜请将我遗忘》写出了 70 后一代人的精神困境和精神成长的心路历程；《诛仙》被誉为"后金庸时代的武侠圣经"，以玄幻小说的形式发展了武侠小说；《盗墓笔记》以其丰富的想象力和知识性获得了读者的青睐；《杜拉拉升职记》以职场故事为读者提供职场指南；《后宫》以女人之间的争斗，想象了一个不一样的历史故事，女性叙事细腻而深入地重写了历史。《藏地密码》是一部"关于西藏的百科全书式小说"，其核心价值是"追寻西藏千年隐秘历史"。小说呈现出了各种不同的叙述可能，给读者的阅读带来了未知的阅读快感和兴奋，在人物的刻画上溶入了个人的生活经验。

网络小说商业化带来的问题是写作的速度和精度之间的矛盾，写作者要每天及时地更新作品，这方面唐家三少是劳动楷模，他曾连续 100 个月没有断更，每天更新数千字乃至上万字。这必然带来写作难度的下降，带来写作模式化、作品同质化的问题。这方面的问题，商业文学网站也意识到了，最近的"起点中文网"，提出要让写作者多写一些短篇故事，而不能为了读者的点击无限地拉长写作的篇幅。

网络文学作品获得了参评第八届茅盾文学奖的机会，但最终却没有作品能获奖，评委麦家认为，网络写作者追求的是市场，是速度，"据说，写手在每 3000 字以内就必须设计出一个惊险刺激的内容，否则就没人买账"，"网络文学更多的体现为一种商业行为"，是一种快餐化的写作。[1] 这种看法与网络作家对自己的评价是一致的，起点中文的人气作家血红认为自己就是个快餐式的作家，写的不是经典的作品。

那些在网上成名的作家，深深地知道网络写作多是借助网络媒体泛起的文化泡沫。安妮宝贝从网络中成名，但早已逃离网络，不再在网络上首

---

[1] 高爽：《本届茅盾文学奖网络文学为何全军覆没——本报独家专访评委、著名作家麦家》，《辽宁日报》2011 年 8 月 24 日。

发自己的作品。慕容雪村因为《成都，今夜请将我遗忘》的成功获得了自由写作、读书的条件，不断地提升自己的文化修养，扩大自己的生活阅历，写出了分量很重的作品。还曾作为卧底去调查传销事件，被《人民文学》授予了一个特别行动奖。南派三叔宣布封笔，想必也是十分慎重的举动。早年在网络上成功的李寻欢变成了文化商人"路金波"，以一本《粉墨谢场》告别文坛，据说是出于对文学的敬畏之心。唐家三少也很坦诚地说自己就是娱乐写作，没有更高的追求。崔曼莉在写作《浮沉》时已经有很好的文学底子，自己对《浮沉》在艺术上的层次是很清醒的。宁肯的《蒙面之城》戏剧性地被视为网络文学可以和纯文学比肩的代表，但此后，宁肯的创作并没有走网络路线，而是追求作品的艺术创造性和小众化效果。网络写作更像是练摊文学，是一个写作者初期的练习写作阶段。众多网络写作者的经历说明，网络写作者在跨过"谋生的焦虑"之后，清醒地意识到在积极地面向市场时，他们依然有自己的文学追求，他们需要在商业化和艺术追求之间找到平衡。

当伦敦的奥运会开幕式上出现哈利·波特（Harry Ptter）形象时，《哈利·波特》已经不是一部单纯的文学作品，而是作为一个有世界影响的文化产业案例出现的。《哈利·波特》问世以来，形成一个涵括书籍、电影、DVD、电视、游戏、服装、文具，乃至哈利·波特主题公园的庞大产业链。据报道，《哈利·波特》图书系列已经发售超过4亿本，一些商业机构预计，哈利·波特的产业链价值将超过千亿美元。J.K. 罗琳（J.K. Rowling）的个人财富超越了英国女王，她的写作甚至拯救了英国出版业。在英国人将《哈利·波特》视为自己当代民族文化的骄傲时，我们看到，中国当代文学转化为文化产品的能力还有很大的提升空间，当代文学的商业化程度还很不够。在好莱坞的大片、日本的动画片冲击国内市场的时候，我们看到中国当代的娱乐化文学不是过于发达，而是很不发达。在我们书写一部中国当代文学史时，在关于中国当代通俗文学的章节中，竟然难以找到写作成就超过金庸、琼瑶、倪匡等港台作家的大陆作家。在我们批评网络文学商业化运

作的时候，那些写作者、书商及网站经营者并不理会这些指责，他们需要直接面对一个广阔的读者市场，读者的阅读需求才是他们所要认真考虑的。

四、网络小说商业化的意义

网络文学的商业化有其积极的作用：第一，以商养文是网络写作的基础和写作条件，写作者通过商业写作实现了个人价值，写作变得更加从容，网络写作商业化写作扩大了写作的队伍，众多的网络写作者因商业写作实现了当作家的梦想。慕容雪村说："《成都》一文引起注意后，武汉有一家图书策划公司找到我，出版了前期的所有文集，暂定名《遗忘在光阴之外》。从这个角度来讲，我将永远感谢网络，是它给我带来了成就。"[1] 第二，商业化促进了通俗文学的繁荣，推动了文化产业的发展。网络文学为影视剧提供了丰富的文化底本，好的网络文学作品提升了通俗文化的层次。《蜗居》《后宫·甄嬛传》《失恋三十三天》等网络作品的影视改编有很好的反响。第三，商业化写作对写作者潜能的激发。网络上的写作带有一定逼迫的性质，长期坚持每天雷打不动的网络更新挑战、激发了写作者的文学才华。第四，网络写作丰富了创作的门类，使文学分级化，呈现出多层次性。网络作家酒徒认为："对于网络上码字的人来说，读者是上帝也是老师。有时候，是上帝和老师决定了作品，而不是码字的人本身。这种互动的创作方式也许在无意间扼杀了一部分顶级巨著的诞生，但在同时也清楚地反映了读者最喜欢什么，最希望看到什么。甚至清晰地体现了不同层次读者群的不同需求。"[2] 第五，商业化写作的最高境界是制造有更高艺术层次的商业化文学产品。有批评家认为，《诛仙》《新宋》《间客》等作品已显示出"大师之作"品相。

---

[1] 李凌俊：《慕容雪村：神秘的网络文学青年》，《中华读书报》2002 年 9 月 18 日。
[2] 酒徒：《九年一觉网文梦》，《南方文坛》2009 年第 3 期。

中国是一个后发展中国家，近年来充当了世界工厂的角色，在经济总量上已成为世界第二大国，但在科技、教育、文化制度方面，中国仍然是落后于世界的，网络文学在中国的繁盛，是文学市场化的结果，这是一场涌动于民间的资本和创作力与传统体制的较量。中国经济发生转型，文化也在发生转型，在深层的文化体制上中国将迎来一个新的开始。

网络写作者直面读者的能力，直面市场的能力，是可贵的写作经验，是需要保护的。鲁迅文学院副院长胡平认为："目前文学创作的大格局不尽合理，搞纯文学的人太多，比例有点失调，后果是把一大部分文学市场让给了别人，十分可惜。中国的畅销书市场有着广大的发展前景，在这个领域，就需要产生很高明的畅销书作家，但传统作家们大都不愿染指。"[①] 文学的商业化，不是自网络之后才出现的，而是与现代媒体相伴相生的产物，一位研究者这样批评商业化写作带来的问题："人们在白天按时抵达各种型号的流水线，完成预定的工作量；返回窝后，人们可以心安理得地享用另一种流水线上生产出来的文化产品。"[②] 这样的批评是有道理的，但没有说明文学商业化内在的合理性及其现实意义。

詹姆逊在《后现代主义与文化理论》一书中说："到了后现代主义阶段，文化已经完全大众化了，高雅文化与通俗文化，纯文学与通俗文学的距离在消失，商品化进入文化，意味着艺术作品正成为商品，甚至理论也成为商品。当然这并不是说那些理论家们用自己的理论来发财，而是说商品化的逻辑已经影响到人们的思维。"[③] 也就是说文学商业化本身没有什么问题，商业化是文学发展的必然之路，当代网络小说只是使被"压抑的现代性"重新复活，写作的商业化思维是"现代的"，马泰·卡林内斯库（Matei Calinescu）将现代主义、先锋派、颓废、媚俗艺术、后现代主义视为现代

---

① 胡平：《面对网络文学的兴起》，《文艺报》2009 年 6 月 9 日。

② 南帆：《膨胀的"泡沫文学"》，《文艺理论研究》1996 年第 3 期。

③ ［美］詹姆逊：《后现代主义与文化理论》，唐小兵译，陕西师范大学出版社 1987 年版，第 148 页。

性的五副面孔。"从现代性的角度看，一位艺术家，无论他喜欢与否，都脱离了规范性的过去及其固定标准，传统不具有提供样板供其模仿或提出指示让其遵行的合法权利。他顶多能创造一种私人的、本质上可改变的过去。他自身对于现时的意识似乎是他灵感与创造性的主要来源，而这种意识受制于现时的当下性及其无法抗拒的瞬时性。我们在此要讨论的是一个重要的文化转变，即从一种由来已久的永恒性美学转变到一种瞬时性与内在性美学，前者是基于对不变的、超验的美的理想的信念，后者的核心价值观念是变化和新奇。"[①]在现代文化超市里，各种文化产品比邻而居。现代性是一种创新的精神，一种面向现实的当下性，网络文学也应是现代性的应有之义。卡林内斯库认为现代主义的美学是震惊美学，而现在是这种美学价值全面溃散的时代，"震惊的"、"永恒性美学"转变为"变化和新奇"的"瞬时性与内在性美学"，网络文学在美学规范上更接近后者。在民主时代，"民主制度不仅在商贾阶层中灌输文学趣味，而且把商贾精神引入文学……在贵族统治的国家，不付出巨大的努力，没有人可以期望成功，而且……这些努力也许会予人以很大的名声，但绝不会挣得大量的金钱；而在民主制国家，一个作者可以让自己高兴的是，他能以较小的代价博取较微薄些的名声和一大笔财富。"[②]网络文学的发展得益于一种网络技术所带来的民主制度。网络文学提供了一种"轻阅读"的文化产品，满足大众的消闲性阅读，写作者以较小的代价获得了比他们的前辈作家更多的声誉和金钱。不应单纯地批评网络文学的商业化，而应反思网络文学商业化的水平，反思商业化机制下，网络文学如何提高的问题，反思网络商业化机制的不足。

中国作协副主席李冰说："在商业收费模式推动下，凭借网络写作获得经济收入的人群估计超过万人。网络作者已经成为我国文学创作队伍中不

---

① [美]马泰·卡林内斯库：《现代性的五副面孔：现代主义、先锋派、颓废、媚俗艺术、后现代主义》，顾爱彬、李瑞华译，商务印书馆 2002 年版，第 9 页。

② [美]马泰·卡林内斯库：《现代性的五副面孔：现代主义、先锋派、颓废、媚俗艺术、后现代主义》，顾爱彬、李瑞华译，商务印书馆 2002 年版，第 256 页。

可忽视的力量。"[1] 网络文学作者群体的出现应时而生，自二十世纪开始的文化转型与网络媒体的相遇，为网络写作者提供了发展的空间。自二十世纪末，学术界开始"反思五四启蒙文学思潮"，肯定娱乐化的通俗文学。王德威的《被压抑的现代性——晚清小说新论》将晚清文学中的侦探小说、科幻奇谭、艳情纪实、武侠公案到革命演义等通俗文学创作视为"被压抑的现代性"，认为他们代表了一个文学传统内生生不息的创造力，李伯元、吴趼人是近代中国第一批"下海"的职业文人。他们对文学、象征资本的挪移运用，反较五四志士更有"现代"商业意识些。[2] 金庸被入选文学大师文库，通俗文学的社会地位得到了承认，文学的商业化意识得到一批作家的认可。王蒙认为："商业化说到底是一个中性的概念，它的前提是希望自己的作品得到更多的观众读者，就是说希望自己有市场而不是没有市场。如果我们说某个作家或导演已经没市场，那恐怕很难说是恭维。"他还说："我以为一个真正天才的与郑重的艺术家，根本不存在为了商业化而牺牲艺术的可能，艺术人格、才能与修养连这么点免疫力都没有，能够是天才的与伟大的么？至于一个平庸的艺术从业者，有了商业化追求固然搞不出杰出艺术品来，没有了商业化思路或表示极端轻蔑商业化，就能搞出杰作来吗？我也深表怀疑。"[3] 网络文学的商业化趋向是二十世纪九十年代文化脉络的延续，只是，借助网络平台，商业化写作者的群体阵容更大，直面读者市场的能力更强，网络写作者和读者的关系更近，更直接。

　　网络文学的商业化从来不是一个简单的否定网络文学的理由，网络写作及其由商业网站参与形成的文学写作、发表、阅读乃至商业运作机制带来了文学的新的形式和内容，是时代文化转型的一部分，使文坛格局更加

---

[1] 李冰：《在网络文学研讨会上的讲话》，http://www.chinawriter.com.cn/news/2010/2010-05-20/85737. html。

[2] ［美］王德威：《被压抑的现代性——晚清小说新论》，宋伟杰译，北京大学出版社2005年版，第2、14页。

[3] 王蒙：《通俗、经典与商业化》，《读书》1998年第8期。

多元化，网络文学在商业机制下所蕴含的新鲜活力成为一种新的文学建制。我们不应简单地批评网络文学的商业化，作为一种文学历史趋势已无可避免，而需要正视的是网络文学在商业化道路上所面临的问题，需要警惕商业化对网络文学的不利影响，比如过度的商业推广，媚俗的写法，"雷人"的故事虚构，大量注水的泡沫塑料式的文学质地，等等。

第五章　网络文学入史的探讨

中国当代网络文学已有十余年的历史，其影响渐大，日渐引起学界的重视，将网络文学写进文学史，在理论上和写作实践上，都有其必然性。在已问世的文学史著作中，网络文学已经纳入到中国当代文学史的教学与研究之中，其主要著作如：《中国当代通俗小说史论》（汤哲声主编，北京大学出版社，2007），《读屏时代的写作：网络文学10年史》（马季著，中国工人出版社，2008），《网络文学发展史：汉语网络文学调查纪实》（欧阳友权主编，中国广播电视出版社，2009），《中国当代文学主潮》（陈晓明著，北京大学出版社，2009），《现代中国文学通鉴》（朱德发、魏建主编，人民出版社，2012），《中国当代文学新编》（王万森等主编，高等教育出版社，2012），等等。"只有在文学史理论创新方面有了充分讨论的自由与可能性，才能够真正推动与丰富文学史写作的实践。这是相辅相成的两个层面，不可能孤立地发展。缺乏文学史理论创新，一味提倡文学史写作，就会出现泛滥成灾的教科书。"① 网络文学入史不仅仅是增加了一个新的文学板块，其

---

① 陈思和：《漫谈文学史理论的探索和创新——〈20 世纪中国文学史理论创新丛书〉导言》，《文艺争鸣》2007 年第 9 期。

对已有的文学史理论构架有何影响？网络文学如何进入文学史？在文学史的视域中如何评价网络文学？网络文学入史的意义何在？这些问题学界并未有深入的讨论。

一、扩大的文学史空间

陈平原认为，"'文学史'在本世纪中国学界的风行，主要得益于'科学'精神、'进化'观念以及'系统'方法的引进"①。自近代社会以来，大学教学体制为修文学史提供了机缘和动力，大学教授常以写一部文学史作为终身的最高学术追求。中国现当代文学处在一个历史的发展之轮上，不断推进的历史化进程，不断增容的研究领域，不断更新丰富的学科体系，不管是从教学还是科研出发，为中国现当代文学修史是一个不断"重写"的过程。写作中国现代文学史，要解决的首要问题是对文学史写作的理论问题展开研究，解决文学史观的问题。

文学史观决定文学史如何叙述和文学史的总体框架、历史线索、内在逻辑、重要作家、作品的选择等重要问题。黄修己在《中国新文学史编纂史》中谈到，从文学史观来说，中国现当代文学史的编纂经历了这样三种主要的模式：进化论的文学史观，阶级论的文学史观，启蒙论的文学史观。这三种文学史观已成历史，对于日渐多元的中国当代文学发展现状显然是不适应的。八十年代中期以来学界广泛讨论的"二十世纪中国文学"概念，是以启蒙论为中心的文学史观，为中国现当代文学史研究提供了新的思路，打破了当时文学史写作政治板结化的状态，但这种文学史观是建立在已有的文学发展史实的基础上，没有考虑九十年代以后文学的可能发展。在外延上，"二十世纪中国文学"虽统一了中国现当代文学学科，但在时间轴上无法涵盖最新的，特别是新世纪以来中国文学的发展。朱德发提出"现代

---

① 陈平原：《文学史的形成与建构》，广西教育出版社 1999 年版，第 6 页。

中国"这一概念，以现代性为核心理念，指出晚清以来的中国一直在现代化的历史进程之中，以"现代中国"统领自十九世纪末至今的百余年的中国历史，以"现代中国文学"一统现当代文学学科，并以其开放性指向中国当代文学的发展进程。在具体的文学史理念上，现代中国文学以其多元的观念，兼收并蓄，使现代中国文学史体系既是一个有整体性的，又有其有机结构的文学史建构。在这样的文学史框架中，文学史的内容是不断扩张的，港台文学、少数民族文学、古典诗词、通俗文学进入文学史的视野，打破了那种精英化的纯文学史框架。正是在这样的框架中，网络文学被写进了文学史。

网络文学进入文学史，是历史的发展必然。2009 年，由中国作家出版集团与多家媒体共同完成的"网络文学十年盘点"表明，在短短 10 年中，网络文学作品数量远远超越当代文学纸质作品 60 年的数量。互联网上拥有中文文学网站数千家，每年诞生 20 万余部小说，以每年 20% 的增长速度发展。"网络制造"的类型化小说占据了文学图书总量的近一半，占据畅销书榜的半数以上。截止 2011 年，中国已拥有 5 亿网民，其中有 2 亿多网民经常性浏览文学网站，各种文体的网络业余作者超过 1000 万，全国文学网站签约作者超过 100 万，网络媒介在中国已成为最具影响力的新型文学载体。

网络文学创作者与已有文学体制之间的交流、融合也在不断增强。安妮宝贝、蔡骏、当年明月、千里烟等作者先后加入中国作协，各地作家协会也向"网络写手"敞开了大门。广东、陕西、浙江等地作协成立网络文学委员会，中国作协还参与主办了蔡骏、血红、跳舞、我吃西红柿、唐家三少等网络小说作者的作品研讨会，并开办多期"网络作家培训班"，开展传统作家和网络作家结对子活动，将网络文学创作选题列入扶持范围，给予经费上的支持。2010 年第五届鲁迅文学奖评奖委员会准予网络小说参赛，2011 年第八届茅盾文学奖修改了评奖条例，将网络小说纳入评奖范围。

网络文学在中国的特殊性在于，中国当代文坛长期是主流、精英文学的文坛，几乎没有产生有广泛影响的通俗小说作家，网络推动了中国大陆的通俗类型小说的创作热潮，十多年来网络掀起了都市情感、奇幻武侠、悬疑推理、军事历史、校园、盗墓、穿越等通俗题材作品的一波波热潮。这是在网络媒体出现后，通俗文学在中国的膨胀式发展。通俗类型小说在网络上繁荣继而对图书及影视市场的占领改写的是中国当代文学的版图。

网络文学汇集了丰富的底层生活体验和民间智慧，开拓了当代文学的表现空间。如同现代文学报刊的出现催生了中国现代文学的产生和发展一样，作为一种传播媒介，网络冲击了目前已有的由作协、文联及其所主办的纯文学期刊等组成的文学体制。网络让文学的写作真正的多元化，网络文学面向的大众面与纯文学期刊所面向的小众面形成了鲜明的对比。网络文学的价值在于它的生长根植于自由的网络精神。网络文学自由书写、自由创造、自由想象、自由发表，是新媒体对虚构艺术创造力的解放和激活。其写作注重作品的娱乐功能，不同于构建"民族国家共同体"的现代启蒙文学，它在宏观上与时代的主导观念并非相悖，抵抗却在日常生活的微观层面展开。"信息超级高速公路和虚拟现实的技术特性已经够清楚的了，足以引起人们注意到它们促成新的文化形成的潜能。"① 网络文化是一种青年文化，一种探索的文化，一种自娱自由的文化，这是现代民主、自由文化的新的生长，它不是来自知识界的启蒙，而是来自民间的自觉和反抗，这是网络文学有无限生机的内在保证。网络文学的娱乐化不能简单地看作是一种现实的逃避，也包含对于新的文化和文学形式的创造。

网络媒介发展了小说的形式，如网络小说结构的变化，篇幅的拉长和内容的混杂，语言的借用与创新，对细节的不厌其烦等。互动小说、多媒体小说、游戏小说、手机小说、超文本小说等小说新形式蕴含着小说艺术发展的新的可能。

优秀的网络文学推动了影视、动漫、游戏等义化产业的发展，网络小

---

① [美]马克·波斯特：《第二媒介时代》，范静晔译，南京大学出版社 2001 年版，第 44 页。

说是文化产业的重要题材库。网络小说已成为文化产业链条上的重要环节，据统计，一部优秀的网络小说在改编成影视剧、网络游戏、衍生文化产品方面涉及的资金流可达数十亿元。网络成为未来经济文化发展的重要媒介，进而与民族国家的基本战略目标联系起来。网络小说在产业化方面已有一些成功的经验需要总结，我国文化产业发展战略的发展部署也必将推动网络小说的发展。

互联网上的网络写作多是业余的，在网络上的写作者也将随着年龄而成长，他们的生活也将因为写作而丰富，写作不能延长他们的生命长度，但可以增加生命的厚度。因为网络写作的业余性，也因其在艺术上的不成熟，网络小说作者更多的是靠生活底子和激情来写作，作品中有丰盈的生活世界和来自个性的精神力量，在文学来源于生活，文学为心灵写作的意义上，网络文学是真正的"生命写作"。

传统文学是网络文学的母体，网络文学是对传统小说的继承和发扬，通俗文学的手法、纯文学的趣味、主流文学的立场、先锋文学的实验意识在不同的网络小说中闪耀着灵光，网络文学并没有脱离传统小说，而是传统文学在新的空间中的生长。对于广大网络文学写作者来说，其写作的创造力如同法国学者米歇尔·德·塞托（Michel de Certeau）所描述的，他们会用"偷猎"、"盗用"、"偷袭"、"为我所用"等方式创造性地改造已有的文学传统。

网络文学的发表是面向世界的，它要求不同国家、民族和文化之间应相互尊重、理解和宽容。网络文学作者群体是全民性的，它书写的是更广大写作者的精神体验和艺术想象。网络文学与时代的关系，是一种带有生气勃勃的时代气息的关联，诡异的想象，戏谑的方式，个体化的时代精神体验在网络文学中以不同的方式存在着。

媒体的发展历史表明，长篇小说只能出现在现代印刷技术和报刊成熟的时代，印刷体制时代产生了狄更斯（Charles Dickens）、巴尔扎克（Honoré·de Balzac）、陀思妥耶夫斯基、托尔斯泰（Лев Николаевич

Толстой）、普鲁斯特（Marcel Proust）、乔伊斯（James Joyce）等伟大的小说家，与此相应，在新的写作机制和文化空间中，网络小说经典作家、作品将应运而生。网络文学的发展历史和趋势表明，这是一个需要深入研究的领域，也是一个必然要进入文学史研究的领域。

二、网络文学入史的问题

网络文学必然进入文学史，并不意味着自动解决网络文学入史的问题，网络文学入史需要面对的问题需要充分的认识和讨论。

文学史写作的基础是要有重要的作家、作品。"文学理论不包括文学批评或文学史，文学批评中没有文学理论和文学史，或者文学史里欠缺文学理论与文学批评，这些都是难以想象的。"[①] 文学史是对一个时段文学创作的提升和总结，并不是每一个作家都能进入文学史，进入文学史的作家都是经过文学批评筛选的作家，只有那些创作上取得了一定成就的作家才能得到批评家的关注，才能进入文学史。网络文学所面临的最大问题是网络作家与传统作家有很大的不同，他们大多是非职业化的写作，其写作的起点低，写作的作品通过网络媒介的放大，在读者群中有很大的影响力，但他们的作品可供文学分析的"艺术含量"并不高，很多作者是"玩票"写作，有些作者是昙花一现的写作，有些作者写了很多作品，但并没有多少文学成就可言，如《第一次亲密的接触》作者痞子蔡的写作就是如此。还有些作者是由一部文学作品成名，其后续创作尚未可测，如创作《明朝那些事儿》的当年明月，写《藏地密码》的何马，都是如此。还有些作者是在网络上成名，但其后期的写作力图摆脱网络的影响，写作的作品也不再在网络上首发，其写作的网络特色已经淡化了。如安妮宝贝和宁肯，前者是早

---

① ［美］雷·韦勒克、奥·沃伦：《文学理论》，刘象愚、邢培明、陈圣生、李哲明译，三联书店1984年版，第32页。

期中国网络文学创作的代表性作家，曾与李寻欢、宁财神、邢育森、俞白眉一起被称作网络文学的"五匹黑马"。安妮宝贝的作品主要发表的途径是实体书的出版，主要走市场销售路线，但其创作的纯文学色彩越来越浓，其文字的思维力度和忧郁色彩愈益浓烈，也赢得了更多的读者，有研究者撰文《安妮宝贝：路为什么越走越宽？》[1]，批评家郜元宝发表了评论安妮宝贝的文章《向坚持"严肃文学"的朋友介绍安妮宝贝——由〈莲花〉说开去》。[2] 宁肯的《蒙面之城》曾自由投稿到几家大型的文学刊物，被拒绝，后来在新浪网上连载，好评如潮，《当代》文学杂志找到宁肯，以头条刊发，并加"编者按"，认为这部作品的出现标志着网络文学的创作水平已达到了与纯文学比肩的地步。但宁肯后来的创作并没有走网络路线，而是承续八十年代先锋小说的路向，追求思想和艺术形式上的先锋探索性，其写作有意识地面向小众读者，其作品《天·藏》入围第八届茅盾文学奖前20强。早期通过网络成名的作家慕容雪村后来的作品其网络文学的特色也渐渐地淡化。2003年，"起点中文网"的VIP收费成功，网络写作者在网上发表作品就可以获得收入，在网站推举、宣传、排行等机制的刺激下，网络写手们日更新数千字甚或上万字都是家常便饭，这样高密度的写作，让写作成为一种"码字"生活，写作者不能及时充电，不能有更多的思考期和犹豫期，没有艺术的沉淀期。在学术界，网络作家常被称为"网络写手"，唐家三少、跳舞、血红、我吃西红柿、南派三叔、沧月、天下霸唱等人的作品市场效应很好，但几乎没有批评家评论他们的作品。

　　五四以来的中国新文学开创了"为人生"的"启蒙"文学的新传统，而最有网络文学特色的是玄幻、盗墓、YY、穿越、修真等题材的娱乐化小说，这些小说中思想的含量和艺术的含量似乎都很稀薄，禁不起读者的反复阅

---

① 田颖：《安妮宝贝：路为什么越走越宽？》，《南方文坛》2010年第1期。

② 郜元宝：《向坚持"严肃文学"的朋友介绍安妮宝贝——由〈莲花〉说开去》，《当代作家评论》2006年第2期。

读，特别是经过一个世纪多的文学史教学传统影响的评论家和研究者，（学界一般认为1910年由武林谋新室公开排印出版的《中国文学史》是最早的文学史，作者系福建闽县人林传甲，当时为京师大学堂的教授。文学史教学至今已有一百多年）很少会有人把网络类型化小说作为自己的研究对象，认为这样会误入歧途。一位批评家在评价玄幻小说的时候认为，"中国文学已经进入装神弄鬼时代"①，这样的评价很明显是带有明显的纯文学趣味的。笔者曾于2009年1月16日00：00用Google搜索引擎对主要的现代知名作家和网络作家的名字为关键词进行搜索，从所搜到的网页数量看，天下霸唱高于张爱玲，六六、安妮宝贝、当年明月高于王蒙、贾平凹、莫言等文坛名家，但相应的在中国知网中所搜到的学术期刊论文，天下霸唱、六六、树下野狐、玄雨、明晓溪、流潋紫为0，当年明月为2，安妮宝贝为55，而王蒙、贾平凹、莫言等作家的研究文献数都在数百篇，张爱玲有2168篇，鲁迅有15854篇。笔者于2006年开始致力于网络文学研究，所写的作家、作品专论式的文章，被很多的学术刊物拒绝。当代批评家也很少有人像研读一个传统作家那样去用心研读一个网络作家的作品。这里有文学趣味的变化，有研究体系的转变等诸多问题。只有经过了文学批评家所评价过的作家作品，才有可能进入文学史，其文学的价值也只有在众多的批评家的关注下才能逐步得到发掘。因为没有作家论、作品论的支撑，建构当代的网络文学史成了一个学术难题。它使得当下的文学史教材中，多将网络文学作为一个拼贴的板块而存在，其进入文学史的也只能是宏观的总体概览性的章节，对作家作品的介绍也只能是相对粗略的简单介绍，不可能给网络作家开设专门的章节。

网络文学的评论主要是由千万的网友读者完成的，在网络文学发展的过程中，传统的网络文学评论基本上不起什么作用，而网络文学的读者跟

---

① 陶东风：《中国文学已经进入装神弄鬼时代？——由"玄幻小说"引发的一点联想》，《当代文坛》2006年第5期。

帖评论大多是一种印象式的，带有个人特点的，"往往有很真切的个人性情和才情，属于一种感悟性的人生阅读评论"①，评论者的文学素养也不是很高，但其中不乏真知灼见的高论，从"读者反映论"的角度看，是文学研究可供借鉴的资料。如何利用这些文学资源，需要一个除渣去弊的过程。

网络文学进入文学史的难度还在于，为网络文学写史的作者，在面对网络文学作品时，需要付诸巨大的精力，要保持高昂饱满的热情去从事这项工作是很不容易的。网络小说动辄数百万字，阅读量是很大的。而阅读只是写作的第一步，因其作品艺术含量的稀薄，注定了网络文学研究是一项广种薄收的工作。

文学史写作是文学作品不断经典化的过程，写作文学史是建构文学经典作品运动轨迹的过程。而网络文学的写作是向下的，不是朝着经典化的方向走，而是沿着大众接受的路向上走。在国外，《飘》这样的通俗文学作品也是被严肃作家所瞧不起的，也是不能进入美国文学史的。这意味着，要勾勒网络文学的发展全貌，要对其发展的艺术线索进行描述，是很难的。网络写作与市场、读者的联系，与通俗文学的联系，比与艺术发展的演进层面的联系更鲜明、更有代表性。对网络文学作品的评价会成为一个问题存在，意味着要建立新的评价体系，才能很好地评价网络文学在文学史上的价值。"所谓有个性的文学史，说到底是有独特文学史理论建树的文学史。""用一种拼接的形式将其容纳进文学史框架，则不注意整个文学史的思路与框架充满了矛盾与不和谐。我们没有给通俗文学、沦陷区文学（包括日治下的台湾文学）和旧体文学等现象充分的文学史定位和理论探讨，就将其朝原有框架的文学史里塞进去，结果必然造成文学史的逻辑混乱和大杂烩的内涵。"②这意味着网络文学入史是全新的探索，而不仅仅是文学史

---

① 周志雄：《网络文学批评的现状与问题》，《山东师范大学学报》2010 年第 2 期。

② 陈思和：《漫谈文学史理论的探索和创新——〈20 世纪中国文学史理论创新丛书〉导言》，《文艺争鸣》2007 年第 9 期。

板块的一个补充延伸。如《现代中国文学通鉴》已有较好的实践尝试，它通过文学与文化的关系，将现代中国文学分成"政治文化"、"新潮文化"、"传统文化"和"消费文化"四大板块，将网络文学看作是"新潮文化"和"消费文化"渗染的文学形态，使"网络文学"与电影、电视剧、古典诗词等一同融入现代中国文学史的有机整体之中。

网络文学入史的难度和尴尬还在于网络文学自身的合法性问题。网络文学自诞生之日起，就受到了来自多方的质疑。实际上，网络只是一种传播媒介，网络上写作与纸上的写作并无二样，如果"网络文学"是一个伪概念，网络文学研究也没有存在的合理性。如果"网络文学"是个实际存在的概念，又如何区分网络文学与非网络文学？除了首发的媒介不一样，代表网络文学的是以悬疑、盗墓、玄幻、穿越、修真为题材的幻想式作品吗？如果是，那么这些作品在艺术上对传统小说的发展在哪里？网络小说对中国当代文学贡献了哪些艺术上的东西？这些都是需要深入研究的。

网络文学进入文学史的难度还在于网络作家多是二三十岁的年轻人，早期成名的第一代网络作家，现在也不过近不惑之年。这些写作者成熟的作品还没有出现，但他们的创作成名作往往就是其代表作，他们所走过的创作道路和传统的作家有很大的区别，他们和影视、图书市场、作协体制之间的关系也比传统作家复杂得多。这些问题常常遮蔽在媒体批评的"唱盛"或"唱衰"简单的对立评价之中，网络文学入史，既期待着更多成熟的网络文学作品出现的历史时机，也需要对这些问题展开深入研究。

三、网络文学入史的意义

网络文学入史是当代文学史写作的必然任务，对当代文学研究者来说，及时地对新出现的文学现象进行研究，对有价值的网络文学作品进行跟踪、评论，使之经典化，探讨其文学史地位，有其重要的意义。韦勒克（R.Wellek）在《文学理论》中曾探讨研究现存作家的问题与意义，对于研

究网络文学颇有启发意义。"反对研究现存作家的人只有一个理由，即研究者无法预示现存作家毕生的著作，因为他的创作生涯尚未结束，而且他以后的著作可能为他早期的著作提出解释。可是，这一不利的因素，只限于尚在发展前进的现存作家；但是我们能够认识现存作家的环境、时代，有机会与他们结识并讨论，或者至少可以与他们通讯，这些优越性大大压倒那一点不利的因素。"①网络作家多是 70 后、80 后、90 后作家，他们的创作正处于成长之中，非常期待有批评家对他们的创作展开评论和交流，作为感同深受的当代研究者，和网络写作者一样，享用着网络文明的成果，网络写作者的文化创作背景、文化资源吸收，所面对的文化难题，与批评者之间的沟通并无障碍，而这种交流，也是有利于网络文学的繁荣和进步的。研究网络文学，对于大多数从纯文学研究领域转换到网络文学研究领域的研究者来说，其实是一件有挑战性的事情，其知识的转换，对通俗文学作品的阅读，网络上阅读习惯的改变，参与网络写作的实践活动，都意味着研究方式的改变。在评价的知识、价值体系上要更新，对作品要有新的洞察力，要有能力和网络作家展开深入的对话，而不是简单地以纯文学的标准去贬低网络文学。

柯林武德（R.G.Collingwood）在《历史的观念》中认为，历史事件是客观的，但历史写作是思想的产物，不同的思想体系造就不同的历史，一切历史都是思想史，因此历史研究的对象是思想，"史学的任务在于表明事情何以发生，在于表明一件事情怎样导致另一件事情"。网络文学在一定程度上改变了中国文学的版图，影响了文学的发展走向，丰富、扩大了文学的表现力。对这样的历史进程，当代文学史必然是要记录和书写的。这也是当代文学研究必然要面对的任务。而对于网络文学来说，网络资料保存的不稳定性、可删除性，也加大了这项工作的意义重要性。"人不仅生活在

---

① ［美］雷·韦勒克、奥·沃伦：《文学理论》，刘象愚、邢培明、陈圣生、李哲明译，三联书店 1984 年版，第 37—38 页。

一个各种'事实'的世界里，同时也生活在一个各种'思想'的世界里；因此，如果为一个社会所接受的各种道德的、政治的、经济的等等理论改变了，那么人们所生活于其中的那个世界的性质也就随之而改变。同样，一个人的思想理论改变了，他和世界的关系也就改变了。"[①] 网络文学改变的是文学的发表机制，改变了文学的生态环境，也必将改变文学的观念，在这个意义上，网络文学入史的问题，将面临的不只是简单的文学史领域的扩大化的问题，而是对文学观念的根本性调整，文学作品的评价体系也将因此而改变。也许，网络文学和纯文学之间的分级化态势将更加明朗，其相互融合的程度也将大大提高。

网络文学入史的问题，其意义大于少数民族文学、港台文学、古典诗词入史的意义，其意义不仅仅是文学史领域不断增容的问题，而是关系整个当代文学体系变化的大事。"什么是文学史家的史识？我的理解中，就是文学史家有能力解读史料文本，有能力创造出新的理论假设来解释文学现象，推动文学史研究的深入和原有文学史理论的提高。"[②] 在文学研究领域，古典文学积淀甚于现代文学，现代文学又甚于当代文学，当代文学的活力正在于其当代性，即其开放的视野。这种不断延展的当代性，使当代文学史的写作总是比别的学科震荡更大，新的学术体系建构更具有多种可能性。网络媒体的出现改变了写作的发表机制，扩展了文学的表现领域，扩大了写作的群体阵容。文学的大众化问题因为新媒介的出现而开启新的局面，通俗的、幻想的文学大放异彩，二十世纪九十年代出现的市场机制与文学之间的火热关系在网络媒介的推动下风生水起，感性解放的身体写作，颠覆崇高的"低化"写作，传统通俗小说叙事的波澜曲折，底层生活的生动体验，快感机制的制造，这些意味着"A·马尔罗想象中的博物馆"[③] 式的文

---

① [英] 柯林武德：《历史的观念·译序》，何兆武、张文杰译，商务印书馆 1997 年版，第 9 页。

② 陈思和：《漫谈文学史理论的探索和创新——〈20 世纪中国文学史理论创新丛书〉导言》，《文艺争鸣》2007 年第 9 期。

③ [美] R. 韦勒克：《批评的诸种概念》，丁泓、余徵译，四川文艺出版社 1988 年版，第 28 页。

学史的产生，意味着文学多元化的历史运动将以具体的形态建构起新的理论构架。

胡适在谈到五四白话文学的时候，认为中国文学有"死"的文学和"活"的文学的区别，韩愈、柳宗元、许衡、姚燧、虞集、欧阳玄、李梦阳、何景明、王世贞、方苞、姚鼐、恽敬、张惠言、曾国藩、吴汝纶等人的文学是"死的文学"，而用白话写作的《水浒传》《金瓶梅》《西游记》《醒世姻缘》《儒林外史》《红楼梦》《镜花缘》《海上花列传》，"三言""二拍"的短篇小说，以及《擘破玉》《打枣竿》《挂枝儿》等小曲子是"活"的文学。① 胡适的观点有些绝对，但对于我们认识网络文学不无启发。网络文学的生气来自对多元文学叙事的宽容，一种粗糙的但有生活力度的写照，一种小说阅读快感机制的重新获得。小说对生活的模仿，既是历史现实的，也是想象的，还是夸张的。网络历史小说不做严格的历史考证，按照内心的期待去想象。对比那些"僵尸般"的"精英"小说，网络小说无疑是"活的文学"。网络文学充满了对传统文学体系的解构和颠覆。德里达（Jacques Derrida）认为文学是一种无所不写的建制，解构来自文学内部，不是外部的，是对主流中心规范的必然反抗。这种写作的梦想，在中国网络时代开始慢慢变成现实。自己解构自己是文学发展自身的特性，使文学得以丰富性的发展，网络为文学的这种内在的发展机制提供了可能。

网络文学评奖中，有很多的中国当代批评家的身影，他们参与作品的审读、评价，给作品写评语，为写作者颁奖，这些活动促进了网络文学的艺术发展。随着网络写作者的日渐成熟，为网络文学作者写评论的作家、作品越来越多，这将为网络文学入史提供更好的基础。

作为成长的网络作家，在获得了很好的读者市场效应的时候，他们的创作获得了空前的自由。市场机制的推动，个人人生阅历的提升，个人艺

---

① 胡适：《中国新文学大系建设理论集导言》，刘运峰编：《1917—1927 中国新文学大系导言集》，天津人民出版社 2009 年版，第 19 页。

术修养的沉淀，都将让他们的写作获得更广阔的精神天地。网络文学经历了一个历史的草创期，其写作的门槛也将为前期的写作者所垫高，那些没有写作根基的网络大神必然随着历史的推移而陨落，只有那些不断坚持写作、勇于挑战自我、有更好的写作天赋的写作者才能建构起丰富的网络文学世界。随着历史进程的推移，网络文学必将产生更多的优秀作家和更多的优秀网络文学作品，这将为网络文学入史提供直接的基础。

网络文学领域所存在的问题，其实是中国现当代文学所面临的问题的放大。比如文学大众化的问题。二十世纪四十年代以降，这是中国文学的方向性问题，受西方文学影响的"现代派"文学虽有其历史发展的合理性，中国的历史现实又决定着呼唤"中国作风和中国气派"作品的必然要求，并成为一个时代的文学规范，这种文学规范与政治化的要求相结合，影响了文学的丰富性发展。八十年代以来的"文学回归"运动，先锋文学的崛起与衰落，文学失去了轰动效应，"纯文学"的边缘化在市场经济时代语境中开始日益突出，文学市场机制开始出现，娱乐化文学开始粉墨登场，文学大众化问题面临着新的历史语境。网络文学的出现及其繁盛，不过是这一文学内在脉络的延续，新的媒体通过技术手段使文学普及覆盖读者，大众化的网络文学真正成为"人民的文学"。再如感性解放的问题，中国新文学以来，是一个个体体验与感性感官越来越受到尊重的时代，文学通过感性解放释放革命的力比多，文学以身体解放为艺术变革鸣锣开道，网络文学以解构宏大叙事、驱动感性解放建构一个俗化与神化混杂的文学世界。再如雅、俗融合的问题，如何融合，如何在普及文学的同时提升读者的审美感知力，网络文学的经验和现状值得深入探讨。再如文化产业的问题，面对"文化超市"①的当代文学发展现实，市场经济的手段如何介入文学的发展，文学作品的艺术性和市场价值如何兼顾，网络文学在影视改编、游

---

① ［美］马泰·卡林内斯库：《现代性的五副面孔：现代主义、先锋派、颓废、媚俗艺术、后现代主义》，顾爱彬、李瑞华译，商务印书馆 2002 年版，第 158 页。

戏改编、衍生文化产品等方面已做出了有益的探索。

　　网络文学的出现使当代文学的发展出现新的历史机遇，也对当代文学史的写作提出了新的问题和挑战。"文学史是通过文学与社会之间复杂关系的考察来研究文学发展规律，也是一个时代人文精神的流布与发扬的见证，文学史研究是需要摆脱单纯的审美而进入对社会历史变动、政治环境、经济发展以及人文精神演变的综合考察。"① 对于文学史的写作来说，需要做的既是对文学史理论框架的探讨，也需要对资料的整理，要在大的时代发展和文化转型的意义上理解网络文学，面对网络文学的汪洋大海，作为当代文学史的教学和研究写作者，保持着一份鲜活的网络阅读感受，面对面地与网络作家对话，对其中的优秀文学作品展开深入的文学批评，以一种包容和开放的眼光对作品进行评价，这是网络文学入史的当务之急。

———————————

① 陈思和：《漫谈文学史理论的探索和创新——〈20 世纪中国文学史理论创新丛书〉导言》，《文艺争鸣》2007 年第 9 期。

中篇

网络文学的流脉、平台与传播

第六章　网络小说的文学传统

2006 年 12 月 27 日，批评家雷达在上海市作协大厅开讲"新世纪文学的精神状态"。雷达认为，如今的文坛早已三分天下：纯文学期刊、市场化出版、网络传播成就了不同类型的作家。[①] 雷达的论断源自近 10 年来网络文学在网上繁荣开来的事实。对照五四新文学作家对"鸳鸯蝴蝶派"的鄙视，当代"精英"文学对网络文学也曾采取了傲视的姿态；对照文学界对通俗小说逐渐重视的历史，当今的网络文学与传统文学之间，也必将会走由冲突到认同的道路。事实上，网络文学已经得到了文学界不同程度的认同：网络文学已经成为当代文学史的专门章节，成为众多大学教授的研究课题，网络文学已经占据了很大的阅读市场，网络作家已成为一个新的创作群体而备受关注。

从本质上来说，考量网络文学的成就，离不开对网络文学与传统文学关系的考察，网络文学与书面文学，只是一个发表途径的差别，在文学的本质上，则是相通的，这也是很多人对网络文学的看法。但传播途径的改

---

① 丁丽洁：《文学传播三分天下》，《文学报》2007 年 1 月 4 日第 001 版。

变必然对文学写作产生影响：纸的发明和印刷术的发明，才使得小说由说唱文学进入到书面阅读阶段；由于近代报刊媒体的兴起，中国才出现了职业化的作家，从而带来了文学的现代转换。网络文学因其在网上传播的迅即性、阅读的广泛性、写作的自由性，加上发表的低门槛与成名的利益诱惑，吸引了广大青年文学爱好者。从中文网络文学的实际情况来看，网络文学兼收并蓄多种文学传统，其中主要是通俗文学的传统。为更清晰地认识网络文学的现状，这里主要考察网络小说与传统"书面小说"之间的关系，追溯网络小说的传统。

一、通俗文学的继承

通俗小说有几个基本的特点：一是通俗的题材。根据马斯洛（Abraham Maslow）的观点，人的需要分成生理需要、安全需要、爱与归属需要、尊重需要、自我实现需要五个层次。一般文学所表达的情感大多与性爱、情爱、安全、竞争、同情、报复等初级需要有关，属于基本性的情感需求。武侠、侦探、言情是公认的通俗文学的三大典型题材。二是故事的通俗讲法。一般来说通俗小说更注重故事的讲法，讲究细节的生动性，通过悬念、巧合制造离奇曲折的故事情节来吸引读者，明眼读者几乎一下就能看出故事的虚构性，但说书人讲究"无巧不成书"。三是价值观的伦理化，所谓说书是劝人的，通俗故事的伦理观念为普通读者所熟知，往往演绎"才子佳人"、"英雄救美"、"行侠仗义"等理念性强的模式故事。四是语言的通俗化、情趣化。语言通俗才能为广大读者所接受，情趣化能让更多的人喜欢读。

自二十世纪五四文学革命以来，新文学家极力对通俗小说进行批判，将它们统称为"鸳鸯蝴蝶派"，视为封建余孽来铲除。新文学反对文学的纯娱乐性质，主张"为人生"的文学，倡导"人的文学"、"活的文学"、"真的文学"，要求文学要发出人心底的声音，要启蒙民众，要面对现实，不能逃避作家的社会责任。经过鲁迅、周作人、郭沫若、胡适等新文学巨匠的

开拓，启蒙的新文学占据了中国文学的舞台。此后的大半个世纪，中国大陆的通俗小说一直处于边缘化的地位，但通俗小说所形成的基本经验依然是很有价值的，它们或隐或显地被当代作家们所采用。

在赵树理的小说中，给人物取绰号，大故事套小故事，通俗、鲜活的语言等都带有传统说唱文学的特点。赵树理是将新时代的内容与传统通俗小说的形式结合得十分成功的作家，他曾一度被解放区文学总结为"赵树理方向"。在五十年代中期曾有一段时间革命的内容和通俗小说的形式结合形成一个高潮，如《红旗谱》《铁道游击队》《林海雪原》《敌后武工队》《烈火金刚》等小说以曲折的情节、个性鲜明的人物、生动的故事细节吸引了广大的读者。在朱老忠、严志和、少剑波、杨子荣等人物身上我们可以看到鲁智深、宋江、武松等传统英雄的影子，在这些人物身上，体现了英雄复仇、义字当先等通俗小说的母题，他们是勇气与智慧融于一体的化身。新时期以来，通俗小说的基本经验经常为作家们所采用，如反思小说《芙蓉镇》包含着"好人蒙冤"、"才子佳人"、"善恶有报"等通俗小说的母题。蒋子龙的《乔厂长上任记》、鲁彦周的《天云山传奇》、郑义的《老井》、柯云路的《新星》等小说都有"英雄美人"的故事模式。刘绍棠的小说基本上是侠义传奇的民间故事，汪曾祺的小说《大淖记事》《陈小手》也是纯粹的通俗民间故事，基本的价值立场也是鲜明的，讲述故事的语言也非常晓畅易懂。莫言、贾平凹、冯骥才、苏童等人的小说，也吸取了很多通俗小说的经验，他们的小说既有精神深度也有很强的可读性，也开始被当代文学史家所注意，比如陈思和主编的《中国当代文学史教程》对当代文学中"民间"文学经验的发掘。

以上所列举的诸多作家、作品，在不同版本的中国当代文学史中占有一席之地，作家们都是作为精英文学的代表，作品也不被看成是通俗小说，只是融合了通俗小说的某些手法而已。与此形成对照，网络小说对通俗小说采取了积极拥抱的姿态，消遣娱乐倾向明显，从内容到形式对传统通俗小说展开了全面的吸收融合。

　　首先是小说主题的通俗化。以 2008 年 2 月晋江原创网上公布的所出版的网络小说为例，主要有言情、奇幻、武侠、同人、传奇、耽美几大类型。2007 年"新浪第五届原创文学大赛"的奖项设置为都市情感、悬疑推理、军事历史三大类。欧阳友权在 2001 年 8 月对网上文学进行的调查表明："情爱题材、搞笑题材和武侠题材占据了原创作品的前三位。其中，以网恋故事为题材的作品竟占 43%，其次是搞笑题材，约占 17%，而武侠题材的作品约占 15%。"[①] 以走红的网络作家为例，大多是某种类型小说的高手，如慕容雪村的都市言情小说，蔡骏的悬疑小说，今何在的奇幻小说，明晓溪的青春言情小说，沧月的武侠小说，萧鼎的奇幻武侠小说等。这与中国古代通俗小说的"英雄、儿女、公案、鬼神"几大类型是基本相同的。

　　其次是程式化的故事。比如蔡智恒的网络小说《第一次的亲密接触》是一个老套的故事，包含了"才子佳人"、"红颜薄命"等基本的框架。李寻欢的《迷失在网路与现实之间的爱情》重复了"狐仙下凡"的套路。《成都，今夜请将我遗忘》演绎了西门庆式的纵欲故事，自我放纵者最终必将引火烧身。当代校园爱情小说重复着颓废的青春主题。故事的程式化还表现在作家自身的重复，比如安妮宝贝的小说总是氤氲着一种哀伤的情调，包含着对生命无奈的情感态度。看安妮宝贝的很多作品，总感觉是在看她的同一部作品。

　　再者，是曲折的情节。通俗小说必须要好看，要能吸引读者的眼球，基本的要求是要有好的故事，故事的情节必须曲折多变。古代小说中"欲知后事如何，且听下回分解"就是说书人以情节来吸引听众的一种手法。比如"2006—2007 中国网络文学节"原创作品评选特等奖的作品，晋江原创网推选的晴川的《宋启珊》就是一篇情节曲折、悬念组接的小说。

　　小说从宋启珊和杨杨离婚开始讲起，故事主要有两条主线：一是宋启

---

① 欧阳友权：《互联网上的文学风景——我国网络文学现状调查与走势分析》，《三峡大学学报》2001 年第 6 期。

珊自己的感情线，二是周道复仇。围绕这两大线索小说一直在布疑，如围绕周道复仇，小说设置了很多悬案。一个富家公子为什么要到宋启珊的公司来当模特呢？周道的家族到底发生了什么样的事情呢？周道要向谁复仇呢？周道为什么必须通过宋启珊才能接近夏梓行？这些都是小说中的悬案，这些情节不难看出作者的设计在其中，小说采用限制叙事的手法，用一个个的疑问牵引着读者的注意力，故事进程则主要通过人物对话来推进，故事的前因后果随着故事的推进才慢慢清晰起来。

网络小说虽然在主题、形式上没有高深的地方，但并不都是通俗小说的简单翻版，以上文分析的《宋启珊》来说，主人公宋启珊与丈夫杨杨离婚，这是一个30岁的女人被事业有成、另有新欢的丈夫甩掉的故事，小说花了很多笔墨来写宋启珊在婚姻中所受到的伤害以及对爱情的寻找与追问。离婚对于女人是一道严峻的人生考验，女人经过离婚获得的是沉甸甸的生命启示。宋启珊也是一个有事业的人，但小说没有止于把宋启珊塑造成一个离婚后走出婚姻阴影重振生活理想的新时代女性，小说出色的地方在于它不是一个简单的通俗故事，而是融进了许多生动的女性人生感悟，有些唯美情调，但仍然真实感人。如宋启珊与杨杨恋爱时的心情描写："那时候，启珊见到杨杨，不过是略微平头整脸的杨杨，会感到'滋'的一下，好像全身通电，胃抽成一团，半睡眠状态会清醒，清醒状态会兴奋，兴奋状态会开始涨红脸结巴。"又如杨杨死后宋启珊的心理："痛哪？离开爱了十年的人，是一种什么样的痛！就像让吸毒的人戒毒一样，那是一种什么样的痛苦？没有经过的人不会理解，同样，没经历分离之痛的人也不会理解为什么女人拼命维护一段出了差错的婚姻。"可以说这不是一个简单的通俗故事，小说对人性的解剖，对爱情理想的守望，对女性精神困境的描绘都融入了自己真切的生命体验和严肃的思考。

二、港台文学的影响

港台通俗小说在传统通俗小说的基础上有很大的创新和突破，五十年代中期，香港的梁羽生、金庸以新的内容和手法开创了新武侠小说，六十年代台湾的琼瑶等人开辟了言情小说的新路子，产生了很大的影响。就新武侠来说，其新颖之处主要表现在以下几个方面：内容上以真实的历史事件为背景，融汇着炽热的民族情感，与旧武侠表现个人的恩怨情仇不同。人物以下层平民百姓为主，与旧武侠表现上层公子小姐间的儿女私情不同。在刻画人物上，新武侠注重人物性格的复杂性和真实性，开掘人物丰富的内心世界，更贴近现实生活，与旧武侠一味突出人物的神武、侠胆不同。新武侠在追求情节的波澜起伏的同时也很注重其内在的逻辑性，避免了旧武侠的荒诞模式化。新武侠在写法上采用了各种新的艺术手段，如多线的复式结构，开放的辐射式的布局，同时融汇言情、讽刺、寓言等成分，在人物刻画、心理描写、环境渲染等方面都达到了新的水平，避免了旧武侠只以故事吸引人的简单套路。新武侠采用新的富有现实性的语言，雅俗融汇，富于创新。新言情小说注重通过现实生活背景下男女之间感情纠葛的描写，对忠贞的爱情给予大力赞颂，鞭挞戕害人性的封建礼教。情节富于浪漫情调，注重对人物内心复杂情感的描绘，语言典雅富丽，富于诗意。[①]

自新时期以来，港台的通俗小说开始风靡大陆，金庸的武侠小说、琼瑶的言情小说、梁凤仪的财经小说曾经在大陆刮起一阵阵的旋风。大陆的租书店摆满了梁羽生、金庸、古龙、琼瑶、亦舒、黄易、玄小佛、卧龙生等人的小说。随着《射雕英雄传》《霍元甲》等电视连续剧的热播，大陆对武侠故事的消费几乎达到了妇孺皆知的地步。由琼瑶小说改编的《在水一方》《青青河边草》等电视剧的热播为"琼瑶热"加了一把火。二十世纪末，琼瑶小说改编的电视剧《还珠格格》拥有很高的收视率，《还珠格格》将宫

---

① 王先霈、于可训主编：《80 年代中国通俗文学》，湖北教育出版社 1995 年版，第 287—289 页。

廷戏与儿女故事巧妙地结合在一起，掀起了"你是疯儿，我是傻"的旋风。言情故事在近年来又有一股韩剧的风潮，典型的韩剧故事，是在 50 集电视连续剧中将一次恋情的过程演绎得盘根错节、漫长无比，让观众深深沉浸在享受爱恋的过程之中。从小看电视长大的 70 后、80 后网络作者们，很少有没接受过港台及外来通俗小说的影响的。蔡智恒最喜欢的作家是金庸；方舟子说"有华人处就有金庸，有网络处也有金庸"；《网络金庸》的作者葛涛认为"金庸在网络世界中仍然是最受网友欢迎的作家"[①]；北大学生江南以金庸小说的人物作为人名的同人小说《此间的少年》成为"2003 年中文网络最火爆的同人小说"。

　　都市言情故事是近年来网络小说的一大潮流。蔡智恒的《第一次的亲密接触》讲述的就是一个纯情的爱情故事，由于这部小说涉及了网络情缘，加上网络语言的巧妙运用给读者带来了一种"陌生化"的阅读体验，在网上一举成名，并被荣幸地视为当代网络文学的滥觞之作，蔡智恒本人也一发不可收拾地成为一个多产的网络作家。慕容雪村的《成都，今夜请将我遗忘》、赵小赵的《武汉爱情往事》、晴川的《宋启珊》、雷宇的《我的美女老板》、趾环王的《爱上我的女学生》、缪娟的《翻译官》、王蒙蒙的《爱上痞子女》、安齐名的《肉鸽，东京的生死恋情》等网络言情小说，吸收了新言情小说的写法，人物的恋情故事发生在都市生活中，爱情心理也表现得很细腻，总体的倾向是将一个爱情故事讲复杂，再迭加上曲折的悬念，可读性很强。

　　当代网络玄幻小说颇受新武侠小说的影响。比如萧鼎的《诛仙》、六道的《坏蛋是怎样炼成的》、玄雨的《小兵传奇》等玄幻小说都具有新武侠成长小说的特点，即将主人公置放在历史的某种情景中，将主人公的成长过程写成有传奇性的经历，以个人的命运来辐射广阔的社会生活。《诛仙》受金庸小说的影响十分明显。主人公张小凡和《射雕英雄传》中的郭靖在性

---

① 葛涛选编：《网络金庸》，人民文学出版社 2002 年版，第 290 页。

格上具有相似性，二人都是资质一般的人，与张小凡同入青云门的是林惊羽，而与郭靖形成对照的是杨康，后者比前者资质都要好，但最终的成就却大不如前者，这主要的原因是前者的运气比后者好，得到贵人的暗中相助以及名师的指点；另一个原因是前者的资质虽然一般，但由于自身的勤学苦练，一生历经坎坷，磨难出英雄，主人公终成一代风云人物。在对人物的情感立场上，《诛仙》与金庸的《鹿鼎记》颇为相似，金庸的《鹿鼎记》中的韦小宝已经不是传统意义上的武侠，而是一个亦正亦邪的人物。金庸通过韦小宝戏谑了江湖上的正道与黑道，在本质上正道与黑道其实没有什么根本的差别。《诛仙》通过主人公的成长过程见证了江湖门派纷争的过程，江湖名门正派中也有邪恶的人物，而邪派人物也有善良的一面。前者如青云门掌门道玄真人，后者如魔教"鬼王宗"掌门鬼王。

根据网络小说作家黄孝阳的考证，目前在网络上的中国玄幻小说有三个源头：一是西方的奇幻与科幻；二是中国本土的神话寓言、玄怪志异、明清小说以及诸多典籍；三是日式奇幻加周星驰无厘头加港台新武侠加动漫游戏。[①] 这种考证其实也说明了当代网络小说不是无源之水，众多网络小说是通俗小说手法与时尚文化在当代合奏的变体。

三、当代小说的影响

网络文学的第三个传统来自当代小说，其中受王小波、王朔的小说影响最大。启蒙文学的主题在新中国成立后与政治话语合二为一，宏大叙事盛行，文学中充满了关于国家、民族、理想、英雄的精神想象，个人隐秘的心理、来自生活的快乐被宏大叙事遮蔽起来。这种情况一直延续到二十世纪八十年代初，在伤痕、反思、改革文学浪潮中我们依然可以见到这种惯性的延续。随着经济中心的确立，商品经济开始繁荣，政治对文学的影

---

① 黄孝阳：《漫谈中国玄幻》，见《2006 中国玄幻小说年选·前言》，花城出版社 2006 年版。

响渐渐弱化，市民话语开始活跃起来，王朔的小说在八十年代中期应时而生。王朔的小说颠覆了崇高、理想等曾在中国盛行的价值观念，以调侃、戏仿的市民语言对宏大叙事进行了嘲讽。王朔作品的流行隐匿了一个时代文学转型的信息。"玩的就是心跳"，"我是痞子我怕谁"，"过把瘾就死"成为流行的时尚语言。王小波在中国当代文坛上是一个怪异的存在，他的小说面对"文革"的政治暴力，采取了一种戏讽的消解方法，游戏其中，揭示来自权力机构本身的荒谬和无聊。王小波自由写作的方式，甚至他的死都蒙上了一层骑士般的浪漫。

网络文学在九十年代中后期开始在中国兴起，网络上匿名的写作方式，毫无拘束的发表方式，给网络作者带来了精神狂欢的可能性。嘲讽神圣、戏谑经典、组接拼装、游戏搞笑、随性发挥在网上是家常便饭。王朔的"痞子文学"曾受到很大的争议，王小波也曾不被主流文坛所接纳。但在网络上，这种来自出版传媒机构的权力开始下滑到每一个写作者手中，也天然地为自由心性的写作制造了空间，比之王小波、王朔，网络写手们颠覆经典、嘲讽神圣之风更加得变本加厉。适逢港台无厘头、搞笑电影的流行，网络亵圣小说采用了更鲜活的"扯淡"语言，更大胆地拆解时空胡作非为的想象。周星驰主演的电影《大话西游》成为 70 后、80 后们耳熟能详的精神宝典，一时戏仿周星驰电影台词的网文随处可见。

2000 年网上走红的今何在的小说《悟空传》是对古典小说《西游记》的颠覆，亦是对电影《大话西游》的戏拟。首先，小说颠覆了《西游记》中的宿命色彩，人物的命运不再是掌握在佛的手中，人物也不再是被神佛所控制的傀儡，而是自觉地追问自己生命的价值，显示出现代小说的精神深度。小说对孙悟空的形象进行了整体的颠覆，一个天不怕地不怕的英雄面临着生死的考验，在面对被前世安排的宿命世界中，孙悟空自觉地思考生命的出路在何方，思考人生的目的是什么，这是一个现代的终极思考，亦是现代观念下对佛学世界的重新思考。其次是为了拓展小说的空间，小说借用《大话西游》穿越时空的方式，将小说中人物的前生和今世结合起来，用戏拟的形式表现了十分严肃的内容。三是小说中的人物彻底地俗化，体现出网络文本对崇高的自由亵渎。孙悟空的英雄无畏、唐僧的坚定执着、沙僧的忠实厚道、猪八戒的贪婪市侩全部被改写。人物的行为动机与自身的恋情有着紧密的联系，小说为几位取经人设置了恋情：孙悟空与紫霞仙子相爱，唐僧和小白龙有着前世姻缘（白龙马由男性改女性），猪八戒和阿月相恋，他们的恋情伴随着他们漫漫的取经之路。四是小说吸收了活泼的网络语言。诸如："松鼠一思考，猴子就发笑。""没事老孙要睡觉了！麻烦你走的时候把门带上。"前者是对经典理论语言的戏仿，后者以生活语言戏谑经典场景。《悟空传》的成功也带来了一时"大话"之风日盛，类似的作品有明白人的《唐僧传》、林长治的《沙僧日记》等，当然后者并没有引起如前者那般的轰动。

解构思维在网上无处不在，所有的经典故事都可以进行后现代式的重新改写。1999 年榕树下"首届网络原创文学作品奖"的获奖作品老谷的《我爱上那个坐怀不乱中的女子》解构的是"坐怀不乱"的典故，小说以戏谑的笔调描述了一个青年书生的爱情历程，小说通过主人公的爱情经历证实：身体的吸引是维系爱情的基础，脱离了身体的爱情是不成立的，从而拷问"坐怀不乱"伦理中包含的反人性层面。

网络小说也受到了中国当代"精英"文学的全面影响。现实主义的精神，先锋文学的手法，在网络文学中一次次地闪着灵光。雷立刚的小说《秦盈》将主人公所遇到的每一个女子都叫做秦盈，依次为秦盈 1，秦盈 2……直到秦盈 13，这是一种实验性的写法，作者意在将读者引向对主人公精神历程的思索，而不是停留在基本的故事层面，小说在结构上也显示出先锋文学的探索性意味。再如张海录的《边缘》是一篇深受路遥的《平凡的世界》影响的作品，小说以写实的手法表现了来自社会底层的青年所历经的生活艰辛。主人公张士心倔强而坚强，他贫穷，但从来都是一个有担当的人，从中学时代就开始独立承担了养家的重任，拖着自己的病躯，在大学课余的时间里去打工为自己的家庭分忧。作者对主人公带有某种圣洁的情

感，让主人公上演了悲壮的人生之歌。小说圣化了人物的苦难，也适当夸张了个人的精神力量，有鲜明的"平凡的世界"风格。

当代新历史小说的某些写法也被网络小说写手所采用。二十世纪八十年代，苏童、余华、格非、莫言等作家曾用先锋文学的手法虚构了一段段历史，他们以一种新的形式改写了革命历史和陈年旧事，这种以个人的视角切入历史的态度后来被九十年代的历史小说广为使用。网络小说在架空历史、想象历史，将历史彻底地小说化方面走得更远。比较有代表性的小说如当年明月的《明朝那些事儿》、龙吟的《智圣东方朔》等，这些作品在特定的历史背景下，大胆展开想象的翅膀，融传奇与笑话于一炉，虚构了生动活泼的民间生活图景和民间智慧，充分实现了自由书写的快感。

四、网络小说兴起的意义

上文探讨了当代网络小说与传统书面文学的种种联系，总体上看，网络小说是当今最大的通俗文学市场，这也可以理解为当今的互联网推出了众多写通俗小说的年轻作者。当代网络小说的创作者身份芜杂，文学素质参差不齐，但这种无序之中更见出几分活力的张扬。新时期以来，纯文学与俗文学相互融合的倾向越来越明显，欲望化叙事混杂着人性的探讨在小说中招摇过市，港台通俗文学对中国大陆的文学市场形成了较大的冲击，但并没有根本改变中国文坛的格局，作家们争相谈论的是马尔克斯（Gabriel García Márquez）、阿兰·罗伯·格利耶（Alain Robbe-Grillet）、博尔赫斯（Jorge Luis Borges）、卡夫卡（Franz Kafka）、卡尔维诺（Italo Calvino）等西方作家的名字，而不屑于做一个通俗作家（这一点鲜明地体现在众多成名作家对写电视、电影剧本的鄙夷姿态上）。当代文学沿续五四以来新文学的惯性，以思想和艺术的创新为荣光，虽然众多中国作家吸取了一些通俗小说的手法，但中国大陆并没有形成类似金庸、梁羽生、琼瑶、亦舒等个性鲜明的通俗小说家。在钱理群等人主编的《中国现代文学三十年》中，我们可见到每个时期都有专门的通俗文学的章节，然而在数十部中国当代文学史中，通俗文学作家的身影则一直灰暗不明。

网络文学的兴起，顺应了历史的潮流，解放了创作的"力比多"，让无数的有创作冲动的人过了一把文学的瘾，来自各种行业的人，在无数个难眠的夜晚，敲打键盘，放飞自己的文学梦想，借助网络这个费用低廉的传播手段，将自己的声音传播出去，这是一件多么有意义的事情。那些大学校园故事、都市白领的爱情故事、灵异的奇幻世界都显示了网络文学的芜杂和丰富。对比传统作家大多是农裔作家，网络作者大多是在都市成长的一代青年人，文化程度多为大学水平，他们的文学经验也必将改变当代文学的版图。比如当代大学校园题材以前只见于宗璞的《红豆》、喻杉的《女大学生宿舍》、刘索拉的《你别无选择》等有限的几篇作品中。而今在网络小说中，江南的《此间的少年》、孙睿的《草样年华》、何员外的《毕业那天我们一起失恋》、黄湘子的《大四了，我可以牵你的手吗》、ZT 的《理工大风流往事》等以校园为题材的作品红透了网络，作品生动描述了当代大学生的生活世界，弥补了当代文学中大学生叙述大学故事的空缺。

网络文学的繁荣，是一直受压抑的通俗文学适时的大爆发，在有限的几家传统文学刊物难以刊登初学者的稿件的时候，网络媒体让大范围大规模的写作成为可能。萧鼎的《诛仙》、六道的《坏蛋是怎样炼成的》、猫腻的《朱雀记》等小说长度都是上百万言，这么长的作品，显然与网络上内容更新的方式及网络不受篇幅限制的海量有直接关系。

中国当代网络小说是一种受市场化倾向影响的文学，文学市场化其实是二十世纪八十年代以来文学界一直争论的话题。只是近年来我们对市场化的文学才开始慢慢宽容起来，比如欲望化叙事，比如《上海宝贝》，比如女性作家对自己身体与私密体验的暴露，不都隐含着市场化的策略吗？《白鹿原》的作者陈忠实明确地说自己在写作《白鹿原》的时候是认真研读过畅销书的。春风文艺出版社在策划"布老虎"丛书的时候，要求作者写一个爱情故事，故事要发生在都市，要带有点理想色彩。在网络上，每一个

写作者写作的起点不同，或功利或娱乐，都要放开得多。如果写得足够好，可以赢得足够高的点击率，可以放到网站的 VIP 栏目里收取费用。还有各种网络文学大奖，常常吸引网络写手拿出自己箱底的作品去参赛，一旦获奖，也是名利双收的事。有人戏言功利的网络写手将网络写作视为自动提款机，而众多的非职业写家更多的情况可能是写着写着，慢慢发现了自己的才能，在网友读者的鼓励下，更积极地写下去。在此意义上，网络写作彻底结束了抽屉文学的时代，网络文学的盛行冲击了当今的文学体制，使得体制外职业作家的广泛生存成为可能，也使得众多非职业写家的生存成为可能。走红的网络作家大都获得了丰厚的物质回报，网络成功地完成了蔡智恒、今何在、安妮宝贝、慕容雪村、蔡骏、李寻欢、宁财神、孙睿等网络明星作家的制造运动。网络文学在巨大的数量堆积之下也开始了对质量的提升，如对 2003 年"新浪·万卷杯"中国文学原创大赛获奖作品，评委们的意见是："他们的这些获奖作品的艺术水准，与一些知名作家发在文学刊物上的头条作品相比也毫不逊色。"① 在成功融合多重文学传统的基础上，网络文学的兴盛必将对未来文学的发展产生深远的影响。

---

① 白烨主编：《2003 年中国文情报告》，社会科学文献出版社 2004 年版，第 93 页。

第七章　网络文学的作者群体

一、作者群体概述

自二十世纪九十年代互联网开始进入民间社会以来，网络以其强大的传播能力造就了一批网络人气作者。由于发表文章的门槛低，网络上的作者被人称为"写手"，其与传统作家的区别非常明显。时至今日，这些"写手"已经走过了十余年的写作道路，他们拥有中国最广大的网上读者的支持，他们的创作对中国的读者产生了很大的影响，他们的队伍也正在源源不断地扩大，他们是中国当今文学舞台上的一支生力军，以自己的创作丰富了中国当今的文学创作，为中国当代读者提供了新鲜的阅读经验，这支队伍的整体水平也开始有所提升。

中国的网络文学作者根据出场的年代和总体上的创作特色，可以简单地划分为这样几代：

第一代网络文学作者成名于海外网络之中，大致时间是在 1995 年前后，包括方舟子、少君、图雅、滴多、马兰、祥子、曾晓文等人。这一代作者大多有很高的文学才华，大多是学理工科出身的，曾经作为文学青年

而喜好文学。理工科专业出身给了他们严谨的思维训练，他们的文字简练、生动，有知识底蕴也有文学情趣，以短篇杂感、诗歌、散文居多，小说作品大多篇幅不长。他们主要的文学阵地是《华夏文摘》和《新语丝》。在方舟子的努力下，《新语丝》一直办到现在，在国内外华语圈内产生了很大的影响。

第二代网络文学作者成名于 1999 年前后，主要包括蔡智恒和内地的"五匹黑马"与"四大杀手"等。"五匹黑马"是指李寻欢、俞白眉、安妮宝贝、邢育森、宁财神五人。李寻欢、宁财神、邢育森三人也被人称为网络文学的"三驾马车"。"四大杀手"是指王小山（黑心杀手）、猛小蛇（灰心杀手）、王佩（红心杀手）、李寻欢（花心杀手）四人。这一代网络文学作者的作品以杂文、小段子居多，虚构类的长篇作品相对较少。他们的才华主要体现在以一种幽默的文风写嬉笑怒骂的短文，他们出没于各大文学论坛，其最集中的舞台是"榕树下"。2000 年前后，安妮宝贝、李寻欢、宁财神、黑可可等被"榕树下"收编，成为网站的组织经营者，这个时期也是国内网络文学出现的第一次高潮时期，"榕树下"那时被称作全球最大的中文文学网站。

第三代作者成名于 2002 年前后，主要包括宁肯、慕容雪村、雷立刚等，这些作者现都是专业作者。宁肯在网上走红之前已写作多年，是"新散文"的代表作家之一，现已成为北京市作协的签约作者。慕容雪村曾是一个文学青年，在成名前已有多年的写作，成名后辞去了原来的公职，成为专业作者。雷立刚在《天涯》《作家》等主流文学刊物上发表了很多作品，加入了四川作协，是四川巴金文学院的签约作者。这些作者的出现代表了网络文学的一个层面，即他们本身有较好的文学修养，网络不过是他们成名的一个途径而已，也是他们提升了网络文学的层次。

第四代作者大多成名于 2004 年前后，部分作者成名的时间稍早，包括江南、今何在、孙睿、蔡骏、萧鼎、沧月、明晓溪、天下霸唱、当年明月、何员外、玄雨等。这一批作者大多是在网上"写着玩"成名，成名时大多数是在校的大学生，所写的故事并没有深刻的人生体验，而是以虚构、幻想为主，他们大多模仿、借鉴了某些通俗文学作家的套路，以写类型小说出名。如江南、今何在、萧鼎、玄雨的玄幻小说，何员外、孙睿的青春小说，明晓溪的青春言情小说，沧月的武侠玄幻小说，天下霸唱的盗墓小说，当年明月的白话历史小说等，正是这一批作者掀起了中国网络文学的通俗化热潮。如今有影响的文学网站大多设有青春、言情、武侠、玄幻、校园、都市、历史、军事等文学板块。

总体上看，网络文学的作者大多是理工科出身的：《新语丝》的领头人方舟子是生物学博士，少君大学本科学的是物理专业，后陆续获得经济学硕士、博士学位，痞子蔡是学水利的博士，邢育森是学通讯的工科博士，安妮宝贝、宁财神最初是学金融的，李寻欢是学经济的，慕容雪村、雷立刚、当年明月是学法律的，江南是学化学专业的，孙睿是学工科的，沧月是建筑设计专业硕士，萧鼎大学学的是工商企业管理专业，明晓溪是国际贸易专业硕士，何员外本科学的专业是电厂热能工程。理工科出身的人从事文学写作，大多是出自心底对文学的热爱，他们没有受过正规的文学训练，但这也使他们思维上很少带有正统文学的写作框框。

二、重要网络作家

限于篇幅限制，这里主要介绍产生了重大影响的作者的大致情况，主要介绍的情况包括他们的求学背景、写作履历、主要作品、职业、作品影响、网络对于作者的意义等方面的内容。

方舟子，原名方是民，1967 年生于福建云霄县。1985 年考入中国科技大学生物系，本科毕业后 1990 年赴美留学。1995 年获美国密歇根州立大学生物化学博士学位。先后在美国罗切斯特大学生物系、索尔克生物研究院做博士后研究，研究方向为分子遗传学。方舟子在中学时代很热爱文学，高考语文成绩是福建省单科第一名。大学期间，曾参加校园诗社，爱好写

诗。1993 年在美国中文网络 ACT 上开始贴发自己的诗歌和评论，并结合自己的专业写了一些普及进化论的文章。1994 年，方舟子创办了《新语丝》网络杂志，并将自己所写的诗歌、散文等发表在网站上，开始在网上有了一些名气。国内互联网兴起以后，一些国内编辑通过网络读到了方舟子的文章，向方舟子约稿。1996 年，香港天地图书公司的出版人通过网络发现了方舟子，推出了方舟子的第一本书《进化新解说》。《新语丝》在网上的声名日盛，2000 年 1 月，河北人民出版社推出了方舟子主编的《网络新语丝》，收集了《新语丝》创刊以来至 1998 年的 30 余篇散文、诗歌。2000 年 6 月北京理工大学出版社出版了方舟子的个人文集《方舟在线》，收录了方舟子自 1993 年开始在网上张贴的访谈、科学小品、神创论批判、进化怪论批判、伪科学批判、文史论争、文学评论、网络评论、人物评论等方面的争论文章 60 篇，近 30 万字，是"国内第一部多学科网上争鸣文集"。方舟子通过《新语丝》所取得的成功使他最终放弃生物研究，而成为了一个科普文学作者，给《中国青年报》《科学时报》《经济观察报》《长江商报》《侨报》等报刊写专栏，通过网络成就了自己的文学梦想。迄今为止，方舟子著有《进化新解说》《方舟在线》《叩问生命——基因时代的争论》《进化新篇章》《溃疡——直面中国学术腐败》《长生的幻灭——衰老之谜》《江山无限——方舟子历史随笔》《餐桌上的基因》（再版改名《食品转基因》）《基因时代的恐慌与真相》《寻找生命的逻辑——生物学观念的发展》《科学成就健康》《批评中医》《方舟子破解世界之谜》《方舟子带你走近科学》等著作。在《新语丝》网站上，方舟子将自己的文章分为：诗歌、散文、随笔、文史小品、科普作品、宗教批判、杂文、网络评论等类别，其文章思维清晰、观点鲜明、语言犀利、视野开阔、有理有据，可读性强。

少君，原名钱建军，1960 年出生，1977 年考入北京大学声学物理专业，大学期间喜欢文学，是北大"五四文学社"成员，曾写了一篇 3 万字的论文《论戴望舒的诗歌艺术》。1982 年大学毕业后攻读经济学硕士研究生，1986 年获硕士学位。1988 年少君赴美国德州大学攻读经济学博士学位。

少君人生经历丰富，他当过工人、工程师、记者、研究员、教授、公司经理，有着经济学和文学两副大脑。现旅居美国，成为自由职业者。这些经历中对少君影响最大的是移民海外，他有着强烈的"新移民文学"的使命感，立志像巴尔扎克那样做二十世纪八九十年代海外留学生的生活和思想的"书记员"。少君小说中的主人公都是大陆和台湾的海外留学生，他们在海外的职业形形色色，其人生经历也大多曲折艰难。少君是从网络中成长起来的作家，也是较早地在网络上发表中文作品的中国作家，1991 年 4 月少君在全球第一家中文电子周刊《华夏文摘》上发表的《奋斗与平等》，是第一篇中文网络小说。这篇小说表现了一个上海人在美国奋斗并成功的故事，探讨了移居美国的留学生的奋斗、情感等问题，在网上贴出后几分钟，就得到了读者的反应。少君也是比较早地关注网络文学的人，1999 年 4 月 25 日，他曾在哈佛大学做《网络文学的前景与问题》的讲演。少君在网上的作品主要有：诗集《未名湖》、小说集《奋斗与平等》《愿上帝保佑》《大陆与人生》《活在美国》《活在大陆》等，他最有影响的系列小说《人生自白》曾在《新语丝》上连载。少君的诗歌散见于各大诗歌网站中，也被海内外的报刊杂志广为转载。一百篇《人生自白》系列小说于 1997 年 1 月到 1999 年 2 月在美国报纸《达拉斯新闻》上连载。美国《自由人报》编辑陈瑞琳评价少君说："在海外这个特殊的文坛上，北美地区的'新移民文学'尤其是令人瞩目的焦点，而少君的创作则是这焦点中一个令人眩目的光源。"①

蔡智恒，网名痞子蔡、JHT，1969 年出生，台湾成功大学水利工程博士，1998 年在成大 BBS 发表小说《第一次的亲密接触》，引起网络文学热潮。此后，蔡智恒仍从事水利工程的研究，业余时间写小说，以几乎每年一本的速度推出自己的作品。迄今为止，蔡智恒已发表小说《雨衣》《爱尔兰咖啡》等 9 部。蔡智恒是典型的业余作者，他的小说有着鲜明的网络文学风格，

---

① ［美］陈瑞琳：《"网"上走来一"少君"——兼论少君的〈人生自白〉》，《世界华文文学论坛》2000 年第 3 期。

由于《第一次的亲密接触》的巨大光环效应，蔡智恒后来的每一部小说虽不像《第一次的亲密接触》那样畅销，但仍然在图书市场上卖得很火。他的小说在图书市场推出的同时仍在网上连载。蔡智恒自称自己是个三流作家，但只要有人看，他的小说将永远写下去。

安妮宝贝，浙江宁波人，原名励婕，1976年出生，复旦大学经济系毕业，曾在金融公司、广告公司、网络公司、出版社、杂志社工作。1998年开始在网上发表小说，作品表现了城市中边缘人的生活，有很浓的宿命、漂泊意味，以其哀怨的风格赢得了读者。1999年，安妮宝贝在网上发表的作品近30万字。2000年安妮宝贝辞去银行工作，加盟"榕树下"网站担任策划编辑工作，创建了"安妮宝贝工作室"，向网民介绍她喜欢的书籍、唱片、电影、城市和她自己的最新作品。2000年4月28日"安妮宝贝工作室"开通以后，3个月访问量就突破了10万。2000年起开始出版《告别薇安》《八月未央》《彼岸花》《二三事》《蔷薇岛屿》《瞬间空白》《七月与安生》《清醒纪》《莲花》《素年锦时》等作品10余部，作品在读者中深具影响，所有作品均进入全国文艺类书籍畅销排行榜前十名。安妮宝贝成名于网络，成名后不再在网络上发表作品，而是直接出版。网络写作改变了安妮宝贝的人生轨迹，因为在网上写作所获得的名声，辞去"榕树下"工作后，从事过与文学相关的编辑工作，现已成为一名自由写作者。

李寻欢，原名路金波，1975年出生，1993年考入西北大学学经济学，1997年大学毕业后进入网络公司。1997年开始在网吧上网，1998年年底在网上发表小说《迷失在网络中的爱情》，引起网友热评，成为"著名网友"。2000年9月，李寻欢加盟"榕树下"担任内容总监并开始出版生涯。2001年，知识出版社出版了他的作品集《边缘游戏——榕树下网络文学书系》。2002年，李寻欢出版《粉墨谢场》，表示出于对文学的"敬畏"而告别文学，从此成为一个职业的出版人。随后，李寻欢把名字改回原名"路金波"，成功地策划发行了王朔、毕淑敏、慕容雪村、韩寒、李承鹏、安妮宝贝、沧月、今何在、郭妮等人的作品，经他策划的图书大多销量惊人。韩寒的《一座城池》发行量达到 65 万册，安妮宝贝的《莲花》发行量达到 55 万册，沧月的《七夜雪》发行量为 15 万册，郭妮的作品在 2006 年达到了 400 万册的发行量，单本作品平均发行量达到 35 万册。2008 年 7 月，李寻欢创建万榕书业，旗下的当红作家有：韩寒、安妮宝贝、冯唐、石康、蔡骏、张悦然、安意如等人。这些骄人的战绩使路金波成为当代著名的出版策划人。

宁财神，原名陈万宁，上海市人，1975 年出生，1991 年考入上海财经大学学金融，毕业后在北京做金融工作。1997 年，宁财神开始在网上发表《缘分的天空》《假装纯情》《无数次亲密接触》等作品，作品风格搞笑而不羁，被人称为"网上第一幽默才子"。1999 年年底，宁财神回上海，在"榕树下"做运营总监。2001 年 1 月，知识出版社出版了宁财神的作品集《有种你丫别跑——榕树下网络文学书系》。2002 年 9 月，天津人民出版社出版了他的作品《世界上最远的距离》。2002 年宁财神辞职离开了网站，在朋友的鼓动下试着做编剧。宁财神将网络中的各种流行元素融汇到一起，成功地写出了"近年来国内最出色的情景喜剧"《武林外传》，该剧成为 CCTV-8 史上最受欢迎的电视剧之一，也让宁财神名利双收。2006 年 6 月，新星出版社出版了宁财神的《浆糊·爱》，收录了他在网上发表的多部作品。现在宁财神已告别了网络写作，专心从事电视剧编剧的工作，创作了《武林外传》《都市男女》《健康快车》等电视剧本。

邢育森，1972 年出生，博士，北京邮电大学毕业，现于北京某网络公司就职。1997 年，在北邮读书时开始在网上发表了大量小说、诗歌、散文作品。成名作《活得像个人样》在《天涯》杂志 1998 年第 6 期发表，后来该作在台湾被改编为电视剧。邢育森有很高的文字水平，有数篇小说发表在《当代》《钟山》《天涯》《作家》《小说家》等刊物，其网上发表的作品后来结集出版的有：《活得像个人样》（台湾红色文化出版社）、《极乐世界的下水道——榕树下网络文学书系》（知识出版社，2001 年）、《网侠》（文化艺术出版社，2001 年）、《当我再也无法离开》（天津人民出版社，2001 年）。邢育森现已离开网络写作多年，近年来已经见不到他的文字作品，但时不

时能见到邢育森的名字出现在《家有儿女》《当大卫遇到丽丽》《武林外传》《东北一家人》《奥运在我家》等情景剧的编剧队伍之中。

本世纪初的著名网络文学作家队伍里，还有著名的"四大杀手"，他们是当时开创网络"黑色幽默"体的几位搞笑型写手：黑心杀手王小山、红心杀手王佩、灰心杀手猛小蛇、花心杀手李寻欢。除了上文提及的李寻欢，其他几位"杀手"都曾供职于报刊媒体，在一些报刊上开专栏，成为"新媒体作者"。王小山出版了作品集《大话明星》（光明日报出版社，2001年）、《这个杀手不太冷——黑心杀手王小山网络酷评》（光明日报出版社，2002年）、《亲爱的死鬼：名著人物的另一种可能》（东方出版社，2003年）、《笑熬糨糊：亲爱的死鬼 名著人物的另一种可能》（东方出版社，2006年）、《迅雷不及掩耳盗铃之势》（天津人民出版社，2004年）等著作；猛小蛇的个人博客《狗日报》也已结集出版，但他们已经渐渐淡出网络，他们的写作也没有产生更大的影响。

尚爱兰，1962年出生，湖北襄樊市人，1979年大学毕业后当中学语文老师，1999年在网络发表第一篇小说《性感时代的小饭馆》，获"榕树下"主办的首届网络文学大奖赛一等奖，一年后在网上发表散文、杂文、评论30余万字，现为自由撰稿人、专栏作家。出版有《永不原谅》（花城出版社，2000年）、《蒋方舟的作文革命》（郑州大学出版社，2003年）、《数字美人》（陕西师范大学出版社，2001年）、《中国公主》（21世纪出版社，2005年）等作品。近年来，尚爱兰没有什么新作，似乎是将全部的精力放到女儿蒋方舟的培养上，蒋方舟19岁已写了9本书，名气比母亲大得多。

江南，原名杨治，70年代后出生，现居北京，北京大学化学与分子工程学院本科毕业，美国华盛顿大学分析化学专业硕士，美国波士顿大学在读博士，以小说《此间的少年》成名于网络，此后与网络文学作者今何在共同策划《九州幻想》杂志，作品以青春题材、玄幻小说为主，已出版作品有《一千零一夜之死神》《九州缥缈录1》《九州缥缈录2》《九州缥缈录3》《九州缥缈录4》《光明皇帝·业火》《蝴蝶风暴》等。网络让一个化学专业出身的人走上创作的道路。

雷立刚，1974 年出生，1996 年四川大学法律系毕业，中学时代喜好文学，大学毕业后曾在成都、北京、长沙等地漂泊，先后当过国家公务员、广告人、公司职员、推销员、电视编导、杂志编辑、大学教师。2001 年，第一部小说《秦盈》获"贝塔斯曼杯"第三届全球网络原创文学作品奖长篇小说奖，2002 年加入四川作家协会，2003 年成为巴金文学院创作员。其作品发表于《今天》《北京文学》《青年文学》《山花》《天涯》《时代文学》《青年作家》《视界》《散文》等海内外刊物，《天涯》2001 年第 3 期有"雷立刚小说诗歌专辑"。出版作品有：《秦盈》（杭州出版社，2002 年）、《曼陀罗》（春风文艺出版社，2003 年）、《谋杀（插图本）》（中国社会科学出版社，2002 年）、《爱情和一些"妖精"》（中国戏剧出版社，2002 年）等。

今何在，原名曾雨，生于 1977 年，1999 年厦门大学毕业后在网站工作，陆续做过网站管理员、游戏策划、电影编剧等工作。2000 年，今何在的小说《悟空传》获榕树下"第二届网络原创文学作品奖"最佳小说奖，名噪一时。相继出版小说《悟空传》（光明日报出版社，2002 年）、《若星汉天空下》（21 世纪出版社，2004 年）、《海上牧云记》（天津人民出版社，2006 年）、《羽传说——九州系列》（新世界出版社，2005 年）、《天下无双》（刘镇伟原著，今何在改编，上海文艺出版社，2002 年）等。与江南共创网络幻想文学平台"九州"，同时推出纸媒出版杂志《九州》，并开发相关游戏，产生了较大的影响，被视为网络文学作者转向创建文学网站的成功代表。

宁肯，1959 年生于北京。毕业于北京师范学院二分院，1980 年开始文学创作。1984—1986 年在西藏生活工作，有关西藏的系列散文使其成为"新散文"创作代表作家。1999 年宁肯写成长篇小说《蒙面之城》后，曾以自由投稿的方式分章节寄给《收获》《花城》《钟山》等杂志社，但没有引起编辑的注意，失望之下，在 2000 年 9 月作者将它放在了新浪网上，一个月后，小说的点击率超过了 50 万人次，并一路飙升，网上好评如潮。小说在网上走红迅速引起了国内传统媒体的注意，《当代》于 2001 年第 1 期将"网

事随笔"栏目改为"网络文学",并分两期刊出《蒙面之城》修订本,在"编者按"中指出:宁肯"正在给我们树立一个标志——'网络文学'同'非网络文学'比肩的标志"。作家出版社于2001年4月出版了《蒙面之城》。2001年12月《蒙面之城》获"《当代》文学拉力赛"总冠军。2002年10月22日,《蒙面之城》获"第二届老舍文学奖"优秀长篇小说奖。《蒙面之城》成为获得中国权威文学奖项的首部网络文学作品。2004年4月宁肯成为北京市作协合同制签约作家,宁肯的成名成为网络推介优秀作家的代表性例子。

慕容雪村,男,生于1974年,中国政法大学毕业,毕业后曾在一家公司从事内部管理工作。一直热爱文学,2000年开始在网络上发表作品,2002年,慕容雪村在天涯社区贴出他的长篇小说处女作《成都,今夜请将我遗忘》,得到网友的追捧,成为网络走红作家。2003年慕容雪村在网上发表《天堂向左,深圳往右》再次引发读者的热评,他也因此被评选为2003年中国新锐版年度网络风云人物。此后,慕容雪村成为一个职业写作的作家,曾宣布所有作品均选择网络首发。慕容雪村较有影响的作品还有小说《西门庆传奇》《唐僧情史》(天津人民出版社,2003年)、《伊甸樱桃》(中信出版社,2005年)以及随笔《遗忘在光阴之外》(时代文艺出版社,2002年)等。网络将文学青年造就成为职业作家。

孙睿,1980年生,北京人,毕业于北京工业大学。2001年,孙睿创作的《草样年华》开始在网上流传。2002年,新浪网连载《草样年华》,连续8周排名点击量第一,在2003年法兰克福图书博览会上被多个国家购买版权,引起轰动。2004年1月,远方出版社出版了此书,首印15万册。到2004年3月,此书已加印8次,达到30万册,被人称为2004年青春小说第一炮。孙睿写小说本来是抱着游戏的态度,没有想到获得这么大的成功,此后极受鼓舞,相继创作出版了《活不明白》(云南人民出版社,2004年)、《草样年华Ⅱ》(长江文艺出版社,2005年)、《朝三暮四》(北京出版社,2006年)、《我是你儿子》(长江文艺出版社,2007年)、《活不明白(全新修订本)》（百花洲文艺出版社，2007 年）等。成名于网络的业余写手成为畅销书作者。

蔡骏，1978 年生于上海。2000 年 3 月，蔡骏开始在"榕树下"发表作品。2001 年，蔡骏的中篇小说《飞翔》获得了榕树下"'贝塔斯曼杯'第三届全球网络原创文学作品奖"。随后，蔡骏的第一部长篇小说《病毒》在"榕树下"首发，被各大网站转载，引起网友强烈关注，通过网络写作，蔡骏找到了适合自己的写作方向，这就是写悬疑小说。今已出版《地狱的第19 层》《荒村公寓》《旋转门》《蝴蝶公墓》等长篇小说 13 部。至 2008 年 3 月，蔡骏作品在中国大陆累计发行超过 230 万册，连续四年保持中国悬疑小说畅销记录，成为中国最走红的悬疑小说作家，蔡骏已加入中国作协，潜心创作，平均年创作的作品在 30 万字左右。自小说《病毒》之后，蔡骏的作品再没有选择在网上首发，但网络对蔡骏的成长起到了不可估量的作用。

沧月，女，原名王洋，1979 年生，浙江台州人，本科就读于浙江大学。2003 年就读浙江大学建筑设计专业研究生，现为建筑设计师。2001 年开始在榕树下、清韵书院等各大武侠 BBS 上发表作品。2001 年，在《大侠与名探》杂志举办的网络新武侠征文中，以作品《血薇》获得优胜奖，后陆续在《今古传奇》《大侠与名探》《热风武侠故事》等杂志上发表武侠中短篇。作品入选各年度网络文学选本。沧月以写武侠小说成名，后改写奇幻小说。2007 年沧月加入浙江作协，已出版镜系列、月系列、听雪楼系列小说等 30余部。

萧鼎，原名张戬，男，1976 年生，福州仓山人，1998 年毕业于中华职业大学（现已合并到福建工程学院）工商企业管理专业，先后于福州某期货投资公司及泉州某布行就职，2001 年接触网络并逐渐成为网络武侠写手。2002 年 6 月第一部长篇作品《暗黑之路》在台湾出版，激发了他的写作潜力，他创作的 120 万字的小说《诛仙》在网上创造了 3 亿的点击率，《诛仙》分 8 卷于 2005 年至 2007 年由朝华出版社、花山文艺出版社出齐，火爆了书市三年，总销量逾 300 万册，小说出版的同时推出同

名网络游戏。

明晓溪，女，武汉大学国际贸易专业硕士，毕业后留校任教。2003年将自己生平第一次写的小说贴到"晋江文学论坛"网站上，迅速蹿红，被称为言情小天后。已出版作品有：《明若晓溪·水晶般透明》《明若晓溪·冬日最灿烂的阳光》《明若晓溪·无往而不胜的童话》《烈火如歌Ⅰ》《烈火如歌Ⅱ》《会有天使替我爱你》《泡沫之夏Ⅰ》《泡沫之夏Ⅱ》《泡沫之夏Ⅲ》等。作品《水晶般透明》《泡沫之夏》的销量达到80万册。明晓溪由业余写手成为畅销书作者。

天下霸唱，男，1978年生，天津人，原名张牧野，高二辍学，在职读了美工专业的本科，当过发型设计师，做过服装生意，后与朋友合伙经营金融投资公司。2006年4月，盗墓小说《鬼吹灯》在"起点中文网"连载，人气直升，每个章节的付费点击率达到10000以上。2006年9月至2008年4月，《鬼吹灯》分8卷由安徽文艺出版社推出。出版3个月后，图书销售已达50万册。2007年，《鬼吹灯》累计销量超过100万册，张牧野这一年年收入为385万元。[①]最初，天下霸唱在网上写故事是为了哄女朋友开心。作为业余写手，天下霸唱已成为畅销书作者，并在网上引发盗墓小说热潮。天下霸唱的其他小说作品有《迷航昆仑墟》《鬼打墙》等。

当年明月，本名石悦，男，1980年生，大学学的法律专业，曾为广东顺德海关公务员，成名后被借调往北京，任海关总署下属杂志《金钥匙》的编辑。2006年3月10日，他的长文《明朝那些事儿》在天涯社区煮酒论史板块首发，引起网友关注。2006年5月当年明月在新浪网建立个人博客，连载《明朝那些事儿》，月点击率过百万，至2008年8月底当年明月在新浪上的博客点击率已达1亿5千万次。2006年9月至2008年3月，《明朝那些事儿》由中国友谊出版社已推出5卷，仅前4卷销量就过200万册。小说的副标题是"历史应该可以写得好看"，在忠实历史的基础上，作者以

---

① 竞媛：《于丹年入过千万〈鬼吹灯〉"摸"出385万》，《河南商报》2008年3月14日。

幽默、生动的文字叙述历史，赢得了读者的认同。业余写手借助网络成名，成为畅销书作家。

何员外，原名龚文俊，男，1981年出生，上海理工大学2002届电厂热能工程本科毕业，2001年暑假，在无聊之际开始在网上发表一些短文。2002年在网上发表《毕业那天我们一起失恋》，受网络读者追捧，被誉为"2002年最火爆网络闪烁小说"。2003年7月，上海人民出版社出版了这篇小说。大学毕业后，何员外几经周折，最后选择了编剧工作，参与过《都市男女》《长大成人》等电视剧的编剧工作。何员外出版的其他作品有：《何乐不为》（上海人民出版社，2004年）、《学人街教父》（作家出版社，2006年）。

唐家三少，本名张威。1981年生于北京，炫世唐门文化投资有限公司董事长，毕业于河北大学政法学院。1998年，唐家三少进入中央电视台从事央视国际网站的工作。2000年，因工薪太低，他跳槽至一家IT公司。2003年，因IT行业泡沫经济的影响，唐家三少被裁员失业在家。2004年2月，在读写网开始创作处女座《光之子》，后转战幻剑书盟；2005年5月，成为"起点中文网"签约作家之一。相继创作了《狂神》《善良的死神》《惟我独仙》《空速星痕》《冰火魔厨》《生肖守护神》《琴帝》《斗罗大陆》《酒神》《天珠变》《神印王座》《绝世唐门》《天火大道》《斗罗大陆外传神界传说》等作品。2009年10月，受邀出席法兰克福书展。2011年11月当选为中国作家协会全国委员会委员。2012年至2014年连续三次问鼎中国网络作家富豪榜榜首。2013年12月开始担任上海视觉艺术学院网络文学专业教授。2013年12月30日，与盛大文学成立工作室"唐studio"。2014年2月，荣获首届中国"网络作家之王"。入选2014、2015福布斯中国名人榜。

我吃西红柿，自称番茄，原名朱洪志，1987年生于江苏扬州，起点白金作家，中国网络作家富豪榜上榜作家。自幼便喜欢看武侠小说，曾深深迷醉于金庸、古龙、卧龙生三人的武侠世界。所读的第一本武侠小说是《倚天屠龙记》，整整看了一天一夜，仿佛着了魔一般。在高中时代著有《星峰传说》。苏州大学数学系2005级学生，在校两年多时间发表了600多万字

的网络小说，大三上学期退学从事专职写作，已出版 2000 多万字的小说。主要作品有《星峰传说》《九鼎记》《盘龙》《星辰变》《寸芒》《吞噬星空》《莽荒纪》《雪鹰领主》。

天蚕土豆，原名李虎，1989 年出生，四川德阳人，起点白金作家，新生代网络写手代表人物，中国网络作家富豪榜上榜作家。2007 年开始在"起点中文网"连载《魔兽剑圣异界纵横》，2008 年成为新人王，2009 年凭借超高人气小说《斗破苍穹》成为网络小说人气王，其作品相继被改编为网游和手游，所有作品都已改编为漫画。2014 年，担任浙江省网络作家协会副主席。代表作品有《斗破苍穹》《武动乾坤》《魔兽剑圣异界纵横》《大主宰》。

南派三叔，本名徐磊，1982 年出生于浙江省嘉善县，毕业于浙江树人大学，南派投资公司董事长，中国网络作家富豪榜上榜作家。原是外贸公司职员，曾做过广告美工、软件编程、国际贸易等诸多行业。2006 年外贸行情滑坡，他开始在网上进行文学创作，因为从小就对古墓之类的特别感兴趣，写出了《盗墓笔记》系列。2007 年 1 月代表作《盗墓笔记》系列第一本正式出版，9 部总销量超过 1200 万册。2010 年陆续出版了《大漠苍狼》及《怒江之战》。2011 年，南派三叔作为磨铁图书的副总编辑，创办杂志《超好看》并担任主编，8 月 1 日全国统一上市，首印 30 万册，上市第二天即卖断货。同年 9 月 7 日，南派三叔"漫工厂"工作室正式成立，并与沧月、颜开、姚非拉等进行深度合作，推出多部精品原创故事漫画。首刊《漫绘SHOCK》于 11 月 7 日上市。2012 年 10 月，《漫绘 SHOCK》停刊，同时宣布新刊《惊叹号》诞生，并于 11 月 7 日正式发行。2012 年 11 月 29 日《盗墓笔记》系列获第七届中国作家富豪榜最佳冒险小说奖。2014 年，南派三叔成立南派影视投资管理公司。

流潋紫，原名吴雪岚，浙江湖州人，1984 年生，中国作家协会会员，现任教于杭州江南实验学校。2003 年 9 月至 2007 年 7 月，就读于浙江师范大学行知学院汉语言文学系。2005 年末开始从事业余写作，陆续在各大杂志发表短篇小说及散文，并成为各文学网站专栏写手。2006 年 2 月开始尝试写长篇小说，8月转战新浪博客从事博客文学创作。2007年2月由花山文艺出版社正式出版50万字长篇小说《后宫·甄嬛传》三部，2007年9月出版《后宫》系列第四部。2012年因其作品《后宫·甄嬛传》同名电视剧播出后引起巨大反响，被誉为浙江80后作家群的领军人物之一。2013年，当选浙江省作家协会第八届主席团委员。2014年1月7日，担任浙江省网络作家协会副主席。

三、作者群体的特点与创作

网络文学作者成名的因素主要有：第一，网络是网络文学诞生的母体，正是借助网络平台强大的传播能力，那些选择在网络上发表作品的作者才会被读者所熟知。网络上发表作品门槛低，只要会用电脑，会上网，就可以在网上发表作品。网络让更多的有文学才华的年轻人获得了展现自己创作能力的机会，网络文学真正成为人民大众的文学海洋，网络上的点击率和网友读者的跟帖是网络文学作者创作下去的动力。在他们创作之初，大多是抱着消遣游戏的态度，而一旦作品在网上发表，引起了读者的追捧，特别能刺激一个人的写作欲望。当一个人的作品在网上有了较高的点击率之后，最后大多通过纸媒实体出版，无数网络起家的作者所获得的金钱和荣誉激励着后来者，而一旦一部作品获得成功，写作者的潜能被激发出来，他们则会更认真勤奋地创作，一部一部地推出他们的作品。从上文的梳理来看，网络文学作者大多是70后、80后的文学青年，他们大多有大学文化水平，在他们做着文学梦的时候，他们接触了网络。这一代人已经适应了网络化的生活方式，网络伴随着他们的成长并给了他们展现自己的机会。对于他们来说，在网上写作、发表文章不再需要一麻袋的底稿作基础，不需要严格的写作训练，只需要写，往网上贴即可。看的人多，就继续写下去，写的东西没人看，就继续努力或者放弃写作。选择作者的权利交给了广大的读者，实现了真正的文学自由。相反，已经成名的文坛作家却很少

有人在网上首发自己的作品，因为他们已经成名，在传统文学刊物上发表作品更能体现他们的价值。通过纸媒出版，莫言、余华、王安忆、苏童、王蒙、铁凝、贾平凹等作家的新作仍然是众多读者关注的焦点。2007 年 11 月，新浪网为知名作家贾平凹开博客，然而贾平凹只同意在网上发表一篇《怀念路遥》，还是别人给编发上去的。贾平凹在博客上严肃声明，自己不会用电脑，博客不适合自己。2006 年 3 月，知名批评家白烨在新浪网个人博客里发表文章批评 80 后作家，受到 80 后作家韩寒的谩骂和侮辱式的反击，在网络带来的自由和轻狂之风面前，白烨感到了自己的不适应，他选择了关掉博客。然而同样的批评也有针对网络文学作者的，网络文学的作者几乎没有人没挨过读者的"板砖"的，但大多数时候，有人起哄往往更增加了他们的人气，如当年明月的"明月门"事件，当年明月受人非议由天涯社区转战新浪博客，"粉丝"反而更多。与此形成对照的另一面是，网络文学是渴望获得文学界的认可的，各种网络文学大赛聘请知名作家参与其中，其渴望被认同的心理非常明显。一些网络写手一旦成名，就宣布脱离网络直接谋求出版。最典型的例子莫过于安妮宝贝，自成名之后，安妮宝贝再也没有在网上首发自己的作品，并宣布自己的写作和网络没有什么关系。但更多的作者是"两栖人"，如当年明月的《明朝那些事儿》、蔡骏的《天机》、萧鼎的《诛仙》、玄雨的《小兵传奇》、明晓溪的《泡沫之夏》系列小说都是分卷分年推出的，这些作品首部在网上已经有了很高的人气，有了固定的"粉丝"，后续之作一边在网上部分刊出，一边出版纸媒实体书。虽然一些网络文学作者脱离了网络发表平台，但他们创作的基本路子并没有改变，安妮宝贝依然是一位写感伤故事的小资作家，蔡骏明确地注册了"心理悬疑小说"商标。第二，网络文学作者之所以能被读者认可，从根本上应归功于他们的文学潜能。由于网络文学数量惊人，作者的创作素质参差不齐，能从海量的写作者中脱颖而出的大多是个性独特并有一定文学才华的人。在文学的意义上，所有的人生经历和人格类型都是有意义的。蔡智恒从小写作文就写一些怪怪的句子，被老师批评，然而就是这种求异的怪诞思维，使蔡智恒的小说给读者带来了一种陌生化的幽默效果，获得了读者的认同。当年明月在 5 岁的时候开始读史书，从小就有一个愿望，要改变历史书的枯燥乏味，要用生动、幽默的白话来写历史。在写《明朝那些事儿》之前，当年明月已通读了《资治通鉴》《史记》《二十四史》等著作多遍，对历史了如指掌，这才会出现一个 27 岁的公务员写出完全忠实于历史的小说来。安妮宝贝自幼家庭条件较好，培养了一种忧郁的叛逆性格。她喜欢阅读杜拉斯，喜欢听凭自己的感觉在想象中游走，她的小说以忧伤的感悟、哲理的反思和都市边缘人形象的塑造赢得了众多年轻读者的追捧。慕容雪村曾经也是一个文学青年，成名后的他每年要读 200 本书，其知识视野面非常开阔。在《伊甸樱桃》中作者对世界品牌的介绍，让读者很长见识，而文后的一篇关于人类对自然的掠夺的长文俨然出自一个学者的手，文章以其翔实的资料和对人类生存处境的关怀深深地震撼着读者。蔡骏在创作心理悬疑小说的时候，大量阅读了阿加沙·克里斯蒂（Agatha Christie）、铃木光司（Koji Suzuki）、斯蒂芬·金（Stephen Edwin King）等人的作品，其阅读、写作的勤奋都是令人敬佩的。方舟子在中学时代是一个热爱文学的青年，中学、大学时代曾参与文学社，写作了大量的诗歌、散文，并发表了一些作品。他海外留学的经历，开阔的科技知识视野，使他的写作有着科技与人文的双重底蕴，杂文尤见灵性。沧月、明晓溪等大学女生的写作，得益于她们从小大量阅读的武侠、言情通俗小说，发挥了她们从小喜欢幻想的个性特点。沧月在中学时代就经常写作一些武侠故事，受到同学们的鼓励。天下霸唱对各种奇闻轶事有过目不忘的能力，爱看央视的《探索·发现》以及各类考古节目，酷爱军事，对枪械尤为熟悉，这些成为他写作盗墓小说"胡编乱造"的基础。是网络让这些有着各种个性的年轻人有了施展文学才华的机会，在主流文坛之外，他们的创作确立了另一种文学话语方式，丰富了当代文学的创作。

网络文学的作者大多不是学中文出身的，但他们从小就有文学的天赋，文学让他们的人生变得不平凡，有很多人因为文学改变了自己的人生方向。

方舟子是生物学的博士，因为自己业余时间办网站取得了成功，博士毕业后没有选择做科研，放弃了在大学任教职，而选择了自由写作和办网站。李寻欢原来在一家网络公司工作，因为文学，从文学编辑转化为一个成功的出版商人。安妮宝贝是学金融的，放弃了在银行的职位，成为网站的编辑，最后成为职业作家。慕容雪村是学法律的，最后成为职业作家。网络作者转化成编剧的有宁财神、俞白眉、今何在、何员外等。还有些业余写作者，他们的人生因为文学而精彩，当年明月是公务员，蔡智恒、雷立刚、明晓溪是大学教师，天下霸唱是自主创业人员，六道是幼儿园老师。还有一些人，他们自身有较高的文学素养，或是写作多年的作家，因为借助网络传播的东风，他们取得了更大的成功。宁肯在写作《蒙面之城》之前就是一个写作多年的优秀散文作家，有着多年的文学积累和很好的写作功底。《蒙面之城》在网上走红，宁肯的写作重心转向了小说创作，并很快推出了几部小说。都梁是在中年才开始创作的，小说《亮剑》在传统纸质媒体出版的同时，通过网络传播获得了广泛的赞誉。电视剧的热播，又使这位作者的人气更旺了，写作的潜能一下子被激发了出来，连续推出了《血色浪漫》《狼烟北平》等作品，成为当红作家。龙吟，有文学硕士学位，曾是一家高校的教授，进入中年才创作，1999年因为在网上推出小说《智圣东方朔》（网名《东方怪杰》）获得了读者的好评，此后，龙吟发挥了自己的专业特长，沿着《智圣东方朔》的写作路子继续推出了《怪杰徐文长》《万古风流苏东坡》等作品，《万古风流苏东坡》曾入围鲁迅文学奖。雷立刚曾在国内文学刊物上发表过很多文学作品，通过网络获奖，在网上发表小说，产生了更大的影响。写诗多年的诗人刘春也曾参与过网络文学大赛，荣获榕树下"第二届网络原创文学作品奖"诗歌奖。张虎生在《钟山》《时代文学》《当代小说》《莽原》《青春》《飞天》等杂志发表了数十万字的作品，他曾于1999年获"网易"网络文学大赛双重铜奖。

　　网络文学作者为当代通俗文学的繁荣奉献了自己的力量。网络小说作者往往没有很好的文学底子，但他们对通俗文学有着天然的认同和自己的理解。蔡智恒最喜欢的作家是金庸，读过的古典小说只有《三国演义》。萧鼎的《诛仙》受还珠楼主《蜀山剑侠传》的影响，在人物情感表现上比后者更加丰富、饱满。明晓溪被称为言情小天后，其作品受到韩剧和琼瑶小说的影响非常明显。有人将《鬼吹灯》与小说《哈利·波特》相提并论，不论这种提法是否合适，它说明近年来当代网络小说有了与西方通俗小说一争高下的势头。玄幻、盗墓、青春校园、武侠、言情、历史等通俗文学题材在网络媒体的催发之下非常繁荣，借助出版商的包装、宣传以及影视媒体的推波助澜，网络通俗小说已成为当代消费文学的一道风景。一方面是网络通俗小说多部登上畅销书排行榜，另一方面却是文学圈对此的冷漠，很少有批评家介入网络文学作品的评论，偶有涉及也是对网络小说的批评，如有人批评当代网络玄幻小说"装神弄鬼"[①]，有人认为当代文学生产进入麦当劳化与网络化时代[②]。这些批评也许不无道理，但这种大而化之的批评没有看到网络小说的价值，毕竟文学的想象力和娱乐功能是不容忽视的。在很多当代"严肃"作家的作品中，也积极吸收了通俗小说的写法，如麦家的《解密》、张洁的《知在》、王安忆的《我爱比尔》等。

网络文学的崛起对当代文学体制产生了冲击。新中国成立后，作协、文联和作家都成为国家文学体制的一个组成部分，作家的写作不仅仅是个人的事，也是关乎国家民族的大事。为了更好地表现现实生活的伟大变革，周立波、柳青、赵树理等作家曾主动长期在农村扎根，考察农村的生活变化，写出了表现农业合作化变革的史诗性作品。作家的级别有行政级和文艺级之分，但大多数作家都选择了行政级，哪怕拿的工资少一些，与创作成就相比，作家更看重的是个人政治荣誉。党管文艺，第一书记抓文艺，这些政策都导致了中国当代文学在前30年的政治化局面。作为政治时代留

---

① 陶东风：《中国文学已经进入装神弄鬼时代？——由"玄幻小说"引发的一点联想》，《当代文坛》2006年第5期。陶东风：《把装神弄鬼进行到底？》，《小康》2008年第6期。

② 宋晖、赖大仁：《文学生产的麦当劳化和网络化》，《文艺评论》2000年第5期。

下来的体制，国家拿钱将作家养起来一直延续到今天，只是自九十年代以后，体制内作家所占的比重才越来越小了。所有的文学刊物都是作协、文联主办的，一个人想要成为一个作家，必须接受这些刊物的检阅认可。在这样的主流文坛之外，我们常见到一些在体制外生存的文学，如"文革"年代的地下手抄本小说、七八十年代的油印诗刊、九十年代的王小波小说、九十年代中期以来繁荣的网络文学等。八十年代后期以来，作协体制不断受到冲击，王朔的小说走产业化的道路屡屡受到争议，八十年代末期的作家下海也成为新闻事件。作为一个体制外写作的代表，王小波生前发表的作品很少，死后留下了200万字的遗稿，这些遗稿全部出版并畅销，获得了很高的声誉。近年来，作协存在的问题不时被人提及，1998年韩东、朱文等人发起"断裂"问卷，矛头直指中国作协体制的僵化。2003年湖南作家余开伟、黄鹤逸不约而同地提出退出湖南作协，2006年作家洪峰宣布退出中国作协。九十年代以来，作协改变了很多，如合同制作家、签约作家等在一定程度上改变了作协包养作家终身的局面。网络文学对作协体制的冲击在于：网络文学的作者是与体制无缘的，他们来自各个行业，他们选择文学更多的是兴趣，宁财神为美眉而写，天下霸唱为哄女朋友而写，邢育森为自己的心情而写，萧鼎为了娱乐而写。这在一定的程度上改变了以往作家培养的方式，网络作者活在体制外，借助网络平台，他们随心所欲地写作，来自内心的写作冲动和网络读者的点击阅读成为他们将写作进行下去的最初动力。

上文已谈到，在网上发表文学作品获得声名不是偶然的，作者是有一定的文学才华的，但每个人的才情、机遇、人生选择是不同的。一些走红的作家后来的作品大多没有他们成名的作品有名。这一方面是时代的选择，另一方面也是个人创造力的局限性所致。如果说早期的网络文学的作者基本是非功利写作的话，那么后来的网络文学作者很多是直接奔着点击率去的，一些作者将小说越写越长，其所受的利益驱动是非常明显的。"起点中文网"2003年开始推行网络签约作家和付费阅读的方式，到2006年年底网站每天的阅读点击率过亿，付费阅读每年带来的收入达到 3000 万元，公司在 3 年内就达到了传统出版行业 30 年的努力结果。网站签约作家收入颇丰，在起点签约的 1700 位作家中，年薪过百万的有 20 多位。起点实行月薪制，作者可以得到作品收益的 70%。[①] 以前写一部长篇小说讲究生活的积累和中短篇的写作训练，而现在很多网络作者是直接从长篇开始，往往想象有余而内涵、技巧不足。蔡智恒评价自己是个三流作家，这种自我评价是基本中肯的。李建军希望蔡骏转移到更有意义的写作立场上来，这也是针对网络文学存在的问题有感而发的。网络给文学带来了自由的天空的时候，也让文学陷入了商业化的陷阱之中。通俗文学也是需要创造的，众多的网络文学作者，他们在数着字数算稿酬的时候，在他们的作品还在写作之中就已进入出版规划的时候，还能不能保持平静的心态，努力学习，不断地更新自我，让创作有所创新和突破，让他们的作品能像张恨水、金庸、阿加莎·克里斯蒂、斯蒂芬·金等人的作品那样成为通俗文学的经典，这是他们面临的挑战。

---

① 《网络签约作家年薪可过百万》，《南京日报》2006 年 11 月 26 日。

第八章　文学网站与网络文学

一、新文学平台的搭建

文学网站是网络原创文学发展的平台，正是借助这个平台，"网络文学"这个概念才开始出现并日渐为学界所认同。自二十世纪九十年代互联网络进入民间社会以来，文学在互联网上的传播经历了电子邮件、ACT、BBS 论坛、个人网页、文学网站、博客等不同形式。文学网站有自己的服务器，有较大的储存空间，有相应的编剧队伍，是网络文学发展的主要载体。除了"中国作家网"、"中国文联网"等少量官方文学机构办的文学网站外，文学网站大都由文化公司或网民个人创办，属于民营资本。"新语丝"是方舟子等海外留学生自己出资创办的网站，"榕树下"是创办人朱威廉自己投钱建成的，其他如"网易"、"搜狐"、"新浪"、"腾讯"等商业网站也开辟了专门的"文学"板块，大量刊载传统文学作品和网络原创作品，产生了很大的影响，其前期投入都是由相关公司承担的。最早的国内的 BBS 论坛"水木清华"是由清华大学网站开设的板块，被视为中国本土网络文学滥觞的蔡智恒的小说《第一次的亲密接触》发表在台湾成功大学的 BBS 论坛上。

中文网络文学站点从海外发展到国内，从附着在综合网站上的 BBS 发展到专门的文学网站，中文网络文学网站的数量也发展到数千家。其中影响较大的网络文学网站有"榕树下""起点中文网""幻剑书盟""橄榄树""清韵书院""新语丝""天涯社区""中国诗歌网""中国作家网""天下书盟""凤鸣轩言情小说书库""作家网""异侠小说网""文学网""逐浪原创文学""红袖添香""中娱文学""搜狐原创""新浪读书""纵横书库""中国博客网""炎黄中文网""文学城""启明中文网""逐浪网""看书去吧""书路""龙的天空""猫扑文学""快读原创文学网""中国网络文学联盟""文学视界""晋江文学网""找你社区""西路文学社区""书灵爱书网""甲骨文剧本网""浪漫一生言情小说大全""不死鸟文学""玄幻小说""潇湘书院""小说阅读网""青年文摘网""经典小说""中国情诗网""天南网络""范文网""明杨品书网""思源中文网""我要公文""若雨中文网""中网文学""盘龙中文网""红楼梦谭""中国投稿热线"等百余家。根据 2007 年网络文学发展高峰论坛的排名，国内十大最具影响力文学网站为："起点中文网""17K 文学网""红袖添香""逐浪文学网""幻剑书盟""榕树下""晋江原创文学网""烟雨红尘""不死鸟原创文学网""小说阅读网"。考察中文网络文学网站的发展历史，也是对网络文学历史的考察，网站的兴衰演变带来的是网络文学内容和风格上的变化，由此也折射出网络文学发展过程中所遇到的挑战与问题。

作为网站的创办方，创建网站的费用相对来说是不高的，创办网站没有严格的限制，只需要做好网站内容，然后到信息产业部进行注册登记就可以了，这与办杂志申请刊号相比，容易得多。根据 2008 年 7 月中国互联网络信息中心第 22 次中国互联网络发展状况统计报告，中国网站数量为191.9 万个，年增长率为 46.3%。中国 CN 域名数量为 1190 万个，同比增长 93.5%，已占我国域名数量的 80.1%。一个专门的文学网站的运营需要购买服务器，需要专门的管理人员和编辑人员，维持网站的日常费用。按照我们国家的规定，办杂志需要严格的审批，几乎所有的文学刊物的主办权

都控制在作协、文联、出版社、报社等国家机构手中，个人创办有刊号的文学刊物目前几乎没有可能性。文学网站的创办则相应投资较小，可以以个人之力来创办。国内的文学网站很多是从个人网页发展起来的，个人网页可以挂在有服务器的综合性网站上，完全是免费的。2002年"起点中文网"成立之初是林庭峰等玄幻写作爱好者成立的个人网站，2003年进行商业化运作后影响力迅速提升，2004年6月，"起点中文网"ALEXA世界排名第100名，成为国内第一家跻身世界百强的原创文学门户网站。"红袖添香"最初是由23岁的孙鹏和几个网络文学爱好者创建的个人网站，2002年"红袖添香"被《电脑报》评为年度最佳个人网站才引起人们关注。1997年12月，"榕树下"是一个挂在PCHOME网站上的个人主页，直到1999年7月，"榕树下"才申请了独立的顶级域名的网址（http://www.rongshu.com）。文学网站的运营成本主要是人力成本和设备成本，当网站发展起来后，成千上万的稿件需要一定数量的编辑队伍，而相应的服务器和数据库系统也需要随着科技的进步不断更新升级，这些都需要网站追加资本，国内的大型文学网站都曾多次更换服务器和升级系统。

　　早期的文学网站是非盈利性的，第一代网络写手在网上发表作品大多也是抱着无功利的态度写作的，"榕树下"网站倡导的文学理念是"生活、感受、随想"，早期的"榕树下"网站还借鉴了传统文学刊物的编辑审稿制度，意在将"榕树下"办成一个中国的网上《收获》。随着"榕树下"在网上的影响越来越大，每天收到的稿件越来越多，朱威廉决定扩大编辑部队伍，至2000年前后，"榕树下"编辑总部拥有20余名全职、兼职编辑，平均每个栏目设有2至3个编辑负责审稿。"榕树下"举办网络文学大赛，聘请了当时在网上已有名气的安妮宝贝、宁财神、李寻欢、邢育森等网络作者充当大赛的评委，每一次大赛的花销在几十万元左右。"榕树下"的盈利主要通过出版实体书、与报纸和电台合作等方式获取一定的收益，但"榕树下"主要是一个投资性的网站，创收的渠道比较单一。"榕树下"文学网站不能自负盈亏，每年需要从图书出版、广告等收入中拨出大笔经费支撑

"榕树下"网站的运营。"每月投入为 90 万—100 万元人民币，收入却只有 30 万—40 万元，所耗资金完全靠朱威廉个人出资。"① 每月投入的经费用于主机的托管、编辑的费用、硬件的维护等。2001 年"榕树下"第三届网络文学大赛是与贝塔斯曼合作的，但最终没有完全兑现对参赛者的承诺，已经开始显露出自身的经济窘迫。对于"榕树下"来说，坚持纯文学的理想固然令人敬佩，但其生存发展却受到了严峻的考验。2001 年前后，陈村、宁财神、安妮宝贝等相继离开了"榕树下"。由于没有从根本上解决创收问题，2002 年，"榕树下"被贝塔斯曼收购，创始人朱威廉保留 15％的股份离开"榕树下"。2006 年 4 月"榕树下"被贝塔斯曼集团转让给民营集团欢乐传媒。2001 年后"榕树下"网站的声誉日渐低落，"榕树下"原创网络文学网站龙头老大的位置被后起的"天涯社区"、"起点中文网"等网站所取代。

"天涯虚拟社区"（www.tianya.cn，简称"天涯社区"）诞生于 1999 年 3 月，由海南天涯在线网络科技有限公司创办。创办之初主要由 3 个 BBS 组成，至 2004 年已发展为 300 多个公共板块，2006 年增至 400 多个公共板块。2001 年"天涯社区"开始逐渐取代"榕树下"成为人气最旺盛的大众化网络论坛。② 2004 年 1 月"天涯社区"正式推出天涯博客（blog.tianya.cn），是国内极具影响力的博客网站之一，截止到 2007 年 6 月 30 日博客数量超过 150 万，拥有博客文章数 800 万。截至 2006 年 3 月，"天涯社区"共发主帖 850 多万篇，每天的发帖量达到 3 万篇，其中 80％以上均为网络原创，每天的回帖数量更高达 150 万。截至 2007 年 6 月 30 日，注册用户近 2000 万，同时在线人数超过 30 万人次。③ "天涯社区"的成功首先源于自身的思想性。"天涯社区"秉承了《天涯》杂志"大文学"、"泛文

---

① 何春桦：《朱威廉图蓓盛开榕树下》，《华人世界》2007 年第 9 期。
② 马季：《文学网站和博客现象》，《红豆》2007 年第 7 期。
③《天涯社区优势分析》，http://article.tianya.cn/2005/ad/forty.htm

化"的办刊方向，2000 年"天涯社区"与《天涯》杂志签约合作，在《天涯》杂志上刊登"天涯社区"的广告，在"天涯社区"上开办人文思想论坛"天涯纵横"，借助《天涯》杂志的影响力，大批学者被吸引到"天涯社区"。陈村、老冷、宁财神、十年砍柴、慕容雪村、王怡、古清生、步非烟、风吹佩兰等知名学者和网络写手加盟"天涯社区"也带来了人气。"天涯社区"的成功还在于它自身管理上的松散性，这一点与"榕树下"形成了鲜明的对比。天涯网站新用户注册只需要登记有效的 E-Mail 邮箱即可，用户可以在相应的板块自主发表文章，然后由版主（网络社区的管理员，主要负责论坛内容和简单的技术）进行后期的"加精"、"提亮"、"置顶"等操作。对于一些违反社区规则的，社区可以随时注销其用户 ID。违反言论规则的，社区管理人员有权直接删除其违规的言论，并视违法情节和危害后果，对其做出部分或全部权限关闭，比如版面封杀、全区封杀、IP 拒绝，直至注销账号等处理。社区设定社区编辑、责任编辑、社区管理员和斑竹等不同管理角色组成的团队负责社区日常事务管理的具体工作，社区会员有权依照申请流程申请各公开论坛的版主，有权依照申请流程申请开设社区新版。为激励社区各类管理人员的工作积极性，2006 年"天涯社区"给社区管理员（含站务管理、责任编辑、值班编辑）、版主（含特邀）等各类管理人员发放津贴，发放标准为社区管理员 11760 分 / 月，版主 5880 分 / 月。"天涯社区"在本质上是一个综合性的社区，有"天涯杂谈"、"关天茶舍"、"舞文弄墨"、"诗词比兴"、"贴图专区"、"同性之间"、"影视评论"等多个栏目。"关天茶舍"的文章以思想性和学术性见长，有很大的影响。"天涯社区"凭借强大的读者群制造了"竹影青瞳博客弄瘫天涯社区"、"流氓燕裸照"、"芙蓉姐姐"、"富贵之争"、"卖身救母"等热点事件，这些事件从根本上说不是文学事件，更像是借助互联网炒作的一出闹剧。2004—2006 年，"天涯社区"与中国移动联合，举办了"短信文学大赛"。"天涯社区"在文学上的成就还体现在成功推出了西门大官人的《你说你哪儿都敏感》、心有些乱的《新欢》、慕容雪村的《成都，今夜请将我遗忘》、夏岚馨的《紫灯区》

等名作。

"榕树下"模仿传统刊物对稿件进行审查，这固然维护了网络文学的纯洁性，但也在一定的程度上与网络文学的自由精神相悖离，"天涯社区"则将文章发表的权利还权于民，其人气是建立在粗放经营的基础上的，编辑都是义务性的，后来因稿子太多，只是出台了相关的政策，招收了一些兼职的编辑，并发放一定的补助，网站的运营成本被控制到很低的程度。

二、VIP运营机制的确立

真正实现文学网站体制性变革的是"起点中文网"。在"起点中文网"之前曾有"博库"、"读写网"、"明杨·全球中文品书网"等网站试行收费阅读，但在经营上并不成功，读者付费阅读的习惯没有培养起来，相应的服务体系没有跟上，对加盟作者的吸引力也不是很大。网站急于盈利，对市场的估计不足，最终影响了网站的进一步发展。大型图书网站"博库"曾花了大笔资金与池莉、方方、刘震云、林白等数百名知名作家签约，累积了大量的数字资源，但最终因为读者市场不成熟，付费阅读宣告失败。"起点中文网"2002年6月成立，于2003年10月10日起实行原创文学作品网络版权签约制度，不同签约级作品拥有不同的稿酬资助标准，签约作品经"起点中文网"代理成功，获实体出版机会后，作者除网络版稿酬外还可再获得实体出版稿费。在经过优惠试用期后的第一个月，"起点"宣布："在VIP会员的踊跃订阅下，VIP优秀作品已经达到10元/千字的稿费水平，订阅成绩最好的作者在本月里已经收入超过千元的稿费。"2005年7月"起点中文网"当月签约作品稿酬发放突破100万元。2006年，"起点中文网"日点击率超过1亿，年利润接近3000万人民币。① 由百度所整理统计的2006年网络小说排名的前10名中，"起点中文网"在前10部小说中包揽8

---

① 《关于起点》，见 http://www.qidian.com/Help/aboutcmfu.aspx。

本，排名前三位的小说全是"起点中文网"的作品。① "2007 网络文学高峰论坛"授予"起点中文网""最佳原创平台"、"网络文学杰出贡献网站"两个单项奖。2008 年上半年，"起点中文网"收录原创作品达 20 万部，总字数达 120 亿字；拥有驻站作者 15 万余人，且以每月 8000 人的数量持续增长；注册用户 2000 万人，每日页面访问次数为 2.2 亿次，流量排名居于全国网站 30 强。② 从这些数字看，"起点中文网"已成为当今"全球最大的华语原创文学网站"。

"起点中文网"的成功在于其引进了商业的运行模式，较好地解决了作者、读者、网站三者之间的关系，其运作模式为文学网站的发展提供了新的范式。为较好地建立读者付费阅读的市场，"起点中文网"采取了逐步过渡的方式，在第一个月对会员免费，正式推行 VIP 阅读制度后，读者只需要 2 分钱就可以阅读到千字的内容，包月读者每月 15 元，这一做法几乎成为后来的行业标准，为各大收费阅读网站所仿效。为进一步激发作者创作的积极性，培育阅读市场，最初只是对刚刚新写出来的章节 VIP 收费，旧作品继续免费，新作品每章收费一毛钱，所获得的收入全部给作者。"起点中文网"的掌门人吴文辉说："我们追求的是这样一个平台——为所有愿意写作和想写作的人提供一个平台，为他们找到他们的购买者，包括网络上的电子图书的购买者，进一步接着为他找到他的图书购买者，和由图书所衍生的所有其他版权的购买者。"③ 正是较好地考虑了读者和作者的利益，"起点中文网"的发展模式获得了成功，仅 2005 年 7 月，就有逾 20 位作者领到过万稿酬。④

---

① 《十大当红网络小说起点中文网独占鳌头》，http://www.gmw.cn/content/2006-12/13/content_521910.htm。

② 姜小玲：《起点中文网开创文学创作和阅读新天地》，《解放日报》2008 年 5 月 7 日。

③ 陈香：《风声越来越紧了：网络原创"逼宫"传统出版？》，《中华读书报》2007 年 8 月 22 日第 14 版。

④ 吴婷：《一个文学网站的传奇写手也能成为百万富翁》，《中国图书商报》2005 年 12 月 2 日第 B01 版。

"起点中文网"商业运作的成功，对网络文学的内容、作者的生存方式、文学网站的发展方向等都产生了根本性的影响。"榕树下"注重作品的文学性，网页栏目分为小说、散文、诗歌，与传统的体裁分类方法相似，带有传统文学的网络化意味。剧本、报告文学、史传文学等其他体裁融入前三类，因网络化因素同时增添了社区、社团等分类。而"起点中文网"的分类是以玄幻、武侠、都市言情、历史军事、游戏竞技、科幻灵异等娱乐文学为主。"起点中文网"要求所发表的作品应该有自己的特色，更注重作品的可读性、故事性和文学性，要求文笔流畅，结构紧凑，人物性格鲜明，情节有自己的风格和创意，以长篇小说为主，作品的题材以起点书库分类为标准，一开始就是着眼于文学的通俗化和市场化。在 VIP 正式经营之后，"起点中文网"将 VIP 收益的七成分给作者，而网站只收取三成。"起点中文网"的做法获得了大量网络作者的积极支持，他们可以通过网络出版获取收益，与"起点中文网"签约，成为职业作者。很多网络专职作者月收入都上万，这改变了以前网络出名，实体出版，作者获得收益的单一模式。VIP 制度的推行，已经使众多的网络创作者不仅可以从网上获取收益，还能分享实体书出版带来的收益。作品已写有三个章节或者 5000 字以上，即可在"起点中文网"上申请专栏。根据签约作家发表作品的字数、更新频率、点击率，作品均有入选新人榜、新书榜的机会。"起点中文网"的 VIP 模式被"新浪"、"网易"、"腾讯"等众多的网站所采用，深有影响的"红袖添香"、"幻剑书盟"、"烟雨红尘"等文学网站都采用了 VIP 制度。

VIP 制度的风行对网络文学的发展产生的影响是巨大的：

其一，它促使了一批职业写手的出现。通过网络写作养活自己，对于众多喜欢在网上舞文弄墨的人来说不再是个梦，通过 VIP 网络发表千字可获 10 元至数百元不等，一些有才华的作者的收入已经十分可观，年收入百万都不再是新鲜事。据报载，2007 年巴金文学院的签约作家年终最高的

奖金是 4000 元，而"起点中文网"的签约作者最多的可以拿到 300000 元。①
实行 VIP 制度后，"逐浪网"上产生了六道、百世经纶、王少少、韦贝贝、
习惯忧伤、华新、何不干、往事随缘、两只小猪呼噜噜、魅男、贾海、日
天小楠、月中天、飘荡的云、天下第二、风雨天下、夜行月、和尚用潘婷、
巅峰的神、血羽鹰、老刀、死亡无情、情人西瓜、飞云飘雪、紫炎恋少、
当你孤单、紫气东来、罐头歪歪、郭少风、黑夜不寂寞、杜灿、王老大等
高薪作者。《坏蛋是怎样炼成的》的作者六道年薪百万，两只小猪呼噜噜凭
《文理双修》一部书获得年收入 10 万，韦贝贝在逐浪网年总收入 20 余万。
他们大多是高产作者，月中天写作状态好的时候一天可以写 5 万字，贾海
在其作品上传不到 11 个月总字数便达到 412 万字，日均码字 1.3 万。他们
年轻，来自不同的职业，年收入过 10 万的往事随缘是个体小老板，日天小
楠是 17 岁的中学生，风雨天下是 19 岁的移动行业职员，巅峰的神、紫炎
恋少成名时是即将毕业的大学生。黑夜不寂寞平时工作繁忙，坚持晚上写
作上网更新，每月更新 30 万字以上，作为业余爱好的写作的稿酬超过了正
式工作的工资。②

　　其二，根据众多网站的签约作者的协议，VIP 制度增加了创作者的写
作压力，写作者每天要更新网站，作品的点击率在网上一目了然。为调动
创作者的创作积极性，各大网站推出了多种激励机制。每月根据点击率和
读者的反响，评比不同等级的奖金。"逐浪网"实行"鲜花榜"、"全勤奖"
等奖励制度，还举办针对读者的"看 VIP 小说，免费抽奖"的幸运大转盘
活动。自 2006 年 5 月 22 日起，"17K 文学网"正式推出"17K 作品买断计划"，
电子版买断价格将不低于千字 10 元，高不封顶。2008 年 5 月"17K 文学网"
推出"17K 作者奖励体系"，每月发放稿费 100 万人民币；每月为 30 名 VIP
分成作者提供 72887 元的现金奖励，头奖高达 1 万元；为所有 VIP 分成作

---

① 裴蕾、刘若辰：《作家年终奖，为何高低两重天（上）》，《四川日报》2008 年 2 月 2 日第 B03 版。
② 《逐浪年收入 10—100 万作家名人堂》，http://www.zhulang.com/tmp/080403/。

者提供保底奖励，每月最低 250 元，最高 5800 元；每月现金 4 万元，重奖军史创作分成作者；为贵宾会员设立"贵宾推荐榜"，每周奖金 100 至 1000 元不等。另制定了"新书人气榜"、"分成阶梯扶持奖金"、"女作者奋发成就奖"、"分成保底计划"等系列奖励举措，这些举措都很容易让网络写作者成为为钱写作的码字机器。有人每天要写上万字，有的要写几千字。在网上，每年写作上百万字的作者大有人在。玄幻小说作者龙人推出了 20 余部作品，共创作了 3000 万字，他的小说《灭秦》写了 250 万字。《诛仙》《小兵传奇》《鬼吹灯》等网络人气作品都是上百万言。小说越写越长，在结构散漫、语言粗俗等方面的问题也很突出。可以说 VIP 制度是网络文学的双刃剑。它一方面带来了网络文学读者和作者数量的膨胀，另一方面带来了网络文学的商业化倾向更加突出，如"17K 文学网"规定都市、现代言情类、职场女性类作品可优先申请买断，这些都促使网络作者们创作的商业目的更强，迫使他们在写作中挖空心思如何取悦读者。

VIP 制度还在一定的程度上影响了文学书籍的出版业，与实体书相比，网络出版速度快、传播范围广、成本低、环保，在越来越注重节约资源、保护环境的今天，网络出版符合未来社会的发展方向。就目前的情况来看，VIP 制度主要是针对网络原创作品的，VIP 的范围推广到已经出名的"文坛作家"的新作，将是网络文学网站的新趋向。传统的文学期刊通过龙源期刊网进行收费阅读，通过收费阅读的数字图书馆等实际上是传统实体出版与 VIP 制度的一种结合形式。

三、文学网站对网络文学的影响

从"榕树下"、"天涯社区"到"起点中文网"，基本代表了中国本土的原创网络文学网站在经营方式上调整变化的脉络，总体上这是网络文学网站逐步走上商业化道路的历程。文学作品是个人创造的，但文学潮流又受制于外在媒介的影响，从网络文学的发展历史来看，文学网站的发展战略、

运营模式对网络文学的推动和影响是巨大的，这主要体现在以下几个方面：

第一，举办网络文学大赛，扩大网络文学创作的影响。举办网络文学大赛，对于文学网站来说是扩大自身影响力、聚集资源的重要途径，网站所倡导的文学理念、所推举的获奖作品以及评奖过程本身的网上互动、宣传造势以及赛后对作品的推销等都会在一定程度上形成网络文学的发展"风向标"。网络文学大赛也成为推介网络文学新人、新作，展示网络文学创作成就的重要方式。网络文学发展的历史虽然不长，但网络文学大赛的盛事每年都在各大文学网站组织下开展。举办网络文学大赛产生较大影响的网站有："榕树下"、"网易"、"新浪网"、"新语丝"、"腾讯"、"红袖添香"、"起点中文"等。网络文学大奖赛一般以一家网站为主联合多家网站进行宣传造势，在网上建立专门的网络大赛的主页，将参与评奖的作品放到网上供读者点评，并与多家报刊媒体合作宣传。整个赛事流程将在网上公布，吸引读者直接参与大赛过程。"新浪网络文学大赛"评奖中邀请数位知名作家、评论家、影视编剧、出版社资深编辑、网络文学资深写手参与大赛的评选活动，平均每届出版图书 50 余种，有多部优秀作品被改编成热门影视，产生了广泛影响。"中华杂文网"联合"红袖添香"等媒体，举办"《杂文选刊》杯"（2006）幽默杂文大赛、"登清杯"（2008）幽默杂文大赛，推出了不少好作品。2008 年 9 月 10 日，"起点中文网"主办"全国 30 省作协主席小说联展"，有刘庆邦、蒋子龙、叶文玲等全国 30 个省作协主席（副主席）参与比赛，在"起点中文网"上"晒"出他们的作品，供网友阅读、投票、评论。中央电视台、中新社、新华社、《人民日报》《光明日报》《齐鲁晚报》《南方都市报》、网易、和讯网等多家媒体进行了报道。这项评奖活动首次通过互联网向读者推行传统作家的作品，必将"推动传统文学与网络的融通、强化传统作家与网络读者交流"。

第二，通过首发作品，推介新人新作。网上发表的文学作品具有即时性、可交流性、易于复制性等特点，根据自动统计的点击率，人气作品的点击率往往可能因为"滚雪球效应"迅速攀升，甚至成为一时的热门话题而风靡整个网络。文学网站通过人气榜、阅读排行榜、推荐榜、作品分类、每日更新、作品搜索、作品点评等将优秀作品分类推荐给读者，让读者快速在海量的作品中找到自己喜欢的作品。蔡智恒的小说《第一次的亲密接触》、慕容雪村的《成都，今夜请将我遗忘》、当年明月的《明朝那些事儿》、天下霸唱的《鬼吹灯》、孙睿的《草样年华》等众多人气作品都曾火爆首发作品的文学网站或文学论坛。"榕树下"作为早期的全球第一中文网站，在累计人气、推举网络作者等方面做了很多的工作，如"榕树下"状元阁收入了安昌河、阿黛、包为、蔡骏、菜青虫、沧月、春树、独上月楼、恩雅、飞花、黑可可、菊开那夜、君天、成不美、李五月、慕容雪村、南琛、宁财神、任晓雯、钱亦蕉、Sieg、盛可以、沈星好、沙子、水果、王威、吴藏花、心有些乱、西岭雪、犀骨指环、夏可可、小意、小椴、邢育森、瞎子、俞蓓芳、易术、夜行天涯、于是、楚惜刀、骑桶人、葛红兵等人的作品。早期在"榕树下"发表的文章，"榕树下"都很完好地保存了下来，为研究网络文学提供了丰富的档案资料。

第三，编选网络文学年度选本，为网络文学的发展建立档案。自二十世纪九十年代以来，从事写作的人数不断地增加，每年出版的图书，发表的文学作品的数字都在不断地上升。如何在众多的文学作品中为普通读者找到年度的文学进展足迹，各大出版社相继推出年度文学选本。网络文学是人民文学的海洋，其成长走的是粗放经营的路子，借鉴文学界年度文学选本的做法，大型的文学网站也自觉地肩负起为网络文学的发展树碑立传的职责，他们编选的年度选本打着"年度最佳"或"精选"等字样。1999年至2004年，"榕树下"网站联合漓江出版社，在每年年初出版"××××年中国年度最佳网络文学"；2005年1月，"清韵书院"选编的《2004年中国网络文学精选》在长江文艺出版社出版；2006年1月，"天涯社区"在漓江出版社出版《2005中国年度网络文学》，盛大"起点中文网"选编的《2005年中国网络文学精选》由长江文艺出版社出版。

第四，与出版社合作，策划畅销书。以"榕树下"为例，"榕树下"推

出了"网络原创文学作品奖丛书"、"网络之星丛书"以及蔡智恒的《洛神红茶》、安妮宝贝的《告别薇安》、林长治的《沙僧日记》、今何在的《诺星汉天空》、孙睿的《草样年华II》等个人作品。"迄今为止,'榕树下'推出了六七十本书,本本都是赚钱的。'榕树下'已经形成了一个文学品牌,我们策划出版的书起印至少会有1万多册,《成都,今夜请将我遗忘》《沙僧日记》等销售达到了7万多册。"① 近年来,文学网站与春风文艺出版社、朝华出版社、接力出版社、华夏出版社、花山文艺出版社等合作,出版了大量网络文学图书,2006年网络原创文学品种已占朝华出版社文学作品类图书的60%—70%,2008年朝华出版社出版的文学类书籍中网络文学作品已占据90%以上。春风文艺出版社推出"青春爱情坊",出版多部网络文学作品。"幻剑书盟"与朝华出版社合作出版的网络玄幻小说《诛仙》系列成为2005年年度畅销书,销量逾百万余册。

近年来,随着网络文学图书市场的壮大,网站与出版社的关系从简单的供求关系转向深度的合作。网站从单纯推荐作品的"中介人"向版权代理机构转化,网站通过自己挖掘文学新人买断网络作品的版权,真正拥有了自己的"产品",在图书的推销上更具有独立经营的灵活性,直接分享实体书出版的版税。网站也向出版社购买图书的电子版,通过付费阅读推销作品。网络和出版社之间的合作关系还体现在共同策划选题,宣传作品,评价阅读作品等方面。"新浪读书频道"、"腾讯读书频道"、"搜狐读书"不再只是作品宣传栏,还设立了收费阅读并兼及合作出版等业务。"当当"、"卓越"等网络书店也不仅仅是销售图书,还建立了读者评论反馈平台,其网站的数据销售也具有对出版市场的导向作用。随着网络的普及,在英国很多作者越来越倾向于在一些专业作家网站发表自己的作品。这些网站往往有大众书评机制,网络读者对作品的评价也能帮助编辑发掘优秀选题。②

---

① 《网络文学商业化中前行》,《沈阳晚报》2008年7月10日第35版。
② 彭致:《英国书稿甄选渐趋网络化》,《中国新闻出版报》2007年11月15日第004版。

第五，推行网络文学的产业化，通过出版电子书、出卖影视改编权、开发游戏和动画等途径，以网络写作带动文化产业发展。《第一次的亲密接触》《成都，今夜请将我遗忘》《双面胶》《智圣东方朔》《电车男》《我的野蛮女友》等网络人气小说都已被改编成影视剧，《鬼吹灯》《诛仙》《兽血沸腾》等网络小说改编成游戏也获得了成功。众多文学网站举办网络文学大赛都在致力于与出版、影视、游戏产业挂钩，扩大原创网络文学的影响。由"一起写网"（www.17xie.com）主办，"不死鸟原创文学网"以及数十家原创文学网站等近百家文学网站协办，数十家出版社参与联办的"2008 一起写网首届网络文学大赛"于 2008 年 7 月 25 日正式启动。大赛延续了网络文学大赛的一贯方式，约请知名作家、编剧、评论家和知名写手、文学教授参与评奖，邀请出版社、图书发行商、影视投资商对当选作家、获奖作品进行宣传和市场推广，并就网络文学作品的版权及影视改编权、漫画改编权等合作及深度开发。

正是文学网站的巨大商业前景，使投资公司将目光投向了国内有影响的文学网站，2004 年 10 月，盛大公司收购"起点中文网"，注入巨资；2006 年 6 月，民营传媒集团"欢乐传媒"收购"榕树下"；2006 年 3 月，TOM 在线收购了"幻剑书盟"；2007 年 11 月，"晋江原创网"接受了盛大网络发展有限公司的投资，"博客中国"和"天涯社区"也均获得了 1000 万美元的风险投资。2008 年 7 月 4 日上海盛大网络发展有限公司在京宣布成立盛大文学有限公司，"起点中文网"、"晋江原创网"、"红袖添香"成为其下属的全资公司和投资公司。盛大公司总裁陈天桥说："盛大的使命是用新的技术和新的模式去改造、推动传统文化产业发展，并形成新的运作机制。"[①]

网络文学网站的发展历史表明，借助民营资本运作的网络文学网站已成为新的大众文学传播媒体，从资本的运作到文学作品的推销，网络都展

---

① 黄坚：《盛大开辟网络文学新"起点"》，《解放日报》2008 年 6 月 9 日第 001 版。

示了其日益强大的媒体形象。文学商业化是多年前文学界所谈论的话题，以推行通俗小说获得成功的"起点中文网"已经掀起了通俗化文学的狂潮，天价写手的大量出现必然会进一步刺激写作者的功利之心。当文学网站已经找到了较好的生存发展途径，当写手们已经"写作致富"，提升作品的文学品质必将成为文学网站所面临的最为迫切的问题。也许正是意识到这一点，"起点中文网"才会拿出大笔资金，为写手们提供"充电"的机会，通过学习提升他们的文学修养，帮助他们实现从"写手"到"作家"的转换。随着网络文学作者写作水平的逐步提高，文学网站作为产生通俗娱乐文学的温床，必将为读者奉献更多雅俗共赏的作品。同时，我们看到，文学网站渐渐演变成商业网站，原创网络文学的商业气息将会进一步加重，消遣娱乐性的作品将在很长时间内是网络文学网站的主流，并与主流文坛相区别。目前的网络文学作品面向的读者仍然以青少年为主，当网络阅读更普及的时候，如通过掌上电脑上网普及化的时候，网络文学将面向更广大的年龄层次读者，网络文学的面目也将随之而变，网络文学和纯文学之间的界限将会日益模糊起来。

第九章　网络小说的影视改编

从制作的成本上看，影视剧是大资金的投入活动，而小说总是个人的写作行为，影视剧的成本一般远远高于小说，因而被影视剧青睐的小说总是少数。影视剧是直面市场的产品，投拍后市场如何是要认真考虑的，被改编成影视剧的小说应有一些潜在的市场因素，比如作品前期的影响力，作品对时代的把握，作品自身的文学成就，等等。被改编成影视剧的网络小说多是人气作品，有很鲜明的网络特征，有别于传统小说的经典。当代网络小说并不以思想性和艺术性见长，而是以野性、鲜活、别样的生活风格吸引读者。由网络小说改编成的影视剧的价值通常不是文学上的成就，而是作为文化产品上的意义。因而在网络小说改编的过程中，也面临着与传统小说改编不一样的问题。

一、时代生活的反映

网络小说在网络上发表，往往带有时尚性，这种时尚性体现在小说或揭开了某种新的生活理念，或抓住了某种社会关系变化的生活现实。经过

影视剧的改编，小说的文字转化成影像，通过声、光、电、影更直接地再现时代的生活画面，因影视媒体强大的覆盖能力，影视剧比小说更能唤起观众的现实感，并引发对现实问题的热议。

从《第一次的亲密接触》到《成都，今夜请将我遗忘》；从《蜗居》《双面胶》到《裸婚——80后的新结婚时代》《小人儿难养》；从《杜拉拉升职记》到《失恋三十三天》，这些受影视剧青睐的网络小说作品无不呈现出对新生活的捕捉和把握。《第一次的亲密接触》走红，很大程度在于小说为读者提供了一种时尚的生活方式，告诉读者恋爱可以通过网络来进行，小说通过网络聊天呈现恋爱的过程，网络"臭贫"式的语言充当恋爱的润滑剂，带有鲜明的"网络"风格，而剥开故事的内核，其内在结构不过是"狗血"的通俗剧情。《成都，今夜请将我遗忘》受读者追捧，在于其表现了一代青年的人生理想如何被经济社会现实粉碎的过程，纯洁的诗歌青年如何被社会"污染"，混乱的男女关系如何毁掉了爱情，那种真切的直面呈现，不做作，不装酷，从而引起一代青年读者的共鸣。《蜗居》《双面胶》《裸婚——80后的新结婚时代》等作品表现了当代生活的种种现实：当代都市家庭生活的焦灼状态，年轻人在都市生存为一套房疲惫奔命，年轻女孩成为政府官员猎色的"小三"，商业机构与政府官员相互勾结实现"利益勾兑"，城市姑娘与"凤凰男"联姻带来的长辈冲突，都市女性所面对的重重压力，等等。《杜拉拉升职记》描绘了职场女孩的晋升之路，为读者打开了当代职场生活的世界，充当了职场指南书。《失恋三十三天》写出了失恋的痛苦过程，塑造了一种新型社会关系下的人物形象——"男闺蜜"，引发了热议。《小人儿难养》写出了都市职场青年人面对孩子出生所带来的压力和焦灼，恋爱、结婚、工作的冲突，面对长辈的压力，年轻人的精神成长之惑，历经生活挫折之后的慢慢成熟，等等。由以上这些网络小说改编成的影视剧都取得了很好的市场效应，它们分享了网络小说的人气，通过镜头更鲜活地呈现了网络小说对时代生活的捕捉。

一种生活现实在小说中和在电影、电视剧中是不一样的，阅读文字，是用自身的经验来再现文字所表现的生活，带有自身的经验想象性，而电影通过镜头、画面、人物、对白、动作，将生活定型，名演员的影视形象也让小说作品更鲜活，相应的"亮点"被放大和突出了，也更具有时代感了。比如借助青春靓丽的女主角和男主角在浴池戏水的镜头，电影《请将我遗忘》（由网络小说《成都，今夜请将我遗忘》改编）的开头一下子将小说中糜烂的时代生活气息抓住了。电影《失恋三十三天》通过男主角的出色表演和精彩台词，把"男闺蜜"这个形象鲜活地树立起来了。在《双面胶》中，经过电视剧编者的故事改编，那种夹在妻子和母亲之间受夹板气的男人的艰难与不得已，通过反复曲折细腻的家庭琐事被淋漓尽致地演绎出来，"双面胶"男人的形象也树立起来了。这些影视剧引发了观众对现实问题的关注和讨论，如"失恋"、"男闺蜜"、"凤凰男"等问题。当然，这些影视剧的热播，也是因为抓住了观众的兴奋点，让影像故事与个人生活联系了起来。

文学"为现实"、"为人生"是现代文学以来重要的文学传统，表现生活的文学与读者自身的精神联系更紧密了，文学的社会效应突出了。与那些"纯文学"作家不同的是，网络小说的写作者多是非职业性作家，写作的经验来自各自不同的生活体验。网络写作的语境决定了他们的写作更随性，更能发挥个性，更有自身的精神投射。《失恋三十三天》是一个作者自身的故事，因为失恋了，作者在豆瓣网上发直播贴，与网友读者一起用文字自我疗伤，最终写成了一部小说。因为在网络上创作，作品的文字很野性，很"放浪"，也很注重可阅读的兴味。在转化为视觉故事时，因为面对的观众群不一样，这种网络文风式的台词会有较大的改变，但其内在的"趣味"和"情调"被电影保留了下来。

二、青春文学的趣味

在网络小说创作中，读者是否"看得爽"是写作者要认真考虑的。如何让读者实现这种阅读快感，网络 YY（意淫）是其重要的手法，就是让作品主人公一路狂奔，经历各种挫折，但好运总是眷顾主人公，总是能够在绝处逢生，由网络小说改编的电视剧《步步惊心》和《后宫·甄嬛传》就是这么处理故事的。这也是通俗小说的基本手法，采用多重悬念和曲折的故事，让人物九死一生，最后起死回生。这种故事的写法也正好符合电视剧对多集、复杂故事的需要。

网络文化的主体是青春文化，是乐感文化，是充满朝气的。相对于小说，影视剧中的暧昧镜头必不可少，但又遮遮掩掩，既不"伤风败俗"，又能充分地吸引观众的眼球。网络小说的总体美学特点是轻松、幽默，可读性强，拍成电影追求的效果不是和谐，而是好看、异趣。《后宫·甄嬛传》中人物的台词形成了有名的"甄嬛体"，"甄嬛体"是一种委婉、婉转的女性表达，有一种说话智慧的艺术味道。这种文风来自网络粉丝的追捧和模仿，在电视剧热播期间，"甄嬛体"一度在网络上广为流行。为增加观赏性，电视剧《小儿难养》中穿插了很多流行的段子。将段子作为人物的台词，极大地增加了影视剧的趣味性。一些段子很有概括力，戏讽了某些社会生活现象，体现了民间的智慧。

在《双面胶》《裸婚》《小儿难养》等电视剧中，靓丽的年轻演员，富有个性的人物着装，装修舒适的居住空间，虚构的都市夜生活，白领职场的明争暗斗，青年男女腻在一起的言语方式，共同呈现了一种当代都市青年的生活方式，体现出一种青年男女享受生活的小资情调。电视剧中明朗的天空，从地面仰视拍摄的摩天大楼，从高空俯视拍摄的城市，现代化公司的格子间诸多画面强化了这种生活气息的味道。

网络小说中最有影响的是玄幻、悬疑、盗墓、穿越、宫斗、武侠、青春等类型化的小说，这类作品也颇受影视改编的青睐，如《步步惊心》《后宫·甄嬛传》等。表面上看，穿越、宫斗类作品是脱离现实生活的，但看过这些作品后就会发现，作品与时代内在文化理路有相通之处。《步步惊心》《后宫·甄嬛传》不是纯粹意义上的历史小说，走的是二十世纪九十年代热播的琼瑶剧《还珠格格》的路子。穿越的剧情，以想象再造的后宫生活，与九十年代热播的清宫戏、历史剧在文化脉络上是相承的。这类电视剧在文化上受功利主义文化的影响，如在中国传统章回小说《三国演义》中就有这种文化因子。这种权谋术文化的风行，与现实社会转型有直接关系。自改革开放以来，我国的经济建设成就斐然，发展速度世界罕见，发展成为第一要义，"发展是硬道理"，"不管白猫黑猫，抓住老鼠就是好猫"，国家需要 GDP，企业需要利润，个人需要"成功"，在这种大形势下，实利主义思想的战旗猎猎飘扬。表现在文化上，就是一些权谋术文化书籍的畅销，《厚黑学》《方与圆》《卡耐基成功之道》《谁动了你的奶酪》等书籍一版再版。影视剧《步步惊心》《后宫·甄嬛传》正是在这种文化理念上的文化产品，因为迎合了观众对成功的渴望，一步步的心计、智谋让观众学会了各种处世之道，满足了观众对一个个"计划"步步成功的"启示"，获得了很好的收视率。《步步惊心》中现代女性穿越到清代，一个现代女子参与了"九子夺嫡"的历史，带有先知先觉的历史预见性，有着现代女性观念的女子身处古代宫廷文化语境中，如何发挥自身的能量行事，故事中演绎的机敏、智慧、义气以及恩怨纠葛就不仅是简单的娱乐，而是当下生活理念的投射，古代后宫的故事也可转换到当代职场之中，教给观众在现代职场中如何谨慎处事，如何周旋在复杂的人际关系之中。当然，《后宫·甄嬛传》不是简单的宣扬权谋术，也有对人性恶的揭露和鞭挞。人大历史系毛佩琦教授在《人民日报》撰文《不妨俗得那样雅》认为："《甄嬛传》塑造了一个个有血有肉的人，从中我们看到了人心的丑陋，也看到了人性的光辉；看到了对腐朽制度的鞭挞，也看到了对侠肠义胆的颂扬。"这也让我们看到，《后宫·甄嬛传》在故事的编排、人物的设置、剧情的推演等方面的处理超越了简单的是非善恶观，作品对历史的表现，对人性复杂性的展现，

可以说是深刻入微的。

网络小说在改编成影视剧的过程中，故事常常会因面向的读者（观众）不同而有所改变。如由网络小说《成都，今夜请将我遗忘》改编成的电影《请将我遗忘》中，王大头由一个品行有污点的人变成了"五好青年"，故事结局也由悲剧性毁灭改为喜剧性暗示，这种改编与电影所面对的观众群有关，原小说写得很灰暗，而电影要力求体现社会正面价值。网络小说在网络上的走红是以其粉丝的追捧为前提的，网络小说的品质、趣味与其读者粉丝的趣味趋向是类似的，影视剧改编者深知这种趣味是不能随意丢掉的。如《致我们终将逝去的青春》是写给那些大学生和已大学毕业的同学看的，作者追逝青春流逝的伤感、怀旧气息是作品的主色调。在流逝岁月的打磨下，在经历感情之路后，主人公从青春少女变成了老成、稳重的成熟女子。电影中的人物对白采用了小说的原文，画面采用了颇有历史感的九十年代大学的场面。显然，电影演绎了小说中回望青春的感伤情调。

三、面向大众的影像故事

小说的影视改编是小说写作者、编剧、导演、演出团队通力合作的结果，影视剧的水平往往取决于道具、服装、灯光、场景、台词、故事、演员等综合因素上的水准。网络小说的影像化是文学市场化行为的一部分，网络小说中那些鲜明的时代因素、精彩的故事底本、时尚的亚文化精神趣味都是支撑网络小说被影视改编的重要因素。与传统小说的影视改编不一样，网络小说的商业化运作流程更为清晰。很大一部分网络小说的人气是由商业文学网站的商业机制造就的，网站为写作者代理版权，极力为写作者推举影视改编的机会，各种网络文学大赛直接与影视机构联姻，很多获奖作品直接与影视公司签约。影视剧制作方在考虑市场回报的思路下，也乐于投资拍摄人气高的网络小说，期待借其人气将产品推向市场，网络小说及其衍生的影视产品是文化产业的运营，而不像传统小说那样只是个人的精神写作劳动。

影视剧是一种大众化的媒介形式，网络也是一种大众化的媒介，由网络小说改编的影视剧在热播时，读者可以轻松地从网络获得文字底本，或者先阅读过小说，而后再去看影视剧。随着网络设备和技术的提升，年轻网民更倾向于选择网络视频点播，网络媒体很好地推动了小说读者和影视剧观众的转换。常见一些批评文章对网络小说改编的文化快餐性大加批判，看上去，这种精英文化立场下对娱乐文化的讨伐颇有道理，但这种批判没有说明一种文化的合理性，没有说明网络文化的进步性，没有看到网络小说改编成影视剧后其中更复杂的精神趋向和艺术问题。

只有把观众吸引进电影院，或者把观众留在电视机前，影视剧才能产生社会影响。电视剧需要曲折的剧情，需要每几分钟就有一个看点，要让观众在任何时候打开电视机看上一段，就应被紧紧地吸引住。这意味着电视剧必然要在小说的基础上做出更多的改编，编剧"编故事"的才能要特别突出，要把故事编得曲折有趣。为此，电视剧的编剧常用拼贴的手法将故事戏剧化，造成险象环生、扣人心弦的观赏效果。在电视剧《小儿难养》中，编剧充分运用了戏剧性悬念的手法，简宁与江心到民政局离婚三次都未离成，从内在的剧情来看，作品最终是喜剧性的，离婚不过是婚姻中出现的小插曲。简宁与江心相爱，但闹过矛盾后，两人谁都不肯先低头，电视以戏剧化的剧情延宕离婚风波，最终两人重归于好。简艾和严道信走到一起，故事也颇为曲折，故事开篇两人是"敌对"的，好事多磨，最终有情人终成眷属，故事颇有传奇性。故事的结局是俗套的、大团圆式的，这是电视剧所面对的观众群所要求的。但我们应看到的是，在俗套的剧情下，网络小说为影视剧提供了精致的台词，《小儿难养》对婚姻爱情之惑的探讨所提供的精神性思考是清晰的，让观众在笑声中获得启迪。

张艺谋曾说，剧本乃是一剧之本。网络小说中不乏好的创意，不乏能鲜明地表现时代的好故事，这些故事为影视剧的改编提供了好的脚本。与世界优秀的电影作品多改编自文学名著类似，网络小说整体水平的提高，

也必然使网络小说成为影视改编的题材库。早期网络小说作者多是非职业的写作者，其作品往往缺乏思想的深刻性，缺乏文学的艺术自觉，网络小说内涵的匮乏也导致了其改编的影视剧的快餐文化性质。蔡智恒的早期出道距离今天已经十几年了，《第一次的亲密接触》的影视改编是失败的，电影只是分享了作品的网络人气而缺乏优秀作品所包含的精美和深度。网络小说《遍地狼烟》曾参评第八届茅盾文学奖，进入 84 强，但其改编的影视剧却并不叫座，这很大程度上是因为小说对历史的描写还缺乏丰瞻的视野，小说的故事性、娱乐化色彩过重，作者驾驭大的历史局面的能力还很弱，缺乏对深层人性的剖析和挖掘。当然，网络小说及其改编的影视剧中不乏优秀作品，陈凯歌导演的电影《搜索》改编自网络小说《请你原谅我》，是一次成功的电影改编。小说很"文艺范"，且本身提供了很好的人物故事雏形，而改编者有较高的艺术追求，才使得作品有思想深度，表现了现代都市生活中的悖论，故事也很有震撼力。由网络小说《谁说青春不能错》改编的电影《pk.com.cn》是一部参展大学生电影节的电影，其电影和小说都很精彩，电影以唯美的画面、精彩的动画穿插，表现了青春期的迷茫和自由生命追求的可贵，因表现二重人格的冲撞，被誉为中国版的《搏击会》。

　　网络小说的写作群体很大，近年来中国作协对网络写作的重视和扶持力度愈来愈大，网络小说是多层面的，是丰富的，其对市场和读者的把握能力超越了纯文学，网络文学的成熟与整体水平的提升也必将为网络小说的影视改编提供更丰富的资源。与这个发展的时代相适应，娱乐化、精神深度、艺术性是拼贴、混杂在一起的。对比国际市场，我国的影视剧还不够丰富，能像好莱坞的大片影响中国市场那样影响世界的优秀影视剧还不多，有如《哈利·波特》那样因一部小说形成一个庞大的文化产业链的作品还不多。但我们也看到，《后宫·甄嬛传》在日本有很高的收视率，《失恋三十三天》上映后也获得了很高的评价。在丰饶、广阔的网络媒体空间中，来自全民的写作智慧提供了越来越多的富有中国元素的中国故事，影视剧

与这些故事的互动，必将制造出更多的带有中国风情的文化产品，这也是中国文学走向世界的一种方式。在这个意义上，我们期待更多、更好的网络小说被影视改编。

第十章　莫言在互联网上的接受与传播

网络论坛构成了一种新的话语场，在这个话语场中，当代作家被不同文化层次的读者阅读、评说。根据接受美学的观点，作家、作品的价值是由阅读的读者和作者共同完成的，没有读者的阅读，作品不会有社会价值，更不能产生影响。2012 年莫言获得诺贝尔文学奖后，莫言作品的人气效应倍增，据媒体报道，其作品占据畅销书排行榜 18 个月，举办了各种莫言的文学讨论会，莫言的评论书籍也迅速问世。与此相应，在网络论坛上，有关莫言的评论激增。以莫言获诺贝尔文学奖为机缘，中国当代文学迎来了一次小的阅读高潮。正视这些阅读，评判这些阅读行为，是我们充分理解当代文学发展的重要部分，也是我们理解莫言作品的重要部分。因互联网的覆盖力和包容性，本章所讨论的批评文章也包括那些在传统报刊发表随后在互联网上转载并引起讨论的文章。

一、媒体塑造的莫言

莫言是中国当代深有影响的作家，其作品在读者群中有广泛的影响，因获得诺贝尔文学奖，自身也成为网民关注的焦点。从官方到民间，从门户网站到个人微博，从主流媒体到小道消息，从国外异见人士到国内官方发言人，从知名学者到初识文字的读者，莫言获奖成为民众关注的焦点，文学网站、论坛、博客、微博为之提供了各种言论的舞台。在这个全民共舞的舞台上，莫言的形象被媒体和各种口水贴所建构，在被放大或被歪曲的言辞中，莫言及其所建构的文学世界充满了争议，对立的观点相互碰撞，在这众说纷纭之中，统一的莫言及其文学形象却越来越模糊。

2012 年 10 月 11 日瑞典文学院宣布莫言获得 2012 年诺贝尔文学奖，中国各路新闻媒体在第一时间报道了此消息，举国振奋，专家、学者纷纷亮相，通过各种媒体谈论对莫言获奖的看法，几大门户网站相继推出莫言获得诺奖的专题网页，网民们也通过网络平台发表看法。在此活动中，官方媒体积极从正面评价莫言获奖的意义，其作品的文学含量，其对中国文学的贡献，等等。各大网站相继开设专题网页，发表莫言获奖的方方面面的消息及各类解读文章。"新浪文化·读书"频道建立网页"聚焦文学·跟莫言一起走进诺贝尔颁奖典礼"[1]，凤凰网"文化频道"设立的网站是"莫言赴瑞典领诺奖"[2]专题网页，新华网的专题网页为"中国首届获得诺贝尔文学奖的本土作家莫言"[3]，搜狐文化的专题是"莫言效应：一个诺贝尔文学奖引发的狂欢"[4]。新浪专题网页涵括莫言获奖之后的各种对莫言的报道，作家、学者评论莫言的文章，莫言的图片，演讲录的视频，还回顾了与诺贝尔文学奖擦肩而过的中国作家，以及二十世纪部分获得诺贝尔文学奖作家的大致情况，将莫言的代表作品《丰乳肥臀》《蛙》《红高粱家族》《生死疲劳》《天堂蒜薹之歌》《檀香刑》《欢乐》《红树林》《四十一炮》《白狗秋千架》等上网，并与主页作了链接。刊载了海外汉学家史景迁（Jonathan D.Spence）、

---

① http://book.sina.com.cn/z/2012nbe/

② http://culture.ifeng.com/huodong/special/moyannobel/

③ http://www.sd.xinhuanet.com/2012zt/my/

④ http://cul.sohu.com/s2012/myxy/

美国著名小说家厄普代克（John Updike）评莫言小说的文章，以及张旭东、张清华、叶开、王干等学者，郑彦英、徐小斌、毛丹青等作家记述莫言的随笔文章。这些内容对了解莫言获奖的情况，认识莫言作品的价值，不无帮助。文章来源有的是报纸记者的访谈文章，有的是博客文章，是一个多角度展示莫言文学实绩的网站。"网易读书"刊发了张大春、麦家、张抗抗、何健明、李敬泽、陈丹青、陈忠实、韩少功、白烨、张颐武、苏童、叶兆言、张柠、迟子建、周国平等作家的祝贺语。门户网站主要是从正面来宣传莫言获奖的积极意义，而凤凰网、乌有之乡网、爱思想网、天涯论坛、个人博客、微博、贴吧等网站的自由色彩较浓，对莫言提出种种责难和批评。

对莫言的责难多是从非文学角度展开的。如评判诺贝尔文学奖的政治性，嘲讽莫言手抄《在延安文艺座谈会上的讲话》，讽刺莫言中国作协副主席的身份，批评莫言在法兰克福书展上因为异见者戴晴的出现而退席，莫言在演讲中为中国的审查制度进行辩解，等等。学者王晓渔认为莫言演讲的言论让人觉得"可笑"，莫言把批评称为"胁迫"，在演讲中又把批评的声音称为"石块"和"污水"，这是一个非常夸张的事情，把审查制度与机场安检混为一谈。① 对此，很多学者在发言时为莫言辩护，马悦然在接受媒体采访时回应说："我对现在的媒体有一些意见。第一点，瑞典文学院公布莫言得奖，有人说莫言是共产党员，而且是作协副主席，这样的人怎么能得奖？批评莫言的那些媒体人他们一本莫言的书都没有读过，这个让我非常生气。第二点，我也读过很多当代一些中国小说家的作品，但是没有一个比得上莫言，他敢批评中国社会黑暗、不公平的地方，别的人就不敢。"② "文学质量是唯一标准。他的身份，跟他的写作一点关系都没有，我看莫言在他著作里所表达的对中国社会的看法，这才是重要的。"③ 与这种

① 王晓渔：《莫言恰恰是主张政治干涉文学的》，http://culture.ifeng.com/huodong/special/moyannobel/content-1/detail_2012_12/11/20037513_0.shtml。

② 楼乘震：《批评莫言得奖让他很生气》，《深圳商报》2012 年 10 月 23 日 CO2 版。

③ 曾素狄：《马悦然：不会因莫言得奖而发财》，《新闻晚报》2012 年 10 月 22 日 A2 版。

相对理性的辩护相比，一些批评几近是谩骂式的，如赵楚在微博中认为："他与官府的暧昧利害关系，他抄录讲话这种无耻作为，以及作为获奖作家的某些超越公德底线的言论。"文学批评家朱大可认为，莫言建议大家多关心一点教人恋爱的文学，少关心一点让人打架的政治，不是一种很妥当的说法。在中国的特殊语境中，鼓励大家"不关心政治"，是一种危险的论调，它否定了公民议政的基本权利。莫言一旦接受诺贝尔奖，就注定要担当起整个国家民族的全部现实苦难，这是一种"无奈的"历史宿命。拒绝这种道义担当，就是拒绝来自民间社会的期待，也就必然会成为被诘难的对象。① 朱大可的评论引起了网友读者的愤怒，在凤凰网上，网友留言挺莫言的多，认同朱大可的少。一位网友读者指出，鼓励大家"不关心政治"与否定了公民议政的基本权利，这是两回事，把获诺贝尔文学奖的人戴上"圣徒"的桂冠是朱先生自己的事情，不要强加给大家。针对批评家许纪霖批评莫言的文章为《鸡蛋与高墙：莫言的双重人格》，一位网友指出："这种批评，已经越过了文学批评的正常边界，而指向作家的品行人格；且以对莫言的人格冠以'分裂'、'病态'之类的侮谩，而变成了另一种'触及灵魂'的大字报。"②

对莫言身份的政治性，最终指向的问题是，莫言作品中蕴含怎样的政治性？这也是诺贝尔文学奖存在的问题，诺贝尔文学奖倾向于授予那些反体制的作家，但莫言却是一个体制内作家。张旭东认为："莫言获奖的特殊意义在于，他并没有兴趣去做一个'持不同政见者'，他没有表现出一种脱离中国社会和体制才能创作的形象，这对国内的年轻作者是个非常好的例证。他有一个普通的中国人能够享受的权利，也分担所有人都受到的限制，但是在这样的条件下，也可以写出最好的文学。"③ 这个评价与《环球

---

① 朱大可：《莫言在"诺贝尔圣徒"和"乡愿作家"间挣扎》，http://culture.ifeng.com/huodong/special/moyannobel/content-3/detail_2012_12/11/20046991_0.shtml。

② 桑博：《鸡蛋与高墙还是大字报小石头》，http://www.wyzxwk.com/Article/wenyi/2012/12/299388.html。

③ 衣鹏：《莫言是通向当代中国文学的门户》，《21世纪经济报道》2012年10月14日。

时报》对莫言获奖的政治解读极其类似："其实莫言称得上是大多数扎根在中国社会作家中的代表性人物，他的作品中有不少对中国现行问题的批判，但他又没有走向'异见人士'的极端。中国普通知识分子大多都像他那样生活，他们是推动中国改革开放和社会进步的重要力量，他们很少关注西方如何看他们。"[1] 即莫言是在体制内"反体制"，莫言在现有历史条件下写出了对体制的批评。莫言本身是一个政治边缘化的作家，针对莫言小说中叙事的智慧，有不同的解读，一说是莫言如何游走于政治权力的夹缝，一说是莫言如何反体制，被国外的不怀好意的诺贝尔文学奖利用。借着体制说事的人认为莫言是文化走狗，另一些人则认为恰恰是莫言作品的政治性使得莫言获得诺贝尔文学奖。这些言论经过网络的传播，变得夸张和离谱，天涯论坛上的标题党用的文章标题是《揭密莫言如何获诺贝尔文学奖肮脏内幕》，标题是夸大其词的，耸人听闻的，文章的内容是揣测的。网络论坛还将国外媒体对莫言的评论文章发布出来，莫言的形象变得扑朔迷离起来。在媒体上，如莫言所言："我获得诺贝尔文学奖后，所有行为都被政治化了，就像得了诺贝尔政治奖一样，一会儿说我乡愿，一会儿说我奴才，一会儿说我叛徒……我都找不到自己了，完全被娱乐化了。"[2]

莫言获得诺贝尔文学奖的授奖词被国内媒体删减，全文译文的授奖词经过香港媒体《苹果日报》报道刊出，在网络论坛中被转贴，引发广泛讨论。授奖词被删有人将此责任归咎到莫言身上，"对颁奖辞中凌辱中国和国人的段落和词句，则统统删掉。无论是哪种情况，作为领奖团队第一人的莫言都不能辞其咎。"[3] 这样的判词对于莫言无疑是过于苛责的。

一本《莫言批判》的书，本是在莫言获得诺奖之后，一位青年博士整理近30年来文学界对莫言的批评文章及新近的几篇对莫言的批评文章，经

---

[1]《莫言获奖，开心者众难受者孤》，《环球时报》2012年10月13日。

[2] 乔亚琼、彭子诚：《莫言：妖魔化毛泽东是蚍蜉撼大树》，《广州文摘报》2013年5月2日。

[3] 陈辽：《岂能将〈莫言批判〉定性为"攻讦莫言"？》，《江苏文学报》2013年8月1日第6期。

过媒体的策划宣传，完全变味了，该书的腰封上赫然写着："如果文学界不允许批判，就让批判从我开始；如果文学界鼓励批判，就让批判从莫言开始。批判的目的不在于批判本身，而在于最终的无可批判。张闳、李建军、蒋泥、王干、陈辽……50 余位文学评论家和大学教授，对莫言和诺贝尔文学奖火力集中的地毯式轰炸。"这种吸引眼球式的夸大其词的广告宣传词极富火药味，把严肃的学术批评变成了大批判。《燕赵都市报》的一篇文章点评说："这只是一部文化人的群殴之作，只不过他们用的不是拳头，而是文字。"① 这样的评判显然也是被媒体误导的，宣传的标题与书自身的内容其实并不相符，有哗众取宠的意味。

从文学的历史来看，优秀的作家不是几篇批评文章所能诋毁的，莫言及其作品的形象如何被言说者构建？媒体如何塑造了关于莫言的形象？在网络语境中，莫言是如何被诋毁的？莫言及其对莫言的评判实际上为我们提供了一个关于文学是什么的课堂。莫言说："觉得他们所说的好像不是自己。"在媒体建构的语言盛宴中，莫言的作家形象被娱乐化，被消费，甚至被歪曲，捕风捉影的看法被媒体放大，被加上了很多文学外的标签。

二、莫言获奖后的影响

莫言获奖后，对中国文学的发展是有积极的推动作用的，首先是莫言作品的阅读热。2013 年 8 月 29 日，由北京开卷信息技术有限公司主办的"2013 上半年中国图书零售市场分析报告会"显示，2013 年上半年中国图书零售市场中，莫言的《蛙》和《丰乳肥臀》分列虚构类榜单第二和第四位。在卓越亚马逊图书网上，一些读者的阅读留言评论显示，很多读者是"赶潮"来阅读莫言作品的。莫言获奖是一个重要的契机，如同王蒙所言，"某种情况下，文学有某种边缘化的趋势。加上信息科学的迅猛发展，视听、

---

① 《〈莫言批判〉似群殴》，《燕赵都市报》2013 年 4 月 4 日。

网络的冲击，传统的严肃的文学写作目前远非一帆风顺。这种情势下的莫言获奖，是大好事，瑞典科学院对于文学事业的坚守，也值得赞扬。顺水推舟，借力打力，我们何不趁此机会多谈谈文学？"①因莫言获奖引起的争论及其作品阅读热潮的出现，引发了人们对一些重要文学问题的讨论，例如怎样评价中国当代文学的总体成就的问题，诺贝尔文学奖的历史及其评价标准的问题，等等。这些问题以莫言获奖为契机，获得了更深入的讨论。

关于诺贝尔文学奖评价体系的问题，马悦然认为："诺贝尔文学奖不是世界冠军，而是颁发给一个好的作家，莫言就是一个好的作家。世界上的好作家可能有几千个，但是每年只能颁发给一个。今年我们选的是莫言，明年就会选另外一个。"②《莫言获诺贝尔奖非作品优秀只因"重要"》③由对莫言的获奖讨论到诺贝尔文学奖的授奖标准，文章认为："关于诺贝尔文学奖，有一个事实是确定的：在重要的文学与好的文学之间，它常选择前者。"莫言获奖后，搜狐微博邀请莫言的大哥管谟贤、作家洪峰、著名科普作家方舟子、三思逍遥、代谢聚类谨、方玄昌、学者张鸣等人做客搜狐微访谈，管谟贤向搜狐微博网友讲述三弟莫言的故事，洪峰回答关于文学方面的问题，科普作家答问的主题是"诺贝尔奖离我们的生活有多远"。论及中国科研体制和科研风气的问题，张鸣认为："释放了中西和解的某种信息。""一个文学奖，但商业气息越来越浓。"在互动中，读者更清晰地了解了诺贝尔奖的情况，以及中国目前在科技领域可能获得诺贝尔奖的情况。在相关的讨论文章中，有学者详细梳理了诺贝尔文学奖在过去的 100 多年间的授奖情况，对获奖标准、获奖人、评奖机制等，做了深入的解读和分析。

莫言获奖后，批评家张旭东、陈晓明、雷达、陈思和、孙郁、谢有顺、葛红兵、唐小林等人都发表了对莫言作品解读的文章。王蒙、苏童、麦家、

---

① 王蒙：《莫言获奖与我们的文化心态》，《解放日报》2013 年 1 月 14 日第 14 版。

② 楼乘震：《批评莫言得奖让他很生气》，《深圳商报》2012 年 10 月 23 日 CO2 版。

③ 张伟等：《莫言获诺贝尔奖非作品优秀只因"重要"》，《人物》2012 年第 11 期。

迟子建等作家也发表了相关言论，还有一些"异见人士"魏京生、余杰、艾未未等也对莫言作品做出了否定性的评价。在这些众说纷纭的评判中，莫言作品的文学价值及莫言对中国当代文学的贡献得到了更清晰的认识，同时也让读者认识到了莫言写作的不足及其种种争议。

莫言获得诺奖的授奖词成为读者理解莫言小说的入口。批评家张旭东对此的解读是："他的叙事手法上固然新奇，但真正的吸引力在于他语言本身的特色、呈现的当代中国生活形式，民间语言的丰富性，中国的传统叙事，让西方读者感觉到背后的故事闻所未闻，想象的方式闻所未闻，这些文学形式的结合，是莫言在写作上被理解的基础。"[1] 在莫言获得赞誉的同时，也面对了种种批评。顾彬对莫言的批评是："他讲的是荒诞离奇的故事，用的是 18 世纪末的写作风格。""他根本没有思想。他自己就公开说过，一个作家不需要思想。他只需要描写。他描写了他自己痛苦经历过的 50 年代的生活以及其它，并采用宏伟壮丽的画面。但我本人觉得这无聊之至。""他在 80 年代是一个先锋派作家。在我 80 年代的杂志和文字中，我也是这么介绍他的。但作为先锋派作家却无法盈利。自从市场在中国完全占主导地位以来，人们想的就是，什么可以在中国卖得好，在西方卖得好。然后人们认识到，如果回到经典的、传统的中国叙事手法，就像过去 300、400 年流行的那样，就有受众。也就是说，回到那种叙述者无所不知的叙述手法，不是以一个人为中心，而是以数百人为中心，翻来覆去讲男人女人，离奇故事，性与犯罪这些话题，就能够成功。现在，不仅是中国市场，连美国和德国的市场也被这样的小说家左右。他们相应也就代表了中国文学。但其实也有完全不同的、好得多的中国文学。不过，那是另外一回事。"[2] 顾彬的分析其实道出了莫言写作的"秘密"，即在雅俗之间找到平衡，莫言曾

---

① 张伟等：《莫言获诺贝尔奖非作品优秀只因"重要"》，《人物》2012 年第 11 期。

② 冯海音：《德国汉学家顾彬：莫言讲的是荒诞离奇的故事》，乐然译，http://book.sina.com.cn/cul/c/2012-10-12/1111345045.shtml 转贴德国之声中文网。

说自己的作品是写给卖地瓜的和拉大板车的人看的，莫言不是针对"小资"口味来写的，莫言的《檀香刑》出来后，他戏谑地劝优雅女士勿读《檀香刑》。九十年代后的莫言放弃了表层的先锋，他追求的是更复杂的小说技艺和作品的社会容量，这在一些批评家对诺奖的授奖词的解读中也可以见到。早在莫言获奖之前，在陈晓明、雷达、朱向前、张志忠、张清华等诸多批评家的研究文章中都对莫言的创作成就进行了充分肯定。针对顾彬的批评，有评论指出："根据历年诺贝尔文学奖评选的结果来看，讲故事和不讲故事的作品都曾受到过'诺奖'评委的青睐。因为，一部优秀或者伟大的文学作品并不是在于它有没有讲故事，而关键是在于这部作品是以怎样的方式，即最打动人心和最具有艺术感染力的文学的方式表现出来。"[1] 这个讨论，涉及关于中国当代小说的发展方向的问题，对照莫言的创作实绩，我们看到，莫言不是一个简单地讲故事的人，而是一个在借鉴西方现代小说、中国传统小说的基础上发展了当代小说艺术的重要作家。

莫言获奖引发了关于如何评价中国当代文学的成就问题，之前关于此问题就有"糟得很"和"好得很"两种不同的论调，肯定莫言的人同时也肯定中国当代作家。2012 年 11 月 4 日，小说家刘震云在接受《新京报》记者采访时说："莫言能获奖，表明中国至少有十个人，也可以获奖。"王蒙在演讲中也提到中国有一大批当代优秀作家，达到了莫言的写作水准。在新中国成立 60 周年的时候，有批评家认为，中国当代文学的成就超过现代作家。批评家郜元宝则认为："当代中国文学是否超过现代文学？当代文学是否真的到了历史上最好的时期？我的答案很简单：包括莫言在内的中国当代作家尽管已经取得了不小的成就，但如果要在整体上与现代作家相比，则差距之大，何可以道里计！"[2] 他的理由是："现代作家生于'王纲解纽的

① 唐小林：《顾彬对莫言何以前倨后恭》，《深圳特区报》2012 年 11 月 5 日。http://news.ifeng.com/gundong/detail_2012_11/05/18835580_0.shtml。

② 郜元宝：《因莫言获奖而想起鲁迅的一些话》，《文学报》2013 年 2 月 21 日第 8 版。

时代'，比较自由，加上自幼饱读诗书，国学基本功扎实，又通过各种渠道广泛接触世界先进文化，自然拥有充沛的创造力和良好的鉴别力；当代作家生于全方位控制的时代，身体不自由，心灵被禁锢，受教育机会又少得可怜，普遍既无旧学根底，更无西学修养，创造力与鉴别力自然不会好。"① 现代文学作家是"经过大风大浪历练仍然大体不失其赤子之心的老少年"，而当代作家多是"失去赤子之心的文化修养较差而俗世之气较重的中年"，所谓的"大师气"和"经典气"实则是创作上"枯槁的暮气"。这些批评不无道理，但应该看到，当代作家获得了比现代作家更好的创作历史机遇和创作条件，他们有一个稳定的写作环境，获得了更大的发挥自己才能的机会，他们有现代文学作家所无可比拟的优势。至于文中"读者为什么并不爱读莫言？获奖之后为什么立刻趋之若鹜？"这样的言辞明显是偏离事实的求全责备。

《文学报》新批评专栏中，李建军撰文认为："莫言的创作并没有达到我们这个时代精神创造的最高点。他的作品缺乏伟大的伦理精神，缺乏足以照亮人心的思想光芒，缺乏诺贝尔在他的遗嘱中所说的'理想倾向'。他的获奖，很大程度上，是'诺奖'评委根据'象征性文本'误读的结果——他们从莫言的作品里看到的，是符合自己想象的'中国'、'中国人'和'中国文化'，而不是真正的'中国'、'中国人'和'中国文化'。""莫言写作最大的问题，就是'文芜而事假'——芜杂、虚假、夸张、悖理，这些就是莫言写作上的突出问题。""莫言小说的致命问题，就是感觉的泛滥，就是让作者的感觉成为一种主宰性的、侵犯性的感觉，从而像法国的'新小说'那样，让人物变成作者自己'感觉'的承载体。""在他的文本里，人物没有优雅的谈吐，没有得体的举止，没有高尚的情感，没有诗意的想象，没有智慧的痛苦，没有健全的人格——他们只不过是一群落后野蛮、可笑可鄙的'东方人'而已。""无思想和无深度，也是莫言写作的一个致命问

---

① 郜元宝：《因莫言获奖而想起鲁迅的一些话》，《文学报》2013 年 2 月 21 日第 8 版。

题。""莫言抛弃了马尔克斯的'啄食社会腐肉'的'秃鹫'式的猛烈和凌厉，抛弃了拉美现实主义文学的那种充满阳刚之气的犀利和尖锐。"①李建军在接受记者的采访时说，他的批评是专业的、有批评精神的批评，李建军的批评提出的关于莫言小说的问题，是有深刻见识力的，但这也只是个人的理解和角度。如把莫言的获奖说成是"诺奖"评委根据"象征性文本"误读的结果，这与当年"后殖民批评"者批评张艺谋用中国落后的伪风俗迎合西方读者的批评如出一辙，它带有理论先行的思维定势，带有猜测性。所谓"感觉的泛滥"，只是一种写法，无所谓高低。"优雅的谈吐"也只是一种风格，而"犀利和尖锐"并不能取代"迂回委婉"的写法。这样的批评纯属"趣味"之争，但这种"异见"让我们更清晰地认识了莫言的作品的特点。

大作家向来充满着争议，在布鲁姆（Harold Bloom）的《西方正典》中，他以莎士比亚作为西方文学的中心，认为莎士比亚是西方最伟大的作家，而莎士比亚在世的时候不过是个普通编剧，他死后，他的戏剧作品集由他的朋友本·琼生（Ben Jonson）编印出来，在他逝世的一百多年间，虽然肯定他的人不少，但贬抑他的更是大有人在。直到歌德、柯勒律治（Samuel Coleridge）等人反驳以往对他的不公正看法，给他极高的评价以后，人们才认识到莎士比亚的伟大，这才有文学史上"说不尽的莎士比亚"。我国伟大的爱国诗人屈原的代表作《离骚》中所表现的爱国主义精神，正是通过司马迁、刘安、王逸等文学评论家的阐释，才得以产生巨大的影响而遗泽百世，才取得了与《诗经》并称为"风骚"的重要地位，屈原的忧国忧民情怀、高洁坚贞的人格品格，才为更多的后世文学家所景仰。或者说，正是这种争议，才是一个大作家所应具有的品格，莫言作品能获得多方解读，也正是莫言作品自身的魅力所致。

---

① 李建军：《直议莫言与诺奖》，《文学报》2013 年 1 月 10 日第 18 版。

三、新的文学批评环境

从文学批评的意义上说，莫言获诺贝尔文学奖以来，所获得的批评和赞美一样多，因为网络媒体的介入，文学批评不再是讲空话，不是单纯的说好话。莫言获奖以来并没有因为其获奖就被国人盲目崇拜，相反，一些批评的声音公开出现。只要是在学理的立场上，不是谩骂，不是别有用心，不是故意语不惊人誓不休，就应该是受到尊重的。这种情况反映了一种新的批评机制的形成，这就是今天的文学评价体系不只是由几个批评家说了算，而是一种集体的全民式参与，谁都可以对莫言及其获奖评头论足，通过网络，谁都可以发出自己的声音。这种全民参与的文学批评机制的形成，提升了民众阅读文学的积极性，扩大了文学批评的影响力，也提高了文学作品在参与当代文化建构中的作用。

我们也应看到网络文学批评的问题，网民中跟风起哄的人居多，一些人接受一些流行的说法，缺乏对一些问题的独立思考。如国内主流媒体报道认为，莫言获奖是因为中国国力的增强，中国文学不容世界忽视，是强大的国力支持了莫言。这种看法在网上流传，有的人对此做出偏激的解读，认为莫言获奖是因为诺贝尔文学奖的评委们试图以此缓和与中国政府关系的方式，是不怀好意的。关于莫言小说的粗鄙问题，网络读者的意见似乎惊人的相似，但很少有人有深入的分析，很少有人如批评家葛红兵那样对莫言小说语言革新的意义进行深入的分析。

二十世纪末至今，随着文学的边缘化，纯文学渐渐失去读者，莫言获奖吸引了读者对文学的关注，在媒体强大的宣传下，莫言的演讲视频在网络广泛流传，莫言的大哥、女儿和其他家人及乡邻相继被记者采访，文坛作家发表文章回顾和莫言交往的种种趣事，莫言的童年，创作的经历，其独特的个性，都汇聚在聚光灯下，这些文章从不同的角度接近了莫言，揭示了莫言文学创作的基因和密码。莫言小学五年级的学历，在读者中也颇有传奇性，这对那些有志写作的年轻作者也是一种激励。莫言的演讲视频，

答记者问，都被上传到网上，读者通过观看视频，可以近距离地感知作家的音容笑貌、人格气质，增加对作家的理解。那些答问的问题也有助于读者加深对文学的认识。在论坛上，网友可以自由地提问，就自己关心的问题与人交流。这些信息能让我们从精神现象学、创作心理学等角度更好地理解莫言。"虽然大众媒体上的信息在质量和效能上大可推究，其重复的、冗余的、肤浅的、以讹传讹的信息比比皆是，但是由于它们在总体上包围着我们，主宰着我们的视听，从某种意义上说，它决定着当代人感知外部世界的方式，人们的'世界感'就是建立在此基础之上的。"[①] 在网络时代，读者对莫言的总体接受和理解建立于对外在信息接受的基础上，读者关于莫言的"文学感"也是在这些信息的基础上建立的，即便是研究莫言的专家学者也不能忽视这些媒体所刊载的关于莫言的各种信息。

由网民自发创立的百度贴吧中的"莫言吧"由网友于 2006 年 6 月 3 日创立，至 2013 年 10 月 3 日，会员 13905 人，已有 173 个网页，每网页发 41 个帖子，其中 162 个网页是 2012 年 10 月 11 日获诺奖后发的。两个吧主一个是 1989 年出生，一个是 1994 年出生的，都是在校的大学生。此贴吧上的内容由一些关注莫言创作的网友自发转贴，还有一些原创性的帖子，涵括莫言最新的报道，一些著名专家的评论，一些读者在阅读中的问题，等等。国内主要报刊媒体都有相应的网络版，这些媒体上所发表的关于莫言的报道也被网络读者转贴。"一般说来媒体文化的参与者是浅尝辄止的，他们怀有各种参与的目的和要求，比如说纯粹是娱乐、学点儿常识装点门面，或者在一段时间内确实有点兴趣，再或者干脆就是打发时间。"[②] 贴吧上有"莫言的《丰乳肥臀》修改过几次？"这样很专业的问题，有关于细节的有趣问题：《蛙》中的飞行员是孙天勤吗？有灌水贴，如：《红高粱》首开中国黄色文化先河。也有小情小调：小狮子和王仁美你更喜欢谁？还有关于

---

① ［英］尼克·史蒂文森：《认识媒介文化》，王文斌译，商务印书馆 2001 年版，第 7 页。
② 蒋原伦：《媒体文化与消费时代》，中央编译出版社 2004 年版，第 52 页。

作品适合哪些人读的问题，如："感觉《丰乳肥臀》，是写的最好的，其次是《檀香刑》。不过看《丰乳肥臀》，需要一些生活阅历。1950 年到 1970 年出生的人，看这部小说可能更好些。""我是初中生。我看的这几部书，我觉得不太适合我。"这些帖子涉及了莫言作品的阅读接受问题。

　　法国批评家蒂博代（Thibaudet，A.）在《六说文学批评》中将文学批评分为学院的批评、大师的批评和自发的批评。学院的批评是发表在学术期刊杂志上由大学、科研机构研究人员完成的批评，大师的批评是作家评论作家的批评文章，自发的批评则是由普通人及新闻记者完成的批评。网络批评接近蒂博代所说的自发的批评，蒂博代认为："自发的批评的作用是使书籍被一种现代的潮流、现代的新鲜感、现代的呼吸和现代的气氛所包围，它们通过谈话形成，沉淀，蒸发和更新。"[①] 蒂博代的文学批评分类法区分了文学批评的主体层次，对我们理解文学批评的整体状况不无启发。蒂博代生活在一个纸媒的时代，他无法预见今天的网络媒体的发展现实。互联网上的批评因为网络空间的自由性和覆盖力，这三种批评在网络上熔为一炉，专业批评家的言论在学术报刊发表后，迅速地被电子化，相关的新闻报道几乎都是同时上网的。普通的网民读者可以即时在网络上发表自己阅读的见解。口水帖和严肃的评论混杂在一起，初识文字的读者和专家学者同台（网络平台）发表看法。这种开放性、多元性、混杂性，使对作家及相关现象的认识多了很多声音。直言不讳的见解和批评的声音，可以通过文字表达出来，而相关的多重信息也会为民众开放，普通读者只要是即时关注，善于利用网络，就会获得比专家读者更多的信息，权威批评家的地位相对降低了。文学批评的犀利性、优美、真知灼见，比旁征博引的学识更重要。专家的意见通过网络易于为普通读者所看到，从侧面提升了读者的文学见识力和思维力。专业批评家的优势在于其厚实的学识，文学史的理论视野，文学理解的见识力。而论坛上的读者发言多是直切要害的，

---

① [法] 蒂博代：《六说文学批评》，赵坚译，三联书店 2002 年版，第 55 页。

三言两语，有些类似中国古代的点评式的评论，这样的评论往往灵动、鲜活、富有创造性。如在论坛上莫言获得诺奖引发的话题有：关于中国作家谁是语言大师，关于中国还有哪些作家能获诺贝尔文学奖的问题，莫言与余华、贾平凹、金庸、郭敬明孰高孰低的问题。这些话题与专家的批评有同步性，如莫言的作品好在哪里就是专家和普通读者所共同关注的问题。

　　网络评论中不乏一些真知灼见的文字，读者不是简单的盲目接受者，而是有创造性的阅读者，他们创造了文本意图之外的东西，米歇尔·德·塞托（Michel de Certeau）曾用诗意的语言来描述这种读者的创造性："读者远不是作家、某一专属地点的建立者、如今在语言的工地上工作的昔日劳作者的继承人、掘井人和砌屋人，他们是旅行者；他们在他人的土地上穿梭，在他们并未书写的田野里过着偷猎式的游牧生活，以掠夺埃及财富取乐。书写积累着，储存着，通过地点的建立来抵御时间，通过复制品的扩张来增加产量。"① 如百度贴吧上一篇将余华与莫言对比的文章写道："两人的文章都好。余华的文章像丐帮帮主洪七公，莫言的文章像桃花岛主黄药师。余华在意境构造、叙事结构方面很有特色，但语言不及莫言绚烂、繁华，莫言喜反讽、重修辞。"这篇将贾平凹与莫言比较的文字见解也是不俗的："莫，贾二人的散文，中短篇都可读第二遍，贾的散文优美，莫的散文叙事简洁。莫的中短篇要优于贾。但贾的长篇情趣大，篇篇都可隔几年再读一遍。而莫的长篇除《四十一炮》、《生死疲劳》外，其它长篇不敢重读。"

　　网络论坛是可以互动的，读者可以就一些问题发问，诸如：小说《怀抱鲜花的女人》的寓意到底是什么，为什么那个女人一句话不说？看不懂莫言的短篇小说《冰雪美人》，谁能解答一下？《蛙》中的小狮子和陈眉你更喜欢谁？莫言的作品多处写性，适合不适合中学生阅读？莫言的《挂像》

---

① ［法］米歇尔·德·塞托：《日常生活实践：1. 实践的艺术》，方琳琳、黄春柳译，南京大学出版社 2009年版，第267页。

到底想要表达什么？仅仅是对文化大革命的批判吗？皮发青代表着什么？皮发红又代表着什么？为什么要重点描述里面鬼神之类的东西？《麻风女的情人》又有何深刻寓意？春山到底有没有做不对的事？社会和主义代表着什么？麻风女和秀兰吵架时到底谁说的是真谁说的是假？春山到底会不会武功？他的"武功"又有何内涵？金柱儿、秀兰这些人物又有何作用？为何春山帮了黄宝，黄宝却恩将仇报？为什么春山和秀兰结婚那么久却没有孩子？这代表着什么？《木匠与狗》的结局，木匠被活埋的时候说，他知道为什么管小六要活埋他了，各位有谁知道那句话是什么意思？（此贴在 2007 年时发无人理会，但在莫获奖之后，有很多人回应）……这些问题的解答中，不乏一些才情、见识很高的读者。有网友做出回答："因为莫言的叙事手法源自福克纳的意识流风格，不按时间顺序叙事，而是不断的场景切换，不断的时空变化，在过去和现在、幻想和现实中来回，叙事时序几乎七零八乱的，一个个片段，需要读者自己去理清，自己重新建立时间的次序。你阅读能力不够，肯定无法看下去。"这些问题贴来自百度贴吧中的莫言吧，这些问题多来自 90 后读者。90 后读者更喜欢在论坛发言，更习惯网络阅读，对玄幻小说、网络小说更容易入迷，更偏好浅阅读。而莫言的作品显然不是浅阅读所能读进去的，在莫言的短篇小说中，空白和叙事实验手法，往往造成了理解的难度，与传统的情节小说、故事小说是不同的，这往往不能为年轻的读者所理解。阅读莫言的这些短篇小说能普及先锋小说的技巧、现代派小说的写法。如《十三步》中叙事角度的变化，《檀香刑》中叙事人的变化，都上升到结构的高度，对小说意义空间的开掘都有积极的意义。莫言的长篇小说是在二十世纪的中国历史中发展的汉语长篇小说，莫言的小说有厚重的历史含量，《丰乳肥臀》《红高粱家族》有一个世纪的历史风云，《生死疲劳》《蛙》也穿越了半个世纪，其现实批判性，历史反思，人性反思，故事的丰富、饱满，对于年轻一代的读者来说，是以文学的方式普及历史知识，普及关于小说的丰富性和复杂性的文学知识的材料。其中所获得的历史震撼，关于小说的美感，关于人的反思都是有

积极的时代意义的。在网友的答问中，我们看到，关于现代派小说，关于长篇小说的历史含量与艺术含量等问题，读者是可以从阅读莫言的小说中找到答案的。布迪厄（Pierre Bourdieu）认为："文化的功能在于区别不同的阶级和阶级群体，并将这些区隔在美学或是趣味的普遍价值中加以定位，藉此伪装这些区隔的社会性质。'高雅'艺术的难度和复杂性首先被用来建立它相对于'低俗'或浅白艺术的美学优越性，然后，使人们自然而然地认为符合这些高雅趣味的人（受过教育的中产阶级）所具有的趣味（或品质）是优雅的。"① 莫言小说的"高雅"性表现在其作品的艺术复杂性上，在网络论坛中，读者的发言也倾向于认同那些有深刻见识力的看法。

莫言获奖后的第二天，通过网络看到了各方面的评价意见，他通过腾讯微博发表了留言："感谢朋友们对我的肯定，也感谢朋友们对我的批评。在这个过程中，我看到了人心，也看到了我自己。"该条微博7小时内被转发评论接近9万次。2012年4月7日，程永新在微博上批评《文学报》"新批评"专刊上李建军批评莫言的文章"已经越过文学批评的底线"，是纯意识形态的思维，"文革"式的语言。其后，程永新再次发表微博："……批评必须专业在行，出发点是与人为善。见一个灭一个这叫文学批评吗？这叫'毁人不倦'！"这个微博引起了《广州日报》记者的关注，记者迅速采访了批评家李建军、谢有顺、张柠，讨论当代文学批评的"病象"。李建军认为："好的文学评论家就应该直面问题，而不是回避问题，只褒不贬的评论态度，根本体现不了文学批评家的价值。"谢有顺认为："批评一部作品有时是好事，但过度苛责有时就会失去公正。批评还是理性些、诚恳些好，不必那么怒气冲冲、真理在握的样子，批评是一种专业，还是应该多一些专业精神。"张柠认为："如今的文学批评不再推崇一种对话的关系，而是倾向于做学问或者做广告。'新批评'专刊设置的初衷非常好，可以在当下文学批评以做学问和做广告的为主的风气下，发出不同的声音，这是件好

① ［美］约翰·费斯克：《理解大众文化》，王晓珏、宋伟杰译，中央编译出版社2001年版，第147页。

事。"① 这些讨论无疑道出了当前文学批评的问题，对呼唤真正的文学批评是有积极作用的。

梅雷加利（Franco Meregalli）说："伟大的经典著作总是被以后的各个时代不断地丰富，在作品的周围形成一个光环，产生一种模糊的形象；这个光环可能是从作品自身散发出来的，也可能并不属于作品本身。这当中，'创造性的背离'和'弄假成真'的批评起了促进作用。"② 在对莫言的批评中，殷谦、李建军、陈辽、朱大可、许纪霖以及魏京生、余杰、艾未未等"异见人士"的批评文字在网络广为传播，那种嬉笑怒骂、无所顾忌的批评文字更容易受到读者的追捧。莫言自己写了篇文章，题目为《人一上网，就变得厚颜无耻》，他还有一篇文章的题目是《上网比上床还容易》，这似乎说明了网络上各种谩骂、各种不讲学理规则的义愤，语出惊人的"眼球贴"更容易获得网民的追捧，那些有反动色彩，有"反骨"、"另类"意识的人更容易获得网民的好感。网络媒体微博、博客与报纸，与网络论坛是相互借用，相互利用的。信息如何放大，如何被删减，网络将那些报纸上过滤掉的言论又找了回来，让读者知情。作家放在舆论的中心，被谩骂，被语言歪曲。莫言自己说，那个网络上骂的人与自己无关。看看卓越亚马逊上读者的评论，普通读者在评判上虽没有系统的学理性的内容，却常有不少的真知灼见。那种单刀直入式的文字中亦不乏阅读的智慧，作为文学的直接读者群，他们在文学的阅读和消费中参与了对时代文学大厦的建构。

---

① 《"批评莫言"引争议，文学批评"病"在何处》，《新华每日电讯》2013 年 4 月 19 日第 9 版。
② ［意］梅雷加利：《论文学接受》，江西省文联文艺理论研究室编：《外国现代文艺批评方法论》，江西人民出版社 1985 年版，第 351 页。

下篇

网络文学的类型与特质

第十一章　抗战题材的网络小说

新世纪以来，在互联网上诞生的军事题材小说中，有不少人气颇高的抗战题材小说，如《雪亮军刀》《遍地狼烟》《抗战狙击手》《特战先驱》等。《雪亮军刀》是新浪第三届原创文学大奖赛获奖作品，《遍地狼烟》入围第八届茅盾文学奖的初评前 81 强，获得中国首届网络小说创作大赛一等奖及第二届中国出版政府奖，《抗战狙击手》被网友们称为"最好看的网络抗战小说"，这几部作品先后被改编成影视剧，受到读者热评。抗战的历史距离今天已 60 多年了，网络小说以其自由精神重新发掘、镀亮历史，带有鲜明的"网络特色"，有其自身的"精神气质"和艺术旨趣。这里主要就《遍地狼烟》和《抗战狙击手》来说说这个问题。

一、民间复活的历史

抗战是二十世纪中国历史上的一件大事，是自鸦片战争以来中国抵抗外来侵略者的一次最大的胜利，抗战凝聚了中国的多方政治力量，民族国家的观念在外来侵略面前得到了强化和整合。近年来，伴随尘封的历史资料相继被发掘，战争亲历者口述历史及回忆录等开始大量出版，文学对抗战历史的表现与想象的空间大了，叙事的维度多了，抗战文学开始摆脱了简单的意识形态局限，其内容及表现手法也变得丰富、驳杂。

二十世纪九十年代开始普及应用的互联网媒体为抗战小说的繁荣提供了新的空间。在互联网上，在相对自由的言论环境中，对历史的解密，对军事的兴趣，对原生态历史复原的探讨，较之以往要活跃得多，大胆得多，也自由得多。 八十年代，自官方到民间，抗日战争中国民党在正面战场的历史作用得到普泛重视和认可："一九八五年八月抗日战争胜利四十周年前夕，中共中央发出了个文件，大意是国共两党合作，形成了抗日民族统一战线，动员群众，团结全国各族人民，包括海外侨胞在内，凡是英勇抗日的将领和士兵（包括国民党中央军在内）都应该表扬和肯定。"[1] 八十年代中期拍摄的电影《血战台儿庄》塑造了国民党官兵英勇抗日的光辉形象。在周而复的《长城万里图》、李尔重的《新战争与和平》等史诗性的长篇作品中，国民党官兵的形象较以往的小说有根本的改变。网络小说写抗战，将国民党官兵的形象作为小说的主角，是时代文化语境变化的结果。《抗战狙击手》集中笔墨写国民党 51 师镇守南京，主人公萧剑扬是一名国民党军人，是正面刻画的神枪手。这篇小说对抗战历史的描写超越了意识形态，有非常丰富饱满的细节，受到历史资料和历史档案解密材料的影响，如其中披露国民党在南京保卫战中导致防御失败的各项军事因素，诸如防御工事的马虎，防御政策的失当，战略物资供给的不足，等等，给读者一个更近距离走近历史的机会。小说与电影《血战台儿庄》中的惨烈是相似的，台儿庄战役是中国抗战史上的胜利之战，作品表现了国民党官兵誓死保卫祖国的勇气和行动，但《血战台儿庄》中国民党内部的分裂与战场上的惨烈是令人震惊的，其中所隐含的意识形态色彩是十分明显的，这种惨烈的悲歌基调与充满革命浪漫主义色彩的《新儿女英雄传》《铁道游击队》的基调是

---

[1] 周而复:《长城万里图·后记》，人民文学出版社 1993 年版。

根本不同的。

在《遍地狼烟》中，国军自身的腐败问题很突出，地方乡绅和军阀与日本鬼子相勾结，哄抬物价，发国难财。国民党军统特务为所欲为，残害抗日将领。一身正气的牧良逢因"好管闲事"得罪了小人，不明不白地被军统抓走而差点丧命。在延安，在共产党的部队里，也有周主任这样的败类，因个人私情而不择手段。延安整风运动中冤枉了一些好人，一心革命的牧良逢的父母牧大明、余秀兰遭受了陷害。小说没有刻意地去美化或丑化国民党或共产党，淡化意识形态的色彩是明显的。

抗战题材的网络小说在写法上并未有根本性的突破，所不同的是农民出身的成长为优秀革命战士的主人公参加的不是共产党的队伍，而是国民党的队伍。革命浪漫主义情怀的载体是想象的传奇故事，主人公野性、生猛，有草莽英雄气。《遍地狼烟》的主人公牧良逢是国军战士，出身猎户，是个神枪手，他勇敢、聪明、机智、豪爽、义气，"能打"，爱护士兵，有正义感。牧良逢既是一个勇敢的战士，也是一个有智有谋的将官。他有民间草莽英雄的血性，又有侠骨柔肠，还有江湖侠士的义气、豪气。他善于开动脑筋，因地制宜，展开战斗。"这个背起枪杆子没多久的新兵好像天生就是块打仗的材料，临危不惧，沉着冷静，关键时刻还能玩出不少鬼点子来。"牧良逢及其部队是国民党部队的精锐之师，他们的行动为中国人争得了光彩。牧良逢善于反省自己，擅长换位思考，在危急中显英雄。他的部下称他："我们连长不但枪法好，会打仗，而且心地也好，对我们就像自己兄弟一样，一点架子也没有……"

抗战题材的网络小说延续了八十年代抗日故事的民间视角。民间视角打开了更加丰盈、饱满的历史人物和历史故事。莫言的《红高粱》关于高密东北乡的抗日故事塑造了我爷爷、我奶奶等抗日先驱历史人物形象，野性的生命本能化作抗日的驱动力。抗战是丰富的历史题材库，文化的触角延伸到民族性格的深层，历史在民间记忆中复活，先人的英雄故事在后辈的追念中被重新讲述。当代网络小说的写作者没有亲历过战争，他们与莫言类似，在他们笔下，抗战是小说的背景，是一个历史舞台，人物故事是想象性的，是当代情感的投射。在网络上广为流传的小说《亮剑》以抗战为背景重新塑造了我军指战员李云龙的形象，李云龙的形象似是对古典小说中牛皋、李逵、张飞等人物形象的呼应，人物回到了本原"原型"的意义，打破了被意识形态修剪的规整性。李云龙又是有缺点的"可爱"的人物，他身上有丰富的历史意味和当代现实意义，"亮剑"被解读为一种当代需要的"亮剑"精神，历史人物被时代精神激活。与此相对，国民党将领楚云飞的形象也令人敬仰，淡化了过去作品中对国民党将领的丑化倾向。《遍地狼烟》《抗战狙击手》的主人公身上有一股野性，牧良逢的兵都有一股血性，其张扬的人物个性也是一种时代需要的敢于担当的力量。狄德罗（Denis Diderot）说："力、丰盈、我无以名之的粗糙、紊乱、崇高、激动正是天才在艺术里的特征……"[1] 网络精神的特点是自由，丰盈的野性，网民的娱乐精神，民间复活的历史想象，让抗战故事变得更好看了。

二、好看的抗日故事

网络小说回归故事的传统，不搞隐喻，以实实在在的故事情节吸引读者，如戴维·洛奇（David Lodge）所说："小说就是讲故事，讲故事无论使用什么手段——言语、电影、连环漫画——总是通过提出问题、延缓提供答案来吸引住观众（读者）的兴趣。"[2] 故事好看，是网络小说的共同特点。在网络机制中，有人将网络小说的好看总结为"爽"机制，或者 YY 机制，就是让故事满足读者的潜在欲望。网络小说追求的不是思想的深度和文学手法的创造，而是如何吸引读者的眼球。

---

[1] ［法］狄德罗：《论戏剧艺术》，伍蠡甫主编：《西方文论选》（上），上海文艺出版社 1988 年版，第 404 页。

[2] ［英］戴维·洛奇：《戴维·洛奇文集》第五卷：《小说的艺术》，王峻岩等译，作家出版社 1998 年版，第 14 页。

网络小说中，叙事的速度相对较快，入题快，叙事干净、简洁、明快。没有过多的心理描写，没有冗繁的细节。昆德拉（Milan Kundera）认为："在一部小说中有太多的悬念。那么，它就逐渐衰竭，逐渐被消耗光。小说是速度的敌人，阅读应该是缓慢进行的，读者应该在每一页，每一段落，甚至每个句子的魅力前停留。"① 《遍地狼烟》和《抗战狙击手》故事性很强，读来有"阅读速度"的快感，与昆德拉所说的"缓慢"是相反的，网络小说在网络上连载，不追求微言大义，不追求语言的精致，不能让读者在"每个句子的魅力前停留"，这是消遣的美学，不是现代文学追求深度的美学。

YY机制的制造来自主人公的不断成长和步步胜利。叙事笔力集中在英雄人物身上，很容易让读者产生代入感，从而获得阅读的快感。阅读者随着主人公的步步胜利一起分享"变得强大"的感觉。《遍地狼烟》中的主人公牧良逢是一个成长的抗日英雄，但他非真实的历史人物，小说写主人公的步步进步，如何调动智慧与敌军周旋，类似《薛仁贵征西》《说唐》《岳飞传》之类的故事，作品中没有更深的人性刻画，没有繁复的故事线索。故事就是一条直线，让读者跟随叙述者向前推进。牧良逢的快速进步如同网络游戏者的闯关晋级，不断地挑战新的任务，读者和叙述人一起快意恩仇。写作者追求的是阅读者理解的便捷和轻松，阅读不构成对阅读者智力的挑战。

《遍地狼烟》《抗战狙击手》中，故事的戏剧性、喜剧性很强。英雄主人公也会遇到危险和麻烦，但最终总会以戏剧性的转折逢凶化吉。《抗战狙击手》所写的南京保卫战是惨烈的，但主人公的个人故事是传奇的，是侠客式的胜利。《遍地狼烟》中，牧良逢被削职、蒙冤、得罪小人受到报复、遭人打冷枪、被土匪伏击、受伤、坠入河中被老百姓所救等情节都很惊险，富有传奇色彩。主人公在关键的时候化险为夷，靠的是作者编故事的能力，

---

① ［法］米兰·昆德拉：《米兰·昆德拉访谈录》，谭立德译，吕同六编：《20世纪世界小说理论经典》（下），华夏出版社1995年版，第444页。

如牧良逢被人暗算，差点丢了老命，柳烟及时出现，开了一枪，救了他。牧良逢被军统抓走，差点被处死，意外遇到了以前与之合作的军统特务，及时出手相救。这种逢凶化吉的故事节点是传统故事的写法，是"无巧不成书"的叙事设置。《遍地狼烟》实体书的勒口上介绍说："山村少年牧良逢本是猎户人家的孩子，天生擅长枪支运用，枪法奇准。一个阴差阳错的机会，他开枪击伤了一位欺压寡妇的国军军官，从而踏上了与日寇厮杀的征途：潜入沦陷区刺杀汉奸，与鬼子狙击手的生死较量，配合新四军摧毁鬼子小型兵工厂和印钞厂，收编土匪解救战俘……"这个叙述概括的是小说的主要故事情节，小说正是以故事情节的快速转换让读者获得阅读快感。

《抗战狙击手》《遍地狼烟》故事好看，还在于人物的传奇性。萧剑扬和牧良逢都是猎户出身，天赋异禀，有着超乎常人的能力，善于在战场上采取灵活机动的战术。小说表现了正面人物的精神光辉，《遍地狼烟》中，牧良逢没有任何背景，他的步步进步是靠自己的能力打出来的，与那些靠关系升职的人有根本的不同，牧良逢身上体现的是精神"正能量"。牧良逢与陈德凯将军的相识很有传奇性，他意外成为陈将军的救命恩人。他与部下兄弟同心，他和他的兵都是有血性的，他们当官不是为了升官发财，而是抗日救国，他们有很强的人格魅力。牧良逢是岳飞、杨继业式人物的抗日版，身上流淌的是一腔忠良、正义的热血，小说的是非价值判断分明。

《遍地狼烟》中，牧良逢与柳烟的"英雄美人"式姻缘很美，很曲折，回肠荡气，乱世造化弄人，令人感叹嘘唏。为衬托牧良逢的形象，小说还描写了牧良逢和多个女性之间的故事，小说将牧良逢塑造成"种马"形象。牧良逢男性的光芒不可阻挡，柳烟、王小田、英子甚至日本姑娘滨田凌子等美女都不由自主地爱上了他，年轻的美国女记者也表现出对英雄的崇拜。小说中写道："滨田凌子感激地看了看牧良逢，她突然觉得自己一点也不讨厌这个年轻的中国军人了，甚至还有一些好感。她看着他的背影，再一次轻轻地发出一声叹息：要他是一位日本军人该多好！"滨田凌子为牧良逢挡了一刀，救了牧良逢一命，自己却献出了年轻的生命。这些年轻的女性个

性相对比较鲜明，但性格内涵并不丰富，人物符号化倾向突出，生命逻辑相对比较简单，小说没有对她们展开更深的人性描写，对爱情的通俗化处理是与小说本身的艺术定位相一致的。

血性的主人公，草莽英雄气十足，但勇敢、诚实、聪明、能干、正直、坚忍，读来令人热血沸腾，是通俗小说神化人物的写法，主人公的性格并不复杂，在残酷的战争中人物的内心活动，乃至人性的挣扎并未得到深刻的表现。按照福斯特的说法就是圆形人物较少，"因为人生并不如此简单，然而它对写小说则有其地位。通常一本构思复杂的小说不仅需要有扁平人物，也要有圆形人物。"① 牧良逢的个性较丰满，有圆形人物的气质，但总体上仍属于扁平人物，牧良逢的兄弟们则都是扁平人物。如福斯特所说："一个圆形人物务必给人以新奇感，必须令人信服。如果没有新奇感，便是扁平人物；如果缺乏说服力，他只能算是伪装的圆形人物。圆形人物的生活是丰富多彩的——这种生活在书中到处可见。小说家有时只单独地利用他，但大多数情况是使他与扁平人物结合在一起，使人物与作品的其他面和睦共处。这样的作品才适应潮流的发展。"② 《遍地狼烟》远未达到福斯特所说的圆形人物和扁形人物相结合的要求，牧良逢的生活也难以说是丰富多彩，牧良逢天生的机智、聪明帮他渡过了一次次的难关，但最后他却陷入悖论之中：牧良逢作为国军将领，他的父母是共产党的高层领导，自己心爱的人柳烟投身到延安，在最后的抉择面前，牧良逢不知所措。牧良逢最后变成了《天龙八部》中的乔峰，小说以开放的结局将悬念留给了读者。在已有的情节中，小说表现了牧良逢的深明大义。

通过上文的分析，我们可以看到，抗战题材的网络小说追求的是梁启超所说的"浅而易解"、"乐而多趣"③ 的叙事风格，小说在人物描写上也未

---

① ［英］爱·摩·福斯特：《小说面面观》，苏炳文译，花城出版社1984年版，第62页。

② ［英］爱·摩·福斯特：《小说面面观》，苏炳文译，花城出版社1984年版，第68页。

③ 梁启超：《论小说与群治之关系》，计红芳编：《中国现代小说理论经典》，苏州大学出版社2008年版，第1页。

能做到如茅盾所言："作家在一部小说中必不能仅有一个人物；多的有数十，少则也有五六个。这许多人物，如果都是相似的思想和性格，便单调了；所以作家于创造人物时，又须注意人物个性的相反，便在书中成为对照。凡是一家人，或是亲密的朋友，他们的个性尤应当是相反的，如此，方可从他们的极繁杂的关系中表示极有趣的对照。"[①] 牧良逢的弟兄们个性是相似的，缺乏多样性。对比现代文学以来的小说叙事，抗战故事在网络小说中的总体基调是娱乐化的，在写法上也是采取难度较小的写法，在艺术上还处于较浅的层次。

三、小说的历史视野

抗战题材的网络小说，以小说的形式重返历史，固然偏重的是想象，但不是戏说历史，小说写作者的写作态度是认真而严肃的。抗战题材的网络小说中，为增加小说的阅读趣味，大量增加相关的知识，读者在阅读中享受的不只是故事的阅读快感，还增长了知识。这与西方通俗小说极其相似，在西方通俗小说中，为增加小说的看点，大量吸收科学知识，如十九世纪美国作家埃德加·爱伦·坡（Edgar Allan Poe）的小说涉及气球、蒸汽船、电报、神秘主义、天文猜测、政治黑幕、霍乱、原电池等现代多学科的知识；当代美国作家丹·布朗（Dan Brown）的《失落的密码》综合了宗教、心理学等多方面的知识。

网络小说中对知识的运用与前代作家相比的优势是，网络小说作者可以利用网络搜索，利用网络资料。铁血军事网是有名的军事文学爱好者创办的网站，网络论坛中，有很多军事爱好者、历史爱好者将各种抗战的历史细节及相关的见解发布在论坛中。如论坛中有这样的帖子：《假如蒋介石

[①] 沈雁冰：《人物的研究》，计红芳编：《中国现代小说理论经典》，苏州大学出版社 2008 年版，第132 页。

坐镇死守南京，南京能守住吗？》，分析抗战中南京溃败的历史假设可能性。网络小说作者也会通过采访、阅读获得对抗战的认识，大到当时的战略决策、作战地图，小到炮弹、枪支的种类及服装的质料，都会以知识的形式散布在作品之中。

《遍地狼烟》中，故事的大背景是武汉保卫战、长沙保卫战、常德保卫战、昆仑关争夺战等历史战役，相关的历史大事不虚，为增加作品细节描写的真实性，作者阅读了相关的大量史料，走访了抗战的老兵，做了大量的功课，前期准备十分充分。《遍地狼烟》中写道："民国 29 年的春节还没到，大战就拉开了帷幕。第四战区下令，兵分三路反攻南宁：北路军 4 个师向昆仑关进攻；东路军 4 个师袭扰邕江南岸日军，破坏邕钦路，阻止日军增援；西路军 4 个师向高峰隘进攻，并阻击南宁增援之敌；预备队为第 99 军。12 月 18 日，北路军向昆仑关发起总攻。第 5 军军长杜聿明以荣誉第 1 师从昆仑关正面发起总攻，以新编第 22 师向五塘、六塘攻击，迂回昆仑关侧后。次日，西路军向高峰隘、四塘、新圩、吴圩等地进攻，并阻敌增援；东路军向钦州、小董、大塘等地攻击，以配合北路军作战。"这样的叙述文字给读者的是历史的宏阔感，小说将大的历史背景与"小说"人物故事相结合，给人以历史的真实感。又如《遍地狼烟》中写道：1943 年春，日军发动了鄂西、湘北战役，攻克华容县城、南县、安乡等地，拥有 10 万之众的国民党滨湖驻防部队第 73 军等，一触即溃，士兵、难民纷纷夺路往西南溃逃，日军对中国军队及难民进行合围，3 天屠杀我同胞 3 万人。这些历史资料的披露读来让人震惊，作者也是下了一番工夫的。再如小说中介绍部队中责罚的"拖打"和"弹打"："'拖打'时，棍子下去的瞬间，要就势拖一下。这种打法，打不了几下，皮就被打破了，血也流了出来，不懂门道的人，以为打得很重，或者叫住手，或者来求情。在做戏给他人看的时候，'拖打'往往能使被打者少挨若干军棍。而另外一种'弹打'，就是扁担打下去的瞬间，顺着反弹力马上把扁担弹起来。这种打法，皮肤不容易被打破，故以皮下淤血见多，常给外行人以'打得比较轻'的错觉。若不把淤血及时排挤出来，那就惨了，几天之后，大量淤血之处会发炎、化脓，表面上又看不出来。"这样细致的知识性介绍是很让人长见识的，也极大地增强了小说的可读性。

《抗战狙击手》中对枪支、炮弹、军事术语的介绍，以词条的形式出现，构成了小说的特色。小说中对 51 师、中正式步枪、濛江、对眼穿、响窑、掷弹筒、捷克造轻机枪、八二迫击炮、歪把子机枪、内爆效应等名词的解释非常专业，如小说中对中正式步枪的子弹的介绍是："中正式步枪所使用的，是 7.92×57 毫米毛瑟步枪弹。该弹尖头、平底、铅心、黄铜或者覆铜钢被甲，弹头质量 10 克，初速 870 米秒，膛压 304MPa。该弹的特点是：威力大，杀伤效果好，精度高，弹种齐全，用途广泛。"这样的行文方式满足了军事爱好者的要求，让读者在阅读故事时增长了相关的军事知识。

与小说对应的是，在电影和电视剧中，狙击戏、激烈的战斗场面、战术对抗形成视觉的冲击力度，构成了对观众（读者）的吸引。《遍地狼烟》的电视剧制片人王海斌认为，电视剧《遍地狼烟》的看点是"暴力美学"，"枪战场面真实、富有质感，对狙戏占到全剧 30—40%"，"该剧全面展示狙击手成长史，枪战场面刺激、爆破戏份儿非常震撼，视觉效果非常震撼，是一部重口味的战争戏"。[①] 这种制作方式或是受西方景观电影的启发，通过逼真的场面试图想象性回到历史，给读者以视觉享受。

抗战题材的网络小说出自草根作者，粗糙、简单但丰盈、野性，富有活力，它彰示了民间的创造力，也呼应了阅读的市场和消费的文化市场，与刀光剑影的屏幕形象相呼应，网络小说是消费时代的产物，又是民间草根写作者与读者展开历史想象的舞台。抗战题材的网络小说追求的是一种震撼、娱乐美学，是与时代文化语境相适应的。托克维尔（Charles Alexis de Tocqueville）在《美国的民主》中细致地描述了民主时代一般读者的需求："由于他们能够用于文学的时间很少，他们就想方设法充分去利用这点

---

① 《〈遍地狼烟〉卫视开播打造重口味战争戏》，《海南日报》2012 年 5 月 8 日。

时间。他们偏爱那些容易到手、读得快且无须研究学问就能理解的书。他们寻求那些自动呈献的、可以轻松地欣赏到的美；顶顶重要的是，它们必得有新的、出乎意料的东西。"① 抗战题材的网络小说作者没有完整的历史知识体系，还难以驾驭更恢宏的历史场面，他们也缺乏严格的写作训练，但写作者和他们的读者之间有紧密的互动关系，写作者让读者在轻松的阅读中，欣赏到"出乎意料的东西"。

抗战题材的网络小说在小说美学追求上类似十七年时期的小说，采用的多是通俗小说的写法，富有传奇色彩，带有鲜明的中国作风和中国气派，英雄主义是小说的基本基调。但与十七年时期《铁道游击队》《敌后武工队》《地道战》《小兵张嘎》等革命通俗小说又有根本的不同，抗战题材的网络小说在形式上更自由、多样，内容上冲破了意识形态的束缚，作品的内容更为芜杂，可读性也更强，更注重通过时代精神激活抗战故事。另一方面，抗战题材的网络小说作者也会在小说中写出自己的文化寄托，如对抗战的重新认识，个体人生的经验，社会现实的深层写照，如人心难测，如现实黑幕，等等。德里达认为："文学的法原则上倾向于无视法或取消法，因此它允许人们在'讲述一切'的经验中去思考法的本质。文学是一种倾向于淹没建制的建制。"② 从这个意义上说，文学没有固定的定规，也不因审美追求不同而有高下之分，抗战题材的网络小说打破了已有的叙述模式，有一种时代读者所需要的蓬勃与活力。

抗战题材的网络小说作者还缺乏深厚的史学修养和文化积累，还缺乏更饱满、更复杂的对人性的理解和对艺术繁复的追求，他们的作品还不那么厚重。周而复创作 300 多万字的抗战史诗小说《长城万里图》曾阅读了 1 亿字左右的档案、文献和资料，花去了 16 年的时间。李尔重创作的《新战

---

① ［美］马泰·卡林内斯库：《现代性的五副面孔：现代主义、先锋派、颓废、媚俗艺术、后现代主义》，顾爱彬、李瑞华译，商务印书馆 2002 年版，第 256 页。

② ［法］雅克·德里达：《文学行动》，赵兴国译，中国社会科学出版社 1998 年版，第 3—4 页。

争与和平》有 8 部,450 多万字,花了整整 10 年时间。网络小说在网上连载,每天要更新数千甚至上万字,作者似乎没有这样的雄心和写作准备,他们在虚构和想象中调动读者的口味,小说被卷入网站商业机制之中。"历史地看,媚俗艺术的出现和发展壮大是另一种现代性侵入艺术领域的结果,这就是资本主义的技术与商业利润。媚俗艺术由工业革命而产生,最初是作为它的一个边缘产品。随着时间的推移,由于工业革命带来的全面社会与心理转型,'文化工业'逐步成长,以至于到了今天,在主要以服务为取向、强调富裕和消费的后工业社会中,媚俗艺术已成为现代文明生活的一个核心因素,已成了一种常规地、无可逃避地包围着我们的艺术。"[①] 网络抗战小说受市场、读者的牵制明显,其快餐、时尚文化的底色是明晰的。抗战题材的网络小说不会产生如约瑟夫·海勒(Heller J.)的《第二十二条军规》、克劳德·西蒙(Claude Simon)的《弗兰德公路》那样的艺术探索型小说,也难以产生《静静的顿河》《这里的黎明静悄悄》那样的史诗性的作品,与当代乔良的《灵旗》、尤凤伟的《五月乡战》、庄旭清的《炮楼子》等作品在深入刻画人性的力度上也相差甚远。但我们不能因此否定抗战题材的网络小说,因为,对于网络时代的文学来说,自由生长的文学因素,为时代读者提供新鲜的内容,让读者享受到阅读的震惊和快感,同样是有价值的,这也是抗战题材的网络小说的意义。

---

① [美]马泰·卡林内斯库:《现代性的五副面孔:现代主义、先锋派、颓废、媚俗艺术、后现代主义》,顾爱彬、李瑞华译,商务印书馆 2002 年版,第 14—15 页。

第十二章　娱乐大众的网络小说

2012 年 11 月，中国网络作家富豪榜公布，这是中国网络作家收入的一次集体公开亮相，5 年的写作收入"唐家三少"为 3300 万元人民币、"我吃西红柿"为 2100 万元人民币、"天蚕土豆"为 1800 万元人民币，位列富豪榜前三甲，成为靠写作网络小说致富的典范。这个榜单与已经问世 7 年的中国作家富豪排行榜榜单相呼应。网络类型化小说所占的市场份额愈来愈大，这份榜单也引起学界热议，有人认为网络文学富豪榜与文学无关[①]，大家似乎更关心网络小说家的钱袋子，而不关心网络小说的文学内涵。如何看待这份榜单？面向市场的网络小说文学价值如何？网络小说是未来文学发展的方向吗？这里就唐家三少的小说创作来谈谈这个问题。

一、市场化与文学稿酬

网络文学富豪排行榜实际是网络小说富豪排行榜，在中国，网络小说

---

① 姜伯静：《网络作家富豪榜与文学无关》，《中国新闻出版报》2012 年 11 月 29 日第 3 版。

是网络文学最有代表性的文学样式，其所涉及的读者和作者面很大。网络小说排行榜的首要意义是清晰地呈现了网络小说对阅读市场的影响，改变了中国文学发展的格局。网络文学富豪榜的作者多是盛大文学的白金签约作家，这些网络文学"大神"获得声誉及财富的幕后推手是文学网站的商业运作。网络文学富豪榜的出炉，意味着网络文学的商业模式获得了成功，其中蕴含了某些未来网络文学的发展趋势。

中国当代文学的市场化问题并不是一个新鲜的问题。自近代社会以来，中国出现了报纸和文学期刊，文学作为商品在市场上流通，写作开始成为一种谋生的职业出现，自此，文学的稿酬问题就成为文学活动息息相关的话题。二十世纪中国作家中不乏高稿酬者，林纾的稿费收入超过了当时诺贝尔文学奖的奖金，张恨水一支笔养活了一家老少16口人。而鲁迅则以高稿酬著称，三十年代在上海过着富足的自由撰稿人的生活，鲁迅正是以其稿费收入获得了精神的独立，奠定了他在现代文学史上的地位。茅盾去世时，将其稿费收入25万元拿出来，设立茅盾文学奖，成为我国当代最有影响的文学奖项。可以说，因为文学作品作为商品在市场上流通，文学具有商品属性，文学作品畅销与否关系到作品的社会影响力，关系到作家的生存状况，是文学研究不可忽视的一部分。

近代社会以来的文学历史发展表明，成熟的文学市场孕育了中国现代文学自由、民主、独立的"现代"精神品格，从而与古代文学区别开来。根据《中国大百科全书》记载，自秦朝至鸦片战争期间的900多位中国作家中，无一位是依靠写作谋生的。在生活中他们大多数是与体制分不开的，或者是皇亲国戚，如曹操、曹丕、上官婉儿；或者是朝廷命官，如苏轼、韩愈、欧阳修等；或者充当官员的宾客、幕僚，如诗人李白、杜甫等。在中国古代文学历史上，是没有稿酬概念的，曹雪芹写出了传世名著，最终也只能穷愁潦倒地死去；蒲松龄作为世界上最伟大的短篇小说家之一，其主要生活来源是教书。只有在十九世纪末随着印刷术的机械化及报刊、杂志媒体在中国的出现，面向市场的稿酬机制才开始产生，中国才产生了职

业的作家。

五四以来的中国文学，以"人的文学"、"活的文学"来改造旧文学，提倡新文学，现代小说肩负启蒙的重要使命，以文学革命的方式进行文化革命，改造国民的灵魂，对古代通俗娱乐性的小说极力贬低。这种文学的使命意识更强调文学的思想性和文学性，而掩盖了现代文学的市场性。毛泽东的《在延安文艺座谈会上的讲话》中提出了文学的普及和提高的问题，旗帜鲜明地将文学的读者意识（为工农兵服务）提了出来，其后所实行的文学的民族化和大众化的方向是对现代文学欧化倾向的纠偏，因为五四文学是面向知识分子阶层的，是不便于普及的。毛泽东是作为政治家提出对文学的要求，但他看出了现代文学偏离读者市场的问题。这导致新中国成立后文学的通俗化倾向，在《红旗谱》《林海雪原》《三家巷》《新儿女英雄传》等小说中，革命的内容与章回小说传统的结合获得了很好的市场效应。

新中国成立后十七年时期的文学是由政府主导的，文学作品被视为国家意识形态机器的一部分，作家的市场意识是被动的，其作品的内容是被主流意识形态规范的，市场是不完善的。只有到八十年代后，文学的市场意识才开始慢慢成熟起来。其外因是市场经济大潮的兴起，社会中心开始转移，文学失去了轰动效应，纯文学期刊的订数大幅下滑。而此时，国家对出版的控制力开始减弱，作家脱离了政府机构"圈养"的现状，出现了自由撰稿人，如作家王朔和王小波就是著名的自由撰稿人。文化书商开始包装作家，以美女写作、身体写作、青春写作为刺激读者的策略，以影视改编小说带动阅读市场，各类图书文化公司开始大量出现。

作为一种新兴的媒体，网络媒介在二十世纪九十年代开始在中国普及应用，促进了中国当代小说的市场化倾向。有人说："网络小说自从来到这个世界上，从头到脚每一个毛孔都流淌着纯粹的商业化血液。"[①] 早期的"榕树下"作为大陆最早的中文文学网站，通过网络文学大赛，文学作品的下

---

① 樊柯：《网络小说产业化的流行模式及其影响》，《中州学刊》2012 年第 6 期。

线实体书销售，文学作品的影视、广播剧等改编转化为商业产品，试验了网络小说市场化的途径。"榕树下"的初衷是做成文学期刊《收获》的网络版，其市场定位并不准确，其商业运作并不成功，但为后来的文学网站提供了经验。2003 年"明杨品书网"推出了网上 VIP 阅读收费制度，"起点中文网"、"幻剑书盟"也相继实行了"原创文学作品网络版权签约制度"，后为众多文学网站所仿效。VIP 的阅读价格一般是每千字 2 分，可以采用银行卡、手机短信、固定电话充值、网络游戏点卡等方式支付。2003 年年底，在试行 VIP 一个月后，"起点中文网"宣布，VIP 优秀作品已经达到 10 元 / 千字的稿费水平，订阅成绩最好的作者月收入已逾千元。网络 VIP 收费阅读制度走上正轨，意味着在网上发表作品也可以获得较高的收入。此后，文学网站积极培育网络作者，建立写作保障机制，签约"白金作者"，积极推介顶级写手，打造年薪百万的写作"大神"。盛大文学 CEO 侯小强称他的公司为每个人的"梦工厂"。通过网络连载、作品的游戏改编、影视改编、手机阅读等多重版权的出售，网络小说写作者获得的稿费收入大大增加。据中国作家网副主编马季统计，2011 年网络小说作者"平均月收入 5000 元以上的约有 2000 人左右；平均月收入 1 万元以上的约有 500 人左右；年收入过百万的约有 50 人"[1]。唐家三少最初的作品千字稿费为 18 元，逐步提升到 80 元、200 元，现在已上千元，每日收入逾万元，其收入来源不是单纯的网络 VIP 收费收入，还包含线下出版版税（包括简体版和繁体版）、游戏改编、动漫改编、手机收费阅读、影视改编权收入等等，正是这种文学作品的多重市场产品效应，催生了网络文学富豪的产生。网络小说作家南派三叔说，如果不是因为盗版严重，写网络小说的收入可以买私人飞机。[2]

这与由作协所主导的文学期刊培养作家的方式大不相同，也与由书商包装走市场有根本的不同。网络连载小说带来的是巨大的人气效应，这种

---

① 周舒艺：《网络小说作者：在网络世界追逐文学梦》，《人民日报》2011 年 12 月 8 日第 12 版。
② 朱耘：《破译网络作家财富密码》，《中国经营报》2012 年 12 月 10 日第 C06 版。

人气效应是由网络强大的覆盖能力和搜索能力带来的，通过文学网站多种途径的商业运作，网络人气转化为网络小说作者的经济收益，也使网络小说写作与市场的关系更直接了。在商业制度的刺激下，网络连载小说必须每天更新，有时一天两更或三更，网络小说作者每天"码字"少则数千，多则上万，乃至几万字。

二、娱乐性的网络小说

因为写作发表的方式变了，版税收入的途径多样化了，作者与读者的关系更直接了，相应地，小说的内容也会出现新的变化。

网络小说写作者的读者意识非常强，如何吸引读者是他们的第一考虑。网络付费阅读小说直接奔着读者而去，没有读者的点击，就意味着这项工作毫无意义，网络小说走的是娱乐路线，选择的方式是通过故事吸引读者，而不是追求文学的创造性和思想的先锋性。网络小说作者大多受金庸、古龙、温瑞安、梁羽生、黄易等通俗小说家的影响。唐家三少的小说继承的是通俗小说的传统，他最喜欢的作家是金庸和黄易，看过黄易的绝大部分的作品，认为黄易"开创了中国玄幻的先河"，"折服于他那天马行空的想象力。可以说，是他将我带入了玄幻的大门"。[①]

唐家三少的小说定位很清晰："像我们现在写的玄幻小说有一个概念，叫娱乐性小说。这个概念在国外很早就有，叫通俗小说。我们这种小说不存在任何文学性，没有任何文学价值。只是让大家在一天工作之后，看一下放松自己。我只是要娱乐大家。我很清楚自己的定位。""娱乐大众，先要娱乐自己。你要自己都不觉得满意，怎么去让大众满意，支持的人肯定会变少。"[②] 这是唐家三少在写作起步期的话，现在他已是全国收入最高的

---

① 李宁：《唐家三少：拿百万年薪的"80后"网络作家》，《城市快报》2012年5月27日第7版。

② 程绮瑾：《"他们用网络炒作，我们用网络写作"》，《南方周末》2005年11月17日。

网络小说作者，中国作协全委会委员，写作的追求或许已不止于这个"娱乐大众"的定位。

如何娱乐大众，唐家三少选择了写玄幻小说。受国外《魔戒》《哈利·波特》等作品走红的影响，2003 年前后是中国玄幻小说的兴盛之年。自 2004 年起唐家三少先后创作了《光之子》《狂神》《善良的死神》《惟我独仙》《空速星痕》《冰火魔厨》《生肖守护神》《琴帝》《斗罗大陆》《酒神》《天珠变》《神印王座》《绝世唐门》等小说，每月平均写作 30 万字左右。在这些小说中，唐家三少创造了一个想象的玄幻小说世界，这是一个神、魔、兽、人多族共生的世界，一个黑暗与光明共存的世界，一个正义与邪恶搏斗的世界。小说中没有现代隐喻，正义最终战胜了邪恶，小说的思想观念是健康的，积极的，也都是"正确的"。作家王朔认为："大众文化是什么？是弘扬崇高理想，积极乐观的人生态度，爱国主义，英雄主义，泛道德主义和传奇性的浪漫主义。"[1] 从思想内涵看，唐家三少走的是大众趣味的路线，大众趣味就是老百姓的趣味，就是传统的正义、美德占据思想的中心，抑恶扬善，以道德立场歌颂真善美。布迪厄认为："激进艺术是中产阶级式的，而且位于大众趣味之外；或者如巴特所言，先锋艺术只能在中产阶级内部的派系之间引发冲突，却永远不会是阶级斗争的一部分。"[2] 唐家三少的小说走的是平民路线，思想倾向都是积极向上的"正能量"，"第一不能沾政治，第二不能沾阴暗，第三不能沾色情"[3]。唐家三少的小说是通俗小说，在思想上是明朗的，没有关于天使与恶魔纠缠的人性探讨，没有生存悖论的追问，没有现实历史的写照，没有米兰·昆德拉所说的对一切提出问题的追求，没有鲁迅式的"从来如此便对么"的文化批判，没有诗人于坚所说的把"不可告人"告诉人的勇气和智慧。

---

① 王朔：《我看大众文化》，《天涯》2000 年第 2 期。
② [美] 约翰·费斯克：《理解大众文化》，王晓珏、宋伟杰译，中央编译出版社 2001 年版，第 190 页。
③ 李宁：《唐家三少：拿百万年薪的"80 后"网络作家》，《城市快报》2012 年 5 月 27 日第 7 版。

　　在人物的设置上，有人将网络小说中强大的主人公形象塑造称为YY（意淫）机制。在唐家三少的小说中，主人公是战无不胜的，他不仅天赋异禀，运气也是一流的好。主人公肩负着某种神圣的使命，最终得到命运的垂青，经历曲折的成长过程，胜利地完成任务，最终得到荣誉、地位，获得了爱情。善良、坚韧、勇敢、忠诚、聪明、智慧、执着，有合作精神、有责任感、有担当，是主人公成功的内在心理保证，他们心灵纯洁，因而"无敌"于天下。这种人物成长故事，极符合青少年读者的阅读口味，小说唤醒了他们对未来生活理想的想象，刺激了个人强大的内心愿望，有童话意味。有网友认为："三少的书主角从头无敌到结束，主角从不打光棍，最少有一个老婆，情人一大堆。反派人物都是从菜鸟开始到高手，一个个送上门给主角虐，主角总是越级打怪，最牛的宝物装备总在主角身上……"这无疑道出了三少小说快感机制的奥秘。在所有的人中，男主人公是最聪明的，最有天赋的，最有领导才华的。他出身高贵，命中注定要肩负最伟大的使命，经历一番磨练，最终完成历史重任，成为一代圣者。所有的女主人公无一例外地爱上男主人公，男主人公在品性上无可挑剔，钟情于最初的初恋，但也不反对接受多妻。网上有人戏谑唐家三少的小说："上联：一男两膀，坐拥三妻四妾五奴六婢，同占七八九女，十足种马！下联：十步九杀，踏遍八荒七岭六合五湖，连闯四三二界，一等YY！横批：唐家三少。"这种人物、情节设置让读者在阅读中获得了自我想象的快感，也是符合创作心理学的，如同弗洛伊德所说："那些评价不高的长篇小说、传奇文学和短篇小说的作者，他们拥有最广泛、最热忱的男女读者群。首先，这些小说作者的作品中有一个特征不能不打动我们：每一部作品都有一个主角作为兴趣的中心，作家试图用一切可能的手段使他赢得我们的同情，作者似乎把他置于一个特殊的神的保护之下。"[1]YY写法是网络流行的"小白文"，它让读者在"轻阅读"中获得自我想象膨胀的快感。从读者的定位

---

[1]［奥］西格蒙德·弗洛伊德：《弗洛伊德论美文选》，张唤民、陈伟奇译，知识出版社1987年版，第34页。

上，唐家三少的小说是写给青少年看的，小说中主人公的修炼、成长的历程为少年的成长提供了一个童年的向往。"中国玄幻小说的读者文化层次还不高，大部分读者还是'90后'的初中、高中生和一些社会青年。"[①] 唐家三少的小说明显有《哈利·波特》风格，在想象的世界中虚构成长的冒险，是《哈克·贝利·费恩历险记》的魔幻版，是《西游记》的现代成长版。唐家三少的小说也可以作为励志小说来阅读。主人公的一步步成功需要经历千锤百炼的磨难，这种磨练过程让主人公的本领一点点地增强，意志更加旺盛，其心性更加坚韧，这又带有现代成长小说的意味，与古代人物类型化的小说有所区别。主人公通过打怪升级，不断地增加本领，给人以积极的精神导向。

为娱乐读者，唐家三少非常重视小说的故事性，以精彩的故事吸引读者。悬念、伏笔是通俗小说的常用笔法，也是唐家三少小说常用的写作手法。因主人公通常是命运垂青的"光之子"，所以其最终完成任务的结局不难猜到，但其过程却是曲折离奇的，一波三折，一唱三叹，主人公命运多舛，这是吸引读者的。唐家三少的小说带有网络连载的特点，事无巨细地想象，细节的不厌其烦，这极大地拉长了小说的长度，早期的《光之子》80万字，《狂神》《善良的死神》《空速星痕》《惟我独仙》《冰火魔厨》《生肖守护神》150万字以上，此后的作品越写越长，都是300万字以上。篇幅的拉长也极大地放大了读者随着主人公日益变得强大的阅读快感。

唐家三少本人树立了一个良好的公众形象，在网络上有阵容强大的粉丝团，也在一定程度上促进了他作品的畅销。他身高1.9米，英俊潇洒，婚姻稳定，曾对现在的妻子写了137封情书，近百万字，以此打下了写作网络小说的"练笔基础"，在妻子的鼓励下开始写网络小说，这份传奇经历令很多网友读者感动。自开始创作至2012年4月唐家三少曾达到100个月不断更的记录，盛大文学为其申请了吉尼斯世界纪录。"我是一个能坚持的人，

---

① 李苑、杨平、王苏：《幻想小说为何让青少年"疯狂"？》，《光明日报》2011年9月15日第11版。

从 23 岁到 31 岁，我所有的青春都给了网文，从未有一天懈怠。我大概计算了一下，按照 word 计数，我一共写了 2690 万字。出版了简体中文版图书 124 本，繁体中文版图书 436 本，韩文版 11 本。"[①] 唐家三少每天规律地生活，规律地写作，不熬夜，坚持锻炼身体。他于 2010 年加入北京作协和中国作协，2011 年和余华、刘震云、陈忠实、贾平凹、莫言、二月河等百余位名作家一起当选中国作协全委会会员，这与一些宣称绝不加入作家协会的网络小说作者形成了鲜明对比。

三、类型化小说的价值与问题

网络媒体掀起一场悄悄的、占据文学市场的文学革命，这场革命的结果是通俗小说借助网络媒介在当代复活并兴盛。从市场占有率来看，网络类型化小说已远远超过了严肃文学类小说。

金庸、古龙的小说以武侠贯穿千年的历史，以古典诗词入小说，通过优美的语言、大胆的想象获得了读者的喜爱。金庸写武侠小说是中年写作，对人物命运的阐释有更深的理解，也有更深的文化情怀。早期的《书剑恩仇录》与后期的《笑傲江湖》《鹿鼎记》对世界的理解有很大的差别。严家炎从金庸的小说中读出了一个与传统文化、西方文学、五四新文学相联系的文学世界，一个贴近生活、贴近人生的生活世界，一个依托传统的文化世界。[②] 唐家三少的小说依靠想象构筑了魔、兽、神、人共生的世界，人物命运的戏剧性较强，基本的文化含量较稀薄，情节设置套路相对单一，其小说可供反复阅读的可能性大大降低。在金庸的小说中，爱情故事很曲折，有现代精神，人物命运有内在的性格逻辑，而在唐家三少的小说中，为衬托主人公的无敌，往往将爱情写得比较简单，缺乏更深入的对人生人世的

---

① 荀超、陈羽啸：《唐家三少：坚持就会成功》，《华西都市报》2012 年 12 月 2 日。

② 严家炎：《金庸小说论稿》，北京大学出版社 2007 年版。

洞察。

唐家三少每天更新数千字到一万字，最快的时候数万字，这种"码字"的速度让他无暇去广泛阅读、学习，来不及整体上不断提升小说的品质。为获得稳定的读者群，唐家三少选择难度最小的写法，人物、故事设定上缺少大的变化，多是自我复制，重复的写法帮助读者更易于理解作品的意思，不需要反复的阅读回视和回味。金庸的小说也是在报纸上连载，但与网络小说连载有很大的不同，没有文学网站的激励机制，没有那么紧迫的赶任务，作品相对也会精致很多。唐家三少的写作方式决定了其作品文化快餐的性质是不可避免的。通俗小说也应积极吸收借鉴现代小说的传统，如对人性的深层写照。2010年版的电视剧《三国演义》对经典通俗小说《三国演义》进行了创造性的改编，通过对人物命运的深入解释，让故事跟着人物走，人物活了起来，这对写作通俗小说是一个有意的启示。

2013年1月，《第31次中国互联网络发展状况统计报告》对我国网络文学的现状有细致的分析统计："截至2012年12月底，我国网络文学用户数为2.33亿，较2011年底增长了3077万人，年增长率为15.2%。网民网络文学的使用率为41.4%，比2011年底增长了1.9个百分点。我国网络文学使用率不及互联网普及率，网络文学仍然是慢于整体互联网发展的应用。网络文学作为一种新的文学形态，在产生初期，门槛低的特点使其更具大众化特性，促成了海量作品的涌现，并借助其在互联网平台上传播快、受众广的优势，推动了网络文学的迅速发展。而现阶段，网络文学的发展却遭遇困境。一方面低门槛造成网络文学作品中充斥着大量低质量作品；另一方面，为了作品能够迅速更新、快速传播，网络文学的文学性逐渐减弱；此外，为了迎合受众，作品类型化现象日益严重。作品质量粗糙、创新不足、内容类型化是网络文学现阶段面对的问题，成为了网络文学继续前行的阻力。"[①] 网络作家富豪榜，为正在升温的中国当代网络小说烧了一把火，但这个排行榜是一个财

[①] http://www.cnnic.net.cn/hlwfzyj/hlwxzbg/hlwtjbg/201301/t20130115_38508.htm

富的排行榜，不是文学的排行榜，这是一个文学速度的排行榜，一个文学市场的排行榜，它显示的意义更多的是一种文学生产方式的变革意义。

2009 年中国作协给唐家三少等四位起点旗下作家开作品研讨会，评论家们认为："网络文学更加推崇想象力，更加注重轻灵和自由，显示出中国社会从动荡、贫穷到安定、富足的变化。正是时代所赋予的机遇与环境，使得新一代的写作者们能够更加轻松地驰骋于想象中的文学天地，更加注重个体生命体验的表达，创造出了为年轻读者所钟爱的文本，在文学创作和阅读上都显示出'代际'的变化，形成了一种新的文学生态。"[①]唐家三少留给我们思考的问题是，网络的商业机制无疑是有史以来最强大的推举机制，在这种机制的推举下，"写作天才"的想象力和文学才华被充分发挥了出来，这种机制为写作者创造了很好的创作平台，但这个机制首先是面对市场的，是生产通俗文学的温床。这个平台在商业运作方面是成功的，是否能制造出世界一流的通俗文学作品和具有世界影响的作家，是需要追问的。比照文学的历史，汉语网络文学的历史只有 20 年，商业文学网站在中国的超速发展不足 10 年，走的是粗放经营的商业化道路，网络媒介所催生的作品同质化倾向值得警惕。

在 2012 年的伦敦奥运会开幕式上，英国人将《哈利·波特》的作者 J.K. 罗琳视为自己民族的骄傲，《哈利·波特》已成为一部有世界影响的儿童文学经典，以作品为依托演变成为世界性的文化产业典范。唐家三少的小说在游戏改编上也获得了成功，漫画家穆逢春将其小说《斗罗大陆》改编成漫画，借此，2011 年穆逢春收入达 230 万元，荣登当年的漫画作家富豪榜。网络类型小说在中国的繁荣有独特的文化语境，这种实时写作、及时更新、获得读者的反馈、获得网站的稿费的创作方式，与《哈利·波特》的生产过程有很大的不同，《哈利·波特》写出来后的几年时间里，都没有找到买家，后来获得出版商的推介才获得成功。对于唐家三少来说，他写

---

① 刘秀娟：《网络四作家作品研讨会在京召开》，《文艺报》2009 年 6 月 16 日第 1 版。

作的时间毕竟还很短，其作品的文化推广之路还很长。如果写作不满足于更新数字，不满足于富豪排行榜，而是有更高的追求，在类型文学上，贡献能影响几代人，乃至数代人的玄幻小说，这将是时代对唐家三少这一代写作致富的作者所提出的要求。

中国网络小说数字阅读的模式对世界文学的发展是有贡献的，它改变了文学阅读处于低迷的状态，促进了文学写作、阅读的大众化普及。由网络成名的作家，通过商业公司、读者市场的合力推向中国作协，中国作协通过作品研讨、网络作家培训班、网络作家与知名作家结对子等活动提升网络文学作家的创作水平，这是网络媒介对中国文学的时代馈赠，"杂牌军"正日渐变成"正规军"。应该看到，网络小说并没有得到学界深入的研究，这或如华莱士（Wallace Martin）所言："文学批评家很少屈尊去研究流行的、公式化的叙事类型，如侦探小说、现代罗曼司、西部小说、连续广播剧等，如果它们的无意识内容能够被发现的话，它们也许会提供一些有关我们社会的有趣信息。"[1] 消费型社会的到来必然引起精英文学的衰落震荡，面对网络通俗小说的繁荣，简单的指责是不负责任的，如何发挥文学批评的"磨刀石"作用，让网络写作的刀更锋利，是文学批评界所必须面对的。因为，网络类型化小说是传承文化传统的，是有价值的，在塑造民族的文化观和价值观方面起着不可缺少的作用，它将传统的文化价值，以想象的故事呈现了出来，让读者在富有快感的阅读中获得心灵的净化和震撼，并内化为内在的精神品质从而作用于社会的发展变革。

---

[1] ［美］华莱士·马丁：《当代叙事学》，伍晓明译，北京大学出版社 1990 年版，第 13 页。

第十三章　自由生长的网络小说

十多年来，中文网络小说蓬勃发展，其写作的广泛性、读者的普及性、对文学阅读市场的影响力都是十分巨大的。在繁荣的同时，网络小说也颇受争议，2010 年的鲁迅文学奖和 2011 年的茅盾文学奖曾将网络小说纳入评奖范围，但最终都无网络作品获奖。网络文学大赛的意义首先在于，对野草般生长的网络写作进行必要的规范和引领。2011 年由《山东文学》《齐鲁晚报》、网易联合举办的"中国首届网络文学大奖赛"就是这样一次深有意义的文学活动。

一、搭建新的文学平台

举办网络文学大赛，"中国首届网络文学大奖赛"并不是第一次，早在 1999 年 10 月网易就举办了"网易中国网络文学奖"，其后有"榕树下网络原创文学作品奖"、"QQ·作家杯"、"新浪原创文学大奖赛"、"中国网络文学节"、"新语丝网络文学奖"等，与这些网络文学大赛相比，"中国首届网络文学大奖赛"第一次将传统文学期刊（《山东文学》）、报纸（《齐鲁晚报》）、网站（以网易为代表的各类文学网站）有机地联合起来，形成了新的文学平台，对网络文学的发展起到了积极的推动作用。

"中国首届网络文学大奖赛"大赛期间共收到参赛小说稿件9310篇，百分之一的作品获得了初评委的点评，数十篇小说在《山东文学》《齐鲁晚报》刊发，其中有6部长篇小说在《齐鲁晚报》连载。经过网友读者投票，初评委点评、评选，终评委投票，最终评出了6部获奖小说，其中3部长篇小说为乌以强的《乡党委书记》、曹瑞欣的《塔外的女人》、浮渚清晖的《传奇》，3部中短篇小说为胡荣荣的《苍蝇圆舞曲》、神罪人赦的《猎杀闪灵》、唐棣的《沙门》。

二十世纪末，文学的边缘化倾向日渐突出，纯文学的影响力日趋下降，网络小说自由写作、自由发表解放了民间创作的力比多，使文学阅读和文学写作变成了大众的事情，让曾经要经过艰苦写作训练的作家职业变成了一种可以自娱自乐的事情。网络小说的阅读者和写作者是普通网民，而相对精英文学趣味的经典、雅致，网络小说的随意性、娱乐性大大增强。由此带来的问题是，小说的写法会不会因为网络载体的不同而发生根本的变化？网络媒介为小说带来了什么样的新的质的可能性？如何评价和规范当下的中文网络小说？

"中国首届网络文学大奖赛"的举办正是对当下网络文学的一种疏导和引领，获奖作品从大量投稿作品中筛选出来，这些获奖作品也许还有很多的不足和不成熟之处，但大赛营造了一个积极交流文学的平台，确立了一种文学规范。网络文学大奖赛的参赛作者来自不同的领域，有的写作多年，有的是文学新手，各有不同的职业，写作对于他们大多是网上的自娱自乐，或是以文会友的精神生活方式。他们有的有很好的文学修养，有的只是业余的"玩票"写作，其写作代表了一种草根的写作智慧和写作方式。《乡党委书记》获得特别大奖，作者乌以强是一位县农业局局长，其业余写作多年，八十年代初曾专业学习过写作，有作品在《时代文学》《山东文学》等

刊物发表，发表小说、散文百余万字，是山东省作家协会会员、中国散文协会会员。一等奖作品《塔外的女人》的作者曹瑞欣是一位家庭主妇，业余从事写作多年，曾在山东大学作家班进修过，有很好的文学修养，在写作上得到过小说家莫言的指点。总体上看，这次参赛的作者多为文学"习作者"。网络文学大赛的积极意义在于它是直接面对草根写作者和草根读者的，它与"茅盾文学奖"、"鲁迅文学奖"等奖项有很大的不同，后者是针对成熟的文学作者，而网络文学大奖赛针对的是文学新人，其对文学人才的发现、激励和培养是有积极意义的。

网络平台与传统文学媒体结合的积极意义是巨大的：网络写作者的作品可以通过网络及时发表，及时和读者交流，在网易开放的投稿平台上，全国所有的网络写作者，只要将自己在博客、论坛或文学网站上发表的作品发表网址进行复制，就可以自由投稿。经过初步筛选，由初评委对优秀作品进行点评，点评全部采用微博的方式，《山东文学》和《齐鲁晚报》的编辑在初评委推荐的基础上选出优秀部分作品刊发。这种"海选"的方式使更多的文学写作者有发表、获奖的机会。即使没有得到刊发和获奖的机会，写作者也会得到跟帖评论和交流的机会。所有初评委都是来自高校的青年文学批评家，他们都有博士学位，或教授、副教授以上职称。这实现了学院派批评家和民间写作者之间的互动和交流，让那些自由"写着玩"的网络小说作者获得了学习的机会，一定程度上改变了文学作品没人看，没人读、没人评的局面。对于更多的网络写作者来说，不再需要一麻袋的底稿做基础就可以发表作品，自由写作，即时交流，其内在的写作才华与写作兴趣更容易被激发出来。"中国首届网络文学大奖赛"的终评委由李掖平、雷达、陈晓明、孟繁华、周星、吴义勤、房福贤、郑春、谭好哲、谢有顺、贺仲明、刘玉堂、慕容雪村、安妮宝贝等国内知名批评家或作家担任，保证了获奖作品的文学品格。《齐鲁晚报》对此次大赛的活动进行了多次报道，多次对大赛的初评委、终评委进行了访谈，在大赛颁奖期间，莫言、张炜、陈晓明、周星等作家、批评家围绕网络文学的发展进行了演讲，这些都积极扩大了网络文学的影响力，有益于网络文学写作水平的提升。

本次"中国首届网络文学大奖赛"的口号是"构建网络文学新坐标，引领时代创作新风潮"。与历史上"榕树下网络原创文学作品奖"、"QQ·作家杯"、"新浪原创文学大奖赛"等网络文学大赛相比，"中国首届网络文学大奖赛"不是由商业性网站独家承办的，而是坚守文学的品位，评选出的作品不是那些受网友读者追捧的"悦读"的作品，也与近年来通过文学网站 VIP 制度写作的超长篇小说的趣味相去甚远，而是注重文学的思想性和艺术性，有意识地实现了网络写作与传统文学之间的沟通和契合。

从投稿的作品类型设置来看，这次网络文学大赛所筛选的作品以传统文学的小说、诗歌、散文为分类标准，其中小说分长篇、中短篇、微小说等类型。这与传统文学的分类标准是一致的。2005 年，"新浪第三届原创文学大奖赛"的奖项设"双状元"、"总探花"、"盟主"。盟主分为：青春校园类总盟主、推理恐怖悬疑类总盟主、都市社会类总盟主、言情类总盟主、历史军事战争类总盟主。2007 年，"新浪第五届原创文学大赛"要求参赛作品体裁为长篇小说，分都市情感、悬疑推理、军事历史三大赛区。"中国首届网络文学大奖赛"在奖项设置上没有简单地跟着网络上出现的玄幻、悬疑、耽美、穿越等类型小说走，而是回到文学自身的问题上，即文学从根本上是以广阔的现实社会生活为基础，参赛作品大多是以文学论坛和博客发表为主，少有签约网站的 VIP 收费作品参赛，评委会看重自由写作的个性和对时代生活的深入反映，体现的是一种不受商业机制操纵的文学品格。

二、坚守文学品位

就《山东文学》《齐鲁晚报》所刊载的作品及最终获奖作品来看，主要体现了以下倾向：

1. 人文关怀与现实批判

获得特别大奖的《乡党委书记》的授奖词是："《乡党委书记》立体化、全景观呈现了当代中国乡村现代转型的各种症候，是一部极为精彩难得的、展现当代中国乡村现实真相的乡土文学力作。既有网络小说的通俗易懂、明白晓畅的优点，又有传统小说叙述的精致场景描写和深厚的人文情思，小说中人物形象众多，具有丰富的细节和生活质感，又具有一定的传奇性元素，令人拍案称奇，难以忘记。"这篇小说将读者带回二十世纪九十年代的中国乡村社会之中，隐隐看到"现实主义冲击波"作品的余脉，其基本的价值立场与"分享艰难"小说如出一辙。乡党委书记谢兴儒是一个人民公仆的好榜样，小说有主流色彩，但其对中国乡村社会问题的深入反映无疑是"批判现实主义"的。《开后门》（东方飞翔）是一篇小小说，在一篇千余字的篇幅中，小说寄托了对当今官僚主义的讽刺和反思，一个年轻人最终打开了"后门"，这是一条切合实际的、符合大家利益的后门，但开起来却是那样费尽周折，波澜曲折，读来颇有趣味。《游戏之内 规则之外》（俊朗的阳光）是一个很有现实意味的小说。短小精悍，别有意味，有时代气息，故事曲折有趣，结尾发人深省。小说将一些冠冕堂皇的生活面纱撕破了，让读者看到了官场的潜规则，但故事的发展并没有沿着一般的逻辑进行，而是曲折别致地发现了新的可能性。小说中没有一个真正的好人，社会潜规则中涌动着许多"风险"和可能性。这就使小说超出了一般的"官场现形记"式的揭露，还有一些讽刺性的深层喻指。小说弘扬了时代正气，对官场潜规则的揭露入木三分。《握手》（麦浪）是一篇讽世的作品。如何握手，是有"政治"意味的，作品对生活有细致的洞察。大赛评委陈夫龙点评道："'握手'本是人情礼节的一种普通的表达方式，但在小说中却被赋予了深意，从'握手'的细节可以管窥到官场的潜规则和世态炎凉的人情氛围。该小说选材独特，立意深刻，叙事舒缓有致，语言诙谐幽默。当然，小说的魅力来自'握手'的多重寓意。"《四把菜刀》（罗金耀）是一部针砭时弊的作品，民间手艺人以一种特别的方式对抗权贵，小说赞扬了一种民间的智慧，孟铁匠的绝活是一种人品，一种操守，一种江湖艺人的骨气。四把赝品菜刀，是孟铁匠一生中唯一的一次作假，可他临终之时，又嘱咐徒弟勿学其法，似乎是对"作假"更深一层的批判和厌恶。全文构思精巧、结构紧凑、意蕴深刻，寓深意于转折变化的故事情节之中。结尾出奇制胜，含蓄地表达了作者对社会和人生问题的思考。《教子》（文岛）在简单的故事叙述中蕴含着对社会怪现象的批判。小说文字简练，立意高远，故事回旋曲折，发人深省，作者深得小小说的精髓。《我拣到一张脸》（刘殿玉）是一部荒诞的讽刺小说。"国宝"是官场人的脸，本性是趋炎附势和见风转舵，是民族的劣根性，"我"将其卖给了日本人，结果进了局子。结局是双重的讽刺，喻指了民族劣根性很难丢掉。《面试》（三才）是一部讽世的作品。讽喻了人性的灰暗，现实的灰暗，现实原则的"无耻"。评委贺彩虹的点评是："这是一篇构思巧妙的作品，以主人公的几次面试串联情节，不同的是在最后一次是成功后的主人公成为了面试官，以自己当年几次被刁难的问题考应试者，却得到了出乎意料的回答。这篇小说以反复的手法用较为俭省的笔墨反映了耐人寻味的社会现象。具有一定的讽喻效果。""无耻"在现实中已经成为一个中性词，小说讽刺了道德底线下滑，社会取人的标准扭曲的时代。《一叶知秋》（阿清）是一部讽世的作品。大李和小宁波形成了鲜明的对比，一个老实巴交，一个善于趋炎附势，结局绝然不同。小说针砭时弊，讽刺当今的社会风气，但故事显得稍为简单了些。《萍·水》（马晓雪）是一篇有"新写实小说"意味的作品。小说表现了城市底层的平民妇女生活的艰辛，为基本的生存而挣扎，为命运所控的无奈，最后在残酷生活现实面前理想破灭。有契诃夫式的悲悯和同情。《抉择》（杜启龙）故事简短，结构精致，弘扬了社会正气。小说以细致的笔墨写出了一位为官者挣扎的灵魂，有很强的现实意义，一方面是现实的物质问题和金钱的诱惑，一方面是精神伦理的拷问，最终良心战胜了罪恶。

综上，在网络时代，小说的民主功能和"美刺"功能得到了更大程度的发挥，那种批判现实主义的精神传统，在网络小说中以一种坚持的抵抗

"在日常生活的微观层面继续进行"①。

2.小说的精神生态与文学质感

小说《塔外的女人》是一部有"生命写作"意味的作品。作品以一种内视角的心理化叙述风格呈现了一个苦难的灵魂，讲述了一个人间的悲情故事，多视角的叙述，对人性的深入审视，对爱的渴望与坚守，在简单的生命流程叙述之中有一股震撼人心的力量感。其授奖词为："《塔外的女人》讲述个人经验的生命故事，透视人性世界的复杂状态，进而探究生命体验的真实意义。其间的个体体验本身已经超越了历史记忆，穿透了公共话语。文本呈现出经验与超验两个世界的相互转换，肉体遭遇无情扼杀之时，灵魂获得极致飞扬。作品诗性充溢，感觉细腻，细节描写出神入化，体现出创作的人气、灵气、神气。"小说的叙述笔调是："我的肉体不再活着，活着的是我的灵魂。我朝气蓬勃的灵魂变成一束月光，轻盈，隐秘，自在，特立独行，栖在某个扬土人的肩上。"如泣如诉，声声泪、字字情，有很强的文学感染力。《轮回》（叶琳）具有实验小说的特点。小说用看电影的方式讲述了一个精神病患者"她"的记忆、今生和轮回。通篇充满了诡异的气氛，像是一场朦胧的梦魇。开篇即设悬念，随后用相悖的日记连连布下诡异的迷雾，悬念重重，情节跌宕曲折，紧张，引人沉思。《米拉和拉米》（rjiangli）是一篇文笔细腻、情感饱满的作品。猫性即人性，猫的行为，猫的遭遇，其实是人的遭遇的写照。小说以优美的文笔叙述了猫所受到的伤害，猫的孤独，猫对人的友爱与隔膜。"我"怀着一颗爱心，仍无力改变猫的现实。作者情感饱满，有敏锐的生活感悟，高洁的胸怀和不俗的情趣。作品有强烈的感染力。《乔的，第四件旗袍》（小爱）是一部颇有文学功力的作品。作者有丰富的想象力，对人物情感的揣测入情入理，细腻优美的文笔，忧伤的气息，有一种动人的力量感。张丽军点评为："《乔的，第四件

---

① ［美］马克·波斯特：《第二媒介时代》，范静哗译，南京大学出版社 2001 年版，第 4 页。

旗袍》小说叙述节奏舒缓有致，结构均衡，语言富有质感，在流光溢彩的文字间呈现出作者对时光、生命、爱情的无比忧伤之情，具有浓郁的抒情气质。发黄的日记、暗淡的夜晚、丝质的旗袍、暧昧的身份、炽热的情感、宿命的悲剧，构成了一曲让人荡气回肠、哀婉忧伤的生命之歌。"《人生舞步》（Mjane）是一部具有先锋意味的小说。小说在结构上有回环之美，探讨的是生命的可能性。评委贺彩虹的点评是："很喜欢这篇文章。作者借用《向左转，向右转》的情节意境，写出了自己的创意。结构新鲜，形式感强。每节都以一首歌作结，让读者如临其境，听出弦外之音。读此小说，有看漫画或电影的画面感，同时又有余音在耳，有动人的美感。只是第四节开头一段男女关于这篇文章本身的对话虽然有一定的间离效果，但让人稍感突兀，对整体氛围也稍有破坏。"《夜莺》（陈树彬）与白先勇的《游园惊梦》一脉相承，继承的是一种伤感的文学传统。一个女人为自己的情而成为一个男人的金丝雀，这个小三的故事不是《蜗居》式的故事，正室找上门来，夜莺伤心地离开，三个人也没有剑拔弩张地争斗。三个人都是有情有义的，都不是坏人，都有自己的情感逻辑，结局是破碎的。作者陈树彬是"红袖添香"网站上的资深写作者，文字功底很好，擅长讲故事，语气、语速控制得很好。评委史建国点评道："一个戏曲演员的无奈选择。戏与人生、舞台与现实纵横交错，巧妙融合，荡气回肠，发人深省。"《沙门》（唐棣）是一篇有寻根文化意味的作品。沙门代表了一种叙述时空，那是个充满封闭的特定年代，一段陈年旧事，一个令人叹惋的爱情故事，一种有存在感的现实，充满了隐喻、空白。片段式的故事，沉默的主人公，限制性的叙述人，忧伤、静穆、悠远，给故事披上了一层特别的文化意味，指向一种人世存在的穿越和沉思。《三生石》（迷途小书虫）是一篇具有寓言意味的作品，三重故事意义的叠加给人以人生的启示。《赫尔》（诡爵）的作者西禾出生于1992年。在网上自我介绍为："随性。不羁。不开阔。不达观。不平静。不释然。嗜好坐享其成不劳而获的间歇性精神病患。"小说中，一只迷路的狗赫尔和新主人产生了感情，虽找到了旧主人，却仍然留在了新主人的身

边。新主人开始并不喜欢狗，但后来慢慢地喜欢上了赫尔，并给它取了新的名字。狗性即人性，狗对人的忠诚远远超过了人，赫尔不管是对新主人还是对旧主人，都是有情有义的，相反的是前主人对狗并不是真的放在心上。小说有90后作品中常见的那种生命疼惜感，对爱情的守望，漫不经心的情感追求，执迷切身的生命体悟，散发着孤傲的忧伤气息。

从以上所分析的作品来看，这次网络文学大赛坚守文学标准对参赛作品进行筛选，在注重作品的可读性的时候，对思想性与文学性俱佳的作品给予了积极的评价，看重那种能给人精神启悟的文字和那些温暖人心的文字，看重那些有优美文学表达的作品。当然坚守这样的文学品位并不意味着对通俗化作品的拒绝，获奖作品中也有《传奇》这样带有网络风格的穿越小说，下文再详述。

三、自由成长的网络小说

网络小说的缺点和优点都是明显的。就中国网络小说的总体发展情况来看，网络小说在艺术上不是多么的具有先锋探索意识，其多是对传统小说的继承和发扬。网络小说饱受诟病的是其缺乏深度和精美，写作者多处于文学的学徒期，多为业余的"练摊"写作。写作者多缺乏更广阔的艺术视野和艰苦的写作训练，缺乏对生活的深层发现，难以给读者以精神的启迪和心灵的震撼。网络长篇小说在网上发表，随写随贴，在结构上相对比较散漫，写作者也有总体的写作框架，但在写作的主线之外，往往会发展盘根错节的小线索，或对生活的写照，或对各类知识的介绍，固然增加了小说的阅读性，但也影响作品的整体感。优秀的网络小说作者往往有很好的文笔，但在网上随写随贴的方式使作品缺乏推敲、打磨的机会。

获奖作品《传奇》是"穿越"小说，小说以一个二十一世纪的女子穿越到宋朝的传奇经历，展开丰富的想象，叩问深思现代社会的进步与倒退。一如小说中所言："关于食衣住行，关于社会民生，关于民俗文化，关于政治经济，关于艺术宗教，关于科学哲学，一切的一切，苏雪奇都想带回去给活在二十一世纪的人们看看，让二十一世纪的人们对比一下，好好思考反思一下，在享受现代科技和文明的同时，我们都遗失了哪些美好而珍贵的东西，我们又在哪些地方超越了我们的前辈。"在故事的编织、人性的反思、爱恨纠葛的描写、历史图景和历史风俗的描摹等方面，我们无不惊异于作者的想象力和知识面。还应看到，网络媒介对小说的影响是综合的，虚拟性、游戏空间等极大地增加了小说写作的可能性。但这部作品很明显存在着结构上的散漫，情节上也有些不合理的地方。一个弱女子回到宋朝得到一群王权贵族男人的厚爱，无疑也是潜在的女性中心意识在作怪。《对不起我们忘了，爱情和梦想》（林）这个小说标题的断句是有些问题的。小说写出了在新的时代条件下，一种爱情的幻灭和破碎。一个很有意思的故事，但讲述还比较粗糙，讲述的语速有些急促，故事过于戏剧化，缺乏生活的逻辑。《梦里花落》（聿七）写的是一个女孩的情史。女孩爱一个罪犯，自己也是走私的罪犯。女孩的父亲和别的女人结婚，妈妈去世了。警察装成卧底来刺探真实情况，警察爱上了女罪犯，等着女罪犯出狱，但女孩仍缅怀自己的初恋罪犯男友。小说弥漫着忧伤的气息。跳跃的笔触，细腻的心理描写，体现了作者良好的艺术功力。这是一个80后式的忧伤故事，一个离奇的谍战片与青春爱情忧伤想象组合的故事。相应的不足是故事显得太矫情，太戏剧化，缺乏内在的动力机制，缺乏沉落凡间的艺术情感锤炼。《见或不见》（观音书僮）有鲜明的时代性，演绎了网络情缘对人们精神内心的修补。网络时代的爱情有些虚幻，网络扩展了一种新的爱情方式，那种虚无缥缈的幻想如何因为网络得到了生长和延伸，如何从空中落到现实，小说作者作了大量的想象演绎，推进了安妮宝贝的《告别薇安》对网络爱情忧伤的演绎，这是小说最生动的地方。可贵的还在于小说以仓央嘉措活佛的《见与不见》作为作品的题眼，尘世的情感境界最终进入佛学境界。"见或不见"是对生命自身的承诺，一种穿透了情感磨难的坚守，有一种苍凉和大气在其中。飘渺的网络，真实的情缘，通篇充满了浅浅的感伤气息。

在作者细腻而感性的文笔下，人物内心得到细致而鲜活的展现。小说读来颇给人以启发，但作品并未超越已有的传统文学视界。《乡大院里的小屋》（荆荒）的故事很吸引人，一个女人为哥哥复仇，如何处心积虑地利用身边的男人，最终复仇成功。小说以一个小青年的眼光去叙述故事，限制性的叙述中蕴含着巨大的情节张力，讲述的角度选择很成功。就小说的内容来说，这是一部中长篇的含量压缩在一个短篇中，人物的内心逻辑，生活细处的丰盈，都未来得及深入地展开。《过客》（林）想象一种古代的生活："飞沙走石，寸草不生，在这个荒无人烟的地方，有一间小客栈，名为半月客栈。"在这样的地方上演的爱情故事，一个人注定成为别人生命中的过客，命运的逻辑是被预设的，不是必然的，缺乏打动人心的力量。《乡党委书记》所写的交公粮时代已经一去不复返了，对历史的回顾中缺乏深度的历史反思。谢兴儒是一个"儒雅"的乡镇干部，有独特的工作方法和全身心为民请命的胸怀，但这部作品过多地展示了谢兴儒的个人魄力，而忽略对底层现实的普遍性思考，大磨乡是中国乡镇的缩影吗？我们是否需要谢兴儒这样的"清官"？制度上的改革是否更为重要？真实的、破败的生活真相是否得到了揭示？故事的叙述是否过于单一？人物是否人为的拔高？都是值得追问的。《塔外的女人》是一部优美的作品，但有些地方过于拖沓了些，显得有些重复，有些章节过于简单了些，还需要锤炼和打磨。《中奖》是李明诚系列小说《张小民的平凡生活》中的一篇。作者是江苏省作协会员，苏州市吴中区作协理事，新浪原创工作室版主。李明诚的作品有讽世的意味，但总体上对社会生活的反映过于简单了些，缺乏更深刻的洞察。

对这些作品的点评，所采用的基本上是纯文学的评价标准，还很少考虑到小说自身的"网络"性特征，比如：网络小说结构的变化，篇幅的宏大，对网络流行词语的借用，对细节的不厌其烦等，是与网络媒介直接相关的，这不是一种倒退，而是一种媒介影响的结果，如何去认识，还需要进一步思考。

谈论这些作品的不足并不是因此而否定网络小说的存在价值，网络小说多是业余写作，但没有谁一开始就是"专业"的，他们在网络上的写作也将随着年龄而成长，他们的生活也将因为写作而丰富，写作不能延长他们的生命长度，但一定可以增加生命的厚度。诚如《塔外的女人》的作者曹瑞欣所说："写作对于我来说就像天职，我不用通过写作来赚取生活费，不用获取名声，但是写作能带来尊严和高于生活的精神感受。"① 也正是因为网络写作的业余性，从而在艺术上也较不成熟，网络作者更多的是靠生活底子和激情来写作，在丰盈的生活世界中有一种天然的精神力量，这是与精致的纯文学相对的，在文学来源于生活，文学为心灵写作的意义上，网络小说是真正的"生命写作"。网络文学大赛让更多的人关注文学、关注网络小说的发展，有益于民族精神修养的提高，提升的是国家文化软实力，此次网络小说大赛坚持的现实批判和文学标准，让人相信，网络小说的功能并不只是娱乐性。

传统小说是网络小说的母体，网络小说是对传统小说的继承和发扬，就这次网络文学大赛的参赛作品来看，通俗文学的手法、纯文学的趣味、主流文学的立场、先锋小说的实验意识在不同的作品中闪耀着灵光，网络小说并没有脱离传统小说，而是传统小说在新的空间中的生长。网络小说与时代的关系，是一种带有生气勃勃的时代气息的关联，诡异的想象，戏谑的方式，个体化的精神体验在网络小说中以不同的方式存在着。我们坚信网络小说的未来还在于，网络形成了一种网络文化，它是一种青年文化，一种探索的文化，一种自娱自由的文化，这是现代民主、自由文化的新的生长，它不是来自知识界的启蒙，而是来自民间的自觉和反抗，这正是网络小说有无限生机的内在保证，网络小说绝不会只是在传统小说的圈子里打转。网络媒介如何影响未来小说的走向是一个值得深思的问题，"现已衰落的这种文化的所有这些特征依赖于印刷、报纸、变成声明的秘密印刷新闻以及时常与审查制度作对的印刷工，正是这些印刷工生产出笛卡尔

---

① 师文静：《曹瑞欣：写作是我的天职》，《齐鲁晚报》2012年1月3日A10版。

（René Descartes）、洛克（（John Locke）、理查逊（SamuelRichardson）、萨德（Marquis de Sade），并经过狄更斯、巴尔扎克、马尔克斯和陀思妥耶夫斯基，最后生产出普鲁斯特和乔伊斯的著作"①。与此相应的是，在网络媒介时代，新的文学经典也将应时而生，对此，我们充满期待！

---

① ［美］J. 希利斯·米勒：《现代性、后现代性与新技术制度》，陈永国译，《文艺研究》2000 年第5 期。

第十四章　读者追捧的网络小说

新世纪以来，网络小说在网上很受读者的追捧，网络小说实体书出版后占据各种畅销书排行榜，网络小说与影视、游戏互动，形成了一条商业链。毫无疑问，面对纯文学阅读市场的萎缩，网络小说的地盘却在扩大，这是摆在当代文坛不争的事实，也是当代文学批评必须面对的问题。网络小说的畅销固有其传播媒体的强势推动因素，也有其内在的原因。畅销的网络小说往往有其鲜明的时代性，也有其独特的网络文风和艺术个性，在文学多元化成为多样化的代名词的年代，网络小说受广大读者欢迎有其内在的合理性和文化逻辑。这里以《失恋三十三天》为例来分析这个问题。

一、时尚的"悦读"小说

《失恋三十三天》是一部带有时尚气息的"悦读"小说，小说最初是2009年5月17日在豆瓣网上连载的一个直播贴，被人称为全国首部"日记体直播小说"，这篇10万字左右的小说在与网友粉丝的互动中连载结束，获得千万点击率，得到很多好评。作者鲍鲸鲸出生于1987年，毕业于北京

电影学院，无业，居家写作者，在豆瓣上写直播贴时用的网名为"大丽花"，被粉丝称为"花姐"，其粉丝为"花粉"。小说在网上走红后，中信出版社2010年1月出版了这部小说，小说被《蜗居》的导演滕华涛看中，将其改编成同名电影，由小说原作者鲍鲸鲸担任编剧，于2011年11月11日这个百年一遇的光棍节前夕（8月8日）上映，取得了火爆的商业效应，上映5天，票房就超过了1.6亿，这部小成本制作的电影上座率超过同期播出的好莱坞大片《铁甲钢拳》和《猩球崛起》。这是又一个关于网络媒体推介小说作者成功的例子。这篇小说在网络上的成功也再现和重复了当年《第一次的亲密接触》和《成都，今夜请将我遗忘》的模式，即小说先在网上赚得了人气，后成为实体书，接着被改编成电影、电视剧、话剧等，这篇小说的人气效应也成功地推出了一位文学创作新人。

"诗人的功能在于对人们从命运得来的遭遇，做出逼真的描绘，并且通过这种逼真的描绘，使读者得到娱乐。"[①]《失恋三十三天》是一个时尚性的文学文本，它的成功不是因为作品的内涵多么深刻，小说的创作历程并不是十年磨一剑式的细细打磨，而是在网络中与读者互动下创作的，它注重的是可读性和时尚性。所谓可读，就是小说好看，读来刺激、过瘾；时尚性表现在小说的当下性，即小说有着鲜明的时代气息和年轻人生活价值观念变化的印记。这两个方面的特点让小说获得了大量的读者，电影获得了观众的好评。

《失恋三十三天》获得读者的认同，首先是题材效应。不容否认，在中国当代文学的历史上，很多作品的成功是与题材效应分不开的，如新中国成立后十七年时期的革命历史小说和农业合作化小说，新时期初的伤痕小说、反思小说、改革小说等都有鲜明的题材效应成分。题材效应是文学介入现实的结果，题材效应的产生往往是因为文学作品触及一个时期人们集

---

① ［意］卡斯特尔维曲罗：《亚里士多德〈诗学〉的诠释》，伍蠡甫主编：《西方文论选》（上），上海
　文艺出版社1988年版，第187页。

中关注的社会问题。当代文学的"当代性"正反映在这种对当下性问题的关注。二十世纪九十年代以来，纯文学的影响力日趋下降，文学期刊的发行量严重下滑，文学离普通读者的生活圈子越来越远，文学日渐失去了轰动效应，题材效应产生的可能性也越来越小。网络媒体的兴起为文学的题材效应提供了新的机缘，网络小说以网络为传播载体，是在和广大网民读者互动之中产生的，在其传播的过程中，能引起网友读者追捧关注的往往是大众关心的热门题材，作品很容易形成题材效应。《失恋三十三天》关注的是失恋问题，这虽不是一个新鲜的问题，但这篇作品直面探讨了在新世纪的历史环境下，中国都市职场年轻人面临的情感问题。经过改革开放30年的发展，两性关系在中国已经发生了很大的变化，早恋、婚前同居、小三、移情别恋、丁克家庭、无性夫妻、同性恋等现象已不足为怪。女性受教育的程度大大提高，参加工作的机会及与男性平等的可能性大大提升，人们对婚姻的选择更趋向于多样化和人性化。手机、互联网等新型交流方式的出现让人们的交往变得更加便捷，社会交往面空前地扩大，人们为爱情所享受的"自由感"空前地增加，爱情的自主性也极大地增强，一个人一生只谈一次恋爱在当代社会的可能性越来越小了，移情别恋和失恋的现象越来越普遍。《失恋三十三天》关注的正是"失恋"这一带有"时代病"的普遍性的问题，小说在豆瓣网上受到一些读者的追捧，他们乐此不疲地追贴，是因为小说和他们一起直面他们自己所面临的问题。有人说，小说及其改编的电影打动了那么多的人，是因为这个时代失恋的人太多了。导演滕华涛则明确表示，"因为主题是当下年轻人所要面临的现实问题"，"因此这更是一部疗伤的电影"。[1] "现代戏会尽可能加入更多的社会话题，各个阶层、职业的情况都会涉及，观众在每部剧中都能够找到身边人的影子。"[2] 大众读

[1] 裴军运：《〈蜗居〉导演滕华涛执导〈失恋33天〉》，《深圳晚报》2011年5月22日。
[2] 倪自放、李晶：《〈瞧这一家子〉VS〈失恋33天〉》，《"后〈蜗居〉时代"影视受关注》，《齐鲁晚报》2011年9月13日。

者喜欢文学作品，在很大程度上还是因为他们在作品中找到了自己，在阅读小说和观看电影的过程中，他们不自觉地将自己代入其中，这部小说正产生了这样的阅读效应，如同小说的内容简介中所介绍的：小说在网络上连载的过程中，很多人发邮件给作者，希望在爱情的路上得到指引。还有一些人希望自己所经历的故事以及自己的名字，也能出现在小说里。

"修辞立其诚"，这篇小说在网上连载的时候，作者自己与男友发生冷战，正处于失恋期，其出发点是想写个故事，希望能够指导大家度过失恋后最痛苦的日子。小说在豆瓣网上直播时的标题是《小说，或是指南》，小说回答的问题是："如何走出失恋的困境。"它让那些失恋的读者产生强烈的共鸣感，也让那些正在热恋或即将走入婚姻中的读者反思自己的恋情。很多读者奉其为"恋爱必读指南"，称其为"走出失恋阴影必看的力作"。豆瓣网上有位"花粉"跟帖说："我理解我为什么失恋了。但是男人不会在下面等你。我知道我为什么挽回不了了。"

主人公黄小仙是一个高端婚庆公司的员工，是个"不修边幅，嘴巴恶毒，相貌也不突出的大龄剩女"，在同事王小贱眼中，"黄小仙同学过得太糙了，一点都不像个女人"。黄小仙相貌很普通，她的失恋是一个普通的女孩面对一次平常的失恋的故事，带有一定的普遍性。黄小仙恋情的特别之处还在于，自己的闺蜜抛弃了自己，和自己的男朋友走到了一起，黄小仙最终在"男闺蜜"的帮助下走出了这段痛苦的日子。黄小仙和王小贱之间的关系，是一种新的社会关系，王小贱是黄小仙的办公室同事，两人都擅长斗嘴。小说这样描述二人的关系："刚进公司的时候，凭着一副清秀相貌连我们楼层负责保洁的大婶都被他迷得神魂颠倒，但只有我知道，这个人的性取向绝对不明朗。论及刻薄、挑剔、阴损我根本不是他的对手，我们两个在一个组里共事两年吵过的架比一对结婚二三十年的夫妻还多。我的脾气点火就着，但他擅长冷暴力，化骨绵掌，以柔克刚。我次次都被他逼出内伤。"一方面二人是斗嘴的对手，另一方面二人是异性的"哥们"，在关键的时候相互帮助，关系颇为暧昧，还合租一套房子，住到了一起，但

又不是明朗的恋情关系。这种异性同事的暧昧关系无疑是改革开放时代出现的一种新的两性关系，豆瓣上的跟帖表明，很多女性读者在阅读这个故事的时候，幻想自己能有王小贱这么一位"男闺蜜"。

小说主人公黄小仙是在一步步走出失恋阴影的过程中度过三十三天的，小说通过人物的心理描写，探讨了爱情问题。黄小仙在这个过程中，学会了反思，学会了理解，也从中慢慢成熟和长大。小说中总结主人公的恋情时说："每当出现问题时，我最常做出的姿态不是倾听，而是抱怨。一段恋情下来，我总结的关键词不是合作而是攻击。""所以我突然明白了一个道理，这段感情里，原来我们势均力敌，结尾处统统惨败，我毁掉的，是他关于我的这个梦想；而他欠我的，是一个本来承诺好的世界。"这段总结很有思考的深度也很有亲切感，不是高高在上的说教，而是成长疼痛的诉说。主人公显得朴素，好像就是身边的人，这也是读者很喜欢这篇小说的原因。为了很好地探讨爱情主题，小说中还写了其他两对人物关系与黄小仙的爱情进行对比。一是李可和魏依然的爱情。在黄小仙的眼中，李可是配不上魏依然的，黄小仙很讨厌李可的俗气和装腔作势。但作为成功男士的魏依然选择李可的理由是"省事"，魏依然要求稳定，要求恋爱中没有悬念，爱情并不是生活的必需品，这是一种实用主义的爱情观，而黄小仙坚持爱情是不可或缺的必需品，这让黄小仙找到了自己失恋的"理由"。二是张玉兰和陈老师的爱情。"买台冰箱，保修期才三年。你嫁了个人，还要求这个人一辈子不出问题啦？出问题就要修嘛……"这段张玉兰和陈老师年轻时的情感故事叙述被总结为"勇斗小三"的正室风范，其斗争艺术被网友总结为"笑里藏刀"、"指桑骂槐"、"反间计"。他们的爱情故事让黄小仙反思自己的爱情，黄小仙总结出爱情的破裂是因为她对自己的另一半过于大意，缺乏警觉，没有对爱情采取维修的态度。在失恋的三十三天里，黄小仙经历了一场精神的蜕变，"就像一次痛苦的脑部神经手术，所有的回忆和背叛我的那个人是我必须要切除掉的坏死神经"。《失恋三十三天》是一个女性主义的文本，它宣扬了一种新的对等的女性人格，表达了一种对两性平等

的新的理解。"我不稀罕你的抱歉，我不稀罕你说你对我很亏欠，我要的就是这样的对等关系。一段感情里，在起点时我们彼此相爱，到结尾时，互为仇敌，你不仁我不义。我要你知道，我们始终势均力敌。"一个女孩即便是失去爱情，也不会在抛弃自己的男友面前说一句软话。这种独立的女性形象来自社会现实，在改革开放时代女性广泛地参与社会工作，受教育的程度极大地提高，她们对爱情的理解和渴望是建立在经济独立、精神自由平等基础之上。黄小仙故事的当下性在于表现了在新的时代条件下女性已经越来越独立和强大，作为新时代的女性，她们需要面对的问题已经和传统女性有了很大的不同，她们需要学会独立生存，需要学会"经营感情"，需要学会对异性的包容，需要平等地对待自己的另一半。

王小贱是一个新型的男人形象。他不是时代偶像，但代表了一种新的人物类型。王小贱性取向不明朗，说起话来娘气十足，很刻薄，很细腻，擦手霜和唇膏不离手，会做冰淇淋，家务活做得很好，还"很享受这个过程"，人很聪明，会处理问题，本质上是个"外柔内刚"的男人。这是一个男性也可以阴柔，女性也可以阳刚的时代。时代在发展变化，性别的倒置，或者特别的性取向都已令人见怪不怪了，王小贱的形象与二十世纪八十年代文学中女性"寻找男子汉"的人物形象已有很大的不同。小说中其他的人物形象也颇有个性，广东仔是悠悠球大师，小可有阅读障碍，小野猫cici 是夜店的常客，善良妹"胸和脑不可兼得"，"海淀翘臀男"言行夸张做作，这些人物形象都不"完美"，各有"残缺的"个性，为小说增加了很多的笑料。

二、好看的网络故事

《失恋三十三天》通过戏剧性的场景追求一种"好看"的阅读效果："我"看到了自己的闺蜜和男朋友在一起；"我"对着电话大骂大老王；"我"和同事们在一起聚会，讽刺李可，手机被同事按在免提上，而不是静音上；"我"

与魏依然约会，点"烧白子"，竟然是河豚的精子；王小贱和黄小仙一起在同学的婚礼上羞辱前男友陆然；黄小仙在参加同学婚礼前错将染发剂当成了牙膏，结果弄得满嘴红牙，被王小贱调侃为"别人都是蓝牙时代，你可倒好，直接红牙了"；电影中王小贱为黄小仙剪刘海，用一个塑料桶当模具，结果塑料桶豁了个口子，刘海也留了个口子；黄小仙吃过期的方便面结果一晚上跑厕所。一个失恋的悲情故事因为这些娱乐段子而具有鲜明的喜剧气息。小说就是由这些充满戏剧性的片段组成，让读者忍俊不禁地发笑。

《失恋三十三天》是在网上和读者的互动中产生，小说的语言颇有时代感，吸收了很多生动的网络语言。如"制服诱惑"、"秒杀"、"WII"、"直男"、"咸湿"、"MSN"、"拉风"、"小开"、"土豆款的男孩"等都是网络语言，有很鲜明的网文风格。"我是宅女，他是宅男，下了班都各回各家，我上淘宝他看 DVD，就算一起玩起了 WII，也是在不同的空间里。上班路上，我们或许能搭上同一辆地铁，但我被咸湿佬偷捏屁股的时候，他可能正站在另一个车厢里，用 PSP 看《六人行》看到哈哈大笑。"不熟悉现代网络流行语言的人恐怕是看不懂这一段文字的，小说借助网络语言营造了一种特别的阅读效果。小说的语言生动还在于很有创造性地制造了一些"经典"的语句，让人过耳不忘，颇有冲击力。如："你真是一位百里挑一的高品质贱人"，"二百五的脑子加林黛玉的心"，"情义千斤不敌胸脯四两"，"你连人都没生，怎么质疑人生？""别人都是把婚礼当新闻发布会办，这姑娘是把婚礼当星光大道办呢"，"我去给你倒一杯夏日特饮——凉白开"，"女孩长的不好看，确切说，是很不好看。谄媚点形容，就是长相误入歧途版的周迅；刻薄点儿形容，就是用过护肤品的少女版马加爵。""他们那个时代形容这样的姑娘是'满园春色压不住，一枝红杏出墙来。'我们现在形容这样的姑娘则是'满园春色压不住，我又红杏出墙啦。'"这些句子用在人物对话中出语惊人，给读者留下深刻的印象，用在故事的叙述中，类似网络"段子"，极大地增加了阅读的趣味。小说中比喻的运用上也颇有新意，新词频出，有鲜明的时代感。如将失恋的女孩比作"外贸尾单"，将思绪比作复印机："像复印

机一样，开机，复制，复制，不断复制，直到被关闭上电源，那样的一天。"将脸比作鼠标垫："干嘛啊你，板着一张鼠标垫儿脸，给谁看哪。"将内心的烦闷比作俄罗斯方块："我觉得心中的某个地方，憋闷的好像俄罗斯方块快要堵到顶端了。"小说在网络上直播时有很多粗鄙的语言，如"优雅的去装逼"、"傻逼"、"操你妈"、"放屁"等等，这些语言有些不够优美，却是与网络语言环境相适应的，有一股野性的淋漓劲，符合网络读者看得"爽"的特点。黄小仙和王小贱刻薄的斗嘴也给读者留下了深刻的印象，凌厉的语锋、干净利落的调侃，读来生动、痛快。

小说开篇入题很快，没有传统现实主义小说中常见的冗繁的景物描写，没有过多的人物交代，直接进入故事的中心，一个女孩面对的事实是自己相恋多年的男朋友和自己最要好的闺蜜在一起了，一下子把读者带入到人物凄凉的处境之中。小说结构紧凑，一个个的故事场景展开，以人物的情感波动为线，串起了人物故事，读来紧张而又轻快。小说所采取的第一人称的叙事视角也让读者在阅读的时候，不自觉地产生对主人公命运的关注和同情，第一人称的倾诉式的叙述风格容易让读者产生亲近感。小说采用日记体来叙述故事，这种视角是现代小说常用的一种方式，日记体能很好地写出主人公的内心感受。小说中这种轻松的喜剧风格和主人公内心的沉重交相辉映，这也是这部小说的价值所在。小说不是简单的娱乐性文本，而是在笑意和放松中讨论沉甸甸的心理问题，试图给读者以启发，表现的是一段人生蜕变的痛苦心路历程。小说结尾采用了开放式的结局，没有落入俗套，也颇有新意。电影中那个广告牌上的 FAITH，代表了对一种真诚、信任的渴求和重建，那句"我陪着你"最终也温暖了观众的心。小说中王小贱骑着自行车去追赶公交车在雨中接黄小仙的场景也让人感动。小说的心理化风格很浓，人物内心的曲折、委屈，在电影中并没有完全通过画面、故事表现出来，但在整体的紧凑感上电影比小说好。

一代人有一代人的生活方式，一代人有一代人的文学，文学表现了他们的成长经验以及审美情趣。加西亚·马尔克斯说："作家写作是解决个人与周围环境冲突的一种方式。"①"网络一代"的年轻人在网络上写作、发表他们的成长经验，孕育了中国当代文学的新的可能性。《失恋三十三天》的意义层面相对还比较简单，艺术上戏剧化的层面过多，开心、娱乐精神胜过了对生活的深层发现和人性的拷问，作品远未达到与哲学结合的雄心，人物形象还不够丰满，类型化倾向也很明显。如同上文所分析的，《失恋三十三天》最初只是为了自己的心情和网友读者的喝彩而写，在与读者互动的过程中激发了作者的才华，可取的是作品将严肃的思考和娱乐化的形式熔于一炉，不乏人文关怀，有着严肃的创作态度和鲜活的生活底色，有其独特的艺术个性。对于鲍鲸鲸来说，这篇小说只是一个起点，这部作品的成功无疑再次证实了这样的事实：网络上的及时发表与互动是新的文学创作者成长的重要渠道；网络小说贴近读者，贴近现实，反映了新时代社会价值观念的变化；优秀网络小说的畅销来自作者独特的精神个性和内在的文学底蕴，网络小说在吸引读者方面充分发挥了文学的娱乐功能，一定程度上是对现代文学以来启蒙文学审美规范的抗争和反驳；网络小说的作者和读者一起成长，网络媒体正以其强大的覆盖力成为文学繁荣的一方沃土。

---

① ［哥伦比亚］加西亚·马尔克斯：《与略萨谈创作》，申宝楼译，吕同六主编：《20世纪世界小说理论经典》（下），华夏出版社1995年版，第118页。

第十五章　北美的汉语网络文学

　　在二十世纪八十年代以来的中国移民潮中，移民北美的华人最多，2015 年 1 月 30 日来自中新网的报道称，据专门研究移民政策的移民政策研究所（MPI）日前发布数据，2013 年在美华人居民一共有 201.8 万，2010 年左右为 168.3 万，1980 年为 38.4 万，华人居民属于美国年龄、学历和收入的"三高人群"①。这个"三高人群"的移民队伍中的文学爱好者借助互联网写作、阅读、交流，海外华文网络文学随之也渐成气候。华文网络文学是从互联网发达的北美兴起的，北美华文网络文学作者阵容强大，优秀作品多，是中国当代文学史一个重要的组成部分，其重要意义不容忽视，它为中国当代文学提供了新的文学视域和文学经验，使更多的文学爱好者和文学写作者通过文学写作和阅读丰富了心灵，交流了情感，提升了文学的创作水平，扩大了中华文化的国际影响，让文学在更广阔的生活空间和精神空间内发挥了重要的作用。

---

① http://big5.chinanews.com:89/hr/2015/01-30/7019307.shtml.

一、超脱、随性的文学趣味

在二十世纪末，北美华人网络作家少君曾撰文指出："中文电脑网络杂志已成为传播华文文学创作的最佳途径，其影响力远远超过报纸和文学杂志的作用，成为海外华人，特别是知识分子阶层汲取中华文化的主要渠道。"[①]海外没有类似国内的商业文学网站，没有通俗类型文学的泛滥，在网络上写作的人和在纸质媒体上写作的人，并没有太大的区别。那些在网络上发表作品的人，最初是在网络上"练摊"，通过网络写作交朋会友，锻炼文笔，磨砺心性，倾吐心中所思所感。文学网站上发表的文字并不能直接给他们带来收入，赚得的只是"虚名"和人气，他们愿意将自己的作品首发在网站上，收获主要是精神上的。如马克·波斯特所说："电子邮件服务和公告牌中充斥着各式故事。人们似乎很乐于把所叙之事与他们从没见过且很可能不会见到的那些人联系起来。这些故事看起来往往好像直接取自生活，但是有许多无疑是子虚乌有。将自己的故事告诉他人——告诉许多人、许许多多的其他人，这种引诱力实在太大。"[②]海外中文网络文学的编辑和写作成员主体是海外的留学生，他们在异国他乡留学，文学是他们寄托怀乡之情的一种方式，网络的出现为他们提供了一种很好的文学交流方式，可以不受发表审核和版面的限制，可以快捷地交流他们在异国他乡的共同感受。网络文学最初的功能是交朋会友，排遣孤独，是非功利的，文学充当了最基本的倾诉和慰藉心灵的功能。时至今日，早期网络文学的自由精神和赤子情怀依然还保留在海外华文网络作家的写作中，与中国大陆在商业机制下制造的爆炸式的网络通俗文学有很大的不同。

英国启蒙主义时期诗人杨格（Edward Young）认为："对于职业作家和业余作家，写作不但是一种高尚的文娱活动，而且是一个幽静的避难所。

---

① 少君：《第 X 次浪潮：网络文学》，《中国现代、当代文学研究》2000 年第 6 期。

② ［美］马克·波斯特：《第二媒介时代》，范静哗译，南京大学出版社 2001 年版，第 49 页。

它改进他们的才能，增加他们的宁静，它从这烦乱无谓的世界的忙乱中为他们开了一扇后门，通向一座长满道德与智慧花园的芬芳园地。"① 北美网络文学写作者写作的动因主要是因为精神需求，而不是为稻粱谋，因而他们能听从内心的需要，写自己想写的文字。少君的写作源自内心的人文情怀，他说："我不能不写作，写作使我在与金钱的游戏的压抑中得到释放，写作也使我在异域的漂泊中感受到生命的价值所在。"② 陈谦说："在美国经历，打开人的眼界，开放人的心灵，甚至改变人的世界观。震撼和感慨之后的思考，是我写作的原动力。……中文网络写作最早是在海外开始的。我的很多朋友也开始写，我在海外读到他们的鲜活生动的作品很激动。在英文语境中，我突然看到有这么多中国人用中文在写，而且写得这么好，我来自儿时的对文字的爱好一下子被激活了。我就也开始上网写。"③ 对于陈谦来说，不用为了写而写，而是有了想写的感觉和冲动才写，因此写作相对比较严谨，作品多是有感而发。王伯庆在《十年一觉美国梦》的《作者自序》中说："我为什么写这些随笔？在海外读洋书，有空时也想读些中文，享受一下。由海外中国留学生、主要是留美学生，办的第一个网上杂志《华夏文摘》，给了数十万海外中国学人每周一读的机会。我读了七年的《华夏文摘》后，想贡献一次，大家的事情大家做。于是，九七年 5 月，我就写了第一篇随笔，登在《华夏文摘》上。发表后收到的鼓励信件使我的骨头一轻，写了下去，每周三一篇，在《华夏文摘》上形成了现在海外中国人知道的'新燕山夜话'系列。"④ 从这些作家的自述中我们可以看到网络激发了这些作家内在的写作才华，网络写作是意随心动的结果，借助网络媒体，他们

---

① ［英］杨格：《论独创性的写作》，伍蠡甫主编：《西方文论选》（上），上海文艺出版社 1988 年版，第 506 页。

② 江少川：《写作使我在与金钱的游戏中得到释放——北美网络作家少君访谈录》，《世界华文文学论坛》2003 年第 1 期。

③ 江少川：《从美国硅谷走出来的女作家——陈谦女士访谈录》，《世界文学评论》2012 年第 2 期。

④ 王伯庆：《十年一觉美国梦 风靡海外的"新燕山夜话"》，四川人民出版社 1999 年版，第 4 页。

在海外通过写作获得了一种别样的精神生活。

"文心社"的社长施雨谈到："因为海外华人无法靠撰文为生，所以除了兴趣，没有人会把写作当作一个正经的职业来投入大量的时间和精力。有时间写写，没有就不写。……温饱解决了，玩玩文学不过是兴趣和娱乐。"[①]在大陆文学经受商品经济大潮的影响，文学叙述呈现欲望化、市场化等倾向时，在商业网站的利益机制刺激下，网络文学普遍走通俗化、娱乐化路线的时候，海外的网络文学写作坚守了文学的赤子之心，追求精神理想和艺术意蕴的营造，有很高的艺术水准和温暖人心的力量。亦如薛海翔在"海外知性女作家小说丛书"的"总序"中说："海那边，写家们的作品，倒有了一种象牙塔般的古典意味，清静、悠然、孤芳自赏、与世无争。"[②]少君40岁做出退休的决定，定居美国的凤凰城，过着"自此光阴为己有，从前日月属官家"的当代隐居生活，远离官场、商场的争斗、算计，过着自由的生活。这份超脱、闲适赋予了海外华文网络文学作品清迈、悠远的格调。

阅读海外华文网络文学的作品时，可以感受到海外作家那种悠闲、淡然，他们细细地咂摸生活的味道，品析人情世态，倾听内心的痛楚与安宁，追求个性化的生存方式和那种精细、安然、阅尽人间冷暖的文学情调。尤其是当这些文化精英们越过了在异国谋生的门槛，在国外获得了较好的生活条件的时候，他们或寄情山水，或静观世态万象，或洞悉人情冷暖，他们的笔触向生活的深处迈进，在生活的缝隙处研磨出更深的味道。他们传承中华文化的精神流脉和文人士大夫情怀，在作品中表现出见生活、见性情的特点。融融的《开着房车走北美》有一种热爱生活的情怀，作者用大量的图片和纪实性的文字，向读者展示了异国的风光和人物风情，读来颇长见识。在《天方鱼话——图雅文集·美国篇》（中国广播电视出版社，2014年）的勒口上这样介绍图雅："生于北京，长于各地，游于世界。现侨

---

① 江少川：《弃医从文 用母语坚守精神家园——施雨访谈录》，《世界文学评论》2012年第1期。
② 王瑞芸：《戈登医生·总序》，广西人民出版社2004年版。

居美国。钓鱼和美食爱好者。热爱大自然，祖国文化和钓鱼岛。曾经上学、做工、经商。提倡理性思考、喜欢挑剔名言。"读读这个集子中图雅的文章，会发现作者生活视域很宽，天文地理、历史政治、饮食休闲、生活幽默等等无不在作者的视野中，读来好玩、有趣，亦不乏思想的力量。图雅写诗，写散文，也写小说，他有特立独行的个性，在网络上"神龙见首不见尾"。图雅的作品受王朔、王小波作品的影响很明显，人物有些痞气、野性、生猛，但又都是有个性的天才。其作品语言的网络风格很浓，戏谑、风趣，文字简练、跳跃，在细节上又颇为用力，肆意、洒脱皆成文章。滴多的《心有别趣》写一个女人在美国留学过程中的情感经历，小说中将英语中骂人的"bitch"曲解为"别趣"，"You are a bitch"被曲解成"别有情趣的女人"，小说以一种嬉戏的方式，表现女性在与男性情感的纠缠中成长、成熟的心路历程，小说语言奔放、幽默，故事一波三折，叙述中有女性的心灵动荡和情感的跳跃，有历经世事的洒脱与随意，网络文学的自由精神荡漾其间。

二、旷阔的生活与文学视野

海外网络文学的作者是一群知识文化精英，他们来自各种不同的行业，有着丰富的人生阅历和各不相同的文学观念。他们的写作中明显有着各自的专业优势和生活背景，支撑他们写作的是他们所经历的异国生活所带来的种种文化震荡和生活体验——他们有话要说，因而能言之有物；他们所学的专业大多与文学没有直接关系，但他们通过文字所表达的精神世界融进了不同专业的眼光，他们为读者敞开了特殊群体的生活经验，并以专业分析的卓见使作品具有理性的深度。这些作者个个都是多面手，他们的人生很精彩，历经岁月打磨沉淀后创作的文字"浓度"很高。

少君曾就读北京大学声学物理专业，后在美国德州大学获经济学博士。他曾任职中国《经济日报》记者、康华公司经理、美国匹兹堡大学国际关系学院副研究员、普林斯顿大学当代中国研究中心研究员。后任职美国 TII

公司副董事长，亦为北美华文作家协会理事及北德州分会会长，兼任美国南美以美大学和中国华侨大学教授。少君在全球第一家中文电子周刊《华夏文摘》1991 年第 4 期发表的《奋斗与平等》是最早的一篇留学生小说。此后，他在网上发表了大量的文学作品，并结集出版几十种。他早期在网络上发表的"人生自白"系列深有影响，这些作品反映了少君作为新闻记者的敏感和责任，他试图以访谈自述的方式记录一代移民的生活经历和情感感受，由于少君自身经历丰富，又在学界、商界、政界、新闻界等领域涉足，他的视野广阔，对人物故事的叙述中有较深的理性色彩，他的"人生自白"系列因而能在较深的层面上写出一代移民的现实处境和精神困境。

为《华夏文摘》和"多维新闻网"撰稿的王伯庆，大学学习材料工程，后在美国获经济学博士，在一研究机构任经济研究经理，2003 年后回国创办麦可思公司，是中国高等教育供需跟踪评估系统（CHEFS）创始人。王伯庆的文章文笔活泼，对生活的洞察富有理性思考力。《我家有个小鬼子 中国孩子在美国》写自己女儿在美国成长过程中的点点滴滴，让我们从中看到了中西文化碰撞、较量、交融的生动情景，打开了中西文化教育观念的差异，给人颇有启示。王伯庆的随笔集《十年一觉美国梦》被称作是"风靡海外的'新燕山夜话'"，作者博览群书，学通文理，其文章谈哲学、政治、社会、历史、时代、人性等，随意而谈，针砭时弊，随性洒脱，妙语连珠，通俗易读而又闪烁着思想的火花，读来趣味盎然。

施雨 1988 年毕业于福建医科大学，1989 年赴美，先从事医学科研工作，后通过美国西医执照考试，曾在达特摩斯医学院、德州大学西南医学中心和纽约下城医院等地工作过 11 年，后走上了专业文学写作的路，2012 年在福建师范大学以北美华文网络研究获得文学博士学位论文。施雨从医的经历成就了她的第一部长篇小说《纽约情人》，作品在网上发表后，颇受读者欢迎，如作者所言："大概由于自己是医生出身，故事里的人物和细节都是我非常熟悉的，包括一些专业知识，写着得心应手，读者也十分喜欢。小说首先在网上连载，收到很多热心读者的来信，同行读者们说，医生写医

生特别到位，很亲切，感觉非常好。每个人都有自己的特长，发挥特长最重要。"①施雨是个文学的"多面手"，她写诗，写小说，写散文，编电视剧，出任"文心社"社长，是美国《侨报》《明报》《星岛日报》副刊专栏作家。陈瑞琳曾用"微风细雨霜满天"来评价施雨的创作，她认为施雨的作品有散文的优美，诗的沉淀，"如果说'微风'的清爽是她的'文'，'细雨'的柔密是她的'诗'，那么，'寒霜满天'的激荡浩然便是她倾尽心力的'小说'"②。

　　阿黛1982年毕业于福建师范大学外语系，1988年到美国，师从著名作家、加州大学教授白先勇，获加州大学亚洲研究硕士学位。阿黛早期的创作主要在《新语丝》上发表，是知名的网络写手。阿黛的小说"手法多变圆熟，尤其是她对小说人物身不由己的遭遇命运都怀着相当的宽容与谅解，这就使得她的小说透着一股人性的温暖，这也是阿黛小说最可贵的特质"③。阿黛小说中的女子有高尚的精神追求，《处女塔》的主人公在青春期阅读《牛虻》《简·爱》《呼啸山庄》《上尉的女儿》《叶甫盖尼·奥涅金》《罗亭》《巴黎圣母院》《怎么办》《悲惨世界》《战争与和平》等世界名著，追求有灵魂的爱，将一生的目标定位为追求人间难以寻找到的美和情操。

　　王瑞芸有良好的艺术修养，追求小说的雅致。王瑞芸1982年毕业于南京师范学院美术系，后获中国艺术研究院西方艺术史硕士学位，1988年进入美国俄亥俄州凯斯西方储备大学获艺术史硕士学位。著有《巴洛克艺术》《二十世纪美国美术》《美国艺术史话》《新表现主义》《激浪派》《变人生为艺术》（美术史论文集）、《美国浮世绘》（散文集）及译著《杜尚访谈录》《光天化日》（哈金短篇小说集）。王瑞芸的《戈登医生》首发大型文学网刊《国风》，2000年在《北京晨报》连载，其后在《天涯》发表，同时收在2000

① 施雨：《纽约情人·后记》，百花文艺出版社2004年版，第276页。
② 陈瑞琳：《北美新移民作家扫描》，《文艺报》2005年3月17日第5版。
③ 白先勇：《阿黛的故事》，《处女塔——阿黛中短篇小说选》，海峡文艺出版社1999年版，第2页。

年8月号的《小说选刊》和《小说月报》，还被选入2000年中国最佳中篇小说集。《戈登医生》故事细腻、纯净，悬念控制得很好，心理描写很出色，以纯粹的人物和纯粹的故事写出了对理想爱情的坚守。王瑞芸说："通过写作我认识到，好小说应该有严谨的结构、精致的美学形式，更重要的，是要有高远的意境。小说写得好，在人的心里会引起读诗一样的体验……"①《戈登医生》体现了作者这种美学上的追求，达到了作者所要追求的艺术效果。这种精致和高远也体现在人物性格形象的设置上，戈登医生的言谈举止非常优雅，小说以"我"的叙述展开，"我"在戈登医生家做保姆照顾戈登医生领养的中国小孩，在整个过程中"我"所看到的戈登医生的形象是正面的，他温存、体贴、专注，做事精细，为人和气，处事优雅，这与戈登医生后来被认为是"变态狂"、"罪犯"的形象是大相径庭的，从而对读者形成了强大的阅读冲击力。小说的魅力还来自作者节制、舒缓的叙述，"我"在对戈登医生的生活发生兴趣的过程中，作者通过悬念，制造了一些看不明白的"谜"，通过"我"与戈登医生之间朦胧情愫的展开，所有故事的推进都紧紧贴合着"我"敏锐的内心感受，语言中不时迸发出诸如："在生活里，你要学会不要只活在表面上，你要越过它们，抓住它们背后的东西"，"人和人相知、相爱、相守是要有缘分的，丝毫勉强不得的"等充满生活哲理的警句。也不时有表现人物内心的句子，如："一个世界都站在戈登医生的对立面，只剩下凯西和我了，只有我们两个懂得戈登医生的所作所为，懂得戈登医生纯洁灵魂所遭受的玷污和他柔软心肠承受的委屈，因此他的耻辱、他的不幸注定只能由我们两个能懂得他的人来承担，这个分量太重了，我们只有痛彻心肺，抱头相哭，别无他途。"②这段心理叙述与故事的情节推进相互融合，又一点点拨开了故事的内核，类似这样浑然天成的叙述在小说中比比皆是。"的确，没有一种激情比善良的爱情更能激发我

---

① 王瑞芸：《戈登医生·后记》，广西人民出版社2004年版，第194页。
② 王瑞芸：《戈登医生》，广西人民出版社2004年版，第43页。

们向往高尚和慷慨事物的心情了。"① 正是这种"善良"使小说有一种打动人心的力量感。

陈谦二十世纪六十年代出生于广西，大学毕业后在南宁一家制药企业从事技术工作，1989 年赴美留学，获爱达荷大学电子工程硕士，后来成为美国西部硅谷的一名集成电路芯片设计师。自 1997 年起，陈谦在海外文化网站《国风》撰写专栏，长期拥有众多忠实读者。她的小说、散文作品散见于《今天》《小说界》《钟山》《香港文学》《红豆》《青春》《三联生活周刊》《南方日报》《侨报》《华声月报》等海内外报刊，出版长篇小说《爱在无爱的硅谷》（2002 年）、中篇小说集《覆水》（2004 年）、散文集《美国两面派》（2007 年）等。陈谦的小说可称为探讨女性感情的"问题小说"。《望断南飞雁》提出了在新的历史条件下，女性追求心灵梦想与家庭之间的矛盾。《繁枝》探讨感情出轨的问题，两代人采取不同的对待方式，最后的结局是完全不同的。《覆水》提出了老夫少妻所面临的困境问题。小说的主人公依群是一个中国女子，她嫁给了来自美国的比她大 30 岁的老德，老德在 76 岁突发心肌梗塞死去，依群似乎有了精神的解脱。小说的故事并不复杂，显示作者功力之处在于作者突出的心理分析和对情感深入描摹的能力。老德是依群的恩人，又对她形成了钳制的牢笼，依群渴望摆脱老德，但又不时回味她和老德在一起的温馨时光。小说中所显示出的那种命运感，那种女性挣脱感情漩涡的回旋，体现了作者描摹深层人性的能力。

三、网络创作的成就与影响

由上文的简要分析介绍可以看出，北美华文网络文学成就非凡，网络载体激发了他们的创作，多职业化特点的写作使读者能从他们的文学作品

---

① ［法］圣·艾弗蒙：《论古代和现代悲剧》，伍蠡甫主编：《西方文论选》（上），上海文艺出版社 1988 年版，第 271 页。

中获得一种海外生活的认识，他们独特的精神个性和网络自由精神的滋养使他们的作品充满情趣，见心见性，可读性强。但我们也应看到，新世纪以来，北美华人网络文学的阵地开始萎缩，海外曾经深有影响的文学网站"ACT"、"橄榄树"、"花招"、"国风"、"银河网"等陆续关闭，"网络文学"的"网络"色彩渐渐弱化，那些早期写杂感活跃于网上的作者大多停笔或转行，不复再有当年写作激情喷发的状态。《华夏文摘》、《新语丝》、"文学城"、"文心社"等依然存活的文学网站与纸媒文学的融合开始提升，这些网站所充当的功能类似"同仁"刊物，是一批海外文学爱好者的习作园地，这些文学网站上还刊发大量成名作家的作品，并不断地向平面媒体和读者推荐他们的作品，策划出版相应的海外中国文学丛书。以"文心社"为例，据"文心社"社长施雨介绍，"文心社"自成立之后，成员人数由 2000 年的 14 名增长至 2012 年的近 1500 名，网站共有文章近 6 万篇；文章发表数量逾万篇（主要发表于《侨报》《世界日报》《星岛日报》《明报》，以及新泽西州的《新象》周刊和达拉斯的《亚美时报》上开设的"文心社专栏"等）；著作的出版每年平均超过 100 种；世界各地成立分社 70 多个。"文心社"由一个文学网站发展成为深有影响的文学社团，将网络媒体与平面媒体相结合，在文学实体活动与成员的培养、作品的推介等方面做了大量的工作，在社团经营模式上取得了成功。在创作（双语）、发表、出版、影视、文学评论各方面都有长足的进步和发展，堪称目前北美，甚至海外，规模最大、创作最活跃、活动最频繁、影响最广、最富有潜力的，以大陆新移民作家为主的民间文学社团之一。①"文心社"发展壮大的过程是海外网络文学发展的一个缩影，它让我们看到，网络文学与传统文学并没有严格的界限，"网络文学"的本质是"文学"，而不是"网络"，"文学网站"发展了传统文学社团的功能。网上、网下，网刊、纸刊，网上发表、纸质出版，对于海外网络写作来说，是一而二、二而一的关系。国内相继出版的北美

---

① 林雯（施雨）：《论北美华文网络文学的第一个十年》，福建师范大学 2012 年博士论文。

华文网络文学早期作品如由赵毅衡作序的"网络文化丛书"（河北人民出版社，2000 年推出），近期作品如 2013 年九州出版社出版的《世界华人文库》中有施雨主编的《文心短篇小说精选 2013》，少君的《人生自白》等。在施雨主编的《文心短篇小说精选 2013》中，既有陈谦、施雨、融融、曾晓文等在网络写作中成长起来的作家，也有哈金、张翎、吕红等著名"传统作家"。

如是看来，"北美华人网络文学"将变成一个历史概念，网络只是扩大文学影响、增加文学交流的工具。但这并不能否认互联网在北美华人文学发展史上的意义，通过网络平台写作起步，北美华人文学创作群体中出现了一大批有影响的作家，如图雅、百合、莲波、方舟子、散宜生、阿黛、少君、陈谦、王瑞芸、施雨、苏炜、陈希我、融融等。他们创作了一大批优秀作品，如百合的《天堂鸟》《哭泣的色彩》，阿黛的《处女塔》，图雅的《寻龙记》《小野太郎的月光》，阎真的《曾在天涯》《沧浪之水》，滴多的《心有别趣》，艾米的《山楂树之恋》，陈谦的《爱在无爱的硅谷》《特蕾莎的流氓犯》，施雨的《纽约情人》《刀锋下的盲点》《你不合我的口味》，王瑞芸的《戈登医生》，苏炜的《米调》，陈希我的《我疼》，曾晓文的《网人》，等等。这些作品在文学界相继产生了重要影响，有的还获得各种文学奖项，图雅的小说《寻龙记》和《小野太郎的月光》获台湾《中央时报》文学奖，曾晓文的小说《网人》在台湾获得《联合报》小说奖，陈谦、施雨、陈希我等人的作品相继进入中国小说协会作品排行榜，艾米的《山楂树之恋》在"银河网"发表，被张艺谋改编成同名电影。

考察北美华人网络文学的成就和影响，还应看到，文化的影响力有至关重要的作用，因为有了海外视角，因为有了自由写作自由发表的网络平台，北美华人作家获得了重新观照历史的角度，他们类似五四那一批作家那样"两脚踏中西文化"，以新的视角重新反思人生、人性与中国社会历史。"文心社"编印的《文心短篇小说精选 2013》中有旅美作家哈金的作品《党课》，小说洗练、简洁，以戏剧化的语调写一个老红军应邀给战士们上党课，小说一反教科书的"政治正确"性，写出了红军战士作为真实的人的不堪回首的"窝囊"的一面，颠覆了红军战士的高大面目，颠覆了大陆文学中那种"革命乐观主义"的情调，小说以戏谑的手法在简单的故事中写出了历史的"另一面"和军队政治教育的"问题"所在。

许子东的《为了忘却的集体记忆——解读 50 篇文革小说》①曾对二十世纪八九十年代 50 篇表现"文革"题材的小说进行解读，他认为大陆的"文革"历史小说大多只是充当通俗故事的功能，没有相应的思维深度，缺乏对人性和文化的深度反思，停留在思想的浅层次。许子东所谈的这种现象正在海外华语小说中得到改变，在二十世纪八九十年代出国赴美的一批人中，大多对"文革"有较深刻的童年记忆，有的作者心灵上还蒙上了"文革"的阴影。因为身处海外，在宽松的文化环境中，各种"文革"档案相继解密，历史被重新反思，历史记忆因拉开了时间的距离重新发酵，"文革"故事的叙述也开始推向更深的层面。很多海外作家意识到"文革"是中国文学的一座富矿，陈谦认为："我觉得从写作来讲，文革相较于二战之于西方，也是一个富矿。只是，从文学创作来讲我们要看怎么样去探寻。"②陈谦的《下楼》（选入《2011 年年度短篇小说选》）和《特蕾莎的流氓犯》（选入 2008 年中国小说排行榜，并获得郁达夫小说奖提名）都是以"文革"为背景的小说，作品写人物的创伤，写对历史的反思，颇有深度。陈谦认为："我意识到，面对历史的重创，如何疗伤，其实是更重要的。其实我们整个民族在文革中遭到的重创到今天也还没有得到足够而有效的医治。"③白先勇在阿黛的小说《处女塔》的序言中介绍说，他曾在加州大学开了一课"文学作品中所反映的'文化大革命'"，美国学生对中国的这一段历史很感兴趣，阿黛的家庭也受到了"文革"风暴的冲击，阿黛因此遭遇过许多刻骨铭心

---

① 许子东：《为了忘却的集体记忆——解读 50 篇文革小说》，三联书店 2000 年版。
② 江少川：《从美国硅谷走出来的女作家——陈谦女士访谈录》，《世界文学评论》2012 年第 2 期。
③ 江少川：《从美国硅谷走出来的女作家——陈谦女士访谈录》，《世界文学评论》2012 年第 2 期。

的记忆，故她在叙述自己动人故事的时候，显示出一种饱经忧患后的成熟理性。在白先勇的鼓励下，阿黛开始创作"文革"背景的故事。《处女塔》中，"文革"历史对个人的伤害是无情的，个人在时代的风暴面前非常脆弱。因为"文革"政治的原因，家庭被毁导致了年轻姑娘小沁的人生悲剧，《处女塔》并没有简单地将人物的悲剧归为现实政治，而是写出了一种命运感以及人性的柔弱。小说中，"我"（小沁）的父亲是"反革命"，"我"喜欢乔谦，乔谦的同学卓田有个表哥在关押父亲的那所看守监狱里工作，通过卓田的表哥关照关在监狱里的父亲，因对卓田的感恩，"我"按照母亲的遗嘱和卓田定下婚约，后来因为父亲的"反革命"问题，"我"和卓田的婚事也遇到了阻碍。"我"最后面临的问题是："生我的父亲母亲遗弃了我，养我的父亲母亲又离开了我，我真正爱的人要与别人结婚，我应当嫁的人又拖延着婚期……实在没有任何值得留恋的了。我不怪任何人，我已经尝受过了我的生命所能尝受到的最大的幸福——我爱过。"①"我"选择了体面地死去，以此祭奠自己的青春梦想。"由于死，我的生命将会成为一道彩虹，一颗流星，一朵火花——至少辉煌了一次。就让我死得年轻，死得美丽，让我以我独特的方式流芳人间。"②在这种抒情的笔调中，阿黛的小说中有着理想主义的情怀，小说的叙述是用第一人称"我"的叙述，如泣如诉，给人一种身临其境的感觉，从而写出了不一样的"文革"故事和"文革"人物。

从 1991 年《华夏文摘》网站开始刊载原创网络文学作品以来，早期的北美华文网络作家已经历了 20 余年的网络写作。将他们与王安忆、铁凝、贾平凹、刘震云、张炜、莫言、迟子建、毕飞宇、范小青等国内作家相比，他们是一群"业余"的专业写作者，他们难以如大陆作家那样有更集中、更投入的写作，其写作的"体量"还偏轻，一些早期知名网络作家的兴趣后来转向别的领域，如写杂文的方舟子、王伯庆回国后，并没有从事文学

---

① 阿黛：《处女塔——阿黛中短篇小说》，海峡文艺出版社 1999 年版，第 185—186 页。

② 阿黛：《处女塔——阿黛中短篇小说》，海峡文艺出版社 1999 年版，第 186 页。

写作。我们看到，北美华人网络文学作家大多才气非凡，勇于追求文学的质感和思想力量。诗人欧阳江河认为，二十世纪九十年代中国大陆的诗歌进入一种"中年写作"[①]的状态，批评家陈晓明认为大陆的小说写作在新世纪呈现出一种"晚郁风格"[②]，这两种看法意在说明，中国当代作家经过多年的勤奋写作和写作积淀，不断地超越和沉潜，进入一种大气成熟的中年写作状态。比照国内作家，北美华人网络文学作家也大多处于人生中成熟的中年时期，在自由精神的天空下，在多元文化的碰撞中，他们的条件得天独厚，只要坚持不懈、勇于超越，我们有理由期待他们中能产生真正具有世界影响的大作家。

[①] 欧阳江河：《89 后国内诗歌写作——本土气质、中年特征与知识分子身份》，《花城》1994 年第 5 期。

[②] 陈晓明：《新世纪汉语文学的"晚郁时期"》，《文艺争鸣》2012 年第 2 期。

附录一：当代网络作家访谈录

一、"我是一个纯粹依靠写作吃饭的人"

——慕容雪村访谈录

周志雄（山东师范大学文学院教授）：2002 年，你在天涯论坛"舞文弄墨"上发表《成都，今夜请将我遗忘》，小说被各大 BBS 论坛转载，一度被誉为"中国内地最红网络小说"。随后，时代文艺出版社、百花洲文艺出版社、内蒙古人民出版社出版了不同版本的《成都，今夜请将我遗忘》，出版后被改编成电影、电视剧。你被视为中国当代最有代表的网络作家。请你谈谈网络对你写作的影响，你对中国当代的网络文学怎么看？

慕容雪村（中国当代著名网络作家）：我原来就是一个文学青年，写了很多年，一直以来就是在私下里写点东西，但毕业以后呢，几乎就是放弃了这个爱好了。就是因为互联网的兴起，我才又开始把这个爱好拣起来，可以说如果没有互联网，也就不会有我的写作生涯。我感觉互联网对我的写作风格本身有影响。因为最开始写作的时候，作品在网上连载，大概会有一点功利性的企图，就是希望别人来看，希望别人来关注，那么这样呢，就会非常注重小说本身的可读性，会经常使用悬念啊这样一些小技巧，这确实是互联网对我写作的影响。我对现在的网络文学一直是比较赞赏的，我觉得中国的网络文学至少有一个东西，它带来了中国的类型文学，在此之前我觉得中国是没有这样的通俗小说或类型文学的。但是，从互联网开始，发展到今天，在互联网上有各种各样类型的小说。有玄幻啊、盗墓啊、穿越啊、科幻啊，各种各样的类型。

周志雄：你早期开始上网是在"榕树下"，是吧？

慕容雪村：最早是在"腾讯"，然后去了"榕树下"，后来去了"天涯"。

周志雄：刚才你所说的这些网络文学现象里面，你比较熟悉的或者比较看好的网络作家有哪一些？

慕容雪村：我觉得从互联网小说出现的有那么几代人吧，大概从最早的痞子蔡开始，到后来的安妮宝贝和今何在，接着就是我，然后就是写《诛仙》的萧鼎，然后是写《鬼吹灯》的天下霸唱，后来又出现了一批穿越小说，这里边我比较喜欢的是一个叫阿越的，他的作品是《新宋》，我觉得这个作品写得比较好。现在呢，我觉得互联网上每个类型几乎都有个阵地，比如说玄幻和穿越，几乎全在"起点"，你像唐家三少的作品现在的点击量是很惊人的，但是正儿八经的评论家好像很少知道他。

周志雄：《成都，今夜请将我遗忘》这个作品在网络上很成功，这对你的个人写作，包括生活上也应该会带来很大影响吧，请你就这个问题再具体谈一谈。

慕容雪村：我是2002年才开始写这部小说的，但是在网上连载了4个月就写完了，这部小说不长，也就11万多字。当时这部小说确实给我带来了比较大的影响，我从职业经理人这个岗位上辞职，成了纯粹依靠写作吃饭的一个人。可以说，正是这部小说改变了我的人生，这部小说，到今天被改编成了话剧、电影、电视剧，到现在为止翻译出版的有四国文字。曾经在国内获得过几个奖，但都不是重要的奖，在国际上入围了"曼氏亚洲文学奖"，大体就是这些。

周志雄：请你谈谈你现在整体的写作和生活情况。

慕容雪村：我现在就是一个纯粹依靠写作吃饭的人，大量的时间用来阅读和写作，其他的，我觉得也没什么可说的。

周志雄：我看到有些文字介绍说你在 27 岁就拿到了年薪 60 万的收入，我不知道这个情况是不是真的，你在创作《成都，今夜请将我遗忘》后，就将工作辞了，你曾经在公司的经历应该对这部小说有影响，在作品里有特别鲜活的中国当代历史的现实，我觉得这是这部小说最有价值的地方，请你谈谈你在公司里的经历，包括你在不同城市生活的经历与你写作之间的关系。

慕容雪村：我是大学毕业以后去的成都，开始分在一个国营单位里边，算是一个正规企业吧。后来辞了职，去了一个化妆品公司，就是"小护士"公司，我在它的四川公司里，一开始做打假，后来做人事经理。后来呢，总部就把我调到深圳，在深圳做了一年。后来又跳到索芙特这个化妆品公司，就是在索芙特公司开始了我的写作生涯。收入情况呢，原来收入情况还不坏，也没有特别好，也就是凑合着能生活而已。

周志雄：那就是说，我曾经看到的一篇文章说你年收入 60 万，这个有点夸张了？

慕容雪村：对，夸张了。

周志雄：你小说里写的公司里的事情，比如公司里做黑账，主管和下边经理、副经理之间相互钩心斗角的事，是不是你那时候所经历过的事情？

慕容雪村：也并不是说所经历的。我是那种入世比较深的作家，我对人间事是有观察的。基本上社会上发生什么事情，我很容易看清规则，所以，这些事情并不一定是我的亲身经历，但是在生活中我能观察得到。

周志雄：在《成都，今夜请将我遗忘》里，你所写到的陈重、李良等人在中学时候就是文学青年，你是不是在中学时候就开始写诗啊？

慕容雪村：写过一些吧，写诗、写散文，高中时写过一个长篇，但不知道弄到哪里去了。

周志雄：那个时候有没有发表过文字？

慕容雪村：大学的时候发表过几篇。

周志雄：都是文学作品吗？

慕容雪村：类似于杂文一样的东西。

周志雄：在最新作品《中国少了一味药》里面，你给弟弟写了一封信，这个事是真的么？

慕容雪村：这个事儿是真的。

周志雄：其中我看到有一句话说"我们早年都很不幸"，这个"早年不幸"的经历具体指什么？

慕容雪村：我们很早父母就去世了，这个也算得上不幸了吧！

周志雄：你们就兄弟俩，是吧？

慕容雪村：对。

周志雄：那你很小就自己做主做一些事吧，有点大哥的味道了。

慕容雪村：啊，呵呵，确实就是当大哥。

周志雄：对人世有些事情比一般人看得透，与这个经历是不是也有些关系？

慕容雪村：对，应该跟这个有关系。

周志雄：你曾在一次访谈中说："以下是我的重要缺点：自私、冷漠、孤僻、对世界缺乏爱心，还有一个更坏的：我为我的缺点感到自豪。"我不知道你当时是随意一说，还是你确实就是这么看？

慕容雪村：也确实就是这么看。我觉得我的生活观点和态度可能确实和别人不太一样，我确实比较冷漠，但是我没觉得这是什么坏事，我觉得正是因为有这样的特点才有今天的我。

周志雄：对于写作而言，你曾说："我是业余的，写字对于我来讲，纯粹是玩票，我更想当个幸运的奸商。"不知现在是否依然这么想？

慕容雪村：那个就是调侃了。其实我很享受现在的这种生活，我经常说，让我回到二十岁，让我重新选一次，我可能还是选这样的生活。

周志雄：那么，你觉得现在的生活让你最满意的地方是什么？

慕容雪村：就是自由。

周志雄：自由的生活，自由的写作？

慕容雪村：就是完全没有干涉，我几乎想干什么就干什么。

周志雄：你以前也说过这样的话："一生有三个理想，出一本书，赚一千万，有一次轰轰烈烈的情感"。我不知道你现在这三个愿望都什么样了？

慕容雪村：这些是很早年的理想了，现在已经不谈了。

周志雄：下面我再就你的作品提些问题。在接受《南方都市报》的采访中你曾说："我总是想取悦读者"。你一直把写畅销小说当作你的追求吗？

慕容雪村：这是我的一个追求。

周志雄：有没有想过以后写一部不是给很多人看，而是给一小部分人看的小说？

慕容雪村：不太有这样的想法。

周志雄：你在一篇《谁是谁的福音——〈成都，今夜请将我遗忘〉自序》中说："我认为陈重的苦难不是源于他的性格，而仅仅源于生存本身。因为苦难如此深重，所以生存越发可疑。"你觉得小说写出了生存的苦难了吗？

慕容雪村：这句话是缘于我的一个理念，这句话可以用凡高的一句话来表述："活着就是痛苦。"基本上我也是这么看待生活的。我觉得我写的就是平常的人、平常的事，之所以有的人看到之后觉得他是悲剧，我觉得这是悲剧本身造成的，是生活本身造成的，并不是与别的有什么关系，活着就是这么一个状态。

周志雄：在我读来，陈重这个人的性格也是有问题的。

慕容雪村：对，他是有问题的，他的性格会造成他一部分的命运，但是，你不觉得生活本身就很荒谬么？

周志雄：是。在读这部小说时，我觉得有一个不太满意的地方，就是陈重个人的性格发展过程其实并没有得到很细致的表现。

慕容雪村：这是一个早期的小说，应该说写的时候还是比较粗糙的，到现在来说，其实我对那部小说很不满意，不过在当时可能也只能写到那个程度。

周志雄：读你的小说，总感觉有种看破红尘的衰败的味道在里面，你总是把自己小说里的人物写成不配有更好命运的人。从你的小说理念来说，你就是要怀疑人性，怀疑人生，是这样吗？

慕容雪村：这些倒不是预先设定的。我写小说，只有《天堂向左，深圳往右》做过提纲，其他的都没有做过提纲，就是怎么想就怎么写下来。在写到某个章节时，你也不知道下个章节写什么，具有很高的随意性，所以说这些命运并不是随意设置的。到今天，我有一个什么样的感觉呢，当你打开作品，这个人物也好，这个角色也好，他有自己的逻辑，有时候他就身不由己地变化了，变成一个别的逻辑，一个跟你当初预想完全不一样的东西。

周志雄：你的小说中偶尔也会有一些比较好的人物，如《天堂向左，深圳往右》中的周振兴，似乎就是一个比较完美的人。

慕容雪村：他也不是完美，他就是比较聪明吧。

周志雄：像这样的人身上，是不是就寄托了你的某种理想？

慕容雪村：算不上，其实让我选择，我也不想做那样的人。

周志雄：再比如说肖然这个人物，我觉得肖然这个人物还是写得比较成功的。他最后虽然发财了，但他所干的那些事，包括最后的悲惨结局，其实也是由他的性格决定的。他虽然有很多钱，可是本质上还是个农民。

慕容雪村：对。说实话，其实我自己也不是很喜欢这部小说，我觉得在我这一系列作品里边，我可能最不满意的就是这个。

周志雄：为什么不满意呢？

慕容雪村：就觉得方方面面都写得不好，如果说现在写的话，可能会比那个时候好一些，不过这只能是假设了。

周志雄：如果你现在写的话，你会在哪些方面有新的改变？

慕容雪村：我恐怕会把这种时代的特色写进去，那是2003年的作品，到现在8年过去了，这8年我觉得进步了很多，8年前对一个题材的理解，跟现在肯定是不太一样的。现在肯定不用那种写法了，肯定会完全换掉，

但是这个东西不能假设，因为已经写出来了，毕竟改也改不了了。

周志雄：你刚才说到写作上的这种进步，这也是我下边想问的问题，从《成都，今夜请将我遗忘》到现在这么多年了，你一直在进步，你觉得你的进步主要在哪些地方？

慕容雪村：大概是我自身也经历了一个人生成熟的阶段，说实在的，在那个时候，我读书不多，但这将近10年来，我是一个职业写作者，有大量的时间来读书、写作、思考，有时也看看电影。通过学习我也有了很大进步，这个进步表现在哪些地方还真不好说。但是我觉得，如果你在2002年见到我，跟现在的我相比，我现在基本就是脱胎换骨，就像完全换了一个人。不管从整体形象上、着装打扮上、言谈上，各方面都完全不一样了。因为我做的是文学创作这样一个工作，对我的工作，我也有更多的理解。第一个，可能对什么是好作品有自己的看法；第二个，对自己要写的作品也有一个比较清晰的把握。大概说一下，就是这么两点，知道什么是好作品，知道怎么去写好作品。

周志雄：那你理解的这个好作品，有什么具体的标准没有？

慕容雪村：这个还真没有具体的标准。但是我觉得最好的作品是马尔克斯的《百年孤独》。为什么觉得这部作品好呢？我认为这是一部想象力非凡的作品。但是你说让我说出哪一点好，还是很困难，我确实觉得它好，但它那种美妙的东西还是难以说出来。它那种惊人的想象力，梦幻一般的叙述，我觉得都是特别棒的。

周志雄：再继续说你小说中的人物的问题。你写了很多职场人物，包括刚毕业的女大学生和文学青年等等。传统的文学理论认为一个好的小说家，应该给文学的人物画廊留下一个或几个经典人物形象。你在创作时，是怎么理解这个问题的？

慕容雪村：我对这样的说法不是特别赞同，在我看来，小说家有很多的价值。我认为最重要的一个作用就是消遣。我觉得小说就是拿来消遣的。小说诞生之初并不是用来载道，用来教化民众的。如果没有太大文学野心的话可以回到小说最初的功能。这八九十年来小说的发展经过了很多变化，出现了各种各样的流派，也有各种各样的人对小说进行了各种各样的探索，作为后人，我们今天在享受他们的成果。但是，我觉得小说不仅仅是塑造几个人物形象。有的小说，比如我最喜欢的小说《百年孤独》，它有哪个人物形象特别突出？并不一定是这样的。还有我读君特·格拉斯（Günter Grass）的《铁皮鼓》，里面所有的人物形象都不是特别鲜明。但是我对它的事情记得特别清楚。我觉得事件，具体的故事情节，可能和人物形象都具有同样的作用，未必一定要把人物形象写出来。

周志雄：对，以塑造人物为中心是传统现实主义的一种手法。很多年前你说你写小说是在质疑人性，质疑生活，到今天你还继续在质疑人性吗？你的作品中有很多人性恶，这一点似乎一直没有变。

慕容雪村：我本身对这样的题材比较感兴趣。所以会写一些人性恶的作品。你知道，不同的人观察事物的方法是不一样的。比如说，同样是看夜空，有的人会看到闪亮的星，也有的人会看到星群之间黑暗的地带。我觉得这是不同人观察角度的不同。

周志雄：你的小说主要是写当代的城市，全国很多城市你都走过，有很多你都居住过。我想请你谈一谈你对城市生活或城市文学的看法。

慕容雪村：这个题目有点大，一时之间不知道该从何说起。我从我自身经历说起吧。我是一个不喜欢定居的人，喜欢到处跑。一个地方住两三年就换个地方。我几乎把中国大陆的城市都走遍了，也去过很多国外的城市。在我看来，当代的都市已经很难找到它个性化的东西了。走到拉萨，走到深圳，走到北京，所吃的东西，所见到店铺的招牌，所听到的话语，所见到的事情几乎都是如出一辙。有时候我也在反思这样的话题，很多时候在作品中也会表现出一些。我们追求物质上的舒适，物质上的方方面面。我们也隐隐约约意识到生活要有点不同的东西。结果追求了这么多年，人类发展也有几千年了，又发现世界各个角落几乎都是差不多的东西。有一次，我从成都飞拉萨，飞机上遇到了北欧的两个年轻人。当飞机到了青藏高原

之后，景色很壮观。我和瑞典的小伙子同时起身，打开行李箱，拿出相机对着窗口拍照。我们俩相视而笑，你知道因为什么吗？我们俩的相机包、相机镜头一模一样。很难想象这样的事情，一个是我，一个是地球上几乎是离我们最远的一个地方的人，我们俩用的东西却都是一样的。我估计，我们俩当时的想法也是一样的。这是我对当代都市生活很大的一个看法——同质化。生活同质化，好像没有什么别的东西了。在批评全球化的时候也是说，大家都在看《哈利·波特》，都在吃肯德基，都在喝可乐，这是一个问题。第二个问题，如果你仔细观察当代生活，你会发现有很多比较荒谬的东西。比如广告，广告的大多数都可以称之为骗局。我在企业待过，我知道一个企业的广告支出有多少。一个企业销售额是四个多亿，但它打广告花了一个亿，利润是一个亿，而产品供人使用的纯价值是很少的。它的价格是很便宜的，大概就是一块钱的东西卖十块钱。我在商场待了那么多年，我看到那一切都是"合理"的。但从一个更高的角度看，它具有很大的荒谬性。作为消费者，我为什么要花十块钱买一个一块钱的东西。大量的钱都花在传播、批发途径上。我们把90%的钱都用在传播上，只得到使用价值的十分之一，这合理吗？但是在当代，这种事情没什么人来看，没人认真地考虑，这其中有很高的荒谬性。正是因为全球的工业化，我们居住的环境一天比一天糟。在《多数人死于贪婪》这本书中，我提出一个比较大胆的预测，一千年以后人类这个物种就要灭绝。事实上，我的估计还太乐观了，可能都用不上一千年，两三百年就差不多了。这是我观察当代生活自己得出的一些结论。这都不能算是很精辟的结论，甚至有些偏激。

周志雄：我关心的就是你是用作品去表现城市。三十年代"新感觉派"小说表现上海，用的是一种诅咒城市的笔调，好像城市是一个腐蚀人的地方。你的小说中也是这样，成都是这样，深圳也是这样，都充满着许多罪恶和肮脏的东西。一个纯洁的青年在城市里工作几年之后就会变得无比庸俗。你的小说有这样一种味道，你是怎样看待这种味道的？

慕容雪村：我没有想过这个问题。我觉得这不是跟城市本身有关系。我们在看到城市变堕落的同时也会看到很多好事。虽然我很少这么写，但我个人的态度，个人的生活理念和作品是不一样的。作品为了行文需要，或情节自身的逻辑决定你选取哪些细节，写哪些事而不写另外一些事。事实上，我个人的生活态度跟这个是不一样的。作品会写城市让人堕落，但让我自己打比方的话，我还觉得我自己变高尚了。

周志雄：你的《中国少了一味药》和《多数人死于贪婪》有很多相通的地方，有你刚才讲的对人类社会的责任担忧，追问民族的文化病灶等非常有深度的文化反思在里面。这让我感觉到你的创作态度在发生变化，你自己怎么想的？

慕容雪村：说实话，我自己是个没什么责任感的人。我个人道德感并不强，没有觉得我必须要承担什么。我只是好奇心比较强，也想给小说找点素材。但我必须承认，在里面待了一段时间之后确实感觉到了一些道义上的责任。我要帮助这些人，他们太可怜了。

周志雄：你这种行为还获得了《人民文学》的一个特别行动奖，你怎么看待这个奖？

慕容雪村：对我来说，是一件好事。但也并不是特别特别高兴。如果好多年前能发给我这个奖我可能觉得这是个了不起的荣誉。这么多年，可能是我自己进步了，我觉得这件事并不值得那么骄傲。

周志雄：你经常去大学做演讲，都去过哪些大学？

慕容雪村：去过好多。湖南大学，长沙大学，复旦大学，中国传媒大学，我的母校中国政法大学，重庆大学……

周志雄：你去大学演讲一般是讲什么题目？

慕容雪村：这个没有什么固定的题目。我讲过诗歌，讲过电影，讲过那些美妙的句子，讲过传销，讲过新书。

周志雄：你平常也会看评论家对你作品的评论文章吗？

慕容雪村：不太怎么关注。

周志雄：那你对当下的文学批评是什么态度？

慕容雪村：我对这个不太了解。我觉得文学创作不需要研讨，这可能也是我自己的偏见了。因为这毕竟是自己的事，你去写就够了。

周志雄：《中国少了一味药》中说：晚上翻了翻书，看到两个和尚讨论生死，一个说："生则一哭，死则一笑。"另一个更加豁达："世间无我，不值一哭；世间有我，不值一笑。"你还有篇散文《死了老婆，放声歌唱》有庄子哲学的气息，你的作品中有宗教的色彩，你常看宗教的书吗？自己是佛教徒吗？

慕容雪村：我没有宗教信仰。不过我觉得观察宗教和阅读宗教的书是一件很好玩的事情。我读过很多佛教的书，如《高僧传》《比丘尼传》《五灯会元》《景德传灯录》等等，佛经也读过很多。基督教的书比如《圣经》中《创世纪》的全部，还有《四福音书》等。伊斯兰教和道教涉及的比较少。其他宗教，包括犹太教都或多或少地读过一些。虽然我自己没有信仰，但在小说中写个有信仰的人还挺好玩的。但我作品中这些信徒往往不是那么虔诚。

周志雄：宗教对你个人精神世界有没有影响？

慕容雪村：影响不太多，但有时会影响到对事物的思考方式。每个中国人都可能受到佛教的影响，比如镜花水月、梦幻泡影这样的词一提大家就知道是什么意思。后来我发现，我的作品在翻译成英文版或法文版的时候都遇到了很大的困惑，不知道这个词什么意思。对中国人很简单的词，一枕黄粱，他们就不能理解为什么一锅小米饭可以比喻为那么多的东西。每个中国人都能明白，原因就是我们都受到了佛教的影响，就是把人生比喻成一场大梦，比喻成空无。我有时会在作品中写一些这样的观点，看起来比较迂腐，但毕竟是我的想法。

周志雄：你的小说在题材上有"料"，很刺激读者的阅读口味，你在小说的艺术上有什么追求？你对中国当代小说总体的艺术成就如何看？

慕容雪村：先回答第二个问题吧。我这些年读了很多小说，但80%都是外国小说。应该说，这里面有偏见。但不可否认，国外的小说的价值确实是高于国内的。至于原因呢，我觉得是体制的问题。我前段时间获奖，我准备了一段获奖感言，但没让我讲。我就把它发到了博客上，叫《一个更宽广的世界》，就是讲文学上的生产，有些题材是不能碰的，包括现在的审查，很多敏感的词句都不能提。甚至像"河南人"这样的词都不能提，因为涉及歧视。在这种体制下，所有的作家，包括我本人都会受到这种体制的影响——"自我阉割"。我在想到某个事情的时候，我会想：不行，写出来也出版不了。或者当我在写某一段的时候，我写了某句话，我马上就会有这个意识：这句话会被删掉。或许这句话我会保留下来，但当它被删掉的时候我觉得心安理得。在这种重重阉割下，自己阉割一刀，别人再阉割一刀，到了出版社编辑再阉割一刀，再好的作品也经不起这么多刀。严格的审查机制阻止了作家自己，也影响到整个创作过程。作品的面貌在出版的时候会受到影响。在这么多审查之后，要出现真正好的作品真的很困难。当然并不是所有的作品都涉及敏感题材或刺激性的话语，但这样的体制会影响到作品方方面面。我读茨威格写加尔文统治时期的日内瓦，实行高压统治，只有一种意识形态，别的意识形态是非法的，甚至是犯罪的。日内瓦在加尔文统治之前是个很繁荣的城市，但加尔文统治之后200年之内，日内瓦再没有出现过一个真正的文学大师。这种思想的毒害，体制的影响是长久而且深远的。在这种语言系统之下，别说当代很难出现好作品大作品，恐怕几十年之后也很难出现。这种毒害是毒害到思想深处的。

周志雄：现在的管制总体上应该是略有放松。

慕容雪村：从大的角度看确实是在放松。但这几年的审查是在往回收，出版审查、媒体审查越来越厉害。和1987、1988年比较一下，现在远远没有那个时代放松。那个时代什么话题都可以谈的。现在比起"文革"时代，当然是好多了。当代文学缺乏好作品，缺乏大作品，一部分要归结到作家的责任，还有一部分要归结到体制的责任。至于我自己小说的艺术，我喜欢信息量比较大的作品。我很浅薄地讲过一句话：在巴尔扎克那个时期的小说10万字信息量很有限，我现在写10万字信息量要比他多。当然，我

这么说听起来很狂妄，但这是个事实。我小说中的信息量都比较大，因为我竭力在去除信息量比较少的东西。比如说景物描写，你看古典主义的小说，小说一开场先做两页纸背景的描述，把房间的摆设写上一页纸，这里面信息量很少的。它500字就只有500字的信息量，它的外延是很少的。比如我的小说，很少有景物描写，也很少有家族的背景描写，往往只是一笔带过，人物的肖像描写也很少。你看古代小说，尤其是中国古代小说，某个人穿什么样的盔甲、靴子，骑什么样的马，拿什么样的兵器都描写得特别详细。但在我这里，这些东西我都尽量避免。所以，我第一个追求的是信息量。第二，我喜欢比较有力量的东西。这也是为什么我一直写悲剧的原因。悲剧更有力量一些。例如莎士比亚广为人称道的就是他的四大悲剧，他的喜剧不像他的悲剧一样脍炙人口。所以说，在写什么样的情节不写什么样的情节时我会挑更有力量的来写。在语言方面呢，我读了很多古文，我觉得自己的语言受到文言文的很多影响，我个人认为文言文其实是最美的汉语，相对来说白话文要逊色很多，当然每种语言都有自己的成熟期，白话文发展到今天，呈现出了"两不"的特点，就是既不简洁又不优美，这是与古汉语相比。我认为古汉语可以算是简洁优美的典范文字，我经常读《聊斋》，特别是《聊斋》中的小短篇，几乎能达到一字不能加一字不能减的程度，我认为其简洁程度是白话文写作者很难达到的一种高度，所以我把《聊斋》评为"古今短篇第一"。古往今来有很多短篇作品，我觉得《聊斋》是成就最高的。短篇小说一般有几种语言风格，比如充满乡土气息的，像贾平凹和陈忠实的语言，还有使用典型欧化语言的，像一些优美的翻译文体，其中最有代表性的是小说家洪峰，洪峰的语言很有特点，属于翻译文体。我自己的语言受古文的影响，比方说我很少使用长句，古汉语中就很少长句，我更多是喜欢用短句。大概就这几个方面。

周志雄：这已经很全面了。你刚说到语言，我读你的作品时，我不知道是不是为了让读者读起来更有意思，发现里边有一些比较刺激甚至比较粗俗的文字，比如"去他妈的，一个鸡巴法官，一个鸡巴律师，再加上一个鸡巴老板，能奈我何？"你怎么看待小说用这种粗俗的语言。

慕容雪村：其实我没有觉得这些语言粗俗，那些语言虽然是心理独白，也可以视为人物的台词，我觉得什么样的人物台词是好的呢？就是符合他的身份和性格特点的语言。这样的话我们在自己想事情的时候也会这样地想，为什么可以这么想不可以这么写呢？你看到的可能更多是审查之后的版本，在不审查之前，这种语言可能会更粗一些，但我没觉得这种粗是一件坏事，我的小说里边有些人物会讲很优雅的语言，有些人物会讲些粗俗的语言，我觉得这个特别正常，我记得托尔斯泰批评莎士比亚说，莎士比亚的作品中国王讲的话和马车夫讲的话是一个腔调。我刚开始读到这段评论时心里有些不服气，替莎士比亚不服，但后来我读托尔斯泰的作品，我发现在老托那里一个伯爵讲的话和一个佃农讲的话绝对不是一样的。我觉得就是该这样，比方说大学教师说话会文绉绉的，会用一些成语和比较优雅的语言，但对引车贩浆之流如果这样说话就奇怪了。我觉得就应该呈现一种真实的状态。告诉你一件好玩的事情，我的《成都，今夜请将我遗忘》前段时间再版了，再版的编辑对我作品的一句话产生了质疑，作品中陈重和赵悦去青羊宫摸"寿"字，赵悦摸到那一点时，陈重说："你肯定会长寿，寿字的鸡巴都被你摸到了。"这种话我觉得情侣之间和夫妻之间讲很正常，但出版社建议我改成：敏感部位都被你摸到了。我觉得这样改不像话，这样改太文绉绉。所以我主张的语言是生动活泼的，鲜活的，如果我写上一大堆这种很陈腐的文字也许是很优雅，但用在人物对白上有什么意义呢？

周志雄：这个是不是与你早期从网上开始写作有关，感觉有一种网文风格？

慕容雪村：会有一些影响，有些关系。

周志雄：你的小说中多采用了"第一人称""讲述"的叙事模式，带有浓浓的主观色彩，往往是把个人的意识涌动有机地穿插在故事之中，吻合了网络小说"宣泄"、"抒情"的宗旨。你怎么看这种讲述模式？

慕容雪村：我就是《天堂向左，深圳往右》那个小说用第三人称写的，

但是在后期我也是把自己都加进去了，我以采访者的身份加进去了。到现在为止，我觉得第一人称和第三人称各有各的特点，第三人称全面，你可以写所有人，上帝视角，每个人在想什么，在干什么，全都知道，是一种全知全能性的视角。第一人称是人的视角，不是上帝视角，我只能知道自己在想什么，我只能看到我所看到的，当然也只能写我所看到的和我听说的。我自己比较喜欢这种人的视角，如果在一个作品中他怎么想，她怎么想，都写上，会很别扭。有些人不会用第一人称，你会发现他写"他想"，可是别人的想法你怎么知道呢？尤其是网上这样的作品很多，用第一人称，结果又写别人怎么想，这就是不对了，又是第一人称的又想当上帝，这是个问题。但是我自己来说，我觉得第一人称用起来最顺手，而且我喜欢这种人的视角。

周志雄：这个非常好，陈平原的《中国小说叙事模式的转变》研究中国现代小说和古典小说在叙事上的不同，其中很重要一方面就是第一人称普遍使用代替那种全知全能视角，现代小说中有"我"在里面，跟你这个观点是相同的。

慕容雪村：你看中国的古典小说，我印象中只有《二十年目睹之怪现状》有一点第一人称视角，剩下的全是第三人称视角。在西方的小说中，现代派兴起之前也很少有这种第一人称的，这可能也是小说史上的一个变化。从某个时间开始，作家们突然觉得我不应该再当上帝了。

周志雄：你的小说不仅网上读者很喜欢，现在的主流媒介和机构也对你的小说比较认可，比如你与"文学先生巴金"、"文学女士杨绛"、"人气最旺作家贾平凹"、"最富争议作家余秋雨"等知名作家一起入选"2003 年度文学人物"，2008 年 7 月，你与余华、韩东一起入围"第二届曼氏亚洲文学奖"，2009 年 4 月你与毕飞宇、方方等人一起入围"华语文学传媒大奖"小说家奖。在你看来，你的小说为什么能获得不仅仅是网络读者，还有主流机构的认可？

慕容雪村：读者认可我知道，但是主流机构认可的原因我还真不知道。

因为我不混圈子，也许是真觉得我的小说不错，真的有价值。但是读者为什么喜欢我，我很清楚，读者可能觉得我这个小说比较好看。

周志雄：请谈一下你的小说的总体发行销售情况。

慕容雪村：现在我的很多小说都在翻译英文版，有的已经出版了，我们这一代里边卫慧的海外发行是做得最好的，除了卫慧就是我了。

周志雄：卫慧的《上海宝贝》据说海外的版税就拿了1000多万。

慕容雪村：对，在海外卖得特别好，是中国当代大陆作家在海外销售最高的。但就我们这一代人来说，卫慧第一，我第二。我的几部作品现在同时都在翻译，出版了英语、法语、德语、越南语，包括其他几种语言也在筹划或者翻译之中，现在谈的销量是全球销量。

周志雄：这个发行数量有多少？

慕容雪村：海外的发行数量有限，不会像大陆动不动就几十万，比如《成都，今夜请将我遗忘》在中国大陆没有准确的数字，路金波替我估计了个数字，他说肯定得超过百万了，《天堂向左，深圳往右》可能是十七八万，《多数人死于贪婪》也是这个数，《原谅我红尘颠倒》到现在大概15万左右，《中国少了一味药》新书首印是15万。

周志雄：这个也算是畅销书了。

慕容雪村：对。

周志雄：你作品中常表现青年人在都市中的堕落，有没有想过怎样去拯救这些堕落的青年人？

慕容雪村：我比较不喜欢这个话题。我觉得不应该去拯救谁，你所指的堕落或许是纵情酒色、缺乏道义感等，这些并不是救赎的问题，而是当代的一种生活常态。我觉得当代几乎每个人都自私，自私在我看来反而是个好东西。你更多讲的可能是当代的性道德问题，性道德比较混乱，我很少见到成年男子百分之百忠于他的妻子，我觉得这是个很正常的事情，我们都是成年人，可以很坦诚地谈性，一辈子只有一个性伙伴是一个特别乏味的事情，甚至某种意义上是一种煎熬，而性本来是一件美好的事情。当然

中国大陆当下有一些过分，这是我们从一个封闭型的社会逐渐开放的过程中必然出现的结果，过一段时间或许会好，我这样相信，这个不需要救赎。西方也是经历了很长一段时间的性混乱时期，但现在反而比较保守，我见了很多西方人都比较保守。我记得我妈和我说过的一句话，做人保守一点更受人尊重。

周志雄：道德不仅指性道德，还有其他道德，《原谅我红尘颠倒》中写律师有一段话："我执业十四年，办过上百起案子，民事的，刑事的，每一刻都在算计别人，也被别人算计，久而久之，我练出了一身乌龟般的硬壳，周身刀枪不入。我没有朋友，从来不说真话，也不相信任何人，根据这时代的标准，这就叫做'高尚人士'。"看小说时我想，这就是时代道德吗？这是不是把我们的道德标准降低了，我们应该怎样看待文学与道德的关系？

慕容雪村：我反对文以载道，我喜欢王尔德的"为艺术而艺术"，其他的都是扯淡，王小波也表达过类似的意思，小说只要有趣就好了，其他就不管他妈的。我比较赞同这两个观点，我觉得一篇小说只要写得好，情节丰满，人物形象鲜明，语言生动活泼就是好小说。另外你觉得一个读者因为读了一本小说而改变他的人生态度吗？我觉得这个很难。

周志雄：有可能会有一些影响。

慕容雪村：会有影响，我常常说这样一句话，我不负责教别人家的孩子学好，我反对文以载道，一个作者不应该考虑太多道德层面的东西，而且人类的道德时时在变化，即便《尤利西斯》这样的小说，曾经很长一段时间在英国和美国都属于禁书，因为在十八章里茉莉自述里边有很多很脏的东西，但现在没有了，几乎已经全是经典了。再比如说《金瓶梅》，在大陆买不到全本，后来我托人从台湾、香港买了两个版本回来看，里面确实有一些特别淫秽的描写，读完之后我就会去大街上强奸妇女吗？不会。

周志雄：刚刚谈到阅读，我曾经看到一个说法，说你一年要读 100 本书，还有个说法，说你 6 年读了 1000 本书。

慕容雪村：第二个说法我不知道谁说的，这是不正确的，一年读 100 本书差不多。

周志雄：请你具体谈一下你的阅读情况，读你的散文我可以看出你的阅读量是非常大的。

慕容雪村：你可以看一下我的微博，我的微博几乎就是我的读书笔记。我读各种书然后做笔记，大概现在发了 800 多条，里面收集的书可能有一两百种，但那只是我读书的一部分，很多读过的通俗小说我没有写。到现在为止，我读的文学作品最多，如果再细分，百分之六十是外国文学作品，百分之三十多是中国的文言文作品，有诗歌、古代小品、《史记》《聊斋》等。其次是各种各样其他类型的作品，哲学、社会学、经济学、神学宗教等方面的书。

周志雄：对你的写作构成影响的是哪些书？通过大量的阅读对你的写作产生哪些方面的影响？

慕容雪村：《聊斋》《史记》以及中国的诗词歌赋影响到我的语言，西方现代小说影响我对人物的设计和情节的设置，《中国少了一味药》中可以看到我读的其他的一些书，那些书影响到我的思考。

周志雄：《中国少了一味药》中有一句话："我想起自己翻译的《国王的人马》的结尾"，你有没有翻译过这本书？

慕容雪村：我只翻译了书的结尾，我觉得书的结尾不理想，在网上查到英文原文就试着自己翻了一下。

周志雄：你曾经有一个说法，说你绝对不加入中国作协，以后是不是也不会加入？

慕容雪村：不会，绝对不会。

周志雄：对自己未来的写作有什么计划？

慕容雪村：我还是想立足于中国现实，有的时候可能会夸张一些，有的时候会如实书写。我是考虑过我的写作生涯的，我觉得一本书的分量也许并不很重，但如果坚持写，我写到二三十部，全都写中国当下的现实，也

许我的小说就会构成一个我的时代，即使没有文学的价值也会有文本上的价值，还有资料上的价值。历史更真实还是小说更真实？你读明史不知道明代人是怎样生活的，但读《金瓶梅》，明朝的人穿什么样的衣服，说什么样的话，吃什么样的东西，就栩栩如生，有时虚构作品比现实更加真实。将来我这么写下去，后代的人如果研究我生活的这个时代，我的小说会提供很多的资料，这是一方面。但是在风格上会有变化，一方面在现实的基础上再往前走一点点，写类似于帕·聚斯金德（Patrick Suskind）的《香水》那样的作品，用一种荒诞的核来写现实，我也会考虑这种题材。另外，以前我写的是很冷的世界很冷的心，以后可能会写很冷的世界很暖的心。

二、 "我不担心会失去读者"

——宁肯访谈录

周志雄（山东师范大学文学院教授）：你的《蒙面之城》是先在网络上获得影响然后才引起文学圈的注意，请您谈谈对当下网络文学的看法。

宁肯（中国当代著名作家）：我原设想那些不能传统发表的有启蒙精神与批判精神的文字，那些锐利的离经叛道的思想，有了网络，可网开一面，得以问世，我觉得这是网络文学存在的最重要的基础和意义，结果初期还有一些，越往后越眼球经济，越娱乐化、类型化、群氓、欢场，我没想到后来是这样。这并非必然，有看不见的手，权力之手与资本之手的放水，造成今天网络文学有快感而无灵魂的局面。不光网络，整个社会文化也是如此。谁之过？双方都有。关于网络文学我想说的就是这些。

周志雄：大学毕业后，你是 1984—1986 年到西藏去的，你在《天·藏》中说："精神实践在西藏无可争议地是个人存在的首要目的，与精神生活相比其他都是次要的。"当时为什么会想到到西藏去？能否讲一讲在西藏的经历？在西藏的经历给你写小说带来了什么影响？

宁肯：当时去西藏的意识很明确，就是想去体验，那时我已决定搞文学创作，需要生活经历。当时我没有什么"生活"，属于中学毕业后考大学，我是 78 级大学生，很年轻上了大学，然后出来教书，没什么生活，怎么写作？所以想经历一下自己想象中的生活，去西藏支边教书。我在西藏生活了两年。我去西藏是为了写作，原以为到了西藏肯定能写出不同凡响的作品，就像高更到了塔西提那样。但事实正相反，西藏不仅没使我写出惊世作品反而制约了我的写作。西藏的难度太大了，它的难度就像音乐一

样，给你造成巨大震撼与冲击，但那种震撼又是抽象的，模糊的，非叙事的，它诉诸人们隐秘的内心和情感世界，无法用语言表达。你一时激动写下的文字只能表达心灵受到的震撼，却无法呈现你的对象；有时你好像一切都写出了，但就在你落笔的时候，就在密密麻麻的字里行间，一切又都死了、干了。我恨自己的无能，感到无比沮丧。许多年我没办法写作，没办法叙事，西藏导致了我内心巨大的难度和难以企及的高度，直到差不多过了 15 年，1998 年，我觉得某种东西在我心中成熟了，才开始动笔写《蒙面之城》。西藏给我最大的影响就是它关了我 15 年，给了我一种严格，一种尺度，一种超越。

周志雄：《天·藏》中说："修行的本质是一种内在的调节与控制，就像人体内部的诸多灯盏渐次打开，直到最亮，然后，渐次渐暗，直到关闭。"你在西藏也是修行者吗？

宁肯：我并不算一个修行者，但也许可以说是一个文学上的修行者。那两年除了体验就是阅读，我在《天·藏》中这样写道："我过着类似僧侣般的生活，终日观照自然，内心安详。我站在讲台上或是在孩子们中间，我是被围绕的人，就像大树下的释迦语调舒缓，富于启迪。我喜欢我的石头房子，喜欢它花岗岩的外表，喜欢阳光下它富含云母的光亮。喜欢阳光，村子，常常凝视天空、山脉、星云和暗物质，长时间关注内心，长时间阅读。除了上课，散步，我大部分时间都是用来阅读的。我认为在西藏的阅读是一种真正的阅读，一种没有时间概念、如入无人之境、与现实无关、完全是宁静的梦幻的阅读。阅读中的幻觉和幻觉中的阅读使我仿佛生活在天空中，周围的一切充满了飞翔的感觉。我喜欢冬天。喜欢冬天的漫长，雪，沉静，潜在的生长，阳光直落树林的底部，喜欢树林的灰白，明净，这时的树林就像哲人晚年的随笔，路径清晰，铅华已尽，只透露大地的山路和天空的远景。"这就是我过的生活。

周志雄：能否将你的创作分成几个阶段？

宁肯：对于划分创作阶段我和大多数人可能不同，这种不同既体现在创作经历上也体现在作品上，比如我曾有过一段不算短的时间创作空白，我离开文学干别的去了，然后重新开始写作。但那段空白期我认为对我仍然很重要，某种意义也可以说是一个创作阶段。就作品而言，重新写作之后，我已写了4部长篇，花了10年时间，平均每两三年一部，我认为每一部长篇都可算作一个创作阶段，因为它们是那样不同，完全可以看作不同时期的作品。

周志雄：《蒙面之城》引起那么大的影响，你觉得主要的原因是什么？《蒙面之城》中的马格形象打动了很多人，你是怎么想到塑造这样一个人物的？

宁肯：主要是写出了一种人人心中都有的梦想：摆脱现实的羁绊，过一种自己能够主宰自己的生活。而马格这个人物也是出于这种梦想创作出来的。

周志雄：《蒙面之城》中说："作家从来不完全是他自己，他既是普通人，同时又把自己作为审视的对象，甚至作品中的'人物'。有时候她的生活同时就是她的作品。人生的深度不可能完全在想象和阅读中获得，更重要的是在经历中获得，无论你经历了什么事实上都与人类的精神生活密切相关。"在你的作品中，你塑造了马格、王摩诘、李慢、苏明侦探等独特的人物形象，你本人更接近小说中的哪个人？

宁肯：我不是他们中的任何一个人，但他们又构成了我的四个方面。很难说我本人更接近马格还是王摩诘，李慢还是苏明侦探。如果让我谈愿意成为谁的话，我倒愿意成为苏明侦探，因为写苏明侦探我觉得最舒服，这个人除了荒诞的宿命之外一切都是自由的，他太自在了，想怎么样就怎么样，同时又充满了巨大的反讽，他是我心向往之的人。

周志雄：《蒙面之城》中有个情节，马格给病中的果丹读《生命不能承受之轻》，米兰·昆德拉曾在中国很风行，请谈谈你对昆德拉小说的看法。在《沉默之门》中，你写到李慢失业的落魄情景，你自己是否也有过这种经历？

宁肯：我对昆德拉的小说没什么看法，马格的阅读不过是碰巧而已。我就读过昆德拉的《生命不能承受之轻》，谈不上多喜欢。是的，我曾有过一段类似李慢失业的经历，那是1989年底，我所在的报纸被停刊，那段经历，那段特殊历史时期的氛围决定了《沉默之门》的写作。

周志雄：《天·藏》中你写王摩诘种菜的过程很细腻："观察浇过水的土地怎样开始变化，怎样慢慢有了细微的裂缝，慢慢拱起，怎样从拱起的裂缝儿中看到了发黄的幼芽，幼芽带着泥土的卧姿，直到有一天小苗儿破土而出、亭亭玉立。"你自己种过菜吗？

宁肯：小时候在自己的房前种过豆角、向日葵什么，对幼芽破土前后的印象特别深，觉得特别神奇，经常趴在地上看，看看是不是有裂纹，土是不是拱起来，觉得好玩极了，是童年的一大乐趣。

周志雄：李慢在看见一个老人和羊群时，想到的是："一个人如果完全可以依赖内心生活就不需要别的生活，就像一个老人或中年人可以依赖内心生活就不需要别的世界"。这样的细节很打动人，你是怎么捕捉到的？

宁肯：这是我内心的体验，我内心常有这种极端的内向的想法。

周志雄：在《天·藏》中，你写到一个小孩在溪水边玩鞋子时说："三岁男孩在尺宽的小溪前自然地止步了，不过'自然'之外的某个瞬间他好像还是想了一下才接受了自然不让他过去的启示。他想了什么呢？想了上一次的小溪？上一次他已到过溪边？上一次他更小，甚至没敢这么切近地站在溪边？那么这次他进了一步？"这个生动的细节来自西藏的神性启示，其实也是与你对生活沉思与想象的结果，也就是说你是一个敏感而细腻的人，是很善于捕捉生活细节的人，你是一个经常回味、沉思生活细节的人吗？

宁肯：是的，我是一个常常沉湎于某种光线的人，小时候坐在教室里常常盯着太阳看，有时盯着鸽子飞过的一条弧线，好像真的看到了那条线。所以，生活中某些现象特别容易引起我出神的关注，那个小男孩就是我一次散步时观察到，我沉浸在其中，久久不能平静。

周志雄：你的小说有时很节制笔墨，有时又浓墨重彩，如在《沉默之门》中，唐漓突然离开李慢，李慢与李艳相好，李慢与杜眉结婚都没有用更多的笔墨，但在李慢与倪维明老人的交往、李慢在《眼镜报》的经历等却是浓墨重彩的，你是怎么处理写作中"节制"与"舒展"之间的关系的？

宁肯：这不是有意识想到"节制"与"舒展"的，是自然而然的，就像水与环境一样，水流到了一种环境，环境给了水什么样子水就自然成了什么样子。另外我想也是一种内心的节奏与修养所致吧。换句话说，当技巧训练成潜意识的时候，技巧也就不再是技巧，而是灵魂的一部分。

周志雄：陈晓明先生在评《沉默之门》时说，这部小说有三种叙述方式：长街的慢的风格、精神病院戏谑的风格和后面《眼镜报》的超写实风格。毫无疑问，把这三种风格糅合在一起有着巨大的难度，其难度就在于它打破了传统小说单一的叙述风格。《沉默之门》以"一种非常有力的方式去把握我们这个多重诡异的时代"，你如何看待这个评价？《天·藏》似乎也有不同的叙述方式，神性的哲学辩论，俗世的人物情感纠缠，散文化的藏地人物风情缠合在一起，在写作时你是有意这样设计的吗？

宁肯：我非常钦佩陈晓明这一评价，一种多重诡异的时代毫无疑问需要一种多重诡异的风格来叙述。另外，如果我清楚地意识到我是这个多重诡异的时代塑造的，我就不觉得这种叙述风格困难，你让我换种风格我还写不来。《天·藏》情况还不太一样，它的三种叙述意识更强更自觉，"三"构成了一种立体的结构主义风格，时间含量很小，空间含量很大。时间在《天·藏》中几乎是并置的，这个在《沉默之门》中并不明显，而在《天·藏》中非常明显。

周志雄：你将《天·藏》的内容概括为"一个内地知识分子在西藏的精神史"，《天·藏》中的人物带有神性，主人公王摩诘与维格—维格拉姆的爱情具有神性，维格最终没有和王摩诘走到一起，是因为王摩诘是个受虐恋者，维格从根本上无法接受这一点。王摩诘作为一个独立的思想者，其受虐的个性显然是带有小说家的设计在其中的，你的小说中对人物的心理、

性格往往做出深层的分析，如《环形女人》中的简女士 SM 与一个畸形的、崇尚暴力的红色年代相关，而在《天·藏》中王摩诘的受虐性却没有做出身世上的解释，这是为什么？你为什么要塑造这样一个人物？

宁肯：王摩诘的受虐性我虽然没像在《环形女人》中那样给出明确细致的分析，但也做了多处暗示，比如童年时期王摩诘在故宫生活的经历，比如 1989 年他曾经找过一个警花做妻子，比如他的晦涩的哲学专业，这些都或多或少让人想到受虐的根由。至于为什么塑造这样一个人物，我想还是应该读者自己回答这个问题，或者自己去寻找答案。

周志雄：《天·藏》中对佛学的介绍好像并没有完全和主人公的性格命运形成辉映，人物似乎只是探讨理论的道具，王摩诘作为一个理论上的强者，现实中却又是一个病态的受虐者，在你的小说中你的人物自身似乎是矛盾而多面的。如马格是个富有神性的流浪汉，小说最后却把他写成一个性无能者；李慢在生活中很弱小，而内心却很强大；简女士是个优秀的环保主义者，却又是个伦理意义上的杀人犯。在塑造这些人物时，你是怎么看的？

宁肯：如果人物不"矛盾而多面"那就很难构成小说，即使不从认识论上考虑，仅从写作技术考虑，小说中的人物也应该是"矛盾而多面"的。

周志雄：在现代小说中，常常有注释的出现，如鲁迅的小说中就常有夹注出现，但在《天·藏》中，注释已成为小说的重要组成部分，注释不仅是对小说内容的补充和呼应，也是小说变化叙述人，形成小说内容对话性的一种重要方式。在写作的过程中，你是怎么想到运用注释这种形式的？

宁肯：首先，我必须承认，我在读美国作家保罗·奥斯特（Paul Auster）的作品时，我注意到对注释不同的运用，在一部叫作《神谕之夜》的小说中保罗·奥斯特将某些叙述引入到注释之中，尽管量不大，但当时对我很是警醒，由此我想到纳博柯夫（Vladimir Vladimirovich Nabokov）的一部小说就是由一首诗和注释完成的。我觉得注释是个可以大大发挥的空间，特别是在我写的这部《天·藏》的作品中。

周志雄：你曾说小说是"慢的艺术"，你的这篇《天·藏》我读得很慢，小说的故事并不复杂，但叙述的节奏很慢，很显然你是有意为之，你期待读者通过你的小说获得什么？

宁肯：我期待读者读到这部小说时感到是一部完全不同的小说，样式很新，打破一下自己传统的阅读习惯。其次是读者不是读一个人的故事，而是读一个人的存在，即一个人在某种生活中是怎样具体而细微地存在的。

周志雄：《天·藏》是一部具有探索性的小说，在内容上、形式上都是有探索性的，读这样的小说显然是需要耐心的，这反映了你一种怎样的小说观念？

宁肯：我的小说观念是：小说已不再由故事做主导，而是由叙事做主导，叙事包含故事，大于故事，叙事包含的元素远大于故事。

周志雄：《天·藏》小说在人物、故事上很简约，但在思想的厚重上，对人物的心灵解剖上却又是繁复的，小说继续实践"慢的艺术"，有没有担心会失去读者？

宁肯：我不担心会失去读者，对这本书而言，我担心的倒是有较多的读者。我愿这本书是为了几个读者写的，如果有某个喜欢读金庸小说的读者也说看了这部小说，我觉得对这部小说是一种耻辱。

周志雄：在你的小说中，你总是习惯通过两性关系来塑造人物，表现人性，如在《蒙面之城》中马格的形象就是通过他与几个女性的关系来塑造的，《沉默之门》中李慢与唐漓、杜眉、李艳之间的关系构成了小说的主要情节，《环形女人》中苏明与罗一、苏未未，简女士与几个男性的关系纠缠都写得很细，《天·藏》中王摩诘和维格、于右燕之间的感情是小说的主要线索，你是如何看待两性情感在小说中的作用的？

宁肯：爱情或情感是文学永恒的主题，因为情感或两性是人性中最深刻的存在，如果文学是人学就必须反映两性的关系。

周志雄：生活中你是一个怀疑论者吗，信仰佛教吗？

宁肯：我是一个温和的怀疑论者，不信仰任何宗教。

周志雄：小说中时时引用讨论福柯、维特根斯坦（LudwigWittgenstein）、弗洛伊德、德里达等的理论，如"本文"与"文本"、"先验的"与"经验的"、"语言场"、"身体哲学"、科学与宗教、宗教与哲学的讨论，在你看来，哲学与文学有着怎样的关系？你通过小说的方式探讨哲学，想达到一种什么样的阅读效果？在小说中可以看出，你阅读了大量的哲学书籍，对哲学问题有深入的思考，能说说你平时的阅读情况吗？你心目中最好的小说家是谁？最好的作品是哪一部？

宁肯：关于哲学与文学，《天·藏》中有这样一段话，我想也代表了我的观点，我愿在这里引用一下："我曾建议王摩诘像罗兰·巴特或雅克·德里达那样也涉足一些文学文本——那绝非一般的文学批评而是现代哲学中不可缺少的文学要素。我说现代哲学一定程度上是文学化的哲学、文本意义上的哲学，而文学也同样是另一种意义上的哲学。"我心目中有许多小说家，但没有最好的小说家，我觉得不存在最好的小说家，因此也没有最好的作品。文学是千姿百态的，怎么会有最好的呢？

周志雄：小说中有大量的宗教、哲学的对话与沉思，这些内容冲淡了小说的情节性，而将读者引向对哲学问题的思考，很显然这样的小说是需要"深阅读"的。作为小说，有思想深度固然重要，但深度应该更多的是通过故事人物自然地表现出来，哲学思想进入文学创作愈直接则愈有可能有损于文学的性质，小说中大段大段的理论辨析文字是不是影响了小说的流畅感和可读性？亦如王蒙、张贤亮小说中的大段议论，常受到批评界的质问。

宁肯："流畅感和可读性"是指故事型的小说，在故事型的小说中过多的议论会影响小说的阅读，但对于一部非故事型的小说就不存在是否影响了"流畅感和可读性"的问题，因为本来就不流畅不可读。

周志雄：你的小说中有变化的一面，也有不变的一面，变化是很清楚的：四部小说题材、写法各不相同，《蒙面之城》是一个理想者的故事，《沉默之门》是一个现实中小人物的故事，《环形女人》是一个传奇故事，《天·藏》又是一个带有神性的故事。但也有不变的是你对人物精神灵魂的关注更甚于对人物生存本身的关注，你的小说中也有些涉及世俗生活场景的，但又是批判"日常生活的"，你是怎么看待你小说中的变与不变的？

宁肯：我没想过这个问题，我觉得我一直在变，你发现了不变的东西，这倒让我没想到。在我看来变和不变是一样的，故事与灵魂是不可分的。怎么能设想写故事不写灵魂？或写灵魂不写故事？

周志雄：从你的几部小说来看，你对现代小说技术的运用越来越熟练，如叙述人的转换，"回旋"叙事，以注释形成与故事叙述共存的多重声音等，你是如何看待小说中的技巧运用的？

宁肯：至今我还常听到有人教导别人说，写作时应忘掉技巧，技巧是次要的东西，无技巧才是最大的技巧，诸如此类。这种昏话我想现在上当的人应该不太多了，不值一驳。技巧是什么？技巧就是对感觉的训练，对心灵的开掘、分解、锤炼，是最终让心灵飞翔得游刃有余的自然的呼吸。时下我们气喘嘘嘘的而且还是优秀的作品比比皆是，我们为什么总不自如，总是飞不高？绝不能轻言已经解决了"怎么写"的问题，"怎么写"永远是问题，即使在西方也仍永远是问题。

周志雄：在你不断求新求变的写作中，你觉得哪一类小说最适合自己？

宁肯：我觉得现在《天·藏》这部小说就最适合我。

周志雄：小说中多次提到王摩诘的学生，如丹巴尼玛、边茨、桑尼，但并没有展开，如丹巴尼玛出走、边茨攻击老师、桑尼辍学，这些人物构成的情节似乎溢出了故事的主线之外，形成了小说的散文化倾向，我后来看到，这些其实就是你散文中的片段，将这些片段放在小说中你是怎么考虑的？

宁肯：不是把这些散文放到了小说里，而是它们从一开始写就是这部小说的一部分，尽管相隔了许多年，尽管许多年前它们曾以散文的面目出现。

周志雄：你是个诗人，又是个散文家，但你写得最多的文字还是小说，在你看来写小说和写诗、写散文有什么不同？写诗、写散文的训练对你写小说有何帮助？

宁肯：我对诗人写小说既信任又怀疑，诗人叙事要么不得要领，要么横空出世。诗人总是飞跃的，一旦飞跃成功，往往就站在了某个孤立的高度上，与所有人都不同。诗人和小说家之间一般没有平庸的中间道路。诗人的结构意识不亚于小说家，在对人的幻觉认识上甚至有过之，然而在具体的叙事行为和叙事意识上诗人往往缺乏耐心，这是诗人写小说最大的障碍。跨越这个障碍非常难，很多时候诗的习惯总是在干扰叙述，甚至把你引到误区。我经常有这种体会，当我写的得意的时候突然发现后面难以为继，冷静一看原来是诗的东西出来了，打断了小说的长调。也就是说，在不该推上去的时候，把感觉推向了极致。除了这些弊病，我觉得剩下的都是好处。比如诗的节奏让我对小说的叙事节奏异常敏感，比如诗的结构让我在小说结构上大刀阔斧，至于诗歌语言的敏感对我的小说影响更是随处可见。不过我总的看法是小说应该尽量避免通常诗的影响，小说就是小说。

周志雄：有人称你为新散文的代表作家，你觉得"新散文"的"新"主要体现在哪些地方？

宁肯：新散文写作者风格各异，创作理念、表现手段、艺术面貌各不相同，甚至相互对立，但新散文仍然有一致性，那就是把散文当作一种创造性的文本经营，而不仅仅是记事、抒情、传达思想的工具；在艺术表现上呈现出自觉的开放姿态，像诗歌和小说一样不排斥任何可能的表现手段与实验，并试图建立自己的艺术品位、前卫的姿态，使散文写作成为一个不逊色于诗歌和小说的富于挑战性的艺术活动。我觉得这是新散文最大的成就。

周志雄：看了你的《西藏与文学——在中央财经大学的讲演》，你说到如何表现西藏是一直困惑你的问题，《天·藏》应该是你思考多年如何表现西藏的结果，小说写完后，你觉得你是否写出了心中的西藏？

宁肯：这一次，我觉得我的确写出了我心目中的西藏。扎西达娃看了《天·藏》，对这部书有一个评价，他是这样说的："宁肯的《天·藏》以对文学和生命近乎神性的虔诚姿态构建出哲学迷宫小说，耸立起一座在许多作家眼里不可复制和难以攀登的山峰。它体势谲异，孤傲内敛，遗世独立，爆发出强大惊人的内省力量。阅读的旅程始终挑战着阅读者心理和精神价值的极限，像跋涉在西藏艰涩险峻的道路上产生令人飞翔的迷幻。这是一部描写西藏又超越西藏的小说，是自八十年代马原之后，真正具有从形而上的文学意义对西藏表述和发现的一部独特小说。"我想他也认同我写出了我心目中的西藏。

三、"我一直尽量避免重复自己"

——蔡骏访谈录

周志雄（山东师范大学文学院教授）：近些年我一直关注中国当代网络小说，写了一些这方面的文章。我阅读了你的所有作品，并和在校的同学做过一些交流。有一次我让同学们观看由你的小说《地狱的第19层》改编的电影《第19层空间》，并做了讨论，我了解到，大学生中有许多你小说的爱好者，大家对你的小说评价也都非常高。我想问的第一个问题是：你是邮电学校毕业的，后来在上海市邮政局文史中心搞史志工作，那你现在还在编史志吗？请你给我们介绍一下你现在的写作和工作情况。

蔡骏（中国当代著名网络作家）：其实那是一个轻松，也有点无聊的工作。我不是编史志，主要是做年鉴。我从2007年就离开了，现在大部分时间是在写作，一小部分时间在做杂志，但这占用我的时间很少，我主要还是写小说。

周志雄：谈谈你对网络写作的看法以及网络写作对你的影响？

蔡骏：我已经很久没在网络上写了，我们那时在网络上写作的人与现在在网络上写作的人是不一样的。包括读者、作者主体、小说结构上都有很大的不同了，以前的网络文学是传统文学换了一个载体，与传统文学没什么大的区别，现在的网络文学与传统文学的区别很大，因为传播形式影响到了传播内容。如"起点中文网"，点击的越多，挣的钱就越多，所以势必会越写越长，一年就会写几百万字，内容常常重复，集中于军事、玄幻，阅读者多为白领，好多人是上班无聊在看。

周志雄：你早期的作品写得很不错，比如《天宝大球场的陷落》，我觉得这部作品显示了你的写作功底，有丰富的想象力，有知识功底，有严肃的精神追问，也有轻松诙谐的一面，可否就这篇作品再谈一谈。

蔡骏：这篇作品是2000年写的，然后发到网上去，发在"榕树下"，这是网络上发的第一个小说，内容有点受到王小波的影响，从中可以看到王小波小说的影子。

周志雄：你在创作刚开始的时候有一篇小说叫《绑架》，发表在《当代》。有些网络作家之所以选择网络发表是因为自己的作品不受主流期刊媒体的认同，你的作品应该说得到了主流文学期刊的认同，但你为什么没有沿着这条道路往下走，反而选择通俗文学呢？

蔡骏：当时我参加文学青年大奖赛，我投稿过去但没想到会拿奖，当然也是很高兴的。当时非常非常意外，没想到会在《当代》文学杂志上发表。但是第一次在那里发表并不能说第二次也可以，熟悉文学期刊的人应该都知道发表文章还是要靠私人关系的，我当时完全不认识这方面的人，我一个圈外人想要跻身其中非常难，我也不认为这个小圈子有多大的生命力。当时正好有个契机，正好想到了一个好故事，虽然并没想到写悬疑小说会多么成功，但至少我认为它非常好看，所以就尝试着写下去。

周志雄：写作速度是否影响了你的写作质量？比如《天机》，一位读者说："看《天机》第一季，就已经让人觉得故事节奏缓慢、行文拉杂了。到了第二季，这毛病更加明显。"你如何处理写作的速度和写作的质量的关系？

蔡骏：这跟速度没什么关系，总的来说，我是越写越慢的。关于情节缓慢可能是因为人物比较多的关系，因为它篇幅比较长。故事中有很多的主角与配角，我希望把每一个故事和人物都写透，性格形象都写得清晰，起码除了主角以外能够有两三个大家能记得住的人物，因此我写了很多细节，线索也尽量地多写。这跟《人间》正好相反，因为它是单线，第一人称。

周志雄：你早期的小说卡夫卡味很浓，《飞翔》中徐光启的少年梦想以及在天上飞翔的场景都很有诗意，《蝴蝶公墓》中所包含的关于成长的思考

也很有生命感。如果有一天你写虚构的故事写厌倦了，你会不会不用悬疑手法写一部关于成长的贴近现实的深入人物心灵的有生命感的作品？

蔡骏：《人间》也蛮有现实感和生命感的，当然，像周老师所说的故事我也构思过好多，但是这并不是对我过去作品的否定，它们都有共同点，有殊途同归的地方。

周志雄：你最快的时候一天能写多少字？

蔡骏：以前最快一天能写一万字。

周志雄：那你实际上就是一个专职的写作者了，你有没有什么业余爱好？你的时间一般是怎么安排的？

蔡骏：现在时间很紧张，因为有好多事情，除了写作之外，还要参加很多文学活动，还有一些家里面的事情。现在的写作时间相对以往来说少一点，但是我是一个能进入状态的人，只要给我一点时间我就能静下心来写。从创作环境上来说，以前和现在的创作差别不大。

周志雄：你什么时候开始写作的？

蔡骏：我一开始是写诗，那时17、18岁吧，通过写诗想起了一些故事，类似于叙事诗，主要是青春期叛逆的发泄，慢慢地变成故事。

周志雄：能具体说说你办杂志的情况吗？

蔡骏：我的工作主要是在策划与创意方面，具体的编辑专业方面，我们有一个专业团队，我不会去做我不擅长的事。

周志雄：我看到一些对你的肯定性的评价：汪政的《中国当代推理悬疑小说论纲》高度评价了你的作品，说你是一个"年轻的、才华横溢的作家"，你的作品"吸取了经典侦探与推理小说的精华"，你的"心理悬疑"小说独树一帜。有人说，你的写作史就是中国当代悬疑小说的发展史。还有目前媒体上炒得很热的顾彬对你的评价，说你的小说可以和斯蒂芬·金、丹·布朗的悬疑小说相媲美。可以说你是一个非常成功的写作者，你作品的畅销让你名利双收，在已经获得的自由面前，你对将来有怎样的写作规划？

蔡骏：我这些年一直在不断地积累灵感，每个月都会有好几个小说构思，积累到现在可能有几百个长篇小说的构思，我从来不害怕没有故事，我始终处于一个取舍的状态：这本书写完以后到底是写这个题材还是那个题材，我都会有好多不同的选择。更大的选择就是这样的类型还是那样的类型，风格是什么样的。我会选择最适合我自己的，并且有个原则就是这一部作品要与上一部作品有所不同。至于以后的变化可能会更大，甚至是类型上的变化。但我现在还不能明确地说是怎样的一种变化。顾彬的话至今未能证实，斯蒂芬·金是后人难以企及的大师，我俩的风格也是不同的，也无法进行比较。他的风格是中国作家很难去模仿的。如果把他的小说换成中国的笔名都难以出版，他的表达方式是美国式的，我的小说是中国式的，适合中国读者的。

周志雄：你现在才过而立之年，已经写得这么好了，如果写到老年的话你还会有几十年时间，你有可能创作文学史上的一个大工程。你对自己将达到一个怎样的文学高度有没有具体的规划？

蔡骏：首先我不确定我能写到一个什么年龄，但有一点我可以确定：目前我所创作的这些小说只是我创作生涯的一部分甚至是一小部分，在我创作生涯中最重要的肯定是我以后创作出来的作品。根据我已有的规划，我已经积累了这些故事的构思和题材。今后的作品，今后的变化会比现在的作品更重要。

周志雄：你一般是如何构思小说的？

蔡骏：最初的构思是主人公的遭遇，然后我再深化、细化，结合了一些民间传说和古代传说编织一个故事，特别之处就是结尾常常没有把故事说清楚，留下一个疑问，读者不知道主人公是死是活。《人间》是想象的，但书中写到的人物的生活方面，以及这个社会许多的现实方面都是有现实基础的，我觉得都是比较真实的。

周志雄：请你谈一谈你小说中的人物。

蔡骏：小说都是虚构的，作家必须具有想象力，并把想象编织成他的世界。一部小说可以写一个世界，也可以很多部小说合成一个世界。我甚至

于可以把我的小说人物故事做成一个年表，有一个朋友曾提到了巴尔扎克的《人间喜剧》中的人物特点，这也是我没有想到的，后来才意识到这个写法同巴尔扎克是相同的。

周志雄：你谈到你的作品总是不断求变，这是有写作大追求的表现。从你最初写作到现在，能否把你的作品划分为几个阶段？

蔡骏：第一个阶段就是中短篇小说的阶段，大概有二三十篇，很多都是历史题材的。2001年的《病毒》到2004年的《幽灵客栈》可以分为一个阶段，是悬疑作品的早期阶段，大概有6部长篇。其实我很喜欢《幽灵客栈》，我觉得那个比较唯美，有十九世纪哥特小说的味道在里面。第二个阶段就是从《荒村公寓》《地狱的第19层》畅销开始，一直到2006年的3年时间，也是6个长篇，一直到《蝴蝶公墓》，都是写个人遇到问题然后解决问题。《天机》《人间》可以算是另一个阶段，无论从形式还是篇幅都可算作一个全新的阶段。

周志雄：《天机》为什么会分为四部分呢？分成四季会不会太长？

蔡骏：首先是因为内容，因为《天机》的构思本身就是一个非常庞大的构思，除非出成盗版书，出成正版书的话必须要分成四本。因为它本身的写作周期就比较长，如果写完再出就可能有一年或两年的间隔，读者可能还是希望间隔短一点。

周志雄：《人间》虽然有许多现实的事件，但只是作为背景，唯一比较具有现实意义的是在某种情景下对主人公心境的发掘，但在总体上它仍然是一个虚构的故事，《肖申克的救赎》就会让人觉得现实感强一些，在你的作品中许多事情太过离奇，始终是小说家通过笔法在编造故事，给人一种天花乱坠的感觉。

蔡骏：我理解周老师的意思，真正的人物行为应该是自然而然的，不能被小说家的想象力所控制。但是我觉得作为小说而言，最重要的是好看，这就要设置许多的戏剧冲突和巧合，不可能完全等同于生活，当然，生活可能更精彩，更残酷。但作为凡人来说，我们永远无法想象真正的生活，我们只能尽量地把生活和小说融合在一起，通过故事来表现生活。《肖申克的救赎》的电影比小说更具传奇性，这个作品是斯蒂芬·金作品中的一个异类，我会把《人间》归为大仲马式的小说，传奇色彩更重，同时表现了现实社会的很多锋芒。

周志雄：《人间》和以往的作品不同之处体现在哪些方面？

蔡骏：以往的作品都是很紧凑的结构，时间很短，故事发生在几天之内。《人间》这部小说故意拉长到3至4年，这样的话，主人公可以有足够的空间和时间来发展，性格有变化，几年之内脱胎换骨，成长为另外一个人，这种结构有点像武侠小说的结构，比如金庸小说中时间跨度和人物命运的关系。

周志雄：读你的小说会发现你的知识面非常广，涉及多个学科领域，你是怎么读书的，你读书与写作之间是怎样安排的？在你的创作中，生活经验、知识、想象力你觉得哪个更重要？

蔡骏：所有的成分都是很重要的，特别是想象力，还有广阔的知识面。我有很大的阅读量，大部分都是根据自己的兴趣爱好来阅读，不会为了写作而专门去看书，就是因为这样使我在运用材料方面可以信手拈来。我读书没什么计划，某段时间对某件事感兴趣我就会到网上以及书籍中去找大量的相应的资料。喜欢一件事就会研究透，再去换另外感兴趣的东西。我对于整个世界和各个方面的思考比较多，这些思考都体现在作品的精神方面。我的生活经验并不是很多，任何生活经验用来写小说都是不够的。一个人永远都不能经历各种各样的事，只能是通过观察，通过有限的生活经验提炼出一些人类共有的情感，以及人与人关系上一些共有的经验。

周志雄：在中国作协为你召开的作品研讨会上，批评家李建军认为：类型小说严重脱离社会现实、缺乏社会内容，对我们内心深处不会构成持久影响，你已有很好的写作基础，希望你转到更有意义的写作立场上来。还有人批评《人间》没有预想的精彩，文化色彩不够浓，人物苍白，内容有些粗糙，刻意而为的现实事件堆砌进一步反衬出人物经历的不真实性。对

于这些批评，你如何看？

蔡骏：不管什么样的类型小说你都不能用有意义或无意义去框定它，不能说好的小说就是有意义的，不好的小说就是无意义的，类型小说的标志不是有无意义。另外一点，《人间》尤其是上卷具有非常浓厚的现实主义，写了一个小人物在家庭、职场、爱情上的种种困境，这种困境就像是卡夫卡小说《诉讼》里所表现的困境，不同的是《人间》写得更加直白，主人公会通过自己的努力去改变这种困境。也许开头是卡夫卡式的，但它的中间是大仲马式的。这种转变并不是听了评论家的评论之后才转变的，我本身是有这种内在要求的。

周志雄：你是什么时候加入中国作协的？

蔡骏：2005 年底。

周志雄：加入作协对你有没有影响？对写作有没有帮助？

蔡骏：只能说对写作以外的有点帮助，对写作没太大的帮助。

周志雄：在小说《荒村公寓》中，你说："我希望这篇小说能够跳出我原有的思路和框框。"在《天机》的"后记"中写道："我一直尽量避免重复自己。"在创作《人间》时，加入了"现实主义"因素，你的创作一直在尝试新的变化，甚至构成了一个创作体系。那么在你的不断创新与思索中，写作的"变"是否包含着不变的"常"？这个常规、固定性的东西究竟是什么呢？你能谈谈自己写作中的"变"与"常"吗？

蔡骏：这肯定是有意识要改变的。无论是从内容、风格，还是结构上，《人间》是变化最大的，其中最大的突破是现实主义的描写和人物命运的塑造，小说只是写了人生中的一个点，写了一个人生命中最重要的一个历程，成长的时间使人物发生改变，这种小说既像武侠小说又像十九世纪大仲马的小说。

周志雄：在网上可以看到你最喜欢的中国现代作家是鲁迅，最喜欢的外国作家是司汤达（Stendhal），最喜欢的中国当代作家是张承志，最喜欢的外国当代作家是大江健三郎（おおえ けんざぶろう，最讨厌的作家是昆德拉，能具体说说你为什么讨厌昆德拉？

蔡骏：这个是很久以前写的，也不能说讨厌，只是不喜欢，当时很多人都把他当成小资的代表，我不喜欢小资，所以就不太喜欢他。

周志雄：你写悬疑小说是一种兴趣吗？

蔡骏：也不能说是兴趣，因为一开始我并不知道什么是悬疑小说，开始只是尝试，在写作的过程当中逐渐感到有兴趣，才慢慢开始写作。

周志雄：你对中国当代的类型小说和电影有怎样的期望？

蔡骏：类型小说、类型电影，包括商业电影，我相信都能很好地发展下去。因为一直以来我们都把通俗小说看作一个等而下之的东西，现在的文学市场化使得这样的小说越来越多地出现，我唯一的希望就是不要对这些小说有任何的偏见。

周志雄：在你的作品中，你常提到你喜欢的作家如斯蒂芬·金、丹·布朗、阿加莎·克里斯蒂、爱伦·坡、井上靖（いのうえ やすし）、森村诚一（もりむら せいいち）、卡夫卡、博尔赫斯等，你觉得这些作家给你的影响在哪些方面？

蔡骏：斯蒂芬·金对我的影响主要是精神上的而不是风格上的，我比较喜欢斯蒂芬·金的《肖申克的救赎》，虽然这部书比他所有的小说都畅销，但在技术上或者说文学上还不是最好的，它的特点是把一个好莱坞式的故事和一个宏大的故事背景结合起来，选定的背景具有话题性、争议性。它针对西方宗教进行了颠覆性的假设，来形成一个争议性的话题。如果抛开这一点的话，他的技术应该属于中上。

周志雄：精神上的影响主要体现在哪些方面？

蔡骏：小说中表现出来的社会观、价值观以及某些政治立场。

周志雄：请谈谈对那多作品的看法。

蔡骏：我只看过他以前的一些作品。主要是科幻和推理故事，有固定的主人公，故事中解开一些谜，主要是这样一个思路。那多的作品跟我的还是很不一样的，我的故事中没有这样一个特别能干的主人公。叶萧不是一

个超人，也不是福尔摩斯那样的侦探，他是一个平凡的人，很多时候他不是一个侦探的角色而是一个故事目击者的角色，他是不完美的也是脆弱的。

周志雄：目前为止，你的创作只有一些相关的新闻媒体评论，很少有评论家为你写评论，你怎么看待中国的当代文学评论？

蔡骏：我也认识一些文学评论家，他们并不熟悉目前的类型小说，所以也很难发表一些深入的评论。

周志雄：有人说文坛是由优秀作家和平庸作家组成的，伟大作家却在文坛之外。那么，优秀作家和伟大作家究竟有什么区别？他们在素质上有什么共同之处，又有什么不同之处？

蔡骏：我觉得无法用某个标准来区分他们，也许真正伟大的作家是不屑于"伟大"二字的吧。

周志雄：我注意到你的作品2008年在中国大陆累计发行的数字是230万册，2009年则达到了500万册，你已经成为一个名副其实的畅销书作家，得到中国广大读者的喜爱和支持。那么多的人阅读你的书，你觉得阅读你的书能获得什么？你的书卖得这么好，你觉得其中的原因是什么？

蔡骏：首先，是精彩的故事，这是读者愿意花钱买书的基础。其次，在故事的基础之上，还能给读者一定的人性思考以及知识背景，这就是锦上添花了。

周志雄：你平时的写作素材是如何积累的？据说你自称是灵感的宠儿，能否就写作技巧谈谈自己的见解？

蔡骏：灵感随时随地都可能会有，我是个异常敏感的人，生活中、阅读中任何细节都可能会激发灵感与构思。

周志雄：有人说："国人更年轻的一代中，多是嚼着汉堡包，喝着可口可乐，听着摇滚，跳着迪斯科，看着无厘头电影，读着文字垃圾，成为最浅薄最庸俗的一拨。"面对这种情况，你觉得现在的文学教育该如何应对？

蔡骏：这是一个大环境的问题，古人生存的环境决定了他们喜爱创作怎样的文学，现代人的环境发生了变化，文学也会有变化。

周志雄：斯蒂芬·金在回忆录中说，他在路上被车撞倒几乎丧生后醒来的感觉是，那个把他几乎撞死的驾车者是他小说中的角色。你在生活中有没有类似的情景？

蔡骏：我会把小说与生活分得很清楚，也许只会在梦中合二为一。

周志雄：《人间》的腰封上写着："蔡骏里程碑式悬疑史诗巨作，同品销量第一名！媒体关注第一名！网络点击第一名！读者好评第一名！"你对这个设计是怎么看的？

蔡骏：出版商的宣传手段，我个人不能说什么。

周志雄：如果有青年朋友想写悬疑小说，你对他们有什么建议？

蔡骏：首先要具备一定的条件，比如讲故事的能力，丰富的阅读量，以及超人的想象力。其次是要勤奋地去练习，不要半途而废，贵在坚持。

周志雄：你认为中国当代的悬疑小说出路在哪里？

蔡骏：走自己的路，让别人去说吧。

周志雄：写作中最困惑你的问题是什么？你认为你小说的不足之处在哪里？

蔡骏：不同的阶段有不同的困惑，以前的困惑是人物塑造，现在正在逐渐解决这个问题。也许，以后还会遇到新的困惑，但我都会在每一部作品上求新求变来克服的。

四、"网络写作不只是取悦读者"

——李晓敏访谈录

周志雄（山东师范大学文学院教授）：目前写网络小说的人多，但写得好的少，评论界对网络小说的评价，常以五四以来的"纯文学"的评价体系为参照，但中国小说有更久远的历史，就是唐传奇以来的通俗小说的传统。文学史的写作是以作家作品研究为基础的，目前的网络文学研究成果较多，但主要是研究现象，对作家作品研究很少，这是个很严重的问题。

李晓敏（中国当代著名网络作家）：传统的文学评论对网络文学的关注实在太少，这有各种各样的原因吧，但我个人认为最大的一个原因是传统文学评论的圈子对网络文学有偏见，如你所说的，网络文学好作品确实不多，但并不是没有，传统文学同样有这个问题。

周志雄：这个路子是不一样的，在高校里，所谓的学院派文学传统，简单说就是启蒙的文学传统。鲁迅当年回老家时，他把他的小说带回去给他母亲看了，他母亲当时不知鲁迅就是他的儿子，说鲁迅这个人写的文章不好看，鲁迅就买了张恨水的小说给他母亲，他母亲看过后，说这个人的小说写得不错。现代文学以来的文学传统不是面向普通大众的，说是对大众启蒙，其实是知识分子写，面向知识分子读者群的，主要是面向青年知识分子读者群。

李晓敏：有一个有意思的现象，就是我参加网络文学的会议，发现参加者大多数都是搞传统文学的。我们在一起讨论，为什么传统文学的读者越来越少，而网络文学的读者队伍却日益壮大？传统文学作家们给不了一个准确的答案，但我想故事性是关键所在吧！湖南的一个知名作家说，好的小说可以不要故事，持这种观点的作家还不在少数。我个人认为这恰恰是文学面临的一个很重要的问题，这也是传统文学的路越走越窄的根本原因所在。作家如果一味强调作品的思想和艺术性，绝大多数的普通读者最初不会是因为想了解这个作家的思想而去阅读他的作品，相反的，读者们只会通过阅读来了解作家的思想，如果作家和他的作品一味的高高在上，一味的高深莫测，读者是不会买账的。作为文学这个圈子而言，我应算是一个高端的读者吧，但是读一些同行的小说，我都觉得很费力，硬着头皮在读，的确，他们的文字很老到，功夫很深，但你看完之后不知道作家想说什么，有一种被迫阅读的感觉。阅读应该是能给人愉悦的，如果阅读不能达成这个目的，文学的功能就要打折扣了，如果这样的作品越来越多，就会造成普通的读者大量流失。很多作品，我作为一个同行读起来都觉得费力，那么对于一个普通的读者来讲，就更难了。一个普通作家，并不见得比一个专业的读者高明多少。所以作家们摆正姿态，是赢得读者的第一步。

周志雄：你对当下的网络小说怎么看？

李晓敏：现阶段而言，网络小说还是泥沙俱下，良莠不齐，大量的文字垃圾充斥在电脑屏幕上。这是网络文学低门槛所带来的不足之症。网络文学缺少厚重、有担当的作品，显得商业味太重、太浓，作家们很清楚地知道自己想要什么，不是要艺术成就。跟生活贴近的东西太少，穿越、玄幻是凭借想象力来写作品，很商业化的。商业化支撑了一大批人在写作，网络小说的商业化在很大程度上制约了网络小说的发展。客观地说，中国当代作家能达到发表水平的，至少是数十万计，但是传统文学能提供的发表阵地，就是那么有限的几家报刊，从那里面冲出来是很难的。有些人被挤下去了，有些人也不愿意挤了，不愿意挤的那些人，其中就包括我。我们这批人中途换了一条路在走，这就造就了网络作家的崛起。相对于传统文学刊物的苛刻，网络文学发表的门槛很低，但是提供的舞台却很大。其实文学的发展也是一个"合久必分，分久必合"的过程，很多优秀的网络作家最终仍选择回归。文学就是文学，不应该人为地分成传统和网络。再过

几年或者十几年，就再也不会有什么传统文学和网络文学的分歧了，因为所有的文学作品都得在网上传播，那么，应该都叫做网络文学了吧？

周志雄：在你的朋友里，网络小说写得好的有哪些？

李晓敏：像天下归元、欲不死、黄晓阳等，我与这些作者比较近。昨天晚上还和朋友聊起黄晓阳的《二号首长》这部小说，去年卖了二三百万册。

周志雄：你的第一部小说是《遍地狼烟》吗？

李晓敏：在《遍地狼烟》之前写了一个都市小说，叫做《小报记者》，但以《举报》的名字出版了。

周志雄：我感觉《举报》写得要比《遍地狼烟》成熟。

李晓敏：是文字更接近纯文学一点吧？

周志雄：是这样的，更紧凑，打磨得更精致一些。

李晓敏：《举报》也是我在网上的一次尝试。我在网上看了很多的人气很高的小说，老实说，我很失望：这样的小说在网上居然也有这么多读者，那我也可以写。网络小说有一个很有意思的问题就是，越看起来有思想，越有所谓文学味道的文学作品，在网上越不讨好。如果是一般的作家，他把他写得非常好的文章，甚至可以在《收获》《十月》《花城》《人民文学》上发表的，放到网上，读者未必接受。他可能顶不上一个大学生，或者一个上班族在网上受欢迎的程度，这是因为面对读者群不一样的原因，或许这也是网络小说的一个特质吧。

周志雄：在写作《举报》之前，你的写作是什么状况？

李晓敏：写作多年，我干过两年的自由撰稿人。以前我在南宁的时候，我的老师是一个老作家，他给我说过一句话：坚持文学这条路是很艰难的，如果你不想放弃，你必须做到以文养文。

周志雄：网上介绍你干过很多职业：流水线工人、公司职员、杂志编辑、报社记者、自由撰稿人。你比较早地就融入社会学会独立谋生，你的写作其实一直是融入在这些工作之中，这些职业对你的写作有何意义？

李晓敏：从走出校门之后，我一直在兼职写作，从未停止过写作的笔，虽然以前没有写过网络小说，但一直在写别的文章，写散文，写纪实类的文字，在报社编稿子，工作一直和文字紧密相连吧。另外这些经历给我提供了各种各样的人生体验，但是更主要的我想还是自己一直在坚持写作吧！

周志雄：在写《举报》之前，发表过一些什么样的作品？

李晓敏：发表的东西比较杂，有一年我主攻报纸，写类似《读者》《译林》上面的那种小文章，心灵鸡汤之类的文字。我发现写这类的文章养活自己有压力，因为那种小稿子大部分是在报纸上发表出来，报纸的稿费是很低的，几十元一篇，甚至有二十的，这样的话压力就会很大，我觉得报纸养活不了我，很压抑。第二年我就主攻杂志，是女性时尚的刊物，就是《知音》《家庭》《深圳青年》《爱人》这类的刊物，他们的稿费高。这样我就学会了采访，闲时也会给一些报纸、杂志做一些策划，比如《南方航空报》发我的专题策划比较多，有时一发就是四五个版。

周志雄：你一直是在体制之外写作啊。

李晓敏：对，我到现在还不是作协会员。

周志雄：你是怎么想到这条以文谋生的路？这个时代有很多赚钱的机会啊，是什么让你坚持写作呢？

李晓敏：首先是热爱，我热爱写作，那么我就坚持一条道走到黑，所以这么多年我能熬过来。在任何一个行业混，不能坚持到底的人是很容易被淘汰掉的。

周志雄：你确实是很不容易，是不是也坚信自己有这方面的才华，把自己的潜能发挥出来之后，能达到自己想要的那种境界呢？

李晓敏：如果说那条路是1000公里，你跑到100公里的时候，突然你发现，靠文学可以赚钱，靠稿费可以养活你啊，这是最重要的，如果不能养活你的话，没有一个人能坚持十几年的时间。我只是觉得时机到了，想写一点自己想写的东西，但那时有很多人不理解我，认为我好好的工作为什么要辞掉，要去搞一点生活保障都没有的网络写作。

周志雄：你原来是《永州新报》聘用的吧，在那里收入应该可以吧。

李晓敏：原来收入也不高，一个月也就 2000 元左右，那时我刚刚买了房，压力也很大。

周志雄：现在还有生存压力吗？

李晓敏：（笑）尽管基本解决了生存问题，但是对我这种自由写作职业而言，压力永远存在。

周志雄：现在还在网上写作吗？

李晓敏：没有。我对自己还是比较清楚的。当时如果我像别的网络作家一样，把一部已经在网上写火了的作品写到几百万字，我赚到的钱至少要乘以十。但是我没有这么做，我调整了自己的方向。因为我不打算把网络写作作为我未来发展的主要方向。网络对我而言只是一个平台，我利用这个平台就可以了。如果一味地在网上写下去的话，就会出现一个问题，写作一味地追求量，而没有质，会越写越烂，如果每天更新一万字，速度太快了，不可能保证质量。

周志雄：你现在的写作是什么状态？

李晓敏：网络小说作家都有一个特点，就是说，当你的写作达到一个点的时候，有一部分人会继续在网络这条路上奔跑，有的迅速换了方向，我就是属于后一种。我的方向就是今后用心地写一些自己想写的小说，然后实体出版，很多网络作家是这样的。如果一个网络作家一味地追求短期的利益写作，必然会牺牲作品的品质，进而伤害到自己。去年我们在鲁院的网络班学习时，跟网站的所谓"大神"有过一次交流，我们讨论的一个很重要的问题是"大神的陨落"，很多网络大神是昙花一现的，在网上一本书非常非常红，突然就没有下文了，或者有下文，反响也是平平的那种，他们迅速被读者抛弃了。就算有些作家坚持下来了，很可能也是在不停地复制自己。

周志雄：你现在到鲁院来了，有向纯文学方向转的意思吧？

李晓敏：这个也有。大多数网络写作者都有这种个人情结吧，还是要回归真正意义上的文学写作，当然我说的回归并不是说在《十月》《收获》上发表一些别人看不懂的小说。我写的小说，永远会做到让普通读者能够看得懂。关于转型这一点，我在写我第三部长篇的时候，已经做了一些尝试。

周志雄：你的第三本书叫什么名字？

李晓敏：《我的民国》，应该早就上市了，但因为这样那样的一些原因卡了一段时间。

周志雄：我编《网络小说研究资料》选安妮宝贝《告别薇安》的序言，她给我回复说，不要收入了，她在新出版的书里都删掉了这个序言，我以前也听说安妮宝贝最反感别人说她是网络作家。确实，安妮宝贝后期的作品转变很大，后期的作品更结实，更纯文学化了。慕容雪村也是这样，成名后全国主要的省会城市大都住遍了，每年读百来本书，我跟他聊，感觉他读的书很多、很杂，很有见解，讲起来一套一套的，明显有意识地向提升创作内涵的方向走。

李晓敏：与朋友们聊天，他们说，为什么提到我的时候，前面要加一个网络作家，我们也是一字一句写出来的，只不过是通过网络首发，按照网络小说的特点来写作。我们中间的很多作品，也可以慢慢打磨，也可以放到传统的文学杂志上去发表出来。现在用适合网络的方式，快捷地写出来，以网友能接受的方式写出来，网络还是有它的特点的，网络有它的读者，还有它的作者，这一点与传统文学的确不太一样的。

周志雄：这也是我们学术界要深入去研究的一个问题，就是网络到底对我们的文学发展产生了什么样的影响。我的理解是，在一定意义上说，网络复活了一种更久远的说书的、讲故事的通俗小说的传统，这比五四以来的精英文学更有生命力。网络带来了这样一个契机，有更多的人在网上写，还可以相互在线交流，有了这样的机制，阅读的时候，读者有你所说的"代入感"，看得爽，过瘾。这里也有启蒙，也有知识性，也能给读者打开一些以前所没有认识到的领域。在读你的《举报》的时候，觉得记者的生涯对你的写作影响还是很大的，请你具体谈一谈。

李晓敏：这跟做生意是一样的，生意场上有句话：不熟不做嘛，就是不

懂这个行业不去沾它。写作也是一样，能把不同的行业领域写得很好的人，那是极少数。就像经常有人问我：你没当过兵，年纪也不大，为什么能写一部军事题材的长篇小说？我选择避开了我所不熟悉的生活领域，将故事的背景设置久远一点。我对小说现场的感受有限，但丰富的想象力与长期以来培养的个人爱好可以弥补一些不足，如果完全放在现实背景下的话，我肯定写不了。比如要我写官场就写不了，因为我不了解它，写出来别人会笑话我。你的职业，你的社交圈子，你所处的环境可以影响你对自己作品的把握。

周志雄：你做记者可能会对社会百态，包括社会黑幕了解得比较多，这对你写作《举报》有直接的帮助吧。

李晓敏：这个作品还有个事情在全国吵得轰轰烈烈：我们邵阳县有一艘船，是渡船，沉掉了，还死了很多学生，这个事情发生在小说出版一年后，我小说里有一个非常类同的情节，我小说开篇就写排县出了很重大的事故，让记者去采访，死了很多学生，船沉下去了。后来现实生活中真的发生了这样的事情。

周志雄：那件事是你编的？

李晓敏：是我编的，小说和现实确实有很多惊人的相似。有人说，这个太神奇了，不幸言中。

周志雄：《举报》开篇写主人公的梦，结尾也写到了，中间还有几次都写到这个情节，其用意是很明显的，就是要起到结构上的贯穿的作用，这个情节还有隐喻意义上的设计，感觉这部小说比《遍地狼烟》要精致一些，也体现在结构上，很紧凑，矛盾编织一环一环地套得很紧密，《遍地狼烟》前半部分很松散。

李晓敏：（笑）很松散，就是一条线下来，中间的人物没有重叠，在一条线上走。《遍地狼烟》下半部稍微好一点，成熟了一点了。后来可以同时几条线铺开，人物也交叉了。

周志雄：写作《遍地狼烟》的时候，你是一个什么状况？

李晓敏：当时我在晚报上班，工作了半年吧，觉得这份工作不是我想要的。世俗一点说，工作压力太大，收入太低。我是在深圳那个城市干过媒体回来的，思想观念跟内地媒体运作的思维观念完全不一样。回来以后，要采访，要编稿，还得带着几个大学刚毕业的新人跑业务，收入还不高，还不如自己写稿。我 2006 年稿费收入已经到了 10 万了，当时给报纸写稿，对于我们这种小写手的话收入已经很不错了。后来在网上看到人家的小说风生水起，我也想写，然后就写了。写之前，我已经有很长时间的构思了。但那本书，当时写失败了，还出版不了。尽管当时搜狐的人气有 3000 多万，但不太被认可，出版、影视都不认可。我也投了十几家出版社，没有一家要出版的，最后都不了了之。所以我当时就放下来，我说我再写一本，这本书我也不跟风了，就是按照我自己的意愿正儿八经地写一本我自己想写的书，就是用网络的手法来写，所以就写了《遍地狼烟》。

周志雄：你说的是《举报》联系了多家出版社都失败了？

李晓敏：对，这本书完全失败了。内容当时有问题，你看到的实体书，内容已经经过了很大的修改。最后出版的时候，他们让我签，我说我不出了，合同我也不签了。为什么呢？签了合同，我拿的钱也不多，这本书我拿不出手，因为当时小说里存在很多的问题。我给他们一个修改意见，如果能达到我的修改意见的话，就出版。他们就找人按照我的意见对小说进行了修改，后来就出了。原名叫《小报记者》，后来换成了《举报》。

周志雄：我是不是可以这么理解，《举报》出版的时候，是经过了认真地修改打磨，而《遍地狼烟》就是一天写几千字，是在网上写的。

李晓敏：对。

周志雄：你对现在的实体书《举报》还满意吧。

李晓敏：封面设计还很满意。

周志雄：内容呢？

李晓敏：内容反正是我自己写的，我还真不满意。

周志雄：下半部写体制腐败的事情，人物不再是勇往直前往前冲，写到

了很复杂的一些层面，感觉对社会的理解和把握一下子提升了。

李晓敏：我当时也是在做一个很大胆的尝试，其实我也是小看了读者，以为读者就是喜欢看《故事会》一样的故事。只要你把故事和作家的思想结合得比较巧妙，传统小说照样大有市场。有相当一部分传统作家固执地认为，纯"深度"层面的文学创作是一个城堡，我要用我的生命去捍卫这个城堡，其实他不知道自己誓死捍卫的这个城堡早已千疮百孔，不堪一击了，因为它没有把读者喜欢的部分和作家自己喜欢的部分巧妙地结合起来。作品唯有有更多的读者，作家的思想才可以更广泛地传播。

周志雄：《遍地狼烟》入围第八届茅盾文学奖前81强，与影视公司签约，小说之所以能引起关注，你觉得其主要的原因是什么？

李晓敏：有几个原因吧。首先是网络小说已经势不可挡，文学归根结底，是要人来读的，面对网络文学庞大的读者群体，某个人或者某个组织是不能阻挡的。第二，中国作家协会开始重视网络文学，比如说在鲁迅文学院办网络作家班，对他们进行正规的培训，让他们与传统文学融合，无论是针对他们的技巧还是文学责任，做一些实际性的工作。另外就是网络小说本身的影响力。《遍地狼烟》已经拿了几个全国性文学大奖，包括它是第一个拿中国政府出版奖的网络小说，又被改编成同名的电影、电视，影响力是实实在在的嘛。还有一个就是我这本小说，与同题材的网络小说还是有一些区别。比如说语言可能比一般的网络作家更灵活一点，有一部分语言可能更接近纯文学，介于网络小说与纯文学之间，也就更容易受到传统文学界的认同。还有，网站是决定网络小说发展的重要因素，几个网站就可以毁掉整个的中国网络文学。很多优秀的网络小说，它没有在这个平台上出来，这跟网站有很大的关系，网站不对你进行包装、推举，好小说也很难出头。

周志雄：《遍地狼烟》是新浪推出来的吧。

李晓敏：对，上传到五六万字的时候，几天的时间效果就出来了。网络真的很快捷，你可以和你的读者面对面交流。与新浪网一签约，第一天推荐就爆发了，一个星期左右的样子，就有好几家影视公司和出版社开始找我。那时我的内心还是很忐忑，没有什么底气。但站在网络小说的角度，觉得这本书还可以，应该还能冲得出来。

周志雄：在写这篇小说之前，你看过哪些网络小说？

李晓敏：在我写之前看过一些，写之后就很少看了，也难怪对网络小说有偏见，网络小说里精品实在太少了。

周志雄：在你平时阅读的过程中，有哪些作家对你有影响？

李晓敏：我曾喜欢过几个作家的作品，在写的时候不自觉地去模仿，比如那种语言，那种思考问题的方式。像余华对我的影响是最大的，方方、邓一光、迟子建等人的作品对我影响也很大。写《遍地狼烟》的时候，我走出来了，没有模仿这些作家。网络小说嘛，用自己的语言去讲故事，我特意考虑到网络小说的特质，不做深沉状，就是跟读者讲故事。如果我刻意地加些东西，讲起来也许会感觉很好，听起来就会很吃力。我坚持按照讲故事的语言风格把这篇小说写完。

周志雄：你觉得余华的作品主要好在哪些方面？

李晓敏：余华和国内大多数作家写作方式不一样，他的语言很灵活，像水一样在流，别人的水在一个容器里流动，他的水可以在空气里流动，就像我第一次看到古龙的小说一样。古龙的语言非常鲜活，有读者意想不到的效果，这是很多作者做不到的，我也做不到。我写作的时候不自觉地选择用活一些的句子。我以网络小说的特质来写小说，但写的时候不可避免地流露出余华等作家对我的影响。除了语言，还有结构。

周志雄：写《遍地狼烟》的时候，你心中肯定也有一杆秤，你觉得小说写到什么样的程度，才叫好小说呢？

李晓敏：我个人的理解还是比较简单，就是好的小说要能直指读者的心灵，哪怕仅仅是情绪上短暂的悲愤或者喜悦，作品若不能给读者一些情绪上的冲击的话，肯定不是好小说。

周志雄：你刚才讲得很好，一定要写自己熟悉的。一个作家写什么，不

写什么，不是自己选择的，有时是被选择的，个人的阅读、经历、趣味，决定了你能写什么作品。一个好的作家就是要找到适合自己写的东西，其次是找到适合自己的表达方式。把这二者结合起来，你的作品就能写好。你找到了自己适合写的东西和适合自己的表达方式了吗？

李晓敏：我找到了自己喜欢写的东西，但我还没有找到表达他们的合适的方式。写《遍地狼烟》的时候，我考虑要用什么样的语言来写。用余华风格的语言来写网络小说吗？这个不太现实。我的几本小说在语言上各有不同。相较于《遍地狼烟》，《举报》在感情描写上处理得更细腻一点，而在《遍地狼烟》里，纯粹是单刀直入。在《我的民国》里，我最初想用一种唯美的语言来写，加入更多的人物，试图营造更为大气的氛围，摆脱对故事单一的叙述，但后来意识到这是失败的，我马上又跳到了《遍地狼烟》的路子上。

周志雄：你写小说的格局还是很大的，不是按照一种路子，而是不断地寻求一些新的尝试，这是很可贵的。

李晓敏：想做一些尝试吧。

周志雄：应该做这样的尝试，你第一部小说是这样，读者可能会很喜欢，往后只是重复自己，读者可能会厌倦你。你现在还这么年轻，要写到退休的年龄，还要写几十年，对自己的写作有没有一个大一点的规划？

李晓敏：有。解决生存问题后，得考虑下一步的发展。小说是我真正的热爱，剧本是产生经济效益的，用物质的方式来支撑个人的热爱是我对近五年的设想。很多人不能理解，写小说多辛苦啊，一个剧本写下来就是几十乃至上百万。但我的本意还是做一个更纯粹一点的作家，就是在我的生存得到保障的前提下，我要写属于我的小说，让我的文字获得更多人的青睐，这是我的目标。这次到鲁院来充电，就是个很好的机会。

周志雄：你说的这也是个很普遍的现象，有很多作家都有两副笔墨，一面是搞点挣钱的，如写广告文学，编剧本什么的，另外就是写自己想写的东西。张恨水一支笔养活了一家老小 16 口人，现在的文学史给张恨水列了专门的章节，通俗小说也有精品。像你这个年龄，已经写到这个程度了，应该是走张恨水式的路子，而不是走纯文学的路子。你可能有意识地往纯文学的路子上靠，但不是完全转到那条路上去。

李晓敏：作家还是要发现自己的强项在哪里。

周志雄：你在鲁院的收获主要在哪些方面？

李晓敏：我去年已来过鲁院，有 20 多天的学习时间。有时候老师的一两句话能让你有醍醐灌顶的感受。我以前更多的考虑是取悦读者，我所有的设计都是为读者服务。后来课堂上有老师说了一句话，文学还应关注人，关注人的命运，关注人性，这些让我有了新的认识。你写的东西，别人在阅读之余还可以拓展一下想象，可以思考一点东西，就是一种价值。当然更主要的，能够与来自各省各行业的同学们有一次更细致、深入且全面的交流，他们都是精英。

周志雄：毛泽东当年在延安文艺座谈会上的讲话中，就讲文学创作的普及与提高的问题，首先是普及文学，要让老百姓喜欢你的作品，毛泽东当年讲的是写老百姓所喜闻乐见的有中国作风和中国气派的作品，毛泽东的高度是政治高度，把文学当作宣传工具，毛泽东是站在一个政治家的高度来要求文学，但毛泽东的道理讲得很透，就是要让读者喜欢你的作品，让老百姓在阅读你的作品的时候，能提高其思想和艺术修养。一面是取悦读者，一面是让读者在阅读时，能得到提升，而不仅仅是享受阅读快感的过程。

李晓敏：惭愧，我没正儿八经地上过大学，只上过高中。

周志雄：你已经写得很不错了，真正的写作高手在民间。马尔克斯在一次访谈中讲，哥伦比亚作家平常都要工作，只有周末的时候能坐下来写东西。这句话应这样来理解，你没有经过大学的训练，小说中那种民间的、自然的生活体验，很有价值。《遍地狼烟》中的人物性格是有魅力的，主人公是不守规矩的，不讲那一套框框规范，内心坚守一种理念，藐视世俗的很多东西。我觉得你没上过大学，损失了系统的知识训练，但你保持了鲜

活的对生活的理解，特别是你在写人物的时候，在潜意识里不知不觉的将这种感觉灌注其中。如果你接受了大学训练，可能就会温文尔雅了，那种东西就不一定写得出来。

李晓敏：就把周老师的话当作一番安慰吧。

周志雄：你的小说的整体发行、销售情况怎么样？

李晓敏：《遍地狼烟》已经是第 8 次印刷了，大概在 10 万册左右吧。

周志雄：《举报》发行怎么样？

李晓敏：《举报》发行平平，签的时候有协议，《举报》不能借着《遍地狼烟》宣传，卖得怎么样就怎么样。所以，这本书几乎没有什么宣传，只是作为一本普通的书走上市场。

周志雄：你对当下文学创作的整体艺术成就怎么看？学术界有两种观点，一派是唱盛，一派是唱衰，唱衰派说中国当代小说很不行，都是垃圾，唱盛派说现在是中国当代文学最好的时候，改革开放 30 年，作家们获得了空前的写作自由，写作的资源也非常丰富，作家们越写越好。

李晓敏：我也认为现在是中国当代文学最好的时候，作者现在可以写以前不敢写的东西，可以按照自己的意愿来写作。我个人认为，中国 50 后、60 后那一批作家还是主力，这可能有些个人偏见，我读 50、60 后的作家作品比较多，莫言、余华、苏童、方方、迟子建这些人的作品我读得比较多。后面 70 后、80 后、90 后就有些青黄不接的味道，近些年出来的作家，炒作的成分更重一些。

周志雄：在你写作的过程中，对你帮助最大的人是谁？

李晓敏：是我父亲。当别的人上大学，去做生意挣钱，我在农村一年接一年地拿着笔写文章，没有人支持你，肯定做不下去。中国农民的眼光看不了那么远，整天在家看书、码字，别人会认为你不务正业，我父亲从来没取笑我什么，哪怕是在整个家庭最困难的时候，他也在支持我看书写作。如果遭到家庭的否定，可能就走不下去了。

周志雄：你母亲在你年少的时候就不在了，是吧？

李晓敏：在我十四五岁的时候，我父亲那个时候在做一些小生意，但是生意赔了，欠了一屁股债，我老妈觉得世界灰暗，想不通，就自杀了。

周志雄：父亲对你的支持主要是精神支持吧？

李晓敏：也有物质支持。当时我没有接触这个圈子，离这个圈子很远，如果说有一种方式接近的话，就是投稿。当时我高中毕业在广东打工，我爸爸给我打电话，说在报纸上看到广西文学院有个什么作家班，向社会招生，问我有没有兴趣，我爸爸让我过去，帮我出学费。我算是第一次接触这个圈子，知道什么是正儿八经的作家。

周志雄：你从小在家里有一些文学的熏陶吧？

李晓敏：主要是来源于阅读，但是小时我能接触到的书籍很少很少。我在初中二三级的时候就在正规的刊物上发表作品，这个还是跟别人的鼓励有关，我觉得搞创作也需要一点天分。

周志雄：你爸爸对你很了解，知道你的长处。

李晓敏：他在农村也算是小知识分子，因为各种历史原因，他一直不得志，我爸爸读了初中，喜欢看书写字，爱好比较广泛，红白喜事给人家写对联、写祭文什么的。

周志雄：在写作的路上，对你写作艺术上影响最大的人是谁？

李晓敏：是一个不知名的作家。当时我在《清明》杂志看到一篇小说《夜行者》，作者叫刘一，我直到现在都记得很清楚，他的整个小说是第一人称的，不温不火地讲他的故事，就是他怎么在北京这样的地方生活，怎么工作，在北京遇到了什么事情，小说把人物的心理说得非常透。但这篇小说对我启发很大，那种架构，那种故事、语言，与我以前看到的带有政治色彩的小说不同，那种自由感和个性化的文字，对我的影响很大。有几年我都把那篇小说带在身边，南征北战。

周志雄：小说在网上发的时候，有很多的读者跟帖，他们会发表各种各样的意见，你当然是按照自己的想法去写，不可否认网上有些读者会点到你心中的一些设想，还有一些人给你一些建议可能会不知不觉地改变你原

来的创作意图。请你详细谈谈读者跟帖对你网上写作的影响。

李晓敏：可能很多网络写作者会受到干扰，我觉得我这方面做得还不错，我基本上是按照自己的意图来写。故事发展到什么地方，下一步的走向，我基本心里有数，很多读者不愿意看到这样去写，我就是按照那样子去写，包括它的结局。《遍地狼烟》的结局是牧良逢率领国军的部队和共产党的部队一起去接受一个日军的改编，发生了摩擦，就地一战，把日军投降的部队消灭了，我就写这支部队坐在高高的山梁之上，就没有了。还有猛子不应该死，很多人就说你怎么把这个人写死了，我也很喜欢这个人，可是战争怎么可能不死人呢。作为一个网络写作者，可以有选择性地听取一些意见，但不能完全受到读者的干扰。

周志雄：作者应高于读者。

李晓敏：对，至少得在布局谋篇上高于读者。

周志雄：《遍地狼烟》下半部分比上半部分写得好，这里面有一个人物成长的问题，我对电影不满意的地方，也在这里，在电影里，没有人物成长的过程。小说里是有人物成长的过程的，下半部分写得好也在于人物成长受到了一些挫折，人物的个性也越来越丰富、饱满，人物开始思考一些问题，包括对人物心态的一些表现也都写得非常好，我觉得你越写越有感觉。这也是文学上常讨论的一个问题，什么是现代小说，什么是传统小说，像《三国演义》是典型的古典小说，人物性格类型化、符号化，关公就是忠义的化身，曹操生下来就奸诈，人物没有发展，关羽的武功也是没有发展，而现代小说就没有这方面的问题。

李晓敏：我小说中的人物还是过于脸谱化，这是个要命的问题。

周志雄：这个要求还是很高的，对牧良逢的那些兄弟们，要写出各各不同的丰富性格来，还是很难的。

李晓敏：这个问题已经拖住我了，我想要跳出来。

周志雄：在故事内容的层面，思想不能停留在读者的一般的认识上，要能往前再走一步，感觉《遍地狼烟》在思想上还不是特别深。

李晓敏：问题确实存在。

周志雄：《遍地狼烟》受人欢迎，还有一个很重要的方面，那就是人物性格是有魅力的。比如《亮剑》为什么被读者喜欢，就是亮剑成为一种精神代名词，我们的时代需要李云龙那样有个性的人。《遍地狼烟》中的牧良逢就是一个很有个性的军人，跟李云龙有一些相似，这种个性的人物改写了文学史中的革命军人形象，你在写《遍地狼烟》的时候，有没有受到《亮剑》的启发？

李晓敏：那倒没有，其实我在写作的过程中，和读者一样，有很强烈的代入感，但有时候也必须跳出来，一个作家如果受他的人物影响太深的话，他就会失去判断。我也力图做到这一点，就是他做他的事情，作家不能干扰小说人物。小说人物在特定的环境下，他会说什么话，会做什么样的事情，就是按照他的性格，以他的情况，他会做什么事。尽管如此，在写作过程中，作者本人依然很容易干扰到小说的人物。

周志雄：在写《遍地狼烟》的时候，涉及很多的军事知识、历史知识，你是怎么积累这些知识的。

李晓敏：这就是与我刚才所说的，与一个人的经历，一个人的爱好相关。

周志雄：那你通过网络，还是通过书刊了解到这些知识？

李晓敏：都有。现代的、近代的相关的书都看。

周志雄：《遍地狼烟》中，有个资料，打军棍有"拖打"和"弹打"，你是从哪里知道的？

李晓敏：是在阅读与民国有关的书籍中了解到的，我发现这些书很有意思，如果你不去读这些书，有很多知识你永远也不会知道。

周志雄：还有些细节，如军队的装置啊，炮弹的型号啊，再如小说中写到1943年春，日本侵略者在湘北3天屠杀我中国同胞3万人，这些资料应该是有史实来源的，不是你编的，这些是从哪里来的？

李晓敏：对，这在我们的地方志上有记载，我在写之前做了大量的资料

工作。

周志雄：蔡骏写悬疑小说，经常在写之前泡图书馆，查阅大量资料。他的小说中可以学到大量的心理学、科学等方面的知识。

李晓敏：这是很有必要的。写作不能单纯靠想象力，如果单纯靠想象力，就不严肃，不负责。想象力总有用空的时候，必须要不断补充新的能量。

周志雄：对一个好作家的要求真的是很高，有人说今天可以按照《红楼梦》中的药方抓药，还能治病。作家写的时候，是很严谨的，都是有根有据的。《遍地狼烟》的封面上说，这是"首部描写中国正面战场的抗战题材小说"，小说表现了"武汉会战"、"长沙会战"和"湘西会战"，但这篇小说主要不是要表现正面战场，而是以人物为线，人物贴着故事走，故事性大于对历史现场的展现，你在写的时候是怎么考虑的？

李晓敏：我在写的时候，有自己的动机，就是要表现抗战国民党死了几百万国军精锐这一史实。

周志雄：你打算写《遍地狼烟》第三部吗？实际上写到第二部结尾，抗战已经结束了。

李晓敏：很多人问过我这个问题，我是不打算写。

周志雄："首部描写中国正面战场的抗战题材小说"，这句话分量是很重的，要求把正面战场的那种历史感写出来，你似乎还没有达到这个地步。

李晓敏：那远远地没有达到，只是提了一下。

周志雄：纪念抗战胜利 60 周年的时候，胡锦涛总书记讲中国国民党和中国共产党一起对抗日本侵略者，取得抗战的胜利，把国民党放在前面，这等于承认了国民党正面战场的作用。现在写小说，表现这段历史，正当其时，你要是能把这个历史写出来，可能要花大工夫。要写得厚重，肯定会颠覆一些常见的文学叙述，要有更鲜活的历史场景，有个人故事，有小人物，也要有大人物。

李晓敏：这就像《解放》《南下》那样的大题材。我可能就驾驭不了那么大的框架。

周志雄：下一部你准备写什么样的作品？

李晓敏：我准备继续写抗战题材的，网上好的抗战题材的小说还是很少的。

周志雄：你要是有机会到台湾或海外去找一些关于抗战的资料，对抗战的历史下工夫做些研究，在抗战小说里能把历史的丰富性表现出来，小说可看的东西就多了，你将名副其实成为国内抗战小说第一人。

李晓敏：我自己亲自走访过当年参加抗战的一些老兵，包括来北京前的一天，走访了一个入缅作战的老兵。没有与那些参加战争的人交流，你真的不了解当时是个什么样的情况。就像当年的远征军去缅甸，10万精锐进去，为什么回来才几千人，那是因为部队回来的时候经过野人山，缅甸原始森林里有一种原始野人，原始土著，他是吃人的，他杀人不看对象，日本人、英国人、缅甸人、中国人都杀。那个老兵说了很多细节，如野人挎了一把小腰刀，走路是没有什么声音的，独来独往，摸到军营里来，他还有现代化的武器，有冲锋枪，他们杀了很多中国人。开始部队对他们是忍让的，后来实在没有办法，就还击。这个历史在很多书里，很多纪录片里是没有的。另一点，和人物面对面了解与从书里了解还是不一样的。他能直接把一些东西表达给你，从他的情绪里你能感受到一些东西。写作的时候，他的那些情绪就会不由自主地融进作品里去了，写的时候就不会那么轻松，你会觉得你的笔重了很多。我采访的那位老人，他15岁正在读书，中央军从东北往湖南这边撤退，经过他的家乡，他告诉我，有很多女学生，在路边唱《逃亡曲》，部队伤亡很惨重，听到这里，我的脑子一下子进入这种场景了，我甚至可以用我的想象去还原当时的画面，这是一种很真实的现场感，不是完全凭想象。下笔的时候，就会带有一种很沉重的心态来写作，不会像以前写得那么轻松。老人十五岁就很仇恨日本人，当时仇恨日本人是个很懵懂的概念，也没有什么民族大义，就是觉得日本人打到中国来了，就是要去抵抗，他哥哥还是县里的一个小吏，把他锁起来，锁在一个铁房子里。后来他跑出去了，坐火车进入广西，在广西当了兵。他是个

运输兵，把枪支弹药、粮食运到前线，再把前线的伤兵拉下来。他说得很好，很生动，伤兵一上来就骂娘，谁去抓他就咬谁，他们很难受嘛，但我们的主旋律的作品里很少有这样的描写，好像就必须强忍着痛，我就是个圣人，我没事了，你们不用担心我，我挺得住。这样的东西写进作品就会更真实一些，不是轻飘飘的那种。

周志雄：你说的这些，写进小说，是很有看点的。

李晓敏：这样的事情很多，那天时间也有限，老人的身体不太好，他是1923年出生的，腿摔伤了，但思维很清晰。15岁为国家做贡献，到1945年就把他关到监狱里去，关了30年，他没打过内战。一个抗战老兵，跟你讲这些东西，历史的滚滚红尘迎面扑来，你写作的时候，就不会很轻松地带着调侃的语气去写，而是多了一些责任。对这些人我挺敬仰的。

周志雄：你想写一部史诗性的作品吗？

李晓敏：我目前驾驭不了你说的带有史诗意味的作品，但我可以为那一天的到来做前期准备。慢慢写，写我拿手的，再慢慢地修炼吧。有一天，我能驾驭史诗性作品的时候，我再来写。

周志雄：我们有研究抗战文学的专家，提出这么一个问题，就是世界大战是历史大事，中华民族历经八年的抗战是大事，这是一个非常丰富的文学宝库。但我们的抗战小说大都意识形态化了，和西方不一样，西方的一战、二战留下了很多优秀的以此为题材的作品。你如果要把这个题材写得更好，还应有世界性的视野。

李晓敏：我现在觉得要把自己的视野放宽，不能单单以一个小事件写人物，那样就会很片面，不大气，我想看国外的那些作家是怎么写二战的，要达到一种什么样的效果呢？就是斯皮尔伯格最新出的一部电影《战马》那种，有那种手法，当然写这种作品也有冒险的意味。

周志雄：赵树理解放后到北京，赵树理的小说当时很有名，邵荃麟给他讲，说他的文学素养需要提高，给他开了个书单，让他读，赵树理看了那些书觉得看不下去，看了也没有什么用，最后还是申请到山西去，去和他熟悉的农民接触，他才能写出东西来。你现在已经写得很好了，你不可能完全改变自己的写作路子，要因性练才。

李晓敏：我很同意你的观点，你写得好，但我不可能做你，在做好自己的时候，适当吸收别人的一些好的方面，这对我来说更加得心应手。

周志雄：在你已经有很多的写作体验的时候，你再回去重新阅读以前喜欢的一些作品，你获得的启发可能又不一样。

李晓敏：中国的演义小说对我的影响很大，如"三言两拍"，《聊斋志异》《隋唐演义》《后唐传》这些作品，你可以在里面吸收很多东西。包括后来的金庸、古龙的武侠小说，有一个很大的特点就是好看。主要体现在故事上面，一个故事一波 N 折，几个人的命运是怎么样牵扯到一起的，就很生动，我编故事还行，主要是受这些小说的影响比较深。

周志雄：往后写，你也可以形成一个抗战题材系列。

李晓敏：在我能力范围之内的写作将会继续，军事题材的长篇写作依然会是我的重心所在吧！但愿能够写出一个抗战的系列来，将这段历史尽可能的多留下一些文字，哪怕只是虚构的文学作品，但我想依然有它的意义。

周志雄：像巴尔扎克的小说，就分成几个系列，小说之间的人物相互呼应，题材、内容上各自不同。像恩格斯（Friedrich Von Engels）所讲的，从巴尔扎克的小说里学到的比从所有的经济学家、统计学家、历史学家那里学到的东西还要多，如果别人读你的抗战小说，可以学到很多东西，比从历史学家那里学到的东西还要多，并从中获得美感，增进对通俗小说的认识，你的文学影响就会更大了。

李晓敏：这也是个重大的调整，这是写作意识的问题。我现在的创作还处在比较初级的阶段，跟传统的那些功力很深厚的作家没法比。

周志雄：你要看到自己的优势，你在网络上的影响力有了，写故事的功力有了，你可充分利用你的历史机遇。作家的名字也有一种品牌效应，读者一看，《遍地狼烟》的作者出的新作，会充满期待。

李晓敏：我也很重视自己的名誉。我是赶上了军事小说的最后一波热

潮，军事小说从今年开始也淡了下来。石钟山写了一部《残枪》，反映很平淡。我的运气比较好，写的作品有网络特色，文学界也不是很排斥，给我开了作品研讨会，还进了鲁院学习。

附录二：文化视域中的网络文学

—— 85 后、90 后谈网络文学

主持人：周志雄 山东师范大学文学院教授

谈话人：山东师范大学文学院中国现当代文学专业硕士研究生、汉语言文学卓越班学生董文杰、陈玉蛟、范传兴、江秀廷、崔潍英、刘洋、李婷婷、王安珂、刘治兴、毛晓轩、王丽梅、姚超文等

一、网络文学与大众文化需求

周志雄：今天我们来讨论新世纪的网络文学，在我看来，网络文学对时代的贡献不在于奉献了可以和纯文学比肩的文学经典作品，而在于一种整体上的文化贡献，它扩大了文学的写作群和读者群，以更丰富的文化产品满足了读者多层次的精神需求。支持网络文学繁荣的是网络文化，因此，我们要深刻地认识网络文学，必须对网络文学背后的文化意味进行分析。同学们都是 85 后、90 后，与我这一代相比，你们天然地成长在这个网络时代，很多同学是读着网络文学长大的，网络文学与你们的成长经历是息息相关的，今天讨论的主题是文化视域中的网络文学，请大家放开讲，讲出自己对网络文学的理解和阅读感受。

董文杰：在谈网络文学之前，我想借用王晓明《在新意识形态的笼罩下》这本书中的一段话作为开场白，他说："在今天，新意识形态早已渗入社会生活的各个层面，而那些以守护灵魂家园为文化使命的文人更是早在九十年代初就意识到今天时代的热点不在精神而在物质，不在追求完美，而在追求舒适。形而上的道永远救不了近火，形而下的器则有益于生存，

我们所面临的将是一个世俗的、浅表的、消费文化繁荣的时期。"王晓明一语中的地为我们指明了当下人所面临的新的文化语境和精神需求：娱乐至上取代严正的意义思考，个人欲望的宣泄取代理想的追寻，而网络文学既是在此新文化语境的背景中产生的一种新的文学生产方式，又以其自身独特的文化符号系统参与到当下文学景观的建构中。

以往，我们对网络文学的理解更多地建立在它与传统的对抗和对自我个性的张扬方面，然而，面对传统这么一个空泛的概念，我们很难厘清传统究竟指的是什么，网络文学是真的反抗传统吗？还是仅仅是以大众文化的形式完成个体对于传统的认同？

从网络文学写作与阅读的参与者来看，也无非是 70 后、80 后、90 后，再小一点的也包括 00 后，他们既不是超脱现实生活的局外者，也不是文化传统的叛逆者，相反，他们内心深处是有一种对于传统伦理的精神认同的，这种认同来源于生活在现实规范中的耳濡目染、父母的言传身教和现代教育，只是，由于没有经历过他们父辈的人生体验，这种传授式的对于传统的精神认同在他们那里仅仅留下了发了芽的种子却没有深深地扎下根。对传统认知的不确定性很难让他们不被城市中的时尚与流行文化所牵制，同时他们又为自身情感表达方式的不被认可而苦恼。

其实，网络小说的写作者与阅读者反抗的是传统的等级秩序、精英主义，而非传统本身，他们更希望自身的民间身份能够获取解释传统的资格。正如八十年代以王朔的"顽主"系列为代表的"痞子文学"热的出现相似，那些代表小市民阶层的人只是不甘心自己是"怎么折腾也掀不起风浪的泥鳅"而已，如今，这种情形又发生在了网络文学身上，所不同的是现在的环境更为宽松、更为包容。

周志雄：文杰讲得很好，你能结合具体的作品例子来说说吗？

董文杰：好的。我们都知道，《明朝那些事儿》的作者当年明月是一个公务员，跟大部分普通人一样经历了上学、升学、考试、就业的过程并获得了一份传统的职业。由于对历史感兴趣，他读过大量的历史著作，并拥有自己的历史观，当年明月曾经这样表达过他个人的历史观，他说："翻开历史研究，总是某年某月某日发生什么事，导致什么问题，但是没有想过个人情感因素以及个人抉择的影响。历史宿命论、历史唯物主义不一定完全正确，事实上，很多事情的发生是非常偶然的，这些偶然往往取决于某人的一念之间，我一直不能理解，不能接受'必然取代'这个词。"他用偶然因素代替了传统历史观下的必然性，因而才有了《明朝那些事儿》中的如是描述："在很多书中，朱重八被塑造成一个天生的英雄形象，于是在这样的剧本里，天生英雄朱重八一听说起义了，马上回寺庙里操起家伙就投奔了起义军，表现了他彻底的革命性等等，我认为，这不是真实的朱重八。"在当年明月看来，英雄人物也有着自身成长的过程而不是历史学家们所指定的历史必然逻辑中的大义凛然。然而历史的发言权自始至终都掌握在精英手中，即使是像"百家讲坛"如此面对大众的电视节目也是大学教授这样的精英式的人物讲解，当年明月作为普通大众、草根一族是无法进入这样的领域，更不用说以历史非历史、小说非小说的形式来挑战精英们的权威了。

但是，当年明月的《明朝那些事儿》却在网络上得到了草根一族的热捧，网民们在天涯"煮酒论史"板块与当年明月互动，就某个史料的具体出处、观点进行论证，而当年明月又以谦虚的姿态虚心接受网民的建议，而后当年明月又把《明朝那些事儿》搬到猫扑社区，也同样受到网民们的追捧，在此，读者已经不是纯粹意义上的被动消费者，而摇身一变成为解读历史的参与者和文化意义的生产者，文学与日常生活之间的距离就在大众的参与中被消解了，大众的力量、民间的力量得以凸显，历史学家们眼中的历史事件也就成了供大家轻松一笑的那些事。

范传兴：文杰师姐的发言对我很有启发。我想到的是，网络大神作家唐家三少、我吃西红柿、天蚕土豆、骷髅精灵等，他们的作品一经上线，便可以迅速地，而几乎同时地被数以百万、千万的读者关注，这在传统文学是无法想象的。可以说，网络大神的作品引起的是一种"阅读风潮"，是一

种读者真正参与进去的文字狂欢，这便是詹金斯（Henry Jenkins）针对受众和媒介内容互动的情况提出的"参与性文化"的概念，他颇具建设意义地指出："当今不断发展的媒介技术使普通公民也能参与到媒介内容存档、评论、挪用、转换和再传播中来，媒介消费者通过对媒介内容的积极参与而一跃成为了媒介生产者。"我们不可否认的是，在前网络时代，读者也是参与的，只不过那时候读者与作者的交流没有这么便捷，那时候读者可以给作者写信表达自己对其作品的看法，进行褒奖或批评，而作者是否能收到是个问题，收到会不会回复也是个问题。况且，作者很有可能会收到大批读者来信，有没有时间去阅读、回复这么多的信件，仍旧是个问题，因此，读者与作者的互动是相当不同步的。这样，从传统文学的整体上看，是以作者为中心的，也就是读者只能接受，即便有想法，也得不到回应，学院派的评论家们可以在期刊杂志上大谈自己的所谓学术见解，这个过程中普通读者是被遮盖着的，他们的看法被无情地屏蔽掉了。

网络文学改变了这种状况，网络仿佛就是一个大广场，它允许所有的人，不论什么性别、不管什么身份，也不要什么通行证，只要你喜欢就可以去广场上欢呼、呐喊、狂奔、乱跳。网上的世界是虚幻的、飘渺的，网上的交流是随意的、打趣的乃至不无邪恶的，网上的整体氛围是反崇高的、恶搞的、无厘头的。在网络聊天室里，一个人可以发泄自己的情绪，对网友来说，他可能是同情的，可能是感同身受的，也可能是不屑的。莫言对网络的体会是："人一上网，就变得厚颜无耻。"这可能是个比较不愿意被人接受的真理！网络文学是孕育、诞生并发展在这样的网络大环境下的，可以说，从一开始就与传统文学有了天壤之别。有人会说，不都是文字的组合凑成的文本吗？那么，关于文学创作，什么才是决定它的最终价值的因素呢？我以为是作者的创作目的！如上文所说，传统文学以作者为中心，具有作者霸权性质，传统作家的创作更多地讲究艺术性，即便他们的作品读起来并不是那么赏心悦目，但是在学院派的解读下，也能够获得"经典性"的价值。从某种程度上说，传统作家的创作不是写给大众的，而是写给专业读者看的。

网络作家就截然不同了。从网络文学开山之作《第一次的亲密接触》的文本特征来看，网络文学与网上聊天工具是相辅相成的。聊天室里，你一言，我一语，诙谐、幽默，缓解压力，没有责任，荤段子一出，笑倒一片。表情、颜文字、各种跟帖，即时互动。其实文学网站就像个大的聊天室，那些连载中的文本就可以看作是个超长版的帖子，作者读者的互动不就是跟帖回帖吗？只不过这个过程有了功利性，作者有能力写，读者有意愿有偿地读。如果说传统文学是精英文学，那么网络文学就不是精英文学了，而是大众文学。如果精英文学反映精英文化、主流文化，那么作为大众文学的网络文学则反映的是大众文化、网络文化、平民文化。

周志雄：文杰和传兴的分析很好。网络文学的文化意义很重要的一个方面正在于这种读者的参与，网络文学接地气、亲切，不说教、不扮酷，与读者平等对话，在一种幽默轻松的氛围中，作者和读者共同探讨一些话题。哪位同学能结合自己的成长经历来谈谈对网络文学的阅读。

毛晓轩：我来说说自己的阅读经历吧。初一时的一件事改变了我对网络小说的态度，一次从英语老师那里 copy 来的课件中夹了一部小说，名为《善良的死神》，当我看到这个题目以及联想到英语老师是 20 多岁的男人时，我感觉这部小说应该不太合我的胃口，但人就是这么奇怪，充满着好奇心。趁着学业不紧张，我就打开了这部小说，主人公的名字叫阿呆，当时我对这个名字也吐槽了一番。小说主要讲述了一个出身卑贱却生性善良的小男孩阿呆逐渐横扫整个大陆的传奇励志故事。纯朴善良的小偷阿呆，在一次行窃之时被强大的炼金术士哥里斯因为要创造一件神器的目的带走了。阿呆的命运从此改变，命运推动着他救了大陆第一杀手"冥王"，冥王为了报仇，强行将阿呆带到偏僻的小镇，并将自己的一身所学倾囊而授。阿呆跟随欧文学习了一身绝世武艺，在复仇之路上，认识了一个又一个好伙伴，在他们的帮助下，阿呆逐渐成长。艰难的冒险历程使他变得坚强，使他出淤泥而不染。在与神王的交谈中，他明白了：自己是死神曼多恩，是神王

与冥王的孩子。世界与亲情，令他左右为难，他会如何去做？这是我看的第一部玄幻类型小说，在阅读的过程中，我发现我被作者构建的一个庞大的新世界所吸引，那里有新的制度和规则，有不同类型的人，分布在不同的大陆，拥有不同的属性，我在逐渐融入作者构建的世界中，随着阿呆的成长一步步深入这部小说。善良同死神，看上去无疑是对立的，但是，善良的性格、死神的行为却同时出现在那个有些呆傻的阿呆身上。这部小说给我留下深刻印象的是阿呆的成长，从一个小偷成长为善良的死神，一路上都是他的奋斗，他与朋友之间的友情，与玄月的爱情，以及人性的纠结，我感觉整本书都在传递这种正能量，使你受到阿呆的感染，看到他身上的闪光点，激发出人心中的积极的一面，使人感觉到一种振奋的力量，会让你感觉到热血沸腾。虽然这个小说可能不是唐家三少最为人熟知、追捧的小说，当我跟人提起的时候也被人建议去看他的别的小说，后来我没有看过唐家三少的其他的作品，但《善良的死神》给我的感受是不会消失的。

周志雄：晓轩同学谈得很动情，我赞同她的看法，我曾写过一篇论文谈论唐家三少的小说，我认为，三少的小说比莫言、村上春树更适合中、小学生阅读，唐家三少给读者提供的都是精神的正能量。

二、网络文学与青春文化

周志雄：刚才几位同学都谈到了网络文学的兴起、繁荣是与其背后的大众文化需求密切相关，需要追问的是，网络文学所承载的大众文化与传统文学承载的文化内涵有什么不同？据说文化的定义有 200 多种，与网络文学相关的网络文化该如何去界定和认识呢？如何认识网络文化的时代意义呢？

陈玉蛟：我想从青年亚文化的角度来讨论这个问题。关于亚文化，它是与主流文化相对应的概念，它一般属于与主流社会群体不同的次级群体或边缘群体。亚文化有着与主流文化不同的价值取向，对主流文化采取抵抗、颠覆的态度。

有人说，中国自近代以来，青年发出声音大约有三次：第一次是五四新文化运动时期；第二次是六十年代的红卫兵狂热（但这是在"造反有理"的政治鼓励与煽动下出现的，并非个体意识的自我觉醒，其反叛性已带了些变味）；第三次则表现为八十年代末期的先锋热潮。而到了目前的网络时代，青年们有了第四次发声，但它的反叛形式已经不是如五四时期的直接对冲，而是通过一系列网络用语与恶搞，以一种玩世不恭的姿态，对主流文化进行解构，从而衍生出不痛不痒的亚文化，网络文学即是其重要的表现之一。青年亚文化产生于青年对社会规则、制度特别是成年人对他们的压制的不满，在这一层面常表现为代际矛盾；而从意识形态上来看，青年亚文化常常表现出对霸权的反抗，特别是在社会存在阶级差别的情况下或者转型期，青年亚文化会表现出更强烈的离经叛道色彩。

周志雄：玉蛟对亚文化的分析讲得很好，可以结合作品来说说吗？

陈玉蛟：好的。我觉得今何在的《悟空传》在这一点上体现得尤为明显。作者以一种"无厘头"的语言和颠覆性的人物形象，对中国古典名著《西游记》进行解构，在强烈的荒诞感中凸显出崇高感，以一种反叛的姿态，传达出对青春、理想、自由、命运以及个体价值的追问与反思。作品中有诸多语句都很直白地表达了这样的反叛精神，如孙悟空说："若天压我，劈开那天，若地拘我，踏碎那地，我等生来自由身，谁敢高高在。"他还说："我要这天，再遮不住我眼，要这地，再埋不了我心，要这众生，都明白我意，要那诸佛，都烟消云散！"又如猪八戒说："我虽然是只猪，但我，不，任，你，们，宰！"等等，体现的是一种对霸权的反抗。而类似"我终于明白，我手中的金箍棒，上不能通天，下不能探海，没有齐天大圣，只有一只小猴子"以及"是不是选择任何一个方向，都会游向同一个宿命呢？"这样的句子，则体现出青年人在面对理想的失落以及命运的深不可测时的无力感。

网络文学的青春化写作姿态使它带有青年特质，在文本上体现出强烈

的青春亚文化特点，为我们展现出青年这一文化群落的独特性表达。它与流行文化之间的交互与融合体现出它强大的包容性，同时，也如紧跟潮流的青年人一样，散发出独有的时尚气质。

袁仲洁：师姐讲得很深刻，我想就我的阅读体验来说说网络小说中的青春文化。我看完由九夜茴的青春言情小说《匆匆那年》改编的电视剧《匆匆那年》之后，沉浸在结局的悲痛中，觉得很心塞。还在"匆匆那年"年纪的我，只愿能用青春的文字把青春的酸楚记清楚，在时光深处能够不悔当初，不怨匆匆。年轻的誓言容易蒙蔽双眼，但正因为年轻我们才踏入思维的怪圈。不论是青春的羞涩让你略有遗憾，还是青春的迷惘让你无言，花开花谢又是匆匆一年。不管世事怎么沧桑变幻，岁月总是在不经意间留下悬念。关于青春的迷茫，回忆起来，或多或少的是淡淡的惆怅。作品中陈寻就是在这样的青春里面，遇到了平凡到不起眼的方茴，但造化弄人，在这段感情里面显得特别深刻，无论是在对的时间找到错的那个人，还是在错的时间遇到对的那个人，这段感情注定了只是一个不圆满的圈。陈寻找到的方茴，不只是凡间的那个普通的存在，他寻找的是，在灵魂深处最向往的那个陪伴。他渴望跟志同道合的人一起生活。方茴对于爱情的执着，就是对青春最好的回应。青春期不安的荷尔蒙躁动结果，促使了她坚守自己的那一方阵土，默默地付出，总是希望可以有一个好的结局，不管是给人欣赏还是给自己答案，但感情不是你有付出就一定会有回报，方茴坚守的是自己内心的那份爱与恋的美满。旁人不懂，也不需理会这样的忧伤，这就属于一个人，一个人曾经的圆满。方茴回忆起陈寻，每一句话每一个动作甚至表情都记得那么清晰，可能是因为爱得太深刻吧。陈寻是一个比较极端的人，就算最后选择放弃方茴，他肯定也撕心裂肺过。感情是建立在时间和真心两者基础之上的，在最终膨胀到无法承受的那一刻，受伤的不可能只有一个人。我们曾经都扮演着彼此生命中不可或缺的角色，可是那些爱啊恨啊，随着时间都变得惨淡辨认不出模样。这就是我们的青春，我们成长过程中必经的痛苦和离别。赵烨、乔燃、林嘉茉、苏凯等人，藕断丝连的联系度过了匆匆的那些年。赵烨喜欢林嘉茉，林嘉茉喜欢苏凯，苏凯又跟薇薇在一起，而乔燃始终默默地守护着方茴。这里面有对爱情固执的眷恋，有故意的错爱，也有精心的守护，心若眷恋，总有不羁的牵连。莫名其妙的闹腾的开场，就在一系列错综复杂的岁月流动之间默默无言。这不是谁对谁错的选择题，这是开放式的问答题。在这场时光曼妙的舞池中，他们都只是形单影只的舞者，在爱与欲、身与心无情鞭策中，找寻着共舞青春的另一半。

在那个年纪可以颠覆所有的可能和不可能，没有成熟的思维去让生活符合逻辑。说到底，流年辗转，只因年少。小说里写道："年轻时我们总是在开始时毫无所谓，在结束时痛彻心肺。而长大后成熟的我们可能避免了幼稚的伤害，却也错过了开始的勇气。"当我们每一个人回味起青春，回忆起或甜蜜或苦涩的恋爱时，或许都有这样的共鸣。就像电影主题曲王菲唱的那样："不怪每一个人没能完整爱一遍，是岁月善意落下残缺的悬念。如果再见不能红着眼，是否还能红着脸。就像那年匆促刻下永远一起那样美丽的谣言。如果过去还值得眷恋，别太快冰释前嫌，谁甘心就这样彼此无挂也无牵。我们要互相亏欠，我们要藕断丝连。"不悔梦归处，只因太匆匆。我们唯有不断地向前，把回忆尘封，乐观地看待生活，找到那个对的人，且行且珍惜，把经历过的当成是一种收获和成长。

周志雄：仲洁同学的表达很诗意，她把阅读体验和人生体验熔为一体，可以说是文学作品启发了她，也可以说她借助网络文学思考人生，并在青春期的迷茫焦灼中获得一份清澈和明净。网络文学的作者多是青年人，它所承载的青春文化气息自然能引起青年读者的强烈共鸣。仲洁的阅读体验生动地说明了这一点。

李淇淋：仲洁谈的我也有同感，我想谈谈网络青春校园文学带给我的阅读感受。网络文学的兴起有它成长的环境和土壤，大学里自由开放的学习方式，使得很多人初到大学后感觉空虚和失落，为他们的自主创作酝酿了情绪，导致网络写手在校园里大量涌现。身边发生的故事往往促使他们

产生写作的欲望。这里的代表作品有孙睿的《草样年华》、江南的《此间的少年》、ZT 的《理工大的风流往事》、易粉寒的《粉红四年》等等。《草样年华》这篇小说的价值来自小说记录了一个年轻人在大学里茫然无助的心路历程。主人公在大学里找不到生活的目标，学的是自己不喜欢的专业，认为大学课堂上传授的知识毫无用处，其意义只是用来对付考试，走出考场之后便迅速忘得一干二净。他们变得愤世嫉俗，直到最后，他们才猛然惊醒，为自己青春的面目全非和支离破碎而倍感荒凉。经历这些彷徨，终会得到成长的意义。疼痛的青春同时也是反叛的青春，反叛是他们宣泄疼痛的方式。

　　孙蕴芷：我接着淇淋的话题说吧。网络青春校园小说最常见的主题是校园爱情题材。周国平认为，高校学生爱情观里的爱情大抵是臆想的爱情，从朦胧恋、闪电恋、单恋、失恋到多角恋、畸恋，由于其描写的苍白和不真实，读者不难发现，这一切的恋归根到底只是自恋而已。周国平的说法有点难以理解，但是事实是当代大学生实在非常喜欢做白日梦，因此网络青春校园题材里描写的爱情，多数也是一种虚幻飘渺的若有若无的爱情。

　　孙泽华：我在阅读青春题材的网络小说时，最突出的阅读感受有三点：雷同、现实、真实。先说雷同，随意打开一个读书网站，无论是"创世中文""红袖添香""晋江"等，你会发现虽然书名千奇百怪，令人眼花缭乱，但是，实质内容却经不起推敲，看到了开头就能猜得到结局，这是当今的网络校园小说共同存在的特点。以总裁文为例，如：《总裁的七日恋人》《豪门冷婚》《征服霸道总裁》，虽然书名不同，但是内容基本相同，即霸道总裁爱上我，无论是军婚重生玛丽苏，抑或是豪门宫斗穿越玄幻，模式大同小异。引用一段网友吐槽原话："《致青春》打胎，《同桌的你》打胎，《匆匆那年》打胎，难道不打胎的青春就不完整吗？"相信这三部作品的故事情节大家都很熟悉，在郭敬明的《梦里花落知多少》以及《悲伤逆流成河》中也有涉及，这些说明了网络校园小说的雷同问题很严重。第二个直观感受是青春题材的网络小说现实性极强，记录了年轻人在大学里茫然无助的心理历程，记录了小人物辛酸的命运，写出了金钱至上的社会不公，写出了女大学生的堕落和不幸遭遇。山东师范大学文学院2014级毕业生徐晓师姐新出版的小说《爱上你几乎就幸福了》，谈到了女大学生的堕落，写得非常真实，主人公香米何尝不知道要有尊严地活着呢？从小父母就教育她要清清白白、光明磊落地做人，绝不贪图小便宜，更不能妄想不劳而获。香米觉得世界上没有人能够理解她，她一个20岁的姑娘，要对抗猛虎野兽般的现实，除了投降还能怎么样呢？如果不是被逼到绝境上了，能走这一步吗？山里的姑娘，骨子里有一股韧劲儿，也很务实，她坚信"舍不得孩子套不着狼"，现在这个社会，你只要敢冒险，就一切皆有可能。无论怎样，香米想赌一把，用自己唯一的资本——青春，赌一把，大不了及时全身而退。还有匪我思存的《千山暮雪》以及韩寒的《夜店》也涉及这些题材，比如在韩寒的《夜店》里说到这是一个特殊的群体，他们的男朋友永远无法成为丈夫。大学里纯净的空气跟浮躁社会的物质欲望紧密相连，青春与爱情都成了交换的筹码。有这样一群女子，阳光下矜持、骄傲，夜幕中却辗转于各色男子，流光飞舞，眼波婉转。有这样一群女子，白天是抱着课本的学生，晚上流连夜店。有这样一群女子，对自己冷漠，不需要爱情，她们爱生活胜过爱自己。这是一个疯狂的、一边嘲笑别人一边自作孽的时代。这些作品揭开了现实的一角，但是也说明了网络校园青春文学并不只是一味地风花雪月，它也真实地写出了大学生的无奈，被残酷的社会所压迫的现实。第三个就是真实，这里主要想说由于作者大多都是在校大学生，如江南、孙睿、ZT、痞子蔡等，因此，写作也非常接近大学生活，几乎是对自己生活的真实再现，我读过以后不禁沉浸其中。

　　吴嘉欣：我很少看纸质版的网络小说，不过从小也是看偶像剧长大的，幻想着某一天有一位骑着白马的王子来接我，而"他"就是所有的偶像剧中的男主角。直到大一时，舍友们聊起了网络言情小说，我便读了几本网络言情小说，我发现，比起偶像剧，网络言情小说更能扩大想象空间。

　　拿顾漫的小说来说吧。顾漫的小说《何以笙箫默》中有一段是超市重

逢，女主赵默笙和男主何以琛都没有跟对方打招呼，毕竟何以琛苦苦等了她 7 年，他走开了，却不小心把钱包落在了超市，后来赵默笙捡到了他的钱包，钱包里的照片便是 7 年前的自己，照片的背后还有何以琛的笔迹——"my sunshine"，这是只属于他们之间的秘密。以上便是小说的开头部分，虽然分开了 7 年，可能发生了很多的变故，但是两人的情感还是由相遇便喷射而出。如此温暖的情节安排，简单纯美的爱情才是最温暖人心的。网络文学说到底更像是一种文学市场化的产物，读者想看什么，作家就写什么，什么样的内容最热销，作家就写什么。这就像是"对症下药"，满足读者的需求。在现实生活中很少甚至是不可能发生的事情在网络小说中都能实现，女主因自己的罕见血型从此与霸道总裁结下了不解之缘，学习差的小迷糊却赢得校草的目光，不论你是否优秀，工作是什么，只要你够傻，够笨，够天真，就一定能得到梦中王子的爱情。这一类的都市言情小说中，校园只是一个片段，生活场景转移到了工作领域，无疑又多了一批粉丝的关注。本是很俗套的剧情，但对于整天快节奏生活，浪漫爱情经历少的工作小白领、大学生来说，正好填补了心中对爱情的向往。

高硕：是的，我同意嘉欣的看法。我想补充的是，青春题材的作品往往有较大的吸引力，不仅牢牢抓住了年轻读者的心，事实上对众多青春不再的读者群也有很强的吸引力。

周志雄：大家结合自己的成长经历和阅读体验，谈到青春题材的网络小说所折射的问题，谈得很好，评价也比较中肯。我从大家的阅读经历中想到，当今的网络小说在帮助青年人度过青春成长期和迷茫期来说，其意义非常重大，这关系到未来一代人的精神面貌问题，近年来中国作协等部门对网络文学的重视和扶持，也应该是与网络文学的这种强大的社会效应分不开的，这也是网络文学参与时代精神建构的重要途径。由此说到对网络文学的研究、规范、引导，是十分必要的。

三、网络文学与性别文化

周志雄：在网络时代，女性受教育和参与社会活动的程度大大提高，女性网络写作呈现独特的时代特点，出现了很多专门的女性文学网站和富有女性气质的文学作品，女性性别意识及其文化形态在网络写作中有新的发展。今天参与讨论的女同学很多，请大家结合自己的性别体验来谈谈网络小说。

姚超文：拿我所读到的《后宫·甄嬛传》和《致我们终将逝去的青春》两部作品来说吧。两部作品站在女性的立场上描写女主人公的心路历程，尽可能迎合读者的需要。例如《后宫·甄嬛传》就完全以女主角甄嬛第一人称的口吻叙述故事。在作者笔下，主人公的心理活动异常丰富，这增强了读者的代入感，让其跟随着女主角甄嬛，经历跌宕起伏，品味爱恨情仇，能引起一批读者尤其是情感细腻的女性读者的情感共鸣。在我看来，《后宫·甄嬛传》是网络文学作品中一部较为上乘的佳作。与被改编成的电视剧不同，小说《后宫·甄嬛传》字里行间不经意间透露出文采，古香古韵，颇具典雅气质。这点与一些不注重小说语言修辞等外在形式，只凭情节的惊险曲折取胜的网络小说不同。

辛夷坞是最受热捧的网络作家之一，创作了女性情感小说《致我们终将逝去的青春》《原来你还在这里》《山月不知心底事》《许我向你看》《我在回忆里等你》等。辛夷坞将自己的这些小说称作"暖伤青春"。何谓"暖伤"？辛夷坞给的定义是：小说主人公在经过了现实中的多重困难，经过爱与被爱的曲折纠结之后，"我依然愿意给爱情一个温暖的结局，让主人公在以后的岁月中愿意去回忆"。作者希望读者在读过这些爱情故事之后，依然对爱情抱有希望，依然能从中获取温暖的力量。辛夷坞笔下的主人公不断经历着人生的挫折，结局不像琼瑶笔下的爱情那般完美，更富有现实感，在直面现实中，从不同的角度揭示着主人公的成长，从而引起读者的极大共鸣。

周志雄：网络文学中性别意识的张扬与多重因素相关，如网络女性写作群体和阅读群体的壮大，类似红袖添香、潇湘书院、17K 女生网等专门的女性文学网站的出现，腐女、萌女、小萝莉等异质性女性生存群体日渐被认可，等等。由此产生了大量耽美、穿越、宫斗等网络类型小说，大家能结合这些具体的类型小说来谈谈网络文学的性别意识问题吗？

夏炎：我认为网络耽美小说书写了一种新的性别关系。网络耽美小说不同于传统同性恋小说，传统的同性恋小说，都在不同程度上受到浪漫主义的影响，如福斯特、劳伦斯、三岛由纪夫、王小波等人的作品。以福斯特的《莫瑞斯》为例，作品创作于 1913 年，是一部描写同性恋情的小说。莫瑞斯（Maurice）和克莱夫（Clive）是剑桥大学的同学，他们背负社会歧视的压力相爱三年，克莱夫突然提出中止这段感情，遂与安妮结婚。这一变故使莫瑞斯几乎精神崩溃，走上自杀的道路。他寻求心理医生的治疗，谴责自己有罪，直到遇见深爱他的猎场看守者阿列克为止…… 文中的反封建、反压迫的思想，是传统同性恋小说的共性。而网络耽美文学在浪漫主义的侧重上有所减弱。作者主观精神传达转化为外在跌宕起伏的故事情节。尽管现代社会更为开放了，对同性恋爱关系也更为宽容，但当今的网络耽美文学中的反抗意识却有所减弱。而浪漫主义一以贯之的夸张想象的写作手法的运用也无从谈起了。大多数网络耽美文学作家以直白幽默的语言，描写一次次的矛盾冲突，从而产生吸引力。其次，早期同性恋文学侧重于作者主观情感思想的传达，而网络耽美文学则侧重于情节。如王小波的《柔情似水》，以压抑的口吻表述对同性恋者之间绝望的爱的同情，传达本人对同性恋者交往过程中窘迫的安全卫生状况的担忧。而现在的网络耽美文学，则侧重于消遣，总裁文、小白文、欢脱文……这些类别的文章主要是为读者营造一种轻松的氛围，作者的主观情感态度已经少见了，我们无法从两个人幽默的谈笑中，领会到作者的生活态度。如果说传统同性恋文学需要我们以严谨的态度、审视的目光，细细咂摸的话，那么当代网络耽美文学，则需要我们放松心情，以一种宽松的目光去看待。其三，创作群体的转变。

早期同性恋文学的作者以高级男性知识分子为主，比如克里斯多福·艾什伍德（Christopher Isherwood），英美小说家、剧作家，活跃于二十世纪二十年代到八十年代。艾什伍德曾就读于剑桥大学，后在美国任文学教授，代表作有《单身》《柏林故事》等，多部作品被改编为电影并获多项国际大奖。而当代网络耽美小说的作者则以女性群体为主。如天籁纸鸢、风弄、凌豹姿、暗夜流光等，对于网络作家的知识水平，我们无从考证，但其女性身份是显而易见的。

徐兴子：我接着夏炎的话说吧。网络耽美小说的出现有多重原因：社会风气的日益开放，女性地位与经济实力的提升及平等意识的确立，现今社会形势与环境中男女性格及意识差异趋小甚至反转，人们猎奇心理及求异心理的驱使，等等。耽美小说中存在的问题是同性相恋这样的社会问题、伦理问题，而不是文学问题。有关同性婚姻合法性是法律问题，同性爱情真实性涉及伦理问题，同性后代传宗问题是社会、科学问题。现今网络耽美文学阅读受众一般年龄较小，缺少一定的辨别能力，大部分人试图幻想文学中的情节来描绘现实生活，将故事情节与现实生活混淆，受求异心理（将自己置于小众，坚持不同意见，以期能达到"与众不同"的效果引起关注）和泛人道主义精神（即"救世主"心理影响，不了解真实情况，不考虑事情后果的同情、理解和成全）影响。由此，我们需要讨论的是：我们是否真正明白同性恋者的真实生活状况？我们是否真正了解同性相恋的心理反应？我们是否持续关注过同性婚姻背后的生活情况？他们是否真的没有繁衍后代的期待？他们的婚姻状况能持续多久？我们是否已经完全具有了"无后代延续"的心理准备？这便是网络耽美文学在一定意义上让我们耽于幻想并走向极端：我们以为尊重了别人，却忘记了尊重我们自己。文学在一定意义上是单纯且超世俗的。文学即文学，故事即是故事，不要借图虚拟故事幻想甚至反射现实生活。

周志雄：兴子谈得很有意思，耽美文学不仅仅是阅读消遣的问题，还涉及社会、法律问题。在网络时代，以前不能为大众接受的"另类"性别关

系已能获得人们的理解和同情了，这应归功于网络文学对性别文化的书写，它让更多的人认识到同性恋的合理性。

崔潍英：性别意味浓郁的网络小说与女性文学流行的心理因素、商业属性和价值追求等因素密不可分。在穿越文中，穿越女有着浓重的优越感：文化上，诗词歌赋信手拈来，语惊众人；科学上，不迷信，与众不同；伦理上，女性独立，婚姻自由，人人平等，例如常对下人说"以后不要自称奴婢"，"别站着，我们一起吃饭"。穿越文想象空间大，情节曲折，吸引眼球。在现代都市，生活着许多平凡的人，他们情商智商以及地位一般，但是如果穿越便与众不同，不仅智慧胜人一筹，而且会收获浪漫爱情，这种想象是内心欲望的一种映射，是仅在小说中才能体会的阅读快感。

女尊文是对男权社会的一种挑战，是对女性存在现状压抑后的释放。此类文中，女人拥有三宫六院，女人宠幸男子，男性怀孕生子。这是女性内心的真实表达，女花心，女多情，女占优势，女强势，也是许多女性压抑在内心的渴望，为何女人不能三宫六院，为何女人等待男人垂青，为何女人怀胎十月受分娩之苦？在玄幻文中，女主一般修炼起来废寝忘食，由废柴变强者，并且迎难而上，在最惊险时突破。但这类作品中，女主一般收获极大，与众不同，一开始缔约的就是神兽，一修炼就晋级，运气太过，并且修炼不受任何因素干扰，一气呵成，十分违背常理。这类作品像肯德基、麦当劳以及各种薯片零食，它们口味繁多，并且十分诱人，吃起来让人停不下来。

当然，我们也应看到，随着网络作家个人修养不断提高，也有不少有趣又有益的文学出现。例如天下归元在《凤倾天阑》后记中写道："所以在凤倾里，有了这样一个关于教育的故事。有了这么一个萝卜钓鱼的史上最萌小皇帝，有了一对性格迥异的半路母子。最为冷酷直白的、经过现代理念熏陶的母亲，和一个两岁的、经历过宫廷黑暗的娃娃，她们会发生什么样的交集？……这个想法和主题，有那么点严肃，似乎不像一本网络小说该有的气质，可我有信心把它写得亲切好看。严肃主题未必需要严肃表达，用喜闻乐见的方式去传播感染，才能影响更多的人。寓教于乐，是我推崇的文化传播方式。教育如此，写作亦如此。我希望在文中，关于我个人教育理念的渗入过程，能对一些已经为人父母，或者即将为人父母的读者们，产生良性的影响，让他们或有思考，或有对照，如此，或许某一个孩子，就能被我从万恶的兴趣班里稍稍拯救。"我盼望这样的作家越来越多。

刘洋：潍英讲得很好！我接着说说穿越女尊文的文化意味。不论是清代李汝珍《镜花缘》易位书写的超越性尝试，还是张爱玲"姬别霸王式"的颠覆，丁玲、萧红的"书写自己"，铁凝、张抗抗的"自己的书写"，女性书写始终处于非主流的、被边缘化的尴尬境地，但网络时代的到来，开启了全民书写时代，给予新时代女性书写前所未有的机遇。"她，轩辕福雅，金碧皇朝的三皇女，当今的女皇是她娘，已故的凤后是她爹。因她长得酷似已故的凤后爹，又是凤后爹拼死为母皇娘生下的皇女，所以都待她如珠如宝。"（小莉子：《凤舞天下》）这段话的话语信息是女人拥有绝对的社会主导权，地位尊崇，身强力壮；男子是女子附庸，地位卑下，气力弱小，且男生子。网络穿越女尊文是对男女两性的易位书写，是全面、立体、从女性视角对传统男性书写语境的彻底颠覆，体现了女性主体意识，张扬了女性中心意识。在《凤舞天下》中，前世为女强人的现代女子穿越重生在异世金碧皇朝的三皇女轩辕福雅身上，她原本想过平淡生活，低调享受亲情和爱情的温暖，做一个那个世界有着"宠夫如命"的灵王爷。但当朝堂形势剧变，女皇母亲和太女姐姐先后死在权力争夺的阴谋之下，深爱的王君瑞雪也遭人毒害。原本没有任何野心和权力追求欲望的轩辕福雅施展自己的谋略和才华，一步步走上并坐稳了皇帝宝座。在这个过程中，一个又一个男子走入她的生命。她的传奇就是基于平等和尊重的理念，给予那些爱她也被她所爱的男子们幸福。

穿越女们基于自己的女性主体性理念，通过自己的努力，平等地对待女尊世界的弱势男子，得到自己最期待的爱情和幸福。基于女性主体意识，穿越女们对现实世界的男性本位意识宣战，希望构建平等和谐的两性关系。

女尊文中的穿越女的共同特质"宠夫如命"，将生命中的男子视为平等的人生伴侣，相濡以沫，而非像当初的男性一样，在男性本位意识的世界中只是将女性看作自己的附属物和必须顺从自己的玩赏对象和繁衍工具。

鲁迅说，女人天性中有母性、女儿性，无妻性。在男性书写中，首先被赋予的是妻性，妻子是丈夫赏玩的对象和繁衍工具，这就弱化了母性的光辉，遮蔽了原本自由独立的女儿性。穿越女尊文把女性的母性和女儿性从妻性中解放出来。女主大多是少女的身体，成熟女性的心理。在穿越女看来，还像孩子般弱小的男子却要承担为人夫为人父的重任，不免心生怜惜关爱，进而演变成男女之情。

基于母性而产生的爱情是女尊文基本的爱情模式。比如《凤舞天下》中轩辕福雅对身世凄凉的少年灵洛，《蒹葭曲》中简伽对买来的少年浅水清等。而女主在与心仪男性相遇相识相知相恋的过程中，女性的女儿性也得到充分展现。在众多男性的爱情追逐中，找寻最心仪的对象，自由展现自己天性中温柔感性又坚韧果敢的女性特质。

穿越女尊文中的女性角色不再是花瓶式的陪衬优秀男子的配角绿叶，而是具有鲜明的主体意识，拥有自己的理想信仰、价值观和精神追求的独立自主的女性个体，她们活得舒畅适意、自由潇洒、热烈奔放。总之，穿越女尊文用两性易位的方式，完成女性掌控天下、把握爱情甚至观赏男性的书写，通过对理想中两性关系的乌托邦式的构建，向现实社会中的男权话语宣战，展现女性对两性平等的追求，是对女性主体意识的热烈张扬。

周志雄：几位女同学就女性意识很强的网络小说进行了分析，以耽美、穿越文、女尊文几种类型网络小说的性别问题谈了自己的理解。如果把这些作品放在中国女性文学史上，我们是不是可以这样说，网络小说丰富了读者对性别的理解，在文学中展开了女性更丰富的精神层面，是中国女性文学发展的一个新的阶段。这与现代社会的变革直接相关，它涉及的其实是英国学者吉登斯所言的一种新的"亲密关系的变革"，不过这不仅仅是吉登斯所说的因避孕术革新所带来的，而是一个新型的现代社会发展阶段下两性文化的变革，网络小说以开放的空间和文字的想象表现了这种时代文化诉求。

四、网络文学与读者的文化需求

周志雄：网络文学在中国的兴起和发展繁荣，离不开网络读者的支持。需要追问的是到底是哪些读者在读网络文学，读者也是分层的，他们从网络文学中读到了什么？网络文学在哪些层面上满足了他们的文化需求？

刘治兴：我觉得网络文学在中国的兴起和繁荣是与中国国情分不开的。在欧美、日本这些网络、文化、科技、教育、艺术非常发达的地区，他们的网络文学并没有出现类似中国的热火朝天的局面。如果从审美消遣的角度来看，欧美等国家的经济更为发达，文化娱乐方式多样，民众在业余可以选择的种类也非常多，因此，网络文学可能只是占了很小的一个比重。另外，从读者的角度来说，中国的人口更多，虽然改革开放后经济发展迅速，但是绝大多数民众的业余消遣的选择余地非常小，而网络文学由于其花费少、易获得，又可以满足人们的精神需求，消磨空虚时间，所以阅读网络文学成为许多国人的习惯爱好。如果将网络文学作为一个文化产业来对待，那么它的兴起也与中国近些年的经济转型、生产方式的变革有关。随着第一二产业的逐渐衰落，第三产业成为拉动经济增长的主力军，而网络文学背后是一个强大的文化产业链，这可以为第三产业贡献更多的利益，促进国家经济增长。所以在社会和时代的各种复杂的因素促使下，网络文学应运而生。它是一个时代的产物，并不是一次偶然的露面。

其次是人的原因，网络文学的创作者和读者都是人，所以人一定是最主要的促成网络文学发展的原因。首先，人都是有善恶的，世界上绝对不会有绝对的善人或者恶人，人性乃是神性与兽性的结合。在文明社会中，存在着各种法律制度、伦理道德，这些东西在规范人的行为的同时也在压制着人的兽性。许多例子可以证明，比如，足球、篮球等对抗性比较强的

运动正是人的暴力欲望展现的一种合理形式。生活中的犯罪事件屡禁不止，人类战争从开始就没有停止过。所以，我以为网络文学的兴起正是迎合了人的潜在兽性。之所以这么说，是因为我们现在随便打开电脑或者手机，排行榜上的小说基本都是以暴力、欲望化满足为主要题材，内容简单粗俗。这些小说满足了一部分人的幻想，网络文学为他们的欲望提供了一个简单快捷的发泄出口。

李晓萌：在当下的中国，网络小说正以一种不可遏制的势头发展着，我认为这与人们的社会审美风尚有着密不可分的联系。

文学有雅俗之分，传统意义上的高雅文学是那些经过历史的冲刷，在人类文明思想上熠熠生辉的作品。这些文学是拷问人性、鞭挞社会的不朽之作。阅读这类作品，需要具备一定的人文艺术素养，也就是说这类高雅文学的阅读圈是有一定的限制的。现代社会的阅读群一般都处于快节奏的生活中，一是人们没有过多的时间阅读此类"巨作"，二是现代社会中的人们普遍急功近利，大多数人内心的浮躁让他们无法静心阅读这些有深度的思想著作。高雅文学的欣赏圈子是狭窄而又有限制的。但是随着社会经济的发展，义务教育的普及，社会的阅读群体是不断壮大的，人们的阅读要求在一定程度上是此类高雅文学无法满足的，因此出现了现代人"精神饥渴"与"精神迷失"，而作为通俗小说的代表，网络文学便应运而生。

网络小说的阅读是一种"快速阅读"。网络小说的创作门槛很低，且因为与点击量相关联而具有一定的功利性。网络小说的创作速度是非常惊人的，很多网络写手在一天之内可创作近万字。因此网络小说不可避免的具有通俗的特点，直白如话，且可以通过手机、电脑等电子产品阅读，恰恰迎合了大众的阅读需求，人们往往在空闲之余，通过手机等媒体阅读网络文学，这种阅读读来基本不费人的脑细胞，网络小说的语言都比较新奇、幽默，因此网络小说的阅读达到了人们放松娱乐的目的。

周志雄：两位同学谈得很好！谈出了网络小说受读者追捧的内在和外在的原因，有没有同学就自己的阅读经历来谈谈这个问题。

毛晓轩：好的，就我的阅读经历来说吧。对女生来说，最早接触的网络小说应当是青春小说、校园小说，可爱淘、明晓溪这些作者我们很熟悉，他们的作品《那小子真帅》《龙日一，你死定了》《泡沫之夏》陪伴了我们的小学初中，现在提起来我们也能带着喜悦的表情侃侃而谈。在现在看来，这些小说的情节烂俗不已，故事的发展完全是玛丽苏，人物设定简直如出一辙，但却在我们的青春中留下了深刻的印象，这我想起了可爱淘说过的话："任何国家都有这种低龄写作的现象，这种现象之所以会出现并且风靡，是因为他们的小说非常真实地反映了年轻人自己的生活经历，令人觉得亲切。"她坦言书中很多情节是自己的经历，也有身边朋友的经历，比如和父母吵架，可能这也正是我们被其吸引的地方，在书中我们可以找到与自己生活中相似的经历，但又可以在书中做梦，进行天马行空的幻想，在书中构造一个自己的世界，不用在意别人的看法，在自己的世界发泄自己的情绪。

李婷婷：作为网络时代的青年人，我的成长中也深受网络文学的影响，我看的网络文学作品很多很杂，我所思考的是网络文学为什么能吸引我。首先，我认为网络文学给读者的代入感很强，读者会在网络文学作品中，寻找心理满足感。在一些穿越小说中代入感表现为主人公往往通过穿越给自己的生活一个新的开始，读者在阅读过程中也是在享受一种可以重新选择的生活，并站在一个较高的起点开始生活。《步步惊心》中若曦在清代开启了一段新生活，她带着现代人的思想、对九王夺嫡的了解，我在读的过程一直很期待若曦和四爷在一起，期待她和其他王爷能够交集多些，期待其他角色能发现她的独特，这其实也是因为在现实生活中没法经历而期待主角带自己去经历，在若曦获得爱情时，我也感觉很幸福，这是一种角色的代入感，我读这本小说时其实是期待着自己可以经历书中的情节。

周志雄：网络文学多是通俗文学，是带有"白日梦"性质的，它舒缓了读者的现实焦虑，婷婷谈到的"代入感"主要是积极的方面，不容否认，这种代入感也会有消极的影响。

　　李婷婷：是的，如果网络文学作品中传播出一种颓废甚至离叛的价值观，这对心智还未完全成熟的年轻读者是非常危险的。以我自己为例，我在初中时读了一本当时在网络上非常流行的小说《坏蛋是怎样炼成的》，这本书当时在我们班被很多人传阅，这让我对它产生了兴趣，这本书讲了谢文东如何从原本文弱、本分、听话、成绩优秀但被人欺负的好学生"成长"为杀人不眨眼的黑社会老大。小说指出现今的社会是一个弱肉强食的社会，保护自己的唯一办法只有一个，那就是变成坏蛋。不得不说，这部小说在当时是一度让我着迷的，它冲击了我原有的价值观，让我突然认识到原来社会并不是我眼中的那么小、那么单纯，作品中有很多反叛性内容，作者都将它解释得非常合情合理，他所传达的价值取向对那时的我来说是非常新鲜和惊奇的。那本书我当时读了三四遍，感觉都有点"走火入魔"了，那本书给我的生活带来了很大的变化。我开始不想做个乖学生了，我想变"坏"，这个"坏"是指想特立独行，我变得叛逆了，也开始厌恶学校，厌恶管教。那时受影响的不止有我，男生们受影响更深，很多男生都向往着那种黑道生活，导致了我们班同学的各种分帮结派。青春期是充满迷茫的，常常一本书就很轻易地改变着学生们的价值观。随着年龄的增大，逐渐认识到自己那时的想法很幼稚，但是它带给很多人不只是一个简单的故事，更是一个叛逆的契机。我想说，青少年的价值观是非常脆弱的，如果不加以保护，存在酿成恶果的危险。大部分同学包括我都摆脱了那种价值观的影响，回忆起来只觉得那是一个有点幼稚的自己。但是对有的同学，可能影响是不可能消失的，那时我们学校就发生了一个暴力事件，受伤者就是我的同班同学，而在临近毕业的时候我的另一个同学进了监狱。青少年暴力是一直存在的，不能说是网络黑道文学造成的，是多种因素造成的，但是如果这种黑道叛逆思想情绪在青少年中传播，无疑增加了青少年叛逆的可能性。现在上网搜这本小说，它仍有非常强大的读者群，并且它最近还被翻拍成了电视剧，不过跟小说相差很多，还加入了红色抗战因素。我想，这本小说本身没有错，但是它无疑可能会在青少年成长过程中产生消极影响，存在不可忽视的隐患，对于这种小说我们应该怎么对待是值得思考的。

杨冠华：对于网络文学，每个人都有自己不同的见解和认识，就像"一千个读者就有一千个哈姆雷特"一样，每个人也都有自己偏爱的网络文学的风格类型，每个人都能从自己喜欢的文学作品中找到自己想要的那种说不清道不明的感觉。

周志雄：冠华说得很好！读者总是从作品中读出自己。网络文学的类型繁多，针对不同的读者有不同的类型文学，总会有"一款"适合你。作为一个读者，选择自己喜欢的文字去读就可以，但作为一个专业研究者，需要更深刻的剖析和洞见，这离不开专业化的研究分析。大家在阅读网络文学作品之后，有没有想过如何研究的问题，它与传统文学的研究有何不同？

王丽梅：周老师提的这个问题，我是思考过的。在传统文本阅读过程中，读者作为文本接受者在挖掘作品价值时，必然少不了对主客观世界的探究。这也就意味着，读者要回到文本故事发生的年代，大致了解故事的社会时代背景及文化体制，并且还要了解作者的主观世界，而主观世界又可以细化为作者处于文本故事发生时代时的心理机制及创作过程中的心理变化。即使是虚构的作品，也有赖以虚构的现实存在性，因而是同样不可忽视的。在此基础上，文本价值才能被深入挖掘，如果摒弃了其中一者，而只是探究作品本身，往往是无功而返。正是因为这样，才会形成"红学研究"、"鲁迅研究"、"但丁研究"等一系列的研究群体。这一类的研究，已不只限于作品，更重要的是客观世界是如何经作者主观世界进行表达及表达而成的文本的价值。

然而，这一传统研究文本价值的方式在网络小说中却遭遇了阻碍。网络小说数量庞大，却是泥沙俱下。在此，暂且忽略掉低俗无意义的小众小说，只就广受欢迎的作品而言，大部分的作品与作者之间的关系存在脱节的现象，作者偏离出了文学活动四要素的范围。网络小说题材往往是奇幻修真仙侠类，这几类题材是受众多且受欢迎的，此外，还有都市类、历史类、穿越类、军事类、架空小说等等。这些流行题材虚构性非常强，人物、情

节和时代背景都可以是纯虚构的。很多完全虚构的网络小说已经失去了观照价值，这也是网络小说被定义为快餐文学的主要原因之一。从这个角度看，娱乐性的快餐文学仅为博众一笑，文本价值既不存在，对作者的了解更不必要。作品一经完成就离开作者独立存在，作品与作者之间的关系也只剩利益丰歉的商业化关系。写作的目的不是为抒发内心感想，而是为了名与利，顺应的也是网络商业化的要求。"刚出炉的文字，还热着呢，您尝尝？""来一章吧！"在这样的关系下，作品与作者的关系已然不是纯粹的传统文学四要素的关系，作者与读者的关系也免不了商业化的异化，成了卖家与买家的关系。

江秀廷：网络文学语言轻松活泼，更加贴近现实生活；拉近了文本同读者的距离；有反思想、反深度的趋向。从网络文学的发展历程来看，网络文学由过去的个性创作转向了今天的集体言说，商业化、模式化、类型化妨碍了网络文学的质量。所以作家陈村说："网络文学最好的时代已经过去了。"米兰·昆德拉在《小说的艺术》中指出了小说所叙写的，哲学、逻辑学难以做到，这种独一无二正是小说得以存在的理由。那么，网络文学怎么表现它的独一无二呢？这需要文学研究者的思考和网络作家的实践。

周志雄：丽梅和秀廷同学的思考有深度，涉及网络文学如何研究的深层问题。正如我们今天的讨论，我们对网络文学的切入较少地谈到审美，更多的是谈文化，我想这也许是网络文学与传统文学的根本不同。就我10年来研究网络文学的体会来说，网络文学研究的难度其实比纯文学研究更高，它不仅是审美的问题，还涉及文化、机制、资本、市场、读者等多方面的问题。研究者要有丰富的网络文学实践体验，在浩如烟海的文本、资料中及时收集、选择信息要有独特的慧眼，还要有饱满的学术热情、广博的学术视野和文化创新的能力，在知识、评判体系上要更新，要有能力就网络文学与时代文化发展展开深入的对话。

五、关于网络文学的新类型

周志雄：前面大家的讨论已经涉及了有关网络文学的许多重要问题，我想，作为网络文学的文化创新性，还表现在文学类型的创新上，或者说一些传统文学中存在的元素，因为网络文学的兴起而有了新的发展。请大家结合网络文学中出现的一些新的文学类型来谈谈这种文化创新性吧。

李笑然：我来说说博客吧。博客操作简易便捷，技术的零基础打破了"文字壁垒"，博客里发表的内容和文章不再需要发稿时间的等待和审查，可以在自己的博客上随时随地地、自主地刊登文学作品。博客的精神是独立、自主、自由，主权完全是个人的，可以随时查看和更新，文章的阅读价值被不断放大。尽管网络文学较传统文学而言已有了根本的自由，但因为有网编的行为，专门的网络文学网站上的写作仍受到一定限制，没有实现完全意义上的自由和自主，如早期的榕树下网站就是如此。博客文学是一种迅捷、真实、具有个性的写作方式，可以自由地表达自己不同的观点、对事物的看法以及各种各样的思想，这符合了当今时代既崇尚个性又崇尚平等的潮流。博客使得写作变成一项日常工作，随时随地地写，博客文学时代其实就是人人都可以成为作家的时代，因为载体、技术、读者、内容都没有障碍，写作因此得以成为人人参与的大众狂欢。博客可以为文字配图、配乐，有的可以做成流动的文字、动画，使其在表现形式上更为丰富，给读者带来了阅读的美感和享受，这是报刊杂志上的文学作品无法达到的。同时，你在报刊、杂志上发表的文章会瞬间被不断涌现的新文章覆盖和淹没，而在自己的博客中可以永久性地保存，别人可以反复、便利地阅读和研究。博客文学的生活化特征、写实性品格、非教益性倾向、自我记录和自我抒发的意味对传统的文学观念构成了巨大的冲击，它使文学理念多元化，文学表达形式更加个性化。

辛静：我来说说宫斗文吧。宫斗文即宫斗题材的小说。宫斗文随着穿越文的兴起而逐渐步入大众视野。虽然宫斗文并不只出现在穿越文中，但

显然穿越文这一新兴类型的出现引起了大家对宫斗情结的兴趣。穿越文的始祖是席娟的《交错时光的爱恋》（1993 年），但《交错时光的爱恋》的出现并没有立即引起穿越热潮。2004 年，网络写手金子在晋江原创网上开始连载清穿文《梦回大清》，引起了穿越热，宫斗文也随之兴起。

2005 年前后浮现出来的后宫网络小说发生了重要的改写，宫廷故事已经从开疆扩土、成就霸业、不按规矩出牌的草莽英雄变成了小心翼翼、步步为营的弱女子。同样都是讲述胜利者的故事，但从男人／皇帝到女人／妃子的角色置换中已然呈现不同，一种白手起家、个人奋斗、创造"帝国"的成功故事变成了只能在既定规则、既定格局、既定秩序下成为既定的赢家的故事。在这种从企业家式的强者到战战兢兢的职场白领的"降落"中，也可以看出二十世纪九十年代中后期以来中国社会从自由竞争的迷梦走向权力垄断与固化的深刻转型。

作为一个现代的中国人，如果对古代史有那么一点兴趣，便会常常去想象那个时代。那时候说话真的那么文绉绉吗？衣服真的那么累赘吗？头饰真的那么重吗？事实上《甄嬛传》这一类的书籍就是来满足大众的一种心态的。以作者自己本身的想象，构造一个世界，一个既真实又虚幻的世界。我们要做的只是简单地去想象一下那个世界的样子。把自己代入某一个角色，让自己做一次演员，去感受在那样一个时代，有一个聪颖的女子，国色天香，倾国倾城，却跌宕起伏一生，与真爱失之交臂。然后我们可以从中得到那么一点点东西。比如一种对爱情的执着信念，去相信总会有一个人来爱你。抑或学到一点点处世之道，防人之心不可无。That's all. And that's enough.

如若去深究这本书，你会发现宫斗文对场景、服饰等细节上过于注重。用词虽古化，却未免流于形式。在构思上也并不新颖，不过是寻常的宫斗罢了。不过读后想想，凭空去捏造这些斗争手法，倒也有些难度。所以作者们在布局上还是费了心思的。书中常有跨章节的细节。譬如某一个小动作的影响并不体现在这一章，反而是好几章之后，换做是我来写可能自己都会忘记的。

张康婷：我接着辛静的话来说吧。宫斗文，尤其是现在网络上的宫斗文，主要和其他作品一样，都是为了让读者体会一种主角一路升级的"爽"，但是我觉得让一群如花似玉的女孩子用各种手段残杀对方，实在是一种人间惨剧。那些钩心斗角、阴谋诡计，居然能够狠辣到这个地步！实在是不能不说，那是时代的悲哀。一个人决定大多数人的命运的制度，还有对女子的诸多限制，成了故事中那些女子悲剧的源泉。尽管我个人并不喜欢女主角，但是看到她那些遭遇还是恻然。生活在这浮躁的社会中，有些事真的是你想躲都躲不开啊。不管你愿意不愿意，总会自觉或不自觉地卷入到权力的游戏当中。不当争斗的主角就会成为别人手中的棋子。"什么姐妹情深、兄弟情义，无非是笨的依附聪明的、无势的依附有势的。"可谓一针见血。就算躲又能躲到哪里去呢，佛门净地不也一样存在着跟红顶白、拜高踩低的事？认清自己的优势与劣势，小心地选择自己的战略同盟，审时度势地明哲保身，才能再活下去。这就是宫斗文所表现的社会现实。

据说某省某一年的高考题好像是"如果有可能，你愿意生活在哪一个时代"，看了这些宫斗文，我想，作为女性，毫无疑问，生活在现今的社会应该是最好的选择，首先这是一个生活方便的年代，而且是和平年代，有生之年战乱的可能性好像没那么大；这个社会，毕竟女性还有工作，还有提升空间，如果不在意他人的看法，总会多些自由；大家族模式的减少，让所谓身不由己的联姻等等减少了许多……

发展至今，网络小说中的宫斗文占据了青少年阅读市场的半壁江山，也引起了一些有识之士的担忧。网络宫斗小说的价值取向更趋于休闲娱乐消遣，文学和社会价值往往被忽略。而且市面上的网络作品良莠不齐，价值观未完全成熟的青少年往往无法准确判断选择，所以，应指导青少年有选择地去阅读这些小说，家庭、学校、社会也应该注重这方面的教育。另一方面，也许网络宫斗小说所传达的理念并不崇高，不符合传统文学价值取向，但是它是广大女性群体情感释放的一种方式，我们不应盲目地否定

它的存在价值，我们需要客观辩证地看待网络宫斗小说蓬勃发展这一事实。

周志雄：辛静、康婷两位同学对宫斗文进行了解读，对宫斗文的价值取向表示了忧虑，我同意这种看法。学者陶东风曾撰文认为《大长今》比《后宫·甄嬛传》的价值观更正确，我也曾在一篇文章中谈到网络文学中的这种实利主义的价值取向，也可以说宫斗文风行折射的是功利主义的大行其道的时代社会现实。还有哪位同学谈谈其他的网络文学类型。

赵溪熹：我来说说网络直播贴吧。网络直播贴指的是网友在诸如豆瓣网、天涯论坛、百度贴吧等网络社区发表的连载式的第一人称视角叙述"我"的生活经历的帖子。发帖者被称为楼主，通常会写一段发一段，如同文字直播一样。在发帖者自述的"楼层"之间，通常会有许多楼层是游览这一帖子的受众以回帖者的身份在第一时间发表的感想，或者是"回帖者"彼此进行对话与互动，甚至是"楼主"在更新"直播贴"叙事的间歇期也会常常参与到这样的互动。最初，"直播贴"的故事大约都是真实的，留言者希望在网络上发泄沟通、寻求沟通或是借助网友的力量集思广益，但发展到今日，开始了很多有意识写作虚拟故事的作者，通过论坛的平台，在与网友的互动中不断改变创作的思路，以求作品的出其不意，具有了故事性和文学性。

在中国国内，一些论坛和社区也有各种话题的直播贴。其中最著名的是天涯和豆瓣这两个网站。"天涯充斥小精英，豆瓣原来都是小文青"，天涯更多关注政治时事的评论，豆瓣更多是电影、文学作品或个人生活的评论。以感情为主线的具有文学性的"直播贴"多发布于豆瓣。近些年，有了直播文学化的趋势，作者有意识的将想要叙述的故事以连载小说的形式通过论坛发表，从而形成"直播文学"的题材。

我们很熟悉的《失恋三十三天》，最初就是作者鲍鲸鲸在豆瓣上以网名"大丽花"开始连载的直播贴整理而成。2009 年 5 月，鲍鲸鲸开始写《小说，或是指南》，这便是《失恋三十三天》的前身。由于直播贴的楼主和电影剧本的编剧是一个人，《失恋三十三天》的剧本几乎就是将直播贴的内容精简地复述了一遍，只是对故事结尾做了一点修改，故事情节和人物形象都没有改变。从豆瓣上的直播贴，到出版社纸质版小说，再到各大影院上线的电影，这部无大场面，无大牌演员，无大手笔特效，无大师级拍摄手法且带有浓厚电视剧色彩的小成本电影赢得了观众的好评。无疑，它的成功因素便是接地气的剧本，它的受众是青年学生和都市白领，涉及了中国都市新新青年的日常生活。失恋这个历久弥新的主题，再加上男闺蜜这一新鲜概念，使它的传播效应得到了最大化。

同样来源于直播贴的电影还有《浮城谜事》。这是一部在 2012 年娄烨执导、梅峰编剧的中国剧情片，改编自一个有百万人次点击率的网络热门文章，来自天涯论坛网友"看着月亮离开"的网络直播贴"看我如何收拾贱男与小三"。直播贴的标题看似低俗，但这样的婚姻话题却又抓住网民的好奇心。此片入围第 65 届戛纳国际电影节"一种关注"单元，并入围第 49 届金马奖最佳剧情片、最佳导演等七个奖项。齐溪以此片获最佳新演员奖。在中国于 2012 年 10 月 19 日上映，成为娄烨近 10 年来首部国内公映作品。

直播贴的原意是分享自己真实的感受，当直播变成了有意识的文字创作，直播贴不再是琐碎的无意识的呢喃，而是独特的，如电视剧一般的文学。有些读者认为自己的情感受到欺骗，但更多的人也表示理解。直播贴是一个深入生活的地方，生活是创作的源泉，作家完全可以把它当作取材地，无数人在这里分享着自己的生活，无数的故事可以被改造。直播贴只是网络文学的一个小角落，只是网民无意识分享生活的一个平台，但是随着论坛、贴吧被越来越多的人熟悉和使用，直播贴也需要得到重视。

李冠仪：我来说说同人小说吧。作为网络文学的一个细小分支，同人小说相较之其他的类型小说更具有针对性和影响力。现代意义上"同人"的概念针对作者在原创作品中塑造的虚拟人物进行二次创造，使其按照自己的喜好去演绎不同的故事，以满足一种操控欲望，达到心灵满足。拿金庸笔下的东方不败来说，至 2013 年，网络上流传的东方不败同人小说大约有 200 种左右，这个数量还处在一种缓慢增加的进程中，而于正版的电视连续

剧《笑傲江湖》的播出，东方不败同人小说的创作又一次焕发生机，一大波影视同人小说应运而生。此类依据影视作品进行创作的作品在同人界亦不在少数，电视剧、电影、动漫都可以成为其进行创作的对象与依据。

周志雄：网络直播贴、同人小说是很重要的网络文学类型，溪熹、冠仪同学谈得很好，还有同学谈其他的类型吗？

王安珂：目前大部分网络小说都是长篇小说，动辄几百万字，许多作品结构混乱，注水严重。而微小说却不同——它以微博为载体，字数严格限制在140字以内，越短越受追捧，越短越能体现作者的水平。在我看来，长篇网络小说是博客时代的产物，而现在是微博的时代，伴随着微博的流行，微小说在网络文学中的地位会越来越重要。

媒体人马东曾说："现在的人们大多对奇技淫巧感兴趣，没人在乎那锅文火慢煮的老汤，因为奇技淫巧更具有辨识度，更容易被识别、被记住，从而被广泛传播。"在微博这个平台上，每秒钟会产生大量信息，想要在这些信息中脱颖而出，必须具有很高的"辨识度"，能够在最短时间内吸引人们的眼球。在微博时代，文学的"分享价值"要大于"审美价值"。微小说非常符合"微博时代"的人们的阅读习惯：它篇幅极短，不会占用读者太多时间；冲突集中，能让读者很快进入剧情；结尾往往出乎意料，使人回味无穷。因此，写好微小说需要较高超的写作技巧，需要作者用简练的语言叙述新奇曲折的故事。托尔斯泰曾说："写小小说是训练写作的最好方式。"许多知名作家、歌手也加入了创作微小说的行列，如词作家方文山在微博中发布的微小说：

> 他大她快二十岁，他对她很好，百般呵护，他们认识不到一年，他就执意要娶她。朋友都很羡慕她，她却犹豫不决，因为小时候一场手术意外造成她不孕，他是独子，庞大的家族事业等他继承，她不想耽误他。终于她鼓起勇气向他坦承不孕的事实，他说我知道，当年那刀是我开的，这些年来我一直在找你！

音乐人高晓松创作的微小说：

八点整，妻子把房间打扫得一尘不染。一陌生少年走进门。妻问你是谁？少年不答，走进屋里巡视，熟悉每件事物。妻说我丈夫马上出差回来，刚打扫的屋子被你弄脏了，请出去。少年凝望妻，离去。这时电话响起，妻被告知丈夫所乘飞机失事，时间是八点整！妻猛然醒悟，大哭追出，少年已消失在人海。

这些微小说都充分体现了作者的创作才华。

微小说以微博为平台，有很强的互动性。与连载的长篇网络小说不同，微小说一次性发布，不会因读者评论而改变情节和人物设定。微小说的"互动性"，体现在读者对微小说的续写和解读，许多微小说作者为了激起读者的"解密热情"，多倾向于悬疑或者恐怖题材，如这篇国外的微小说：

I just saw my reflection blink.

翻译过来就是：

我看见我的影子眨了下眼睛。

再如这篇微小说：

妻子发现丈夫最近有些口臭，于是抽空陪他去了医院。医生在诊室外叫住她，脸色苍白地压低声音说："检查显示……您的丈夫，三天前已经死了。"

后来有网友续写：

妻子愣了愣，转头看见从诊室里走出来的丈夫，自然地走上前去挽住他的手，如往日一般絮絮叨叨地说道："医生说你最近有点上火，待会儿我给你熬汤。你喜欢冬瓜排骨，还是胡萝卜玉米？"

这位网友的续写不仅使小说更加完整，而且还根据自己的理解改变了故事类型，让这篇带有恐怖色彩的微小说变成一篇感人的爱情微小说。由此可见，微小说的魅力正在于简洁和留白，它回归汉语的简洁之美，并且留给读者充足的想象空间，让读者根据自己的理解去补充细节、续写结尾，参与微小说的创作。

周志雄：安珂对微小说的分析很有见地。"时运交移，质文代变"，在中国的文学史上，一代有一代的文学，有汉赋、唐诗、宋词、元曲、明清小说之谓，当今是网络化的时代，若干年后的文学史能否以网络类型化文学代表这个时代的创新文体呢？网络文学的发展历史还不长，对此，我们期待时间来回答。今天大家的讨论涉及的视域很宽，有些问题的思考已经有了一定的深度，几位同学分享的自身阅读经验也很有价值。中国网络文学发展势头很猛，已改变了文学的发展格局，网络文学发展变化日新月异，不断会提出一些新的文学、文化问题。我想，网络文学需要深入的研究，作为读网络文学长大的一代人，你们的积极参与和努力非常重要！今天的讨论就到这里，谢谢大家。

主要参考文献

一、中文著作

《2006 中国玄幻小说年选》，花城出版社 2006 年版。

吕同六主编：《20 世纪世界小说理论经典》（上、下），华夏出版社 1995 年版。

白烨主编：《2003 年中国文情报告》，社会科学文献出版社 2004 年版。

曾国屏：《赛博空间的哲学探索》，清华大学出版社 2002 年版。

陈平原、山口守主编：《大众传媒与现代文学》，新世界出版社 2003 年版。

陈平原：《千古文人侠客梦》，北京大学出版社 2010 年版。

陈平原：《文学史的形成与建构》，广西教育出版社 1999 年版。

陈晓明：《现代性的幻象：当代理论与文学的隐蔽转向》，福建教育出版社 2008 年版。

陈晓明：《中国当代文学主潮》，北京大学出版社 2009 年版。

葛涛选编：《网络金庸》，人民文学出版社 2002 年版。

贺麟：《文化与人生》，上海人民出版社 2011 年版。

黄鸣奋：《网络媒体与艺术发展》，厦门大学出版社 2004 年版。

计红芳编：《中国现代小说理论经典》，苏州大学出版社 2008 年版。

蒋原伦：《媒体文化与消费时代》，中央编译出版社 2004 年版。

刘吉、金吾伦：《千年警醒：信息化与知识经济》，社会科学文献出版社 1998 年版。

刘运峰编：《1917—1927 中国新文学大系导言集》，天津人民出版社 2009 年版。

鲁湘元：《稿酬怎样搅动文坛：市场经济与中国近现代文学》，红旗出版社 1998 年版。

罗钢、刘象愚主编：《文化研究读本》，中国社会科学出版社 2000 年版。

马季：《网络文学透视与备忘》，中国社会科学出版社 2010 年版。

南帆：《双重视域：当代电子文化分析》，江苏人民出版社 2001 年版。

欧阳友权等：《网络文学论纲》，人民文学出版社 2003 年版。

欧阳友权主编：《网络文学发展史：汉语网络文学调查纪实》，中国广播电视出版社 2009 年版。

苏晓芳：《网络小说论》，中国文史出版社 2008 年版。

陶东风主编：《粉丝文化读本》，北京大学出版社 2009 年版。

王逢振主编：《网络幽灵》，天津社会科学院出版社 2000 年版。

王先霈主编：《80 年代中国通俗文学》，湖北教育出版社 1995 年版。

伍蠡甫主编：《西方文论选》（上、下），上海文艺出版社 1988 年版。

夏志清：《中国古典小说》，胡益民等译，江苏文艺出版社 2008 年版。

夏志清：《中国现代小说史》，复旦大学出版社 2005 年版。

严家炎：《金庸小说论稿》，北京大学出版社 2007 年版。

二、中文译著

［奥］斯蒂芬·茨威格：《巴尔扎克传》，攸然译，团结出版社 2004 年版。

［奥］西格蒙德·弗洛伊德：《弗洛伊德论美文选》，张唤民、陈伟奇译，知识出版社 1987 年版。

［澳］格雷姆·特纳：《普通人与媒介：民众化转向》，许静译，北京大学出版社 2011 年版。

［德］O. 施本格勒：《西方的没落》，花永年编译，浙江人民出版社 1989 年版。

［德］施尔玛赫：《网络至死：如何在喧嚣的互联网时代重获我们的创造力和思维力》，邱袁炜译，龙门书局 2011 年版。

［法］安托万·孔帕尼翁：《理论的幽灵：文学与常识》，泓纱、汪捷宇译，南京大学出版社 2011 年版。

［法］波德里亚：《消费社会》，刘成富、全志钢译，南京大学出版社 2000 年版。

［法］古斯塔夫·勒庞：《乌合之众：大众心理研究》，冯克利译，广西师范大学

出版社 2011 年版。

[法] 鲁尔·瓦纳格姆：《日常生活的革命》，张新木、戴秋霞、王也频译，南京大学出版社 2008 年版。

[法] 罗贝尔·埃斯卡皮：《文学社会学》，王美华、于沛译，安徽文艺出版社 1987 年版。

[法] 米歇尔·德·塞托：《日常生活实践：1. 实践的艺术》，方琳琳、黄春柳译，南京大学出版社 2009 年版。

[法] 皮埃尔·布迪厄：《艺术的法则：文学场的生成和结构》，刘晖译，中央编译出版社 2001 年版。

[法] 雅克·德里达：《文学行动》，赵兴国译，中国社会科学出版社 1998 年版。

[加] 马歇尔·麦克卢汉：《理解媒介——论人的延伸》，何道宽译，商务印书馆 2000 年版。

[美] R. 韦勒克：《批评的诸种概念》，丁泓、余徽译，四川文艺出版社 1988 年版。

[美] 阿瑟·丹托：《艺术的终结》，欧阳英译，江苏人民出版社 2001 年版。

[美] 爱德华·W. 萨义德：《论晚期风格》，阎嘉译，三联书店 2009 年版。

[美] 爱德华·霍尔：《超越文化》，何道宽译，北京大学出版社 2010 年版。

[美] 贝尔·胡克斯：《反抗的文化：拒绝表征》，朱刚、肖腊梅、黄春燕译，南京大学出版社 2012 年版。

[美] 丹尼尔·贝尔：《后工业社会的来临——对社会预测的一项探索》，高铦、王宏周、魏章玲译，商务印书馆 1984 年版。

[美] 弗雷德里克·詹姆逊：《文化转向》，胡亚敏等译，中国社会科学出版社 2000 年版。

[美] 赫伯特·马尔库塞：《爱欲与文明》，黄勇、薛民译，上海译文出版社 2008 年版。

[美] 赫尔伯特·马尔库塞：《审美之维》，李小兵译，三联书店 1989 年版。

[美] 华莱士·马丁：《当代叙事学》，伍晓明译，北京大学出版社 1990 年版。

[美] 雷·韦勒克、奥·沃伦：《文学理论》，刘象愚、邢培明、陈圣生、李哲明译，三联书店 1984 年版。

[美] 理查德·凯勒·西蒙：《垃圾文化：通俗文化与伟大传统》，关山译，社会

科学文献出版社 2001 年版。

[美]马克·波斯特:《第二媒介时代》,范静哗译,南京大学出版社 2001 年版。

[美]马克·波斯特:《信息方式——后结构主义与社会语境》,范静哗译,商务印书馆 2000 年版。

[美]马泰·卡林内斯库:《现代性的五副面孔:现代主义、先锋派、颓废、媚俗艺术、后现代主义》,顾爱彬、李瑞华译,商务印书馆 2002 年版。

[美]玛格丽特·米德:《代沟》,曾胡译,光明出版社 1988 年版。

[美]曼纽尔·卡斯特编:《网络社会:跨文化的视角》,周凯译,社会科学文献出版社 2009 年版。

[美]曼纽尔·卡斯特:《网络社会的崛起》,夏铸九、王志弘等译,社会科学文献出版社 2001 年版。

[美]尼尔·波兹曼:《童年的消逝》,吴燕莛译,广西师范大学出版社 2011 年版。

[美]尼葛洛庞帝:《数字化生存》,胡泳等译,海南出版社 1997 年版。

[美]王德威:《被压抑的现代性——晚清小说新论》,宋伟杰译,北京大学出版社 2005 年版。

[美]威廉·J.米切尔:《比特之城:空间·场所·信息高速公路》,范海燕、胡泳译,三联书店 1999 年版。

[美]伊恩·P.瓦特:《小说的兴起——笛福、理查逊、菲尔丁研究》,高原、董红钧译,三联书店 1992 年版。

[美]约翰·费斯克:《理解大众文化》,王晓珏、宋伟杰译,中央编译出版社 2001 年版。

[美]詹姆斯:《实用主义》,刘将译,京华出版社 2000 年版。

[美]詹姆逊:《后现代主义与文化理论》,唐小兵译,陕西师范大学出版社 1987 年版。

[日]牧口常三郎:《价值哲学》,马俊峰、江畅译,中国人民大学出版社 1989 年版。

[斯洛文尼亚]斯拉沃热·齐泽克:《意识形态的崇高客体》,季广茂译,中央编译出版社 2002 年版。

[意]葛兰西:《葛兰西论文学》,吕同六译,人民文学出版社 1983 年版。

[英] H·G.布洛克:《现代艺术哲学》,朱伯雄、曹剑译,四川人民出版社1998年版。

[英] 爱·摩·福斯特:《小说面面观》,苏炳文译,花城出版社1984年版。

[英] 戴维·洛奇:《戴维·洛奇文集》第五卷:《小说的艺术》,王峻岩等译,作家出版社1998年版。

[英] 戴维·英格利斯:《文化与日常生活》,张秋月、周雷亚译,中央编译出版社2010年版。

[英] 吉姆·麦奎根编:《文化研究方法论》,李朝阳译,北京大学出版社2011年版。

[英] 柯林武德:《历史的观念》,何兆武、张文杰译,商务印书馆1997年版。

[英] 雷蒙·威廉斯:《文化与社会》,高晓玲译,吉林出版集团有限责任公司2011年版。

[英] 迈克·费瑟斯通:《消费文化与后现代主义》,刘精明译,译林出版社2000年版。

[英] 尼克·史蒂文森:《认识媒介文化》,王文斌译,商务印书馆2001年版。

[英] 诺曼·费尔克拉夫:《话语与社会变迁》,殷晓蓉译,华夏出版社2003年版。

[英] 斯托克斯:《媒介与文化研究方法》,曾红宇、曾妮译,复旦大学出版社2006年版。

[英] 特里·伊格尔顿:《马克思主义与文学批评》,文宝译,人民文学出版社1980年版。

[英] 希·萨·伯拉威尔:《马克思和世界文学》,梅绍武等译,三联书店1980年版。

[英] 约翰·诺顿:《互联网:从神话到现实》,朱萍等译,江苏人民出版社2001年版。

[英] 约翰·斯道雷:《文化理论与大众文化导论》(第5版),常江译,北京大学出版社2010年版。

后　记

十余年前，我误打误撞地走进网络文学研究领域，相继完成了几个有关网络文学研究的科研项目，其中的甘苦可谓一言难尽。

我觉得研究网络文学的难度比研究传统文学要大，对研究者主体素质提出的要求要高。网络文学研究的难度首先是来自阅读的难度，网络小说多是数百万字的超长篇小说，对研究者来说，要过阅读体力关，大量阅读网络小说要有个好身体；其次是对研究者阅读趣味的挑战，对于我这样从传统文学趣味中成长起来的研究者，阅读《鬼吹灯》《盗墓笔记》之类的作品所获得的阅读快感和认同感是有限的，读一些小白文的时候那种难以卒读的感觉如鲠在喉，虽然我也会在《诛仙》《间客》等作品中获得阅读的享受感。我深深地感觉到，多年的学院派教育使我潜意识中对文学有经典与非经典之区分，内心对网络快餐式的文学作品有一种隐隐的排斥。经典文学追求的是思想的深度和艺术的探索性，而网络小说面向的是大众"悦读"，尤其是在商业机制中生存的网络文学，点击率、排行榜成为文学网站考评作者的主要甚至是唯一准则时，纠结网络文学的审美高度和思想深度意义不大，因为网络文学不属于这一谱系。对于"学院派"研究者来说，面对网络文学必须转换自己的知识结构，必须具备广阔的通俗文学和通俗文化的视野，要精通通俗文学的创作规律，要有对通俗文化进行评判的能力。在浩如烟海的作品、资料中进行选择性阅读要有独特的慧眼，还要有饱满的学术热情、广博的学术视野和文化创新的能力，要有能力就网络文学与时代文化发展展开深入的对话。

当网络文学作为时代重要的文学现象不可忽视的时候，网络文学研究需要直面一个必须回答的问题：网络文学对我们时代的意义和贡献何在？在我看来，网络文学的价值和意义不在于其文学性可以和纯文学比肩，而是在文化上的贡献，它让文学拥有更广泛的写作者和阅读者，让文学独立于传统文学体制之外在市场原则上运行，让更多的生存群体甚至是异质性的生存群体有合法表达的机会，当然更重要的是网络文学激发了民众的精神创造力——对人类文化进行吸收、改造和利用的创造力，文学依然是今天人类精神活动的重要途径。

面对网络媒介与市场资本结合而生的网络文学，研究所涉及的不仅仅是审美、阅读，还有媒介、资本、市场、读者、社群，二十世纪作为"文学批评的世纪"为我们提供了庞大的批评理论武库，走进网络文学内部，深入阐释其蕴含的文学新质及外在机制，融会贯通地运用理论并发展理论，建立网络文学美学，这是网络文学时代对研究者提出的要求。

这本小书是山东师范大学中国现当代文学学科重大科研项目"二十世纪中国文学主流"学术新探书系成果之一，也是山东省作家协会重点扶持项目"网络小说的散点透视与价值判断"结项成果，在此对山东省作家协会、山东师范大学社科处、山东师范大学中国现当代文学国家重点学科的支持表示感谢！本书是在北京大学博士后出站报告的基础上完成的，感谢博士后导师陈晓明先生认真而细致的指导！感谢博士后出站答辩时孟繁华、程光炜、贺绍俊、陈福民、张清华、邵燕君几位老师切实有力的指导！书稿的主要章节曾在《文学评论》《中州学刊》《南京社会科学》《浙江社会科学》《创作与评论》《百家评论》《北方论丛》《山东师范大学学报》《山东文

学》《海南师范大学学报》《网络文学评论》《文学界·文学风》等刊物发表，部分章节发表后还被人大复印资料《中国现代、当代文学研究》转载，对这些刊物的编辑老师表示感谢，他们中的很多人至今都未曾谋面，是他们的支持给了我坚守学术阵地的勇气！

附录中还收入了我对一些作家的访谈，以及我与在校学生关于网络文学的对话，这是我一直想做而未能全面展开的网络文学研究工作的一部分，我期待在今后的研究中，能更深入地理解网络文学，能让自己的研究工作更接地气，能对这一场影响深远的中国当代文学变革做出更有力的理论阐释。

周志雄

2015 年 6 月于济南

责任编辑:林　敏
装帧设计:肖　辉
版式设计:亚细安

图书在版编目(CIP)数据

网络文学的发展与评判/周志雄 著.-北京:人民出版社,2015.9
(二十世纪中国文学主流·学术新探书系/魏建主编)
ISBN 978－7－01－015198－4

Ⅰ.①网…　Ⅱ.①周…　Ⅲ.①中国文学-当代文学-文学研究
　Ⅳ.①I206.7

中国版本图书馆 CIP 数据核字(2015)第 211552 号

网络文学的发展与评判
WANGLUO WENXUE DE FAZHAN YU PINGPAN

周志雄　著

人民出版社 出版发行
(100706　北京市东城区隆福寺街 99 号)

北京新华印刷有限公司印刷　新华书店经销

2015 年 9 月第 1 版　2015 年 9 月北京第 1 次印刷
开本:710 毫米×1000 毫米 1/16　印张:21.75
字数:290 千字

ISBN 978－7－01－015198－4　定价:50.00 元

邮购地址 100706　北京市东城区隆福寺街 99 号
人民东方图书销售中心　电话 (010)65250042　65289539